미야모토
유리코의
작품모음집
2

두개의 정원二つの庭

미야모토 유리코 지음

한일 여성문학회(이상복 · 어연경) 옮김

이 책은 격변의 시기인 1920년대를 배경으로 한다. 당시 소비에트혁명을 등에 업은 프롤레타리아문학은 전 세계로 널리 퍼져 일본 문학계에도 '여성 해방'이라는 기치를 내걸게 되는데, 미야모토 유리코宮本百合子의 생애와 작품세계 또한 그러했다.

1999년 2월, 미야모토 유리코의 탄생 100주년을 맞이했다. 그의 대표작 『노부코』와, 그 연작 『두 개의 정원』은 제1차 세계대전 후 격동기를 배경으로 쓴 자전적 장편소설로, 제2차 세계대전이 끝난 이후에야 본격적인 연구가 시작되었다. 유리코는 『노부코』를 집필하고 20여 년이나 지나 『두 개의 정원』(1947년)을 완성하였다.

『노부코』는 주인공 노부코가 남편 쓰쿠다와 결혼하여 이혼하기까지의 생활이 그려져 있다. 이어지는 속편 『두 개의 정원』은 전작의 세계에서 탈출하여 사회적 자각 위에 선 노부코가 친구 요시미 모토코와의 공동생활에서 여성의 자립적인 생활을 해 나가는 모습을 그렸다.

또한, 노부코의 부모 형제와의 관계와 공동생활을 하는 모토코와의 생활을 통해, 삿사가家의 반봉건적 분위기와 그 어느 곳에도 속박 받지 않는 두 사람의 명실상부한 독립생활을 대조시켰다. 이런 의미에서 '두 개의 정원'이란 제목이 붙여졌다고 한다.

『노부코』에서 여성이 스스로 자아 확립을 해 가는 과정을 그렸다면『두 개의 정원』에서는 여성의 자립적 주체화의 문제와 여성들의 삶을 조명하는 테마를 문학적 표현 욕구의 기본 틀로 설정했다고 볼 수 있을 것이다. 작가는 진정한 한 인간으로서의 여성의 입장에서 끊임없이 자각하고 그 문제 해결을 작품 속에서 추구한 것이다.

여성의 인간다운 삶을 추구한『노부코』에서 한 발 더 나아가 주체적인 삶을 위한 문제와 대안을 제시하고자 했던『두 개의 정원』까지 통독한다면, 미야모토 유리코가 오늘을 살아가는 여성들에게 알리고 싶어 했던 메시지가 분명하게 전달되리라 본다.

이상복 · 어연경

일러두기

*부록에 작가 소개, 작품 해설, 선행 논문, 작가 주요 작품 등을 실었다.

*원문의 이해를 돕기 위해 역자 주를 달았다.

*원문의 고유 명사는 '한글 외래어 표기법'에 따랐다.

*원문의 일본식 연도는 서력으로 표기했다.

1

이웃집 대나무 뿌리가 이쪽 통로 쪽까지 뻗어 작은 죽순이 자라고 있었다. 그 대나무 울타리를 따라 돌아가니, 정면에 있는 차고 문이 평소와 달리 활짝 열려 있었다. 세차 중인 것 같은데 사람의 모습은 보이지 않고, 양철로 된 벽에 갓을 씌우지 않은 전등 하나만이 어두운 곳에서 희미하게 비추고 있었다.

노부코伸子는 미심쩍은 얼굴로 현관 안으로 통하는 자갈길을 걸어갔다. 그러자 굴거리나무[1]의 가지가 뻗어 있는 안뜰의 울타리 모퉁이에서 불쑥 에다江田가 모습을 드러냈다. 대물림 한

01_굴거리나무(石敷) : 대추과의 상록 활엽 교목.

촘촘한 격자무늬의 헌팅캡에 고무장화를 신고, 셔츠 소매를 걷어 올린 손에는 커다란 유피로 된 걸레를 들고 있었다.

"어서 오세요."

에다는 노부코를 보자 헌팅캡을 벗으며 머리를 숙였다.

"안녕하세요. ─청소하고 계세요?"

노부코는 물었다.

"네. 다이조 씨께서 집을 비우시는 동안 꼼꼼히 정리 좀 해 놓으려고요……."

"오늘은 사무실에 나가지 않으셨어요?"

"어제 저녁에 급행으로 야마가타山形로 떠나셨어요."

"어머! 그래요─."

노부코는 실망한 듯 말했다.

"오늘은 아버지 생신이라 왔는데─."

"그건 몰랐군요."

에다는 성실하고 의리 있는 사람답게 노부코의 실망한 얼굴을 보며 공감을 표했다.

"사모님은 계세요. ─손님이 와 계시긴 하지만……."

"누구신데?"

고마자와駒沢에서 여기까지 온 것이 더욱 보람 없이 생각되었다. 하도롱지로 싼 꽃을 든, 노부코는 잠시 그곳에 서서 에다가 소형 벤을 손질하는 것을 보았다. 조금 지나서 에다가 말했다.

"노부코 씨, 아무튼 올라오시죠. 그동안 손님도 용무가 끝나셨을 테니까요. 가즈이치로和—郞 씨는 계신지 모르겠지만. 다모쓰保 씨는 계세요."

노부코는 먼 곳까지 가서 사 온 장미꽃을 꽂아둘 곳을 잃은 심정으로 안쪽 현관으로 들어갔다. 왼쪽의 문이 꼭 잠겨 있었다. 그곳은 객실이었다. 보통 때는 화려한 옷차림에 밝은 어조로 손님을 접대하는 어머니의 목소리가 오늘은 전혀 밖으로 새어나오지 않았다. 언짢은 기분으로 노부코는 복도 하나를 사이에 둔 식당 쪽의 열려 있는 문으로 들어갔다.

예스러운 멋을 풍기는 빨간 옻칠로 가을의 감나무 열매를, 철과 그을린 주석으로 썩은 낙엽을 재미있게 표현한 화로에 쇠주전자가 걸려 있었다. 완전히 재가 되어 하얗게 변한 숯이 화로에 꽂혀 있었다. 방 안의 기운은 이곳에 오랫동안 앉아 있던 사람이 없었다는 것을 느끼게 했다.

"어서 오세요."

하녀가 와서 손님에게 하듯이 인사를 하고 차를 내왔다.

"아버지는 야마가타로 가셨다고?"

"그게……."

노부코가 이름도 확실히 모르는 그 하녀는 주인의 행선지를 모르는 것은 자신의 책임이 아니라는 식으로 몸을 비비 꼬았다.

"어제 저녁에 떠나신 게 아니지?"

"네……."

"뭐, 괜찮아. 고마워."

다다미 위에 양탄자가 깔려 있고 앉아서 사용하는 큰 테이블이 중앙에 놓인 그 방은 절반이 서양식으로, 한쪽 구석에는 진홍색 타일을 바른 난로가 켜져 있었다. 그 난로의 좌우에는 삿사의 취미로, 영국식의 긴 의자가 놓여 있었다. 그 위에 도테라[2]가 소데다타미[3]로 개어진 채 놓여 있었다. 그것은 아버지의 도테라였다.

노부코는 하도롱지로 포장된 꽃을 가지고 욕실로 갔다. 세면기에 물을 채우고 하도롱지에 싸인 장미꽃을 그대로 담갔다. 그리고 나서 벽에 걸려 있는 거울을 보며 머리를 매만졌다.

그 단순한 동작을 끝낸 노부코는 다음으로 무엇을 해야 좋을지 모르는 당혹감에 사로 잡혔다. 오치가 와 있는 응접실에는 아무래도 들어갈 수 없었다. 다모쓰를 위한 가정교사, 고등학교에 들어갈 시험 준비를 하는 동안 지도를 하는 젊은 교육자인 오치 게이이치越智圭一는 처음에는 삿사 집佐々家 사람들 모두에게 가족 같은 사람이었다. 수업 시간이 아닐 때에는 식당에서

02_도테라(どてら) : 보통의 기모노(着物)보다 좀 길고 큼직하게 만든 솜옷.
03_소데다타미(袖だたみ) :일본 옷(和服)을 양식으로 개는 법. (등이 안으로 가도록 두 겹으로 개고) 양 소매를 모아 포개어 갬.

9

잡담을 하거나 응접실에서 화집을 보거나 하는 오치 주위에 다모쓰와 어린 쓰야코도 드나들었다.

다모쓰가 도쿄 고등학교에 입학한 것은 지난 해 봄이었다. 그해 여름, 젊은 오치 부부는 시골에 있는 삿사 집에서 살았다. 노부코는 나중에 그 시절의 사진을 본 적이 있었다. 큰 무늬의 유카타를 입고 매끄러운 머리카락을 한가운데서 나누어 묶고, 여윈 몸에 우울하고 정열적인 준코純子라는 부인이 흰옷을 깔끔하게 입은 오치와 나란히 서 있었다. 부인에게서 나타나는 우울하고 격해 보이는 표정도, 하얀 하복의 칼라를 세우고 시치미 떼는 듯한 표정의 오치의 모습도 노부코의 취향에는 맞지 않았다. 보통 누구에게나 잘 어울리는 무테안경도 여유와 운치가 없는 틀에 박힌 듯한 오치의 얼굴 위에 걸려 있으니, 노부코는 자신이 본능적으로 느끼는 그의 인품의 진정한 차가움이나 유동성의 부족이 그 안경에 되비쳐지는 듯 생각되었다.

그 스냅사진을 노부코와 얼굴을 마주보듯이 하여 찬찬히 응시하면서 다케요가 물었다.

"노부코, 너 준코 씨를 어떻게 생각하니?"

노부코는 그때 어머니의 느닷없는 질문에 곤란해 했다.

"글쎄요 저는 그분을 아직 한 번도 뵌 적이 없는데요……."

"그건 그렇지만 이 사진을 보렴. 어떤 느낌인지 말해 봐."

노부코는 그런 다케요의 탐색이 괴롭게 느껴졌다. 노부코는 연애하는 기분을 알고 있었다. 결혼한 부부 생활의 명암도 어느 정도는 알고 있었다. 지금은 여자 친구와 독신 생활을 하고 있지만, 노부코는 어머니의 질문에서 여자로서의 감정의 저류를 느꼈다. 그것은 성장한 딸인 노부코의 마음을 괴롭게 했다.

"남편이 좋아하는 것 같고 웬만큼 미인이시고……. 문제는 없잖아요."

"특별히 문제가 있는 것은 아니지만……."

다케요는 크고 풍성한, 독특하고 고풍스런 아름다움을 지닌 히사시가미[4]를 숙여 여전히 사진을 보고 있었다.

"준코 씨는 이상한 사람이야. 가끔 심한 히스테리를 일으킨데. 오치 씨가 나가려고 하면 못 나가게 하려고 현관까지 맨발로 뛰어 내려와서 미닫이문을 걸어 잠그는 등, 마치 미치광이처럼 될 때가 있다고 해."

다케요는 누구에게서, 어떤 식으로 그런 이야기를 들은 것일까. 그런 생각을 하면 노부코는 부부 사이의 그런 이야기와, 오치와 다케요가 준코에 대해서 그런 이야기를 하는 광경 그 자체에 꺼림칙함을 느꼈다.

"자신의 부인을 그런 식으로 말하다니─. 어머니 취미세요? 그런 것이─."

노부코는 슬쩍 흘리듯이 말했다. 다케요는 잠자코 있었다.

04_히사시가미(庇髮) : 앞머리를 모자 차양처럼 내밀게 한 머리.

그리고 화젯거리로 삼으며 보고 있던 사진을 테이블 아래에 있는 손궤 속에 넣어버렸다.

한 달 정도 전 노부코가 왔을 때의 일이었다.

"—오치 씨는 순수한 사람이야."

다케요는 기분 좋게 흥분하여 검은 눈동자를 빛내며 이렇게 말했다.

"그래요?—어째서?"

의심하는 듯한 노부코의 반문에 구애받지 않고 다케요는 말했다.

"내가 만약 준코와 결혼하지 않았다면 분명 부인에게 청혼했을 거요, 라고 했어. 하지만—."

다케요의 그런 구애받지 않는 만족감이 노부코를 놀라게 했다.

"하지만—."

그럼 아버지는 어떻게 되는 거예요? 노부코는 마음속으로 목청 높여 반문했다.

"있을 수 없는 일 아니에요? …그런 일!"

"그러니까."

일순 표정이 굳어버린 딸을 흘끗 보고 다케요는 말을 덧붙였다.

"단지 그랬을 거란 말이지."

하지만 오치가 가진 뻔뻔함이 노부코의 가슴을 날카롭고 깊게 베었다. 다케요는 그렇게 느끼지 않는 모양이다. 하지만 그런 오치의 말은 어머니를 칭찬하는 듯한 말투이지만, 사실은 어머니도 아버지도 모두 모욕하고 있는 것이었다. 그러한 오치에 대한 노부코의 부정적인 감정은 오치에게도 반영되고 있었다. 모녀 사이에서 의견이 맞지 않는 일이 있을 때, 다케요는 자신에게 쌓인 감정을 몹시 밉살스럽게 말했다.

"오치 씨가 요전번에 말했단다. 노부코라는 사람은 파괴를 위한 파괴를 할 사람이라고─."

그렇게 말했을 때, 노부코는 입술 주위가 허옇게 질려가는 것을 바로 느낄 정도로 심한 혐오감에 사로잡혔다.

응접실 문은 단단히 잠겨 있었다. 오치의 노부코에 대한 비평으로 잠겨 있었다. 노부코는 그 잠긴 문을 열 용기가 없다는 것을 스스로 느꼈다.

마음 둘 곳 없는 노부코는 다모쓰의 공부방으로 올라갔다.

2층의 볕이 잘 드는 다다미로 된 복도에서, 빨간 모슬린5으로 짠 이불을 덮고 오시호お志保 씨가 작은 쓰야코つや子에게 책을 읽어주고 있었다. 등을 굽혀 무릎 위에 손을 지탱하고 책을 읽는 오시호 씨의 뒤에서 노부코가 나타나자 쓰야코가 매우 기쁜 듯 소리를 질렀다.

05_모슬린 : 얇고 보드랍게 짠 모직물.

"아아, 언니 왔어?"

노부코는 쓰야코가 아프다는 것을 알지 못했다.

"왜 그러니? 또 쌔―액 쌔―액?"

막내인 쓰야코에게는 천식이란 지병이 있었다.

"이삼 일 전 비가 내렸지? 그때 학교에서 젖어 돌아와서부터 그래."

"뭘 읽는 거야?"

"아라비안나이트."

쓰야코는 좌우로 늘어뜨린 짧게 땋아 내린 머리를 흔들 듯이 하며 노부코를 올려다보았다.

"언니. 여기에 앉아! 따뜻해."

노부코는 이불과 같은 모슬린으로 짠 잠옷을 입은 쓰야코의 상체를 자신의 무릎에 기대게 했다.

"쓰야코 , 털실 내복 벗어버렸어? 그러니까 쌔―액 쌔―액 거리는 거지?"

몸이 약한 쓰야코는 겨울부터 봄까지 언제나 빨간 털실로 짠 내복을 입었다. 쓰야코의 털실 내복은 삿사 집안의 명물로, 초등학교 3학년이 된 쓰야코는 그것을 부끄러워했다.

"나, 이제 내복 입지 않아도 돼. 오래 전에 벗어버렸는걸."

남자들 사이에서 자란 쓰야코는 자신을 보쿠[6]라고 칭했다.

06_보쿠(僕):남자가 동등하거나 손아래의 상대에 대해 쓰는 허물없는 말. 와타시(私)와 같은 뜻.

14

이불 주변에 구슬로 장식된 상자와 색종이가 흩어져 있었다. 화려한 밝은 색감들 속에서 쓰야코의 어린 얼굴은 푸르뎅뎅하고 작아 보였다.

"큰오빠는? 집에 없어?"

"응."

"돌아오겠지. 이쿠라飯倉로 전화를 걸었으니까."

오시호 씨는 이쿠라라는 말을 왠지 모르게 힘주어 말했다. 그 백부 집에는 후유코冬子와 고에다小枝라는 사촌들이 있어서 가즈이치로는 자주 그곳에서 자고 오곤 했다.

"다모쓰는 공부해?"

"응."

학교를 쉬고 있는 쓰야코는 지나치게 강한 수긍을 나타내며 목을 움츠리듯이 했다.

"잠깐 다모쓰를 보고 올게. 그리고 나서 또 놀자, 알았지?"

같은 2층의 북쪽에 있는 긴 다다미 4조 방이 다모쓰의 공부방이었다. 맹장지를 열려다 노부코는 윗미닫이틀에 붙어 있는 가늘고 긴 종이에 눈을 돌렸다. 윗미닫이틀의 폭에 꼭 맞추어 자른 하얀 종이에는 프랑스풍의 선이 가는 서체로 'Meditation (명상)'이라고 쓰여 있었다. 노부코는 개운치 않은 매우 놀란 마음으로 그 철자 하나하나를 찬찬히 생각해 보았다. '명상'. 이런 글자가 다모쓰의 방 입구에 붙여져 있다. 다모쓰가 직접 써서 붙이고 그 안에 틀어박혀서 공부하고 있다. 어떤 의미인 것일까. 부자연스러움에 구속되어 있는 느낌이 들었다.

고등학생의 생활, 사물에 대한 사고방식, 그리고 친구들 사이에서 지내는 방법, 그것은 다모쓰의 벽보의 기분과는 다르게 생각되었다. 활기와 젊디젊은 야망과 의욕 등이 한꺼번에 상상되었다.

교토 대학에서 회사 과학 연구회의 학생 30여 명이 검거되었을 때였다. 노부코는 그러한 사건의 의미를 몰랐다. 노부코의 생활, 그리고 문학과는 거리가 먼 일이라 그 의미의 격심함을 모르던 노부코는 다소 침착했다. 다모쓰의 생활은 그런 학생의 움직임과는 달랐다. 노부코는 그것에 대해서 비평하지 않았다. 하지만 벽보의 글자는 노부코의 본성에 저항을 느끼게 해 마음에 걸리는 것이었다.

"다모쓰 있니? 열어도 돼?"

노부코는 당지7가 발린 문고리에 손을 대고 물었다.

"아아, 누나? 들어와."

다모쓰는 책상에 앉아서 펼쳐진 노트에 프랑스어로 무언가를 베껴 쓰고 있었다. 북쪽의 허리 높이 정도에 위치한 창이 활짝 열려 있어, 옆의 수목이 우거진 깊숙한 정원이 내려다보였

07_당지(唐紙) : 중국에서 건너온 종이의 일종. 화려한 무늬가 있는 두꺼운 종이·맹장지나 그 밖의 장식에 쓰였음.

다. 가지 끝이 높이 뻗어 있는 은행나무의 어린잎이 단풍나무 새싹의 부드러움과 섞여서 아름답게 보였다.

"언제 온 거야? 나는 전혀 몰랐네."

다모쓰의 눈꺼풀은 두툼해져 있었고, 귀밑털이나 코 아래에는 앳되고 싱그러운 솜털의 그늘이 있었다.

"방금 막 왔어."

노부코는 잠시 조용히 있다가 물었다.

"손님 오신 거 알고 있니?"

"아아."

"내려가 보면 좋을 텐데……."

"—나는 전에 집으로 가서 만났기 때문에 별로 할 말도 없어."

다모쓰는 차분히 말하고 가스리[8]로 된 겹옷을 입은 큰 무릎을 의자 위에서 흔들면서 옆의 정원을 내려다보다가 물었다.

"누나, 오늘 자고 갈 거지?"

"그럴 생각으로 오긴 했는데……."

노부코의 심정은 어떻게 결정을 하든, 지금 의지할 곳을 잃어버린 것이었다.

"그럼 나, 이것만 끝내도 될까?"

08_가스리(絣) : 물감이 살짝 스친 것 같은 부분을 규칙적으로 배치한 무늬. 또는 그런 무늬가 있는 직물.

다모쓰의 책상 위에는 학교 시간표 외에 일주일간을 꼼꼼히 적은 계획표가 놓여 있었다.

"하럼……. 그럼 이따 봐."

다모쓰 방의 방문을 닫고, 노부코는 삿사의 넓은 집 안에 자신이 있을 곳은 어디에도 없다는 사실을 통감했다.

2

몸과 마음을 둘 곳이 없어 이곳저곳을 배회하며 방황하던 노부코는 고풍스런 응접실로 들어갔다. 비자나무와 단풍나무, 차류 매화나무 등이 심어져 있는 오래된 정원이었다. 주변은 시내라고 생각되지 않게 한적했다. 대나무 울타리 밖에서 에다가 호스를 사용하여 물을 주는 소리가 들렸다.

디딤돌, 이끼가 낀 징검돌, 그 돌과 돌 사이에 풀고사리의 새 잎이 자라고 있다. 그을려서 검붉어진 대나무, 덧문 밖의 툇마루 앞에 돌로 된 소박하고 둥근 손 씻는 대야가 있고, 남오미자가 휘감긴 곳에는 반들반들한 새 잎이 나 있다. 다실용으로 만들어진 차양을 비스듬히 스치듯 거먕옻나무가 지붕 쪽으로 높게 뻗어 있다.

뜰에서 신는 게다 위에 하얀 버선의 발가락 끝을 나란히 얹은 노부코는 조금 황량해진 응접실 뜰을 응시하고 있었다.

노부코는 혼자 마당에 꼼짝하지 않고 앉아서 수년 동안에 집도 많이 변했구나 하는 것을 절실히 느꼈다.

　변한 모습은 바라보고 있는 응접실의 뜰에도 반영되어 있었다. 노부코가 어렸을 적 이 집은 전체가 다실 위주로 배치되어 있었다. 문 입구도, 부엌 주변의 좁은 길도 풍아스레 검소했다. 그것이 요즈음, 자동차를 들이고 나서부터 대문에서 들어오는 좁은 길은 돌계단이 되고, 차고의 위치 덕에 부엌으로 가는 길은 넓어졌다. 그로 인해 응접실 뜰 안의 길이가 몇 자나 줄어들었다. 원래는 석등과 단풍나무, 소나무 등의 정원수 뒤로 한 사람이 들어갈 정도의 여유가 있고 자갈이 깔린 운치 있는 뜰이었다. 그 뜰은 자동차 길을 내기 위해 허물어졌다. 정원사가 거기에 맞추어 석등을 앞쪽으로 나오게 고쳤다. 소나무의 가지 뒤쪽을 쳐내고, 단풍나무의 밑가지에서부터 노출시킨 등롱에 맞추어 적당히 상록수를 심어 놓았다. 등롱은 스스로 그 위치를 슬퍼하듯이 정원 한가운데로 돌출되어 서 있었다.

　노부코의 아버지는 건축 설계사였다. 그런데도 어째서 이런 모양으로 만들어버렸고, 모두가 그것에 무관심한 것인가. 그것은 이 검소한 8조 다다미로 된 차양이 달린 방이나 그곳의 뜰이 삿사 부부의 요즘 생활 분위기에서 중요함과 애착을 잃어버렸음을 의미한다고 노부코는 생각했다.

　노부코가 20세 무렵, 이 집의 딸로서 지내고 있던 때부터 서서히 응접실에는 서양식 의자를 사용하게 되었다. 하얀 줄무늬가 든 엷은 푸른빛 벽지에 영국식의 돌출 창, 그 아래에 붙박이로 만들어진 나무 의자. 과연 메이지 40년대 초기라는 연대와 동갑인 일본의 건축가인 아버지의 경제력 내에서 자신의 상상대로 만든 서양풍 응접실은 기둥마저도 신념이 있는 검소한 것이었다. 새잎이 나는 계절이 되면 돌출 창의 유리구슬 같은 것이 바다 밑바닥에라도 있는 것처럼 신록의 색을 비추었기 때문에, 그 아름다움에 노부코는 소녀 같은 마음을 빼앗겼다.

판야9를 넣은 쿠션이 곳곳에 놓여 있던 그 방의 물건들은 세월과 함께 어느덧 변했다. 요즘은 삿사의 도자기를 수집한 선반이 세워져 있고, 메디치Medici 무늬가 상감10되어 있는 X자로 된 의자 등이 놓여 있었다. 제1차 세계 대전 후, 일본의 경제는 팽창되어 전국으로 가지각색의 큰 건축물이 들어섰다. 성주성 광장의 마주보는 좌우의 모서리에는 도쿄 최초의 철근 콘크리트 고층 건물이 생겨났다. 그 건물을 삿사와 이마리치今津 박사가 협동으로 경영하는 설계 사무소에서 설계하여 완성했다.

노부코가 20세이었을 때 아버지를 따라 뉴욕에 갔다. 그 일의 큰 배경으로는 당시의 일본 경제 부흥과 건축가로서 아버지

09_판야 : 판야과의 열대산 상록 교목. 또는 판야의 과실에서 나는 흰 솜털(이불솜·베갯속 등으로 씀).
10_상감(象嵌) : 금속·도자기·목재 등의 표전에 무늬를 파고 그 속에 금·은 등을 넣어 채우는 기술.

의 활동 무대 확대 등이 있었다. 20세의 노부코는 그런 복잡한 관계에 대해서는 아무것도 알지 못했다. 그저 부모의 지도나 간섭으로부터 벗어난 생활 속에서 인간답게 살고 싶다는 기분으로 가득 찼을 뿐이었다.

뉴욕에서 쓰쿠다라는 동양어를 전공하는 사람과 결혼했다. 갑작스런 그 결혼도 노부코의 혼자서 자립하고 싶다는 일관된 희망 때문이었다. 노부코는 기본적으로 어머니가 계획하고 있는 '잘 어울리는' 사교적 결혼을 매우 두려워했다. 노부코가 진지하게 생각하는 문학은 그러한 결혼 생활에서는 생겨나지 않는다. 그것을 여자인 노부코는 본능적으로 알고 있었다. 동시에 결혼하지 않으면 언제까지 계속될 지 알 수 없는 '부잣집' 생활의 고통과 쑥스러움을 18살 때부터 2년 동안 노부코는 다 알아버렸다.

노부코는 작년부터 여자 친구인 요시미 모토코吉見素子와 함께 지내기 시작했다. 쓰쿠다와의 결혼은 깨졌다. 지금 살고 있는 곳은 고마자와지만 결혼했던 5년간, 두려움이 계속되던 사이에 노부코가 쓰쿠다와 살고 있던 집으로부터 벗어나 며칠 혹은 몇 개월을 지내던 곳은 자신이 자란 삿사의 집뿐만이 아니었다. 쓰쿠다와 헤어지고 작품을 쓰기 시작하고 나서 노부코가 제일 처음 자신의 책상을 둔 곳은 오이마쓰초老松町의 골목길 안쪽에 있는 어느 재봉 가게 2층이었다. 하얀 열매가 달린 남천

南天촉의 뿌리 부분에 언제나 작은 휴지조각이 떨어져 있을 것 같은 좁은 마당 너머에, 절寺의 소나무 가지가 보였다. 매일 이른 아침부터 공동 수도의 물소리가 울려 퍼지는 부근이었다. 그리고 늦은 밤 집으로 돌아가는 사람의 게다 소리가 하수구 덮개에 울렸다.

노부코는 그 집의 거실에서 자주 부인이 구워준 도사土佐의 메자시11를 먹었다. 안쪽의 8조 다다미방에는 재봉 일을 하러 5, 6명 정도의 소녀들이 나란히 바느질을 하며 작은 소리로 떠들어댔다. 그 2층에서 노부코는, 진짜 삶은 지금부터 시작이라는 기분으로 소설을 계속 썼다. 지치면 고요기12를 덮고 화로 옆에 누웠다. 그럴 때 노부코의 몸 아래에 까는 모슬린의 깨끗하고 큰 방석은 모토코가 준 것이었다. 그 2층으로 쓰쿠다가 보낸 노부코의 책이 도착했다. 노부코는 소설을 써서 버는 수입으로, 모토코는 어느 단체의 잡지 편집을 해서 버는 월급으로 두 사람은 공동생활을 시작한 것이었다.

그 2, 3년간 노부코의 생활이 바뀌었다는 것은 외부에서도 바로 알 수 있었다. 한 장면, 한 장면 생활의 모습은 확실히 변해갔다. 그 사이 삿사의 집도 생각해보면 꽤 변했다. 그러나 그 변화는 큰집의 뼈대 속에서 어디까지나 이것저것 자질구레한

11_메자시(目刺し) : (정어리 등의) 눈에 대꼬챙이를 꿰어 두름을 지어 말린 것.
12_고요기(小夜着) : 소매가 달린 옷 모양의 작은 이불.

것들이 변하는 것에 놀라게 되는, 그런 변화였다.

삿사는 건강하고 생활력이 왕성한, 활동가 남자다운 패기가 있었다. 메디치 무늬가 새겨진 의자를 진귀하게 여기면서도, 단지 소중히 어루만지거나 응시하며 즐기지는 않았다. 마침 노부코도 와서 모두가 그 방에서 이야기했을 때, 다이조는 잠깐 15, 6세기경의 의자에 앉아보기도 했다.

"옛날 사람들은 잘도 이렇게 상태가 좋지 않은 의자로 참고 살았던 것 같아. 이것만 봐도 진보라는 것의 중요성을 알 수 있잖아."

그렇게 말하면서, 어떤 방법으로 만들었는지 의자의 팔걸이 끝의 둥글게 되어 있는 것 앞에 빙글빙글 돌도록 끼워져 있는 섬세하게 세공된 고리를, 단단하고 가벼운 소리를 내는 고리를 돌리고 놀았다.

"아버지의 햄릿을 보여줄게, 어빙Irving에게서 직접 전수받았어."

때로는 이렇게 말하며 도테라를 벗어 한쪽 어깨에 비스듬히 걸치고, 그 X자 의자에 앉아 침통한 표정으로 한쪽 팔꿈치를 팔걸이에 대고 손을 이마에 댔다. 그리고 누구나 알고 있는 "To be or not to be."라는 대사를 읊었다. 토실토실한 몸에 머리가 벗겨진 둥근 이마의 햄릿이, 감색 양말을 신은 짧은 다리를 꼬고 수염을 민 자국이 보이는 동북인東北人같은 혈색 좋은 얼굴을 기울이고 "To be or not to be."라며 번민하는 모습은 왠지 익살스럽게 보였다. 노부코는 손뼉을 치며 웃었다.

"오필리아는 언제 나오는 거예요? 아버지, 오필리아 역도 해 봐요. 안 그럼 저 그냥 나갈 거예요."

노부코가 장난을 쳤다.

"여기까지 배웠는데 공교롭게도 어빙에게 손님이 와서 오필리아 역은 못 배우고 끝나고 말았지."

"아버지는 엉터리야!"

다케요가 긴 의자에 앉아서 이상한 듯, 아니 그보다 더욱 안달 난 듯이 하얀 버선의 발끝을 미세하게 움직이며 비난했다.

"당신이란 사람, 무엇이든지 농담으로 돌리고 말이야."

비장하고 중후한 정열을 즐기는 다케요에게는, 햄릿을 그렇게 만들며 노는 다이조나 그것을 보고 즐거워하는 딸 노부코의 기분이 인생으로의 진지한 감정을 외면하는 것으로 느껴졌던 것이다.

관동 대지진 후 부흥을 위해 자동차의 수입세가 한때 폐지되었다.

"살 거라면 지금이 기회예요."

놀러가 있던 노부코도 부모 형제들과 다같이 모여서 자동차 회사가 내놓은 여러 가지의 카탈로그를 보았다.

"다케요의 하이어13 비용만 해도 상당하고, 나는 얼마나 능

률이 오를지 모르겠어. …하지만 사치스러운 차는 안 돼. 우선 대문에 들어가지 않아."

노부코가 모르는 며칠의 상담 끝에 영국 벤을 사게 되었다. 운전수로는 소형의 검고 수수한 벤에 어울리는 작은 몸집에 성실한 기계공 출신인 에다가 고용되었다. 에다는 약간 특이한 남자로, 처음에 왔을 때 유니폼은 절대로 거절하고 삿사의 낡은 옷을 받기로 약속했다. 그리고 대물려 받은 헌팅캡을 쓰고 매일 아침 8시에 작은 몸을 매우 유연하게 움직이며 출근하는 것이었다.

지금, 대나무 울타리 밖에서 호스로 물을 뿌리고 있는 에다의 모습을 그리며 노부코는 무심코 혼자 웃었다. 아버지를 그리워하는 웃음을 지었다. 다이조는 요네자와에서 태어나 '이'와 '에'의 발음이 반대로 될 때가 있었다. 글로는 제대로 쓰지만 발음은 거꾸로 되었다. 에다가 운전수가 되었을 때 다이조가 노부코에게 그의 이름을 알려주었다.

"운전수가 괜찮은 남자라 다행이야. 이다라고 한단다."

노부코는 이다井田라는 한자를 쓴다고 생각하며 이다라 불렀다.

그런데 어느 날 노부코에게 준 축의금 봉투 위에 에다 귀하라고 쓰여 있는 것을 발견했다.

13_하이어 : (운전수가 딸린) 전세 승용차.

"이것을 이다에게 주렴."

"어머! 아버지, 에다 아니에요?"

"맞아, 이다란다."

"…….."

노부코는 쓰러질듯이 웃으며 아버지의 어깨너머로 축의금 봉투를 보여주었다.

"이거, 어떻게 읽죠? 아버지는…….."

"이다라고."

이것은 한동안 삿사 집의 하나의 화젯거리가 되었다. 바보 같은 일이 생기면 다들 "이봐, 이다야."라고 말하며 웃었다.

한 가정의 역사에 있어서 자동차가 생긴다는 것은 생활 전체에 깊은 영향을 끼치는 일이었다. 어느 가정에서나 편의를 위해 포드 차 한 대는 가지고 있는 것이 보편적이라 할 수 없는 일본에서, 자가용을 가지고 있다는 것은 그것이 그다지 좋아 보이지 않는 소형 벤일지라도 편리 이상의 무언가를 이 사회에 표현하는 상징성을 가지고 있었다.

에다를 이다 군이라 부르고, 잔뜩 차가 모여 있는 곳에서는 에다를 부르기 쉽도록 특별한 사이렌식의 작은 호루라기를 불면서, 삿사는 아침부터 저녁까지 점점 활동 반경을 더 넓혀갔다.

매일 아침 삿사를 사무소로 데려다 주고, 집까지 되돌아오면 다케요가 그 차로 외출을 했다. 외출한 곳에서 다케요를 다시 집까지 데려다 주고, 또 그 차는 사무소로 돌아갔다. 자동차는 매일 다케요에게 요긴하게 사용되고 있었다. 그러나 오늘 에다는 한가로이 차체를 손질하고 있다. 에다도 가끔은 마음 편한 기분으로 오후를 즐기고 싶겠지.

보기 흉하게 되어 응접실 마당에서 잊혀져 가고 있는 석등을 혼자 응시하고 있는 순간에도, 노부코는 이 집의 생활 감정의 추이가 느껴졌다. 에다는 성실한 운전수다운 고풍스럽고 볼품 있는 모습이었다. 어느 날 에다가 장남인 가즈이치로를 도련님이라고 부르며 노부코에게 이야기했다. 노부코는 자신의 귀를 의심했다. 이 집에 도련님이라 불리는 사람이 있었던가.

"에다 씨, 부디 가즈이치로 씨라고 불러줄래요? 너무 격식을 차리는 건 보기에도 그러니까요."

노부코는 슬픈 듯이 말했다. 그리고 다케요에게 그 일을 주의시켰다.

"이런…. 그랬었구나……."

다케요는 다소 겸연쩍은 표정이 되어 속눈썹이 아름다운 눈을 깜빡거렸다. 하지만 그뿐이었다. 에다의 호칭은 계속되고 있었다. 노부코는 그것을 알고 있었다.

그 반면, 생활의 영위에서는 자동으로 각박한 듯한 것이 흐르기 시작했다.

그런 가정의 추이 속에서 다케요의 감정은 오치를 향해 이상하게 기울어져 가고 있는 것이었다.

노부코가 가라앉은 눈빛으로 솔이끼 위에 비친 석양빛을 보고 있자니, 이미 문이 닫힌 차고의 모퉁이를 돌아 고요키키[14] 차가 다니고 있었다. 하녀 방의 격자무늬 창으로 내려와 작은 소리로 뭔가를 말하는 젊은 남자의 목소리가 들렸다. 그러자 갑자기 치솟듯이 '이런'이라든지 '꺄악'이라는 여자들의 교성이 들렸다. 젊은이는 어른스런 목소리로 웃으며, 더욱더 무언가를 말해 여자들을 웃겼다. 웃음소리는 자신들만의 공공연한 소리이고, 주부라는 것을 염두에 두지 않은 소리이며, 주변 사람들이 자기들에게 무관심한 것이 당연하다고 생각하는 것 같은 생활의 목소리였다. 노부코는 더욱 집요하게 솔이끼 위를 응시했다.

3

이윽고 두부장사의 나팔소리가 들리기 시작해 부엌의 출입이 빈번해졌다. 노부코는 아버지의 생일을 축하하기 위해 사온 노랗고 흰 장미를 예쁜 유리 꽃병에 꽂아 아버지의 도테라 앞의 작은 탁상 위에 놓았다.

14_고요키키(ごようきき): 단골집의 주문을 받으러 돌아다님. 또는 그런 사람.

다모쓰가 2층에서 내려왔다.

그리고 선 채로 노부코 혼자만 있는 그 주변을 둘러보았다.

"왜? 배고파?"

"그런 건 아니지만."

전등 불빛이 유리에 비쳐 이쪽에 반짝이고는 있지만 오후 내내 꼭 잠겨 있는 객실 문을 다모쓰가 보고 있다. 노부코는 다모쓰의 기분을 알 것 같아 안타까운 마음이 들었다.

"이제 끝났겠지?"

다모쓰는 잠자코 시선을 고정시킨 채 난로 앞의 장미꽃을 보았다. 평소의 다모쓰라면 바로 다가가서 그 꽃의 품종이나 피는 방법에 대해 좋고 나쁨을 이야기할 텐데, 오늘 밤은 멀리 선 채 바라볼 뿐이었다.

"누나가 가져온 거야?"

다모쓰가 물었다.

"오늘 아버지 생신이야. 알고 있었니?"

"응."

다모쓰는 잠시 선 채로 있다가 다시 2층으로 올라갔다.

식사 준비가 시작되었다. 그것을 보고 있던 노부코의 입에서 갑자기 뜻밖의 질문이 나왔다.

"어머니는? 두 사람 분만 차리는 거야, 왜? 다른 사람 것은?"

"사모님은 손님과 식사하시겠대요."

"……."

겨우 자신을 억누르는 목소리로 노부코는 하녀에게 말했다.

"오늘은 아버지의 생신이라 고마자와에서 왔으니까, 오실 때까지 기다렸다가 함께 식사할 거라고 말씀드려."

좁은 가운데 복도를 지나, 문을 두드리고 하녀가 들어갔다. 그리고 인사를 하고 나왔다.

"기다리지 말라고 말씀하셨습니다."

노부코는 눈물이 울컥 솟아오를 것 같았다.

"미안하지만, 다시 한 번 더 가서 기다리겠다고 전해줘."

기운차게 계단을 내려오던 다모쓰는 문턱 옆에 멈추어 섰다. 큰 식탁 위에 서로 마주하여 두 사람 분만이 차려진 식기를 내려다보면서 보행 속도를 바꾸어 느린 발걸음으로 들어와 자리에 앉았다.

"어머니와 함께 먹자, 다모쓰."

노부코는 강하게 호소하듯이 동생에게 말했다.

"그러는 편이 좋겠어."

"나는 아무래도 상관없어."

다모쓰는 이러한 성격이었다. 하녀는 어머니의 식사를 쟁반에 담아 가지고 왔다.

"오신데?"

"네."

국이 점점 식어갔다. 한참 시간이 지나고 나서야 겨우 객실 문이 열렸다.

"어머, 이쪽은 식었어…."

동시에 혼잣말인 듯한 다케요의 목소리가 들려왔다. 작은 무늬의 하오리 옷자락을 가슴 앞으로 여미며 들어오는 다케요를 보자 노부코는 압도당한 느낌이 들었다. 매끄러운 피부에 풍성한 히사시가미를 한 다케요의 상기된 얼굴에서 향기와 윤기가 흐르고 있었다. 속눈썹은 평소보다 한층 더 미묘하게 깜박거렸고 다케요의 건장한 전신에서는 향기 좋은 열기가 아지랑이처럼 어른거렸다.

단정치 못한 모습으로 다케요는 딸과 아들이 기다리는 식탁으로 와서 앉았다.

"오래 기다렸지?"

그렇게 말하곤 먹기 시작했다. 맛도 보지 않고 서둘러 먹기 시작했다. 자신이 어떤 모습으로 비치는지 상관도 않고 또 숨기지도 않고 아주 큰 꽃송이처럼 만개하여 있는 어머니. 다케요의 오른손에서는 다이조로부터 받은 다이아몬드 반지가 반짝이고 있었다. 그것은 다케요에게 아주 잘 어울렸다. 식탁의 전등이 휘황하게 비치고 있어, 다케요의 손이 세심하게 움직임에 따라 푸른 자주색의 불꽃과 같은 보석이 반짝였다. 세 사람의 식사는 대화도 거의 없이 끝났다. 하녀가 오치의 밥상을 부엌으로 날라 왔다.

다케요는 거기에 다모쓰도 노부코도 없는 듯한 멍한 눈초리로 정면의 문 쪽을 보면서 차를 마시다가 갑자기 차를 식탁 위에 그대로 두고 세면장 쪽으로 갔다. 그 뒤쪽의 공기 속에서 열기와 미세한 좋은 향기가 풍겼다. 그 냄새를 맡고 있는 듯하던 다모쓰가 솜털이 보송보송한 청년의 얼굴을 노부코 쪽으로 천천히 돌렸다.

"어머니, 왜 저러서?"

노부코가 물었다.

"오치 씨가 오면 꼭 세면장에 가서 흰 분을 바르서."

매우 수상쩍어하며 어린아이처럼 그렇게 말했다. 노부코는 순간 어떻게 말해야 될지를 몰랐다. 어머니는 알고 있는 걸까. 그녀가 애지중지하는 다모쓰의 이런 마음을 알고 있는 것일까.

"다모쓰, 방으로 가자. 응, 괜찮지?"

노부코는 어머니와 다모쓰에 대한 안쓰러움과 괴로움이 오치에 대한 증오로 변해, 열이 나기 전과 같은 한기를 느꼈다. 다모쓰가 책상을 향해 앉자 노부코는 작은 보조의자를 끌어다가 책상 옆에 앉았다. 다모쓰답게 조심스럽게 전등의 위치가 배치되어 있었고, 작은 종이가 직사광선을 가로막듯이 드리워져 있었다. 보니 책상 위에 자기의 일과표만 있는 것이 아니었다. 뒤쪽의 책장 위의 장지에 가늘고 길게 진행표 종이가 붙어 있었다. 일과의 진행표였다. 파랑과 빨강의 연필로, 저마다 틀린 길이의 가로줄이 그어져 있었다.

"다모쓰, 어째서 이렇게 빡빡하게 하는 거야?"

노부코는 조금 어리둥절해하며 그 표를 봤다.

"모두들 이렇게 하지는 않잖아? 요전에 왔을 때는 없었던 것 같은데."

정성껏 연필심을 깎으면서 다모쓰가 말했다.

"나 요즘, 시간을 낭비하면 안 된다고 곰곰이 생각했어."

"그건 그렇지만……."

노부코는 다모쓰가 틀림없이 이 집의 생활 속에서 매일같이 느끼고 있을 복잡한 마음, 그것에 대한 청년다운 비평의 혹독함을 알 것 같았다. 다모쓰는 자신의 삶에서, 이 집에서 좋다고 생각되는 삶을 만들어내려고 하는 것 같았다. 다모쓰의 방 입구에 써 붙여져 있는 '명상'이라는 문구가 새로운 의미로 노부코의 마음에 새겨졌다. 교과서와 원예서적만이 채워져 있던 책장을 지금 보니 『출가와 그의 제자出家とその弟子』라는 희곡이 꽂혀 있었다. '명상'─노부코는 한층 더 그 제목을 경계했다.

"저 책 어디 있었어? 오래된 책인데, 나도 옛날에 읽었어."

그때 당시에도 평판은 좋았지만, 감상적인 희곡으로도 유명했다.

"재미있다고 생각해?"

"글쎄ー, 하지만 나 알 것 같은 기분이 들어. 그 희곡에서 말하고 있듯이 무슨 일이라도 용서하는 마음을 가진다는 것이 중요하다고 생각해."

"그렇지, 다모쓰."

노부코는 강한 자극에 마음이 움직인 듯이 다모쓰의 가스리로 된 소매 자락에 손을 얹었다.

"너, 친구들과 좀 더 가까이 지내. 너는 많은 의문을 가지고 있을 거고, 이 집은 문제를 가지고 있는 집이잖아. ー그러니 오히려 더 많이 이야기하고 상의해서 해결해야 해. 그렇게 하지 않으면 안 돼."

"하지만 나, 마구 지껄이는 녀석은 별로 좋아하지 않아."

노부코는 비난받는 것 같은 내성적인 눈초리를 지었다. 노부코가 쓰쿠다와 결혼한 시기는 다모쓰가 기쿠초麴町 쪽에 있는 프랑스인이 경영하는 중학교에 입학하기 전후의 일이었다. 그래서 이혼하기까지 수년간 삿사의 집에서는 '노부코의 문제'를 중심으로 논의가 끊이지 않았다. 다모쓰가 있다는 것도 잊고 어머니와 딸이 서로 눈물을 흘리며 다투었던 적도 있었다.

"누나 어째서 결혼 같은 걸 한 거야?"

수수한 연회색 제복 칼라에 금색 올리브 잎 장식을 수놓은 옷을 입은 다모쓰가 결혼이라는 말을 여행이나 병과 같은 느낌으로 말하고 탄식했던 적이 있었다. 어쩌면 다모쓰는 다케요와 노부코의 일치점을 찾지 못하는 언쟁에 실증이 나, 무엇에 대해서 의논하거나 하는 것이 싫은 젊은이가 되어버린 것은 아닐까. 노부코는 다모쓰가 누나의 생활 태도에 전부 동의하지 않는다는 것도 다시 생각했다. 노부코가 집을 나가고 나서 쓰쿠다가 입원했던 적이 있었다. 그때 다모쓰는 혼자서 자신이 키운 꽃을 가지고 몇 번인가 병문안을 갔다. 훨씬 뒤에 다케요로부터 그 말을 들었다.

"나는 다모쓰와 같은 천성을 타고난 것도 아니고 함께 살고 있는 것도 아니니까 걱정해봤자 다모쓰에게 도움이 되지 않을지도 몰라. 하지만……. 다모쓰, 너에게 무엇이든 서로 이야기할 수 있는 친구있지?"

"오키모토沖本와는 지금도 가끔 만나고 있고, 여러 가지 이야기를 해."

"그 사람 말고는!"

노부코는 답답한 듯 힘을 주어, 몸집이 큰 어깨에 근육이 부드러운 다모쓰의 온화한 얼굴을 보았다. 오키모토는 중학 시절의 친구로, 지방에서 병원장을 맡고 있는 아버지는 상경할 때마다 다모쓰를 초대해서 아들과 함께 제국 호텔 그릴에서 식사를 했다. 삿사 부부와 자신 부부, 그리고 두 명의 아들과 함께 회식을 하거나 했다. 그러한 분위기의 교제였다.

"고등학교라는 것은, 나의 부질없는 생각일지도 모르지만 평생을 알고 지낼 든든한 친구가 생기는 시절이 아닐까."

다모쓰는 작은 여드름이 조금 있는 이마를 똑바로 전등에 비추면서 무릎을 흔들고 있다가 이윽고 마음속에 담아둔 말을 했다.

"내 주변에 있는 사람들은, 어째서 그렇게 논쟁을 위한 논쟁 같은 것만 하고 있는 것인지, 나는 도저히 이해할 수 없어."

"그건 그래. 하나의 문제가 해결되지 않은 상태에서 또 다른 문제가 계속 일어나지……."

"그렇지 않아."

다모쓰가 특유의 천진난만한 말투로 부정했다.

"단지 자신이 박식하다는 것과 많은 책을 읽고 있다는 것을 자랑하기 위해서 논쟁을 하지. 모두를 놀라게 하려는 듯이 어려운 말만 할 뿐이야…."

"그럴까… 그런 사람도 있겠지만…."

노부코는 의자에 기대서 곁눈질로 다모쓰를 계속 응시했다. 그리고 생각해 냈다. 그것은 다모쓰가 빨간 털실 술이 달린 모자를 쓰고 소학교에 다니기 시작한 2학년 때의 일이었다.

다케요는 놀라 숭배하듯이 노부코에게 말했다.

"다모쓰는 대단한 아이야."

다모쓰가 다니던 소학교는 사범 부속으로, 하루비초春日町에서 오쓰카大塚로 오르는 긴 언덕을 지나 있었다. 그 언덕길은 혼고다이本郷台에서 내려와 다시 바로 올라가는 험한 곳이었기 때문에 전차는 매우 느리게 고개를 올랐다. 어느 날 아침, 다모쓰가 이렇게 힘들게 오르는 전차를 타고 있는데 그것을 발견한 동급생들이 재미있어하며 전차 옆에서 달음질을 하기 시작했다. 거의 동시에 학교에 도착했다. '하, 하' 숨을 고르면서 남자아이들은 '선생님! 선생님! 저희들 전차와 달리기 경주를 하면서 왔어요.'라고 외쳤다. 그러자 선생님이 '장하다. 훌륭하다.'라며 칭찬하셨다.

"하지만 어머니, 나는 선생님이 칭찬하시는 게 이상하다고 생각해요. 그렇지 않아요? 인간 보다 빠르기 때문에 전차를 개발한 거잖아요? 심장이 나빠질 뿐이라고 생각해, 그렇지 않아요?"

어린아이인 다모쓰는 그렇게 생각한 것이었다. 노부코는 지금 다모쓰와 이야기하면서 어릴 적 전차 이야기를 생생하게 기억해냈다. 전차와 어린아이들과의 달음질에서 다모쓰가 드러낸 비판은 어린아이로서는 드문 생각임에 틀림없었다. 지금 책상 앞에 느긋하게 앉아 있는 청년 다모쓰가 동급생을 비판하는 것과 같이, 사실인 것도 있긴 하지만 어딘가 좀 더 중요한 핀트가 빗나간 것 같은 생각이 들었다.

노부코는 자연히 오치라는 인물과 다모쓰와의 관계를 생각했다. 다모쓰가 오치를 현학적이라고 생각하지는 않을까. 논쟁을 위한 논의를 하지 않는 사람이라 느끼고 있는 것일까. 사제 관계가 아닌 젊은 여자의 감각으로 오치를 받아들이고 있는 노부코는 그를 현학적인 동시에 아니꼬운 남자라고 생각했다.

"노부코, 너 슈타인 부인에 대해서 알고 있니?"

다케요가 노부코에게 물어본 적이 있었다.

"슈타인 부인이라니요?"

노부코는 의아한 표정을 지었다.

"마부의 부인이라고 하는 슈타인 부인?"

괴테와 에게르만의 대화가 번역되지도 않았을 때에 일부에서는 이미 괴테의 열기가 유행하고 있었다. 다케요가 괴테와 정인 관계였던 궁중 마부의 부인과 어떤 연관성이 있는 것인지. 다케요는 소박하게,

"정말 예쁜 사람이었다고 해."

라고 말했다.

노부코는 웃음을 터트렸다.

"괴테를 아폴론이라고 여기는 사람들은 괴테 주변의 여자들을 모두 여신처럼 생각할지도 모르지."

"왜 그렇게 빈정거려."

"하지만 어째서? 슈타인 부인이 어떻게 했어요?"

"아니, 오치 씨가 괴테와 슈타인 부인 같은 교제가 이상적이

라고 말했으니까."

노부코는 다케요의 소박함을 슬프게 들었다. 아버지와 어머니는 궁정부의 조마사 부부이고 오치는 괴테의 입장이라는 것일까.

의미를 확실히 알 수 없는 오치의 현학과 논의는 정열적인 흥분과 문학을 좋아하는 다케요에게 있어서 육감적인 매력으로 바뀌어져 있었다. 하지만 청년인 다모쓰에게 있어서 오치는 어떤 영향을 미치고 있는 것일까. 노부코는 그런 의문이 생기자 궁지에 몰린 듯 괴로운 기분이 들었다. 오치라는 인물이 다모쓰의 가정교사로 선택된 것은 잘못이었다고 생각했다. 오치의 학술적으로 치장된 심각함은 다모쓰의 본성을 청년기의 근심에서 해방시키지 못하고 오히려 청년끼리의 잘난 척과 패기와 성장력 등이 뒤섞인 왕성한 토론을, 토론을 위한 토론으로 보게 하여, 다모쓰를 이로부터 피하게 만들고 묘한 관념의 길로 끌어들이는 것은 아닐까? 노부코는 다모쓰에 대한 걱정과 자신의 무력함에 눈물을 흘렸다. 노부코도 나름대로 힘을 다해 가르치지 않으면 안 되었다. 다모쓰를 위해 가정교사를 선택할 때 자신은 생각할 여유가 없었다. 쓰쿠다와의 생활이 원만하지 않아 위태로운 나날을 보내고 있을 때였기에, 중학 4학년생인 다모쓰의 가정교사에 대해서는 생각할 수 없었다. 오치 게이치는 대학 조교로 삿사와 동향同鄕인 박사의 연구실에서 다모쓰의 가정교사로 추천되었다. 노부코는 다모쓰의 몸을 자신의 마음의 힘으로 누르는 듯한 생각으로 말했다.

"다모쓰, 가즈이치로와 너와는 성격이 너무 다르고, 나와도 몹시 달라. 이 집안에서만 생활하면 곤란해. 틀에서 벗어나지 않으면 안 돼. 세상에는 새로운 것이 있는 거야. 그러니까 진정한 친구를 찾아봐. 오치 씨는 그렇게 오랫동안 교제하면서도 너에게 그런 말도 해주지 않았다니 너무하네."

"오치 씨는 그 나름대로 여러 가지 좋은 말을 해주었어."

"하지만."

"실례합니다."

한층 격하게 말을 주고받고 있는데 맹장지 밖에서 하녀의 목소리가 들려왔다.

"사모님이 부르십니다."

"누구를?"

다모쓰가 되물었다.

"노부코 씨를……."

"바로 갈 테니까……."

슬슬 노부코가 일어나자 다모쓰도 함께 일어났다.

"나도 함께 가도 돼?"

"물론이지."

동시에 그 다다미 4조 방을 나올 때, 뒤에서 다모쓰가 그보다 키가 작은 노부코의 목덜미에 대고 낮은 목소리로 말했다.

"엄마는 내가 누나와 이야기하고 나면 무슨 말을 했느냐고 물어."

4

다음날 아침 노부코는 착잡한 기분으로 교외의 집으로 돌아왔다.

"그건 너무해요, 부인! 이 팔딱팔딱 거리는 것을 보세요. 어시장에서도 이렇게 싱싱한 것은 살 수 없을 거예요."

문을 열자 부엌 쪽에서 생선가게 젊은이의 목소리가 들렸다. 모토코素子가 빈정거리며 생선을 사는 모양이었다. 모토코는 스스로 이것저것 고른 뒤 마음에 드는 생선을 사는 것을 즐겼다.

노부코는 현관으로 올라가 응접실을 거쳐 부엌 마루방에서 얼굴을 내밀었다.

"다녀왔어."

"아아, 어서 와."

모토코가 물고 있는 담배에서 피어오른 한 줄기의 연기가 미미한 바람에 자연스레 흘러갔다. 노부코는 현관 옆의 6조 방으로 가서 옷을 갈아입기 시작했다. 거기에 모토코가 들어왔다.

"도자카動坂는 어땠어?"

삿사의 집을 노부코 일행은 그 집의 마을 이름으로 불렀다. 옷걸이에 풀어둔 오비를 묶으면서 노부코는 아리송하게 말했다.

"그저 그래."

"변함없나 보네, 하지만…."

약간 비웃듯이 모토코가 가볍게 웃었다. 다케요와 모토코는 서로 성격이 잘 맞지 않았고, 도자카 집의 기풍도 노부코들의 생활 분위기와는 근본적으로 달랐다. 도자카의 집에서 하루 묵고 오면 노부코의 마음속엔 언제나 묵직하게 약간의 무거운 감명과 풀리지 않는 불안이 남곤 했다. 그러나 그것을 모토코에게 일일이 말할 수는 없었다. 특히 다케요의 감정 상태와 그것에 대해 자신이 느끼는 사소한 것에 대해서는 입을 다물었다. 모토코의 전공은 외국 문학이었지만, 실제로 주위에 복잡하게 뒤엉켜 있는 남녀 사이의 내막에 대해서는 언제나 환상이 없는 신랄한 태도를 취했다. 모토코의 그런 비아냥거림과 신랄함이 노부코에게는 쓰쿠다와의 생활의 늪에서 나올 수 있는 실마리가 되었던 것이다. 그러나 딸로서 노부코는 다케요의 마음에 모토코가 그 언행으로 개입하지 않기를 바라는 기분이 있었다. 노부코는 다케요의 격정적인 영향에 동감하지 않고 그것을 고통으로 느끼고 있었다. 하지만 그렇다고 해도 모토코가 듣는다면 한마디로 냉소를 지을, 그런 식으로만 어머니의 감정의 물결을 보고 있는 것도 아니었다.

"부코짱."

모토코는 살창이 있는 곳에 걸터앉아 노부코를 비꼬듯이 애칭으로 부르면서 주의 깊게 바라보았다.

"도자카에 가면 언제나 어두운 얼굴로 돌아오는군."

"그래."

"뭐 어디든 부모의 집이라는 것은 그런 것이지만."

관서에 있는 오래된 도시의 여학교를 졸업한 모토코는 여자 대학에 입학한 이후 줄곧 도쿄에서 혼자 생활해 왔다. 생선가게를 하는 자산가인 아버지 요시미는 모토코와 그 남매를 낳고 죽은 부인의 여동생을 현재 부인으로 맞아 살고 있었다. 그 사람을 모토코는 오사와 씨라고 불렀다. 때로는 오사와라고도 불렀다. 그 사람과 아버지 사이에서 태어난 남동생과 여동생들에게 모토코는 조금도 편견을 갖고 있지 않다. 아버지에 대해 말할 때 눈에 눈물을 글썽이는 적도 있었다.

그러나 모토코는 아버지의 집에 대해 항의하며 살아온 자신의 존재는 결코 바꾸려고 하지 않았다.

"아버님이 꽃을 보고 기뻐하셨어?"

"그게 맥 풀리게 출장 중이셨어."

"아."

모토코는 곧 번뜩이는 무언가가 있는 듯한 눈초리를 했다. 하지만 노부코가 생각에 잠겨 있는 것을 보고는 잠자코 있었다. 모토코가 말하고 싶어 하는 것을 노부코도 금세 알아차렸다. '출장'은 시내로도 나갈 수 있다는 것이었다. 벌써 3년 정도 함께 살고 있는 요즘 노부코는 그러한 머리 회전을 오히려 모토코의 매너리즘이라고 생각했다.

"오토요 씨, 오토요 씨."

마당에 붙어 있는 객실로 간 모토코가 불렀다.

"어제 받은 과자와 차도 부탁해요."

드디어 자신의 집에서 느긋하게 쉬게 되었다는 식으로 노부코는 아이 같은 표정이 되어 좋아하는 과자를 먹었다.

"이상한 것을 좋아하는군."

모토코는 다시금 담배에 불을 붙이고 연기 때문에 눈을 가늘게 떴다.

"아, 오쓰마 씨에게서 편지가 왔어."

모토코가 이 방의 모퉁이에 놓인 서양식의 큰 테이블에서 손으로 만든 멋진 봉투를 들고 왔다.

"한번 봐봐."

노부코는 그것을 받지 않고 물었다.

"뭐라고 쓰여 있어?"

"가까운 시일에 도쿄로 온데. 여유 있게 머물 테니까 꼭 만나자는군.”

“여기에 머물려는 것일까?”

노부코는 곤란한 듯이 말했다. 오쓰마는 기온(교토)에 있는
요리 집의 주인이었다. 모토코와는 꽤 오래 전부터 친한 친구
로, 작년 이른 봄 둘이서 느긋하게 관서지방을 여행할 때는 그
오쓰마의 알선으로 고다이지高台寺에 있는 멋진 집에서 묵기도
했다. 그 집에는 모토코의 사촌형인 비단집의 젊은 주인 사토
에이里榮, 모모류桃竜라고 하는 활기찬 사람들이 드나들었다. 노
부코는 변함없이 학생 같은 흰 칼라 차림으로, 자신만 쓰고 있
는 도쿄 말씨를 속으로 불편하게 느끼면서 수줍어하며 다양한
신분의 사람들 틈에 앉아 있었다. 모토코는 ‘소설을 쓰려고 하
는 사람이 이게 뭐야!’라고, 노점상에서 생선 초밥을 먹어본 적
이 없는 노부코를 그 속으로 끌어들였다. 노부코는 입버릇처럼
자신이 자라며 들은 도덕론을 부정했다. 여자에게 적용되는 생
활의 상식에도 본능적으로 저항했다. 그렇지만 노부코는 특별
한 이유 없이 습관적으로 열리는 오쓰마와의 수다스러운 웃음
이 많은 모임에 적응하지 못했다. 바로 싫증을 내고 그만두기
일쑤였다.

“오쓰마 씨, 이곳에 머무는 게 좋지 않을까?”

마음에 걸리는 듯 노부코는 반복해서 질문했다.

“숙박이야 어차피 다른 곳에서 하겠지. 그 사람의 문제야.

혼자서 오는 것도 아니고……. 그래도 온다면 모른 척할 순 없겠지."

이 집에 오쓰마 씨가 교토에서 가져오는 그 공기가 불 것인가. 고다이지高台寺에서 모토코가 취한 날 밤이었다. 모모류 일행이 다가와서 모토코에게 사토에이의 화려한 청록색의 줄무늬 기모노를 입히고 붉은 시오제15에 금가루로 대나무를 그린 띠를 묶게 했다. 모토코의 거무스름한 피부와 화장기 없는 얼굴은 취해서 검붉게 기름이 돌아 보였고, 남색 바탕에 흰색으로 두툼한 난과 국화를 수놓은 모모류의 한에리16의 요염한 아름다움은 표정이 어두운 얼굴을 한층 더 추하게 보이게 했다. 모토코는 "뭐야, 이거! 추한 꼴을 보이게 하지 말아 줘. 부탁해."라고 하면서 그 청록색 기모노의 좌우 부분을 잡고 사다리를 비틀거리며 내려와 좁은 집 한가운데서 흔들거리며 돌아다녔다. "검둥이 신부! 검둥이 신부!" 그렇게 부르며 떠드는 모모류들의 목소리를 2층에서 들으면서, 노부코는 어수선한 큰 방의 도코노마17 문틀에 홀로 걸터앉아 있었다. 누가 보아도 취해 보이는 모토코를 놀리며, 장단을 맞추어 그 모습에 자지러지게 웃는 사람들. 그것을 불쾌하게 느끼는 것은 세상물정에 어둡다

15_ 시오제(塩瀬) : 날실을 빽빽하게 하고 굵은 씨실을 써서 가로줄을 낸 두꺼운 비단.
16_ 한에리(半襟) : 여성용 속옷인 주방(襦袢 : 맨몸에 직접 입는 짧은 홑옷)의 깃 위에 덧대는 장식용 깃.
17_ 도코노마(床の間) : 일본 건축에서 객실인 다다미방의 정면에 바닥을 한 층 높여 만들어 놓은 곳.

고 하는 그러한 세상의 관습. 노부코는 무거운 마음으로 통렬하게 그 분위기를 싫어했다.

"오쓰마 씨가 오면 소다로 씨에게 부탁해서 어딘가 다른 곳으로 데려가면 어때?"

사촌 소다로는 도쿄 지점 담당으로 니혼바시 옆의 지점에 와 있었다.

"우리 집이 아니고……."

"놀러 오고 싶다고 하니 거절할 수도 없군."

"단지 놀러 오는 것이라면 괜찮겠지만."

모토코는 잠시 노부코의 얼굴을 보았다.

"그런가."

"도쿄라면, 당연히 소다로 씨가 접대를 하겠지."

오쓰마로부터 온 편지를 들고 모토코는 자신의 책상 쪽으로 갔다.

5

모토코가 공부하는 큰 책상 위에는 두툼한 양서가 끝 부분에서 삼분의 일 정도의 페이지 부분에 펴져 놓여 있었다. 페이지 위에는 연필로 곳곳에 밑줄이 길게 그어져 있고, 글씨가 쓰여 있으며 책의 모서리는 조금 뒤로 접혀 있었다. 쓰다가 만 마쓰야松屋의 반 장짜리 원고용지도 나란히 놓여 있었다.

노부코는 바로 옆 6조 방의 서양식 책상이 놓여있는 다다미에 앉아서 신문을 펼치고 있었다. 잔디밭 정원 한가운데에는 전에 살던 사람의 아이들이 만든 씨름판의 흔적이 있어, 그곳만 둥글게 잔디가 빠져 있었다. 문과 마당의 경계에는 교외 분양지의 집답게 울타리가 없고, 떡갈나무와 석류나무가 문에서부터 현관으로 오는 길의 칸막이가 되어 있었다. 노부코가 신문을 펼치고 있는 곳에서는 석류나무의 주변부터 정원 가장자리의 싸리 덤불까지 뚜렷하게 보였다. 도자카 집처럼 바로 황폐해지거나 생활의 추이가 보이게 만들어진 마당보다 산뜻하게 되어 있어, 잡초에서도 계절의 풍성함을 느낄 수 있는 셋집의 마당이 노부코에게는 마음 편했다. 작년, 야간에 교토에서 돌아온 아침이었다. 노부코는 2층의 사닥다리 위에서 아래로 미끄러져 떨어져서 계단 밑의 나무판자가 휘어 꺾일 정도로 몸을 부딪쳤다. 그 때 살던 곳은 오이마쓰도 재봉 가게 2층도 아닌, 미국의 선교자들이 살던 옛날부터 유명한 양옥집의 근처였다. 그 집의 좁은 사다리 계단을 노부코는 슬리퍼를 신은 채 내려가다 뒤꿈치가 미끄러져, 놀라 생각할 겨를도 없이 아래로 떨어진 것이었다. 그때부터 노부코의 왼쪽 귀에 귀울림이 시작되었다. 작은 모터가 울리는 듯한 소리가 나기 시작했다. 모토코가 2층이 없는 좀 더 한적한 곳에서 살자고 제안해서 대문 옆에 밤나무가 자라고 있는 이곳으로 이사해 온 것이었다.

아침, 「아사히 신문」의 한 면 가득히 「후쿠스케 다비의 성장福助足袋の生き立ち」이라는 오카모토 잇페18의 만화 광고가 나왔다. 다비19 모양의 머리를 한 후쿠스케20가 여러 가지의 공정을 거쳐 손님의 앞에 나서기까지의 경위가 태평스레 만화로 실려 있었다. 남쪽 툇마루로부터 비쳐오는 태양의 따스함에 신문의 잉크 냄새가 다소 강하게 났다. 펼친 신문 위에 노부코가 몸을 웅크리고 있으니, 모토코가 어느덧 밖에서 돌아와 그대로 걸어와서는 다타키21에 게다를 벗어던지듯이 했다.

"바보 취급하고 있어!"

그리고는 손에 들고 있던 돈지갑을 노부코의 책상에 내팽개쳤다.

"통화했어?"

이 주변에는 전화를 빌릴 곳이 없었다. 모토코는 전차 정류장 근처까지 가서 소다로가 있는 곳에 전화하고 온 것이었다.

"걸었는데, 오쓰마는 오지 않는대."

"― ……."

18_오카모토 잇페(岡本一平)(1886~1948) : 정치, 사회의 풍자 만화가로 유명.

19_다비(足袋) : 일본식 버선.

20_후쿠스케(福助) : 행복을 가져 온다는 인형(키가 작고 머리가 크며 상투를 틀고 예복을 갖추어 정좌한 남자인형).

21_다타키(三和土) : 회삼물(석회 · 자갈 · 황토를 섞어서 갠 것)로 굳힌 현관 · 욕실 · 부엌 등의 바닥. 요즘에는 콘크리트 바닥을 일컫기도 함.

노부코는 아쉽다는 듯 맞장구를 칠 수가 없었다.

"형편이 나빠진 걸까……."

"글쎄, 어떻게 된 건지. 사랑싸움이라도 해서 마음이 변한 거겠지."

팔짱을 끼고 툇마루 기둥에 기대어 모토코는 또 말했다.

"사람을 바보 취급하고 있어!"

그리고 불끈 화가 난 입 모양을 했다.

"상관없어. 나는 글을 쓸 수 있고, 네 번역도 이제 한숨 돌릴 수 있으니까……."

"부코짱은 그런 패거리에게 편견을 가지고 있으니까 그리 생각하는 거야. 하지만 업신여기고 있잖아. 못 온다고 편지를 보내오면 내가 충분히 이해할 수 있는 인간인지 아닌지 오쓰마는 잘 알고 있으면서……. 소다로 씨가 있는 곳에 전보를 보낼 거면 당연히 이쪽에도 보냈어야지."

"소다로 씨에게는 전보가 왔어?"

"그래. 어제 왔데. ─ 오쓰마 같은 여자조차 그런 방법을 쓰는 거야. 그러니까 싫어."

오랜 세월 알아온 오쓰마가 모토코의 진심을 가볍게 여기고, 자연스럽게 남자인 소다로와 여자인 모토코 사이에 차이를 두어 대우했다. 그 점을 모토코는 화내고 있는 것이었다.

모토코는 대인관계에서 상처받기 쉬운 성격이었다.

"도자카에 계신 어머니 같은 정열 따위 나는 정말 싫어. 자상함이 없으면 인간의 어디에 좋은 점이 있겠어."

매일 함께하는 생활 속에도, 노부코가 지금까지 함께 살면서 몰랐던 세세한 모토코의 감정이 있는 것이었다.

잠시 기둥에 기대어 있던 모토코는 이윽고 옆방으로 가서 예쁜 연지색의 투명한 파이프에 담배를 끼워 천천히 피우며 자신의 책상으로 향했다. 철한 원고를 읽고 고치는 기미가 보였다.

"부코짱―있어?"

"응."

"이 편지 끝에 언제나 붙어 있는 '누구누구에게 인사해주세요.'라는 문구 말이야. 직역하면 그렇게 밖에 방법이 없지만 왠지 어울리지 않아."

체호프는 병으로 말년은 야루타[22]에서만 지냈다. 예술 자리의 주역 여배우였던 젊은 부인 올가는 연극 시즌 동안은 모스코바에서 지냈다. 체호프는 그 부인에게 성실하고 친절하게 배우 공부를 위한 충고를 해주고, 남편으로서의 격려를 담아 편지를 썼다. 감정에 과장이 없는 체호프다운 유머, 아버지 같은 사랑과 예술가의 기골로 채워져 있는 이러한 편지가 모토코의 마음에 들어 벌써 일 년 가까이 번역에 매달려 있는 것이었다.

22_우크라이나공화국 남부, 크림반도 남부의 흑해를 접한 해항, 요양지.

51

"일본식으로 말하자면 '잘 부탁합니다.'라는 것이겠지만……."

"하지만 단지 잘 부탁한다며 입으로만 말하는 것 같아. 머리 숙여 절을 한다는 러시아 사람다운 동작의 재미가 나타나지 않으니까."

노부코는 1월경 쓰키지 소극장[23]에서 처음으로 보았던 고골리의「검찰관」이란 연극의 재미를 생각해냈다. 그 무대는 매우 명암이 짙고 신선하며 인상 깊었다,

"―어떻게 할까……."

이쪽 방에서 노부코도 책상에 앉아 최근 글을 끝내 철한 장편 소설을 읽기 시작했다. 쓰쿠다의 집을 나와 2층을 빌려 살 때부터 고마자와에 있는 이 집에 와서 2년째 겨울을 맞이할 때까지 계속 쓴 소설이었다. 그것은 소녀의 마음에서 완전히 벗어날 수 없었던 노부코가 뉴욕에서 지내기 시작해, 쓰쿠다와 결혼하고 그것이 파괴된 경위를 좇은 작품이었다. 5년 동안 괴로워하며 스스로 보람이 있는 생존을 위해 추구해온 길을, 그렇게 다시 더듬어 볼 수밖에 새로운 걸음을 내딛을 수가 없었다. 도자카의 집에 있어서, 노부코가 확실히 밖에 있는 딸의 입장에 서게 된 것도 그 소설과 관계가 있었다. 다케요는 딸의 소

23_쓰키지(築地) 소극장 : 1924년 쓰키지에 설립한 일본 최초의 신극 전문 극장 및 소속 극단명.

설을 한 줄 한 줄 읽었다. 그리고 여주인공의 어머니로 등장하는 인물을 현실의 자신과 비교해 감정이 상할 때마다 노부코를 도자카로 불러들였다. 그때마다 노부코는 슬픈 표정을 하고 다케요의 꾸중을 들었다. 너는 냉혹해. 그런 말을 들었다. 자기중심주의자는 자신만 만족하면 그걸로 좋겠지. 그렇게 큰소리로 비난했다. 오치와의 관계가 깊어지고부터 다케요의 심정은, 노부코에 대한 오치의 비평을 기준으로 하여 여전히 복잡하게 고정되었다.

"노부코 좀 더 공상적인 아름다운 소설을 써봐, 응? 너는 쓸 수 있어. 그 훌륭한 색채로, 그럼."

천성적으로 남들과 잘 어울리는 삿사는 모녀의 싸움에 지쳐 이렇게 말했다. 노부코는 그런 말을 듣고는 눈물을 글썽이며, 두꺼운 뼈마디에 털이 나 있는 아버지의 따뜻하고 그리운 손을 자신의 달아오른 손으로 잡았다. 삿사가 천진난만하고 아름다운 색채라고 칭찬한 작문은 노부코가 15, 6살 때쯤 초등학교 동창회 잡지에 쓴 환상적인 작문이었다. 노부코는 29세가 되었다. 어떻게 15세의 소녀의 마음으로 돌아갈 수 있을 것인가. 노부코는 연기에 숨이 막혀 질식하면서도 그 터널을 완전히 빠져나올 수 있다고 결심한 사람처럼 소설을 계속 썼다. 소설은 어느 선배 여성 작가가 사는 곳에서 우연히 모토코와 알게 되는 부분에서 끝나, 쓰쿠다와의 비극적인 정경이 마지막에 그려지고 있었다.

책상 위에 한쪽 팔꿈치를 세워 턱을 괴고 오른손으로 잡지에서 오려 철한 소설을 넘기며, 노부코의 얼굴에는 서서히, 하지만 감출 수 없는 힘으로 다가오는 깊은 생각에 빠졌다.

그 소설을 다 쓰고 나서 노부코는 한 가지 진정한 사실을 배웠다. 그것은 쓰쿠다도, 여주인공의 어머니도, 여주인공도, 악인이라고 할 만한 사람은 그 관계 속에 없다는 것이었다. 쓰쿠다도 때와 장소를 떠나 한 사람으로만 보면 오히려 정직한 사람이라는 것을 알았다. 다케요가 어떠한 남자를 맘에 들어 하는 성격이냐 하는 것을 파악하여 행동하거나, 노부코를 향한 감정 표현을 다케요의 맘에 들게 포장하거나 하는 것을 쓰쿠다는 몰랐다. 오치의 존재와 그 다케요를 향한 영향의 크기를 견주어 보면, 지금 노부코에게는 쓰쿠다의 어색하고 빛이 부족한 정직함이 이해되었다. 쓰쿠다가 정직했다는 것에 대해서, 노부코는 여자로서 지극히 기묘한 발견을 하고 있었다. 이제 막 스무 살이 된 노부코는 거의 갑절 정도 연상인 쓰쿠다와 결혼하려고 결심했을 때 엄마가 되는 것을 두려워했다. 아이를 가진다는 것이 본능적으로 경계되었다. 쓰쿠다는 노부코의 그 불안에 대해서 약속했던 것을 함께 지낸 마지막 순간까지 지켰다. 헤어지려 해도 또 본래 자리로 되돌아오는 부부의 어두운 격정의 순간, 쓰쿠다가 그때를 이용하려고 했다면 몇 번의 기회가 있었다. 하지만 쓰쿠다는 괴로운 나방처럼 노부코의 주변을 맴돌면서도 약속은 어기지 않았다. 노부코를 자기 자식의 엄마로 하여 속박하려고 하지는 않았다.

노부코가 쓰쿠다의 집을 나와 반년 정도 지났을 때, 노부코에게 분개한 쓰쿠다의 친구들이 쓰쿠다를 가장 행복하게 해줄 것 같은 한 부인을 소개해 두 사람은 결혼했다. 이번에는 어떻게 해서라도 아이를 갖기로 했다는 이야기를 노부코는 소문으로 들었다.

"그것도 좋겠지."

모토코는 그 이야기가 나왔을 때 쓰쿠다의 평범함에 어울린다는 식으로 짧게 웃었다. 노부코는 말없이 마당의 대나무 잎이 바람에 흔들리는 것을 쳐다보고 있었다.

쓰쿠다가 노부코를 그 속에서 지키려고 했던 가정의 행복이라는 것은, 젊은 노부코가 계속 추구하며 살아가던 생활과는 결코 일치하지 않는 것이었다. 게다가 다케요가 열망하고 있는 삿사 집과 노부코의 번영, 명성이라는 것과도 쓰쿠다의 생활 목표는 달랐고, 노부코의 바람과도 동떨어져 있었다. 세 모습의 인생에 대한 소원이 도모에[24]가 되어 끓어올랐다.

쓰쿠다와 헤어져 장편 소설로 또다시 그 생을 되돌아본 노부코는, 모토코와의 생활 속에서 만날지도 모를 남자를 연상하며

24_도모에(巴) : 소용돌이치는 모양(무늬). 또는 그것을 도안화한 것.

두 번째 결혼이라든지 가정생활이라는 것을 생각하는 것은 도무지 불가능했다. 노부코의 몸과 마음속에서 노부코를 한곳에 머물지 못하도록 하는 힘, 그것을 노부코는 뭐라고 이름 붙이면 좋을지, 어떻게 조치하면 좋을지조차 모르고 있었다. 세상 사람들이 결혼과 가정생활을 인간의 하나의 안정된 삶이라고 규정할 때, 정해진 안정에 만족하지 않는 한 여자가 반복적으로 다음 상대를 구하고 가정생활을 되풀이해보고 싶다고 생각하는 것은 어떤 필연적인 의의가 있는 것일까.

노부코는 천성적인 성격에 속하는 타인과의 친교와 어린아이 같은 순수한 신뢰나 대범함을, 일상생활의 섬세한 사항은 모토코에게 모두 맡겨버린 지금의 모습으로 생활하고 있었다. 남자처럼 말을 하면서도 실제로는 자질구레한 모든 것을 스스로 준비하지 않으면 마음에 들어 하지 않는 지극히 여성적인 모토코를 의지하며, 노부코는 소설을 계속해서 써왔다.

"노부짱은 도대체 어떤 성격인지, 나는 이해할 수 없어."

오이마쓰초에 살고 있을 때, 찾아온 다케요가 몹시 불쾌해하며 말했다.

"마치 요시미란 사람이 주인 같잖아. 하나부터 열까지 너에게 명령하고 말이야. 경제적인 것도 그 모양으로 봐서는 어차피 요시미 씨가 지배하는 것 같은데. 일단 믿게 되면 노부짱은 맹목적이야."

노부코는 쓴웃음을 지었다. 노부코는 두 사람의 살림 전부를 모토코에게 맡기고, 자신의 수입도 자기가 관리하지 않았다.

"괜찮아요. 저보다 잘하고 좋아하는 사람이 하는 게 낫죠."

철한 소설을 읽고 있을 때 노부코의 표정에 점점 그늘이 짙어진 것은, 여자들만이 사는 이 평온한 교외 생활에서 노부코의 마음에 어느덧 싹트기 시작한 의심 때문이었다.

너무 오랫동안 숨죽이고 살아왔다는 것을 깨닫자 갑자기 불안해졌다.

"부코짱."

옆방에서 모토코가 말을 걸어왔다.

"방에 있어?"

"응."

"사이토에게 죽순 캐러 오라고 말하지 않으면 나중에 그 부인이 또 난리칠 거야."

그 집은 사이토라는 군인이 소유한 집이었다.

"…그렇겠지."

"내일이라도 도요를 보낼까?"

"그게 좋을지도 몰라."

모토코에게 그 감정을 숨기지 않고 노부코는 적은 말수로 평온하게 맹장지 너머로 대답을 했다. 지평선 저편에 한 뭉치의 구름이 솟아 나왔다. 푸르고 맑고 넓은 하늘과 비교했을 때 그 구름 뭉치는 매우 작아서, 그것을 불어 흔드는 바람도 일지 않을 때, 그 구름의 그늘에 대해서 노부코는 뭐라 말할 수 있을까. 석류 줄기에서 미끄러지듯 촘촘한 잎을 스치며 교외의 먼지 없는 햇볕이 잔디밭에 넓게 비치고 있었다. 밝은 태양을 향해 눈을 가늘게 떠, 노부코는 턱을 괸 채 가만히 마음의 지평선이 보이기 시작한 작은 구름 뭉치를 주시했다.

6

토요일 오후의 일이었다.

노부코들이 살고 있는 고마자와의 안집 다다미 4조 반의 방에서 러시아어 학습이 시작되었다.

노부코가 오이마쓰초의 일본 버선집 옆 골목에 있는 재봉집의 2층을 빌려 쓰고 있을 때 그 방에는 동서쪽으로 2개의 유리 창문이 있었다. 추위와 강한 햇볕으로 견딜 수 없었던 노부코는 부드러운 색채의 초롱꽃 무늬를 물들인 두꺼운 비단을 사와 커튼으로 사용했다. 그 비단이 이 집에서는 작은 요의 덮개로 쓰여 니스 칠한 긴 의자 위에 귀여운 쿠션처럼 놓여 있었다. 노부코와 아사하라 후키코가 얌전한 여학생처럼 거기에 나란히 앉아 있었다. 모토코는 혼자 조금 떨어져 옆의 등나무 의자에 앉아 작은 테이블을 가까이 하고 있었다. 세 사람의 앞에는 벨리츠의 녹색 표지의 교과서와 공책이 있었다. 외국인을 위한 러시아어라는 제목이 적혀 있었다. 그 책의 처음 부분을 펴고 모토코가 조금 쉰 듯한 특징 있는 목소리로 '그것은 무엇입니까?' '그것은 연필입니다.' '어떤 연필입니까?'라는 간단한 문답을 러시아어로 천천히 읽었다.

"아사하라 후키코浅原蕗子 씨 읽어보세요."

모토코가 선생님처럼 말했다. 후키코는 무릎 위에 펼쳐져 있던 책을 집어 들고 희고 통통하고 대범한 입매로 익숙하지 않은 발음으로 긴장하면서 하나하나 정확하게 열심히 읽었다. 후키코의 소녀다운 아담한 입술이 외국어를 발음할 때 새삼스럽게 떨렸다.

"자 이번에는 당신."

노부코도 진지하게 짧고 단순한 문장을 읽었다. 하지만 노부코는 R의 혀를 많이 감아올리는 발음이 잘 되지 않았다. 목을 흔들듯이 힘을 주어도 L에 가까운 부드러운 소리밖에 나지 않았다.

"이상하네. 이렇게 해봐."

모토코는 무거울 정도로 숱이 많은 머리를 묶은 얼굴을 북쪽 창문의 밝은 쪽으로 향해 자신의 입 안이 노부코에게 보이도록 하여 발음해 보였다.

"아르(R), 르, 르."

"내 혀는 조금 짧아."

몇 번을 해도 발음하지 못하자 노부코가 변명하듯이 말했다.

"영어의 R도 제대로 되지 않아. 귀가 나쁜 것이 아니라 혀 상태가 나쁜 거야."

"다른 것은 잘 굴리면서 R발음만 안 되는 혀가 있을까."

후미코가 고향의 어머니가 마련해서 보내준 색이 연하고 대범한 무늬의 기모노에 둘러싸여 있는 후키코가 젊은 큰 몸집을 움직이며 웃었다.

세 사람은 그때부터 한 시간 남짓 연필을 주제로 여러 가지로 조합된 문법의 변화를 학습했다.

"오늘은 이쯤 하지."

그러자 소매를 살짝 올려 후키코가 시간을 보았다.

"아까 말한 내 친구가 찾아올 것 같은데, 조금 더 이곳에 있어도 될까요?"

"그래, 그래. −괜찮아요."

노부코는 차를 준비하려고 일어섰다. 러시아어 학습은 아사하라 후키코가 주체고, 노부코는 청강생 같은 형식이었다. 모토코의 친구가 같은 전문학교 선배인 아사하라를 소개하여 러시아어를 배우고 싶다며 왔을 때, 모토코도 노부코도 큰 체구의 온순하고 말수가 적은 젊은 사람이 어째서 그 공부를 하고 싶어 하는지 잘 이해할 수 없었다. 후키코는 그 전문학교에서는 국문과 상급생이었다. 처음 후키코가 왔을 때, 모토코가 다소 빈정거리며 놀리듯이,

"이유가 없지는 않겠죠? 나에게는 말해줄 수 없나요?"

후키코는 약간 얼굴을 붉히며 불편한 듯 미소를 지었을 뿐 아무런 말도 하지 않았다. 그런 태도에서 후키코가 고집쟁이로 느껴지기보다는 마음이 넓은 사람으로 인식되었다. 후키코는 토요일마다 오후에 1시간 반 동안 공부하기로 했다. 후키코가 교과서를 준비할 때 노부코도 자신의 것을 사왔다.

번역을 시작하고 나서 모토코는 가끔의 상담 상대로서 필립 포흐라는 러시아 사람과 알고 지냈다. 오이마쓰초에 셋방살이를 시작했을 무렵의 어느 날 밤 노부코도 모토코를 따라 필립 포흐라는 사람의 집을 방문했던 적이 있었다. 1917년 혁명 때 극동 어느 작은 마을에서 부모와 생활하다 소동이 있어 부모는 죽고 자신은 일본으로 도망쳐 왔다는 필립포흐는, 28세로 윗미닫이틀에 머리가 닿을 정도의 신장이었다. 회갈색의 조금 긴 머리를 뒤로 넘기고 파란색 눈동자를 하고 있는 필립포흐는 간다神田에 2층을 빌려서 러시아풍의 주름 많은 치마를 입은 젊은 부인과 태어난 지 얼마 안 된 아기와 살고 있었다. 계단 아래에는 제법 서민풍의 머릿기름을 바른 할머니가 살고 있었다. 2층

으로 올라갈 때 내부가 보이는 위치에 있는 방의 장지 밖에는 연예장의 가로닫이 막처럼 꾀죄죄한 큰 천이 빙 둘러쳐져 있었다. 필립포흐는 그 2층의 두 개의 작은 다다미방에 의자, 테이블, 큰 책장, 아기 요람, 재봉틀, 아기 목욕시키는 큰 대야, 함석의 큰 관, 식기 선반 등 생활에 필요한 모든 것을 들여놓고 생활하고 있었다. 촉광이 작은 전등 불빛이 일본인의 습관으로서는 상상도 못할 정도로 많은 짐이 잘 정리되어 있는 그 방을 비추고 있었다. 벽에는 빨간 실과 검은 실을 감은 아름다운 러시아의 자수 장식이 꾸며져 있었고 그 방에 있는 모든 것에서 기름 냄새가 풍겼다. 노부코는 필립포흐를 만나서 처음으로 러시아어의 매력을 느낄 수 있었다. 동시에 쿠프린의 소설 등에서 읽은 것처럼 목적지가 없는, 게다가 농후한 생활 분위기가 도쿄의 한구석에 살아 있다고 느꼈다.

그러나 필립포흐는 모토코가 필요로 하는 만큼의 교육을 받지 못한 것 같았다. 유달리 키가 크고 마른 몸에 검은 옷을 입은 필립포흐는 사용하는 모국어는 알고 있었지만 문학적으로서의 자세한 언어를 탐구하게 되면 파란 눈에 거의 절망적인 표정을 띠었다. 그리고 얼굴만큼이나 긴 손으로 회갈색의 머리카락을 쓸어 올렸다.

마침 그 무렵, 일본의 어느 이학자理學者의 부인인 러시아 음악가가 있었다. 그 부인의 어머니와 여동생이 그녀를 따라와 도쿄에서 살고 있었다. 모토코는 이윽고 와르와랴·도미토리에버나라고 하는 그 여동생의 집에 드나들게 되었다. 필립포흐의 생활이 서민풍인 것에 비해 와랴라고 불리는 그 사람의 생활은 노부코에게 러시아의 수도가 페테부르크로 불리던 시대의 지식인과 같은 분위기를 느끼게 했다. 고이시카와 집의 한적한 옛 풍의 객실은 좁은 일본 다다미를 서양식으로 쓰고 있는 것 같았지만, 전등에는 명주로 만든 갓이 씌워져 있었고, 맹장지 옆에는 묵직하고 오래된 흔들의자가 놓여 있었다. 거무스름한 복장의 러시아 부인은 와랴를 찾아온 모토코와 노부코를 자신의 집 손님으로 접대했다. 노부코와는 영어로 대화했다.

와랴는 화가였다. 굵고 부드러운 밤갈색의 단발머리에 앞머리는 눈썹까지 닿아 있었다. 두 눈동자는 멋진 갈색 빛이었다. 작은 체구지만 살집이 있는 뚜렷한 와랴의 얼굴 생김새에는 따스함이 있었다. 얘기해보니 전혀 외국 부인이라는 느낌이 들지 않았다. 독일 사람을 남편으로 두고 행복하게 살다가 사별했다는 이야기도 들을 수 있었다. 와랴와 모토코가 2층의 서재로 조사하러 간 사이 노부코는 객실에 부인과 남아 있었다. 러시아 음악과 오페라 이야기를 할 때 연장자인 부인의 엄숙한 얼굴에서 생기가 돌았다. 마치 어젯밤 그 화려한 관람석에 있었던 것 같았다. 일본에도 수년 전 안나 파블로바가 온 적이 있었다. 노부코는 그때 「빈사瀕死의 백조」의 아름다움에 감동을 받았다.

나는 이제 두 번 다시 러시아에 돌아가지 않을 거예요. 하지만 러시아어의 겨울과 음악과 춤은 평생 그리워하겠지요. 부인은 러시아식으로 만든 잼을 권하면서 노부코에게 말했다.

필립포흐 부부의 생활과 와랴의 가족들은 노부코에게 옛날부터 지금까지의 러시아 사회의 일부분을 보여주는 것 같았다. 망명해 와서 배계로인[25]이라 불리는 그들은, 약속이나 한 듯 1917년 전후의 일은 이야깃거리로 삼지 않았다. 그 당시부터 잠시 러시아의 사회와 예술의 변화에 대해서 특별한 태도를 갖고 있던 부인에게서도 그 시절 일본에도 전해져 오고 있던 루나차르스키라든가 메이에르호리라는 이름은 나오지 않았다. 체호프의 연극이 그대로 살아 있는 것 같은 사람들의 생활 분위기와 풍습은 노부코에게 지금까지 문학으로 친숙해진 러시아를 가깝게 느끼게 함과 동시에 새로워진 지금의 러시아는 어떻게 바뀌었을까 하는 호기심을 가지게 했다. 후키코가 러시아어를 배우러 오게 되었을 때, 모토코는 어차피 시간을 내어 가르치는 거니까 노부코에게도 공부하기를 권했다. 그러한 이유도 있지만 노부코가 러시아에 끌리는 점도 있었던 것이다.

학습이 끝난 방에 노부코가 차를 들고 가니, 모토코가 언제나처럼 빨갛고 투명한 파이프를 입에 물고 재밌는 듯 웃었다.

"역시 그렇게 말하니 정말 그렇구나."

25_배계로인:1917년 10월 혁명 후 국외에 망명한 소비에트 정권에 반대한 러시아인.

"뭐가?"

"아사하라 씨가 말이야, 와랴 씨의 눈은 다른 외국인과 달리 가만히 보고 있어도 이상해지지 않는다고 해."

"이상해진다니……."

노부코는 잘 이해가 되지 않아서 다시 물었다.

"어떤 식으로?"

후키코는 도톰한 입매에 반쯤 미소를 띠우며 말했다.

"파란 눈을 너무 오래 보고 있으면 점점 그 사람이 무엇을 생각하고 있는지 알 수 없게 되잖아? 하지만 이전에 처음 봤던 와랴 씨의 눈은 우리들의 눈과 그다지 다르지 않아서 가늠 할 수 있었으니까."

"정말, 그리고 보니 미스 도리스도 눈만 바라보고 있으면 뭐가 뭔지 속을 알 수 없어."

미스 도리스는 후키코가 다니는 전문학교의 영어 교사로 평판이 좋았다. 그 사람은 노랑머리에 짙은 보랏빛 눈을 하고 있었다.

"필립포흐 씨의 눈도 그래."

"그것은 색의 문제가 아니야."

모토코가 단정적으로 말했기 때문에 후키코도 노부코도 웃기 시작했다.

"그 사람은 인생 자체가 그런 식이라서 말이야."

"실례합니다."

그때 현관에서 남자의 목소리가 들렸다.

노부코가 나가보니 남자와 여자, 두 명의 손님이 현관에 서 있었다.

"어머……."

노부코가 테니스 모자를 벗은 다케무라 에이조에게 물었다.

"……함께?"

"아니요. 저기 후키코 씨 계십니까?"

여자 손님은 그 질문에 당황한 듯 자신이 다케무라 히데미쓰竹村英三와 함께 온 사람이 아니라는 것을 확실히 했다. 그 목소리를 듣고 후키코가 나왔다.

"늦었네요."

"아아, 이거 같이 오게 되었네요. 문 앞에서 만났습니다만."

그렇게 말하며 다시 젊은 여자 손님을 보고 있는 다케무라에게 모토코가 객실에서 말을 걸었다.

"다케무라 씨, 잠시 방으로 올라오겠어?"

후키코의 친구는 취직을 상담하러 와 있는 것이었다. 요시가와라는 그 삐쩍 마른 여자는, 후키코와 같은 학교의 영문과를 작년에 졸업했다.

"그것은 신경 쓸 만한 일도 아니지만."

모토코는 위의 눈꺼풀을 찌푸리는 듯한 시선으로 요시가와의 깔끔한 흰 옷깃을 지긋이 보았다.

"당신도 역시 집안 형편은 괜찮지요?"

"……생활이 어렵지는 않지만……."

"어쨌든 처자식이 있는 남자도 이렇게 직장을 못 구하는 시대이니까요. 경제적으로 어렵지 않는 아가씨가 구태여 한 사람 몫의 일을 가로채지 않아도 되지 않을까요."

노부코와 교체하여 긴 의자에 나란히 앉은 후키코와 요시가와는 역시 라는 식으로 잠시 서로의 얼굴을 마주 보았다. 후키코가 조심스럽게 말했다.

"난 왠지 그런 기분도 들긴 했지만…."

쇼와[26]로 연호가 바뀐 지 얼마 안 되었을 무렵, 취업 전망을 갖고 전문학교를 졸업한 청년들은 행운이었다. 한편으로는 예술 쪽의 제일인자라는 출판사가 서로 큰 규모의 예약 출판 모집을 시작했고 대형 신문 일면에 턱하니 광고가 나오기도 했다. 출판사끼리의 판매 전쟁에서 기쿠치 간菊池寬, 야마모토 유조山本有三라는 작가가 연맹으로 위엄 있게 항의서 같은 것을 신문에 공표하고 있는 것 등을, 노부코는 소설을 쓴다고 하면서도 자신의 생활과는 거리가 먼 감정으로 바라보았다.

말수가 적고 묵직한 후키코는 젊은 동료들의 취직이라는 것에 대해 여러 가지로 마음을 움직여 생각하고 있었다. 20세를

26_서기 1926년 이후의 일본 연호.

갓 넘긴 그런 후키코에게, 노부코는 애틋함을 갖고 다가서는 자신을 느꼈다. 모토코가 결론을 내리듯이 말했다.

"뭐, 지금은 열심히 공부해서 새로 나온 러시아 소설이라도 읽어두는 편이 좋겠지요. 어차피 그쪽과 관련된 일이고 지금까진 오래된 것만 읽었을 테니까."

"그럼, 다음에 뵐게요."

모토코의 말에 수긍하듯이 하며 후키코와 그 친구는 돌아갔다.

다케무라는 8조 툇마루의 기둥 밑으로 의자를 가져와 혼자서 담배를 태우고 있었다.

"어, 고마워."

모토코가 그렇게 말하면서 자단으로 만든 네모난 책상 모퉁이에 줄무늬 비단 겹옷을 걸어두었다.

"…요즘 젊은 여성은 변했어."

모토코가 러시아 문과에 다닐 때 그 대학의 상급생이었던 다케무라는 모토코와 남자 친구처럼 말했다.

"어쨌든 경제적으로 독립해서 일하지 않으면 안 된다고 생각하게 되었으니까 큰 진전이지."

여성의 경제적 독립이 필요하다고 하는 것은 어느 여성 잡지에서나 취급하는 화젯거리가 되어 있었다. 실제로 실업이 그렇게 심각한 문제로 현실적으로 받아들여지지 않고 구리야가와 하쿠손[27]이 거듭해서 쓰고 있는 연애론의 로맨틱한 색채의 확실한 증거가 되는 조건처럼, 여성 경제상의 독립이라고 하는 것이 취급되어지고 있는 경향이 있었다.

　모토코와 다케무라는 한 사람은 툇마루, 한 사람은 탁상 앞에, 서로 떨어진 곳에 앉아서 조용히 담배 아지랑이를 피워 올리면서 이야기했다. 그것을 듣고 있던 노부코에게 마당 한쪽의 닭이 보였다. 어디에선가 수탉이 암탉을 데리고 거기로 들어와서 놀고 있었다. 닭은 '꼬꼬 꼬꼬'하고 울며 무거워 쳐진 닭 벼슬을 흔들면서 땅에 쌓인 낙엽 사이를 파헤치고 있었다. 5월 말의 청록색 속에서 움직이고 있는 하얀 닭의 모습은 한산한 오후 태양의 이동 속에 있다.

　다케무라와 이야기하는 모토코의 말투에는 일종의 어조가 있었다. 어떤 남자 친구들이라도 모토코가 이야기할 때의 어조는 동일했지만, 그 어조는 모토코가 다른 여자 친구들이나 와라를 상대로 말하고 있을 때, 성실하고 진심어린 대화는 어딘가 달랐다. 모토코는 솔직한 사람이라 남자 친구도 많았는데, 그 친구들과의 교제에서 모토코는 자신이 여자처럼 취급받는 것을 피해온 나머지 부자연스러울 정도로 자신을 남자답게 표현했다. 어투뿐만 아니라, 교제하는 남자 친구들과 교양을 갖춘 범위에서는 사귀지 않았다. 그러나 보통의 여자 친구들에게

27_구리야가와 하쿠손(厨川白村)(1880~1923) : 영문학자.

는 남자들에게 드러내지 않는 습관적인 생활 모습을 스스럼없이 드러냈다.

모토코의 친구 중에 가모라고 하는 신슈信州 선사의 젊은 주지가 있었다. 그 사람은 노부코의 집에서 멀지 않은 곳의 종교 대학 대학원에 있었다. 노부코는 잡지에 실려 있는 도원道元의 전기傳記 등에 흥미를 갖고 있어 가모와 그 이야기를 했다. 모토코는 잠시 동안 그대로 이야기하게 놔두고, 언젠가 신슈에 눈이 오던 날 고타쓰에서, 라며 거기에 얽힌 여러 가지 이야기와 게이샤와의 유흥으로 화제를 옮겼다. 그것도 지극히 현실적으로 하룻밤에 얼마라는 것까지 언급하며 말했다. 자못 선가禪家의 사람답게 오구라의 하카마28를 낮게 입은 가모는 도원의 일을 이야기하던 어조 그대로 게이샤에 대한 이야기를 했다.

지금, 다케무라는 빈번히 젊은 여성의 근래의 적극성을 칭찬하고 모토코는 그것도 어느 정도 알려져 있다는 식으로 응대하고 있다. 하지만 노부코는 잘 이해되지 않는 점이 있었다. 조금 전 후키코와 요시가와가 취직 상담을 하러 왔을 때, 모토코는 가정을 가진 남자의 실업이 많을 때이므로 생활에 어려움이 없는 아가씨들은 직업을 가지지 않아도 된다고 말했다. 후키코도 동의하며 그리 매듭짓고 돌아갔다. 노부코도 역시 그때는 그렇

28_하카마(袴) : 일본 옷의 겉에 입는 아래옷. 허리에서 발목까지 덮으며, 넉넉하게 주름이 잡혀 있고, 바지처럼 가랑이진 것이 보통이나 스커트 모양도 있음.

게 생각했지만, 다시 생각해보면 그 결론에는 조금 이상한 점이 있었다. 먹고 살기에 곤란하지 않다는 것이 그녀들에게 있어서 부모에게 신세를 지는 생활을 의미하고 있는 이상, 그녀들의 마음에도 어떤 형태로든 노부코가 괴로워했던 것처럼 '큰따님'으로서의 고통이 있는 것이겠지. 노부코의 어머니는 노부코가 쓰쿠다와 결혼했을 때 결혼도 멋대로 했으니 경제상의 문제도 모두 스스로의 힘으로 해결하라고 했다. 노부코는 새 이불 한 장 마련하지 못하고 살던 집에서 나와, 석양이 방 안의 벽까지 들어오는 옆 동네 뒷골목 집으로 쓰쿠다와 이사를 했다. 그 흰 옷깃을 반듯하게 여민 요시가와라는 아가씨가 여러 가지 의미로 부모의 제약이 적은 생활을 하고 싶어 직업 문제를 생각한다면, 남자의 실업이 이렇게 많다고 해서 인간으로서 성장하려고 하는 여자에게 취직하지 않아도 좋다고 하는 것은 잔혹하게 생각되었다. 하지만 요시가와 한 사람이 취직하면 분명 어딘가에서 한 사람의 실업자가 생기는 것은 명백하고, 그 사람이 남자든 여자든 요시가와보다 좀 더 절실한 삶의 수단으로서 직업이 필요한 사람일지도 모른다. ―노부코는 그러한 현실의 복잡한 엇갈림이 어디에서부터 해결되어야 하는 일인지도 알 수 없었다.

　다케무라는 부인의 경제적인 독립이라는 것에서 나아가 여성 문화라는 말을 했다. 지금까지의 일본은 너무 남자들의 사회였다. 더욱 여성의 힘이 발휘되어야만 한다, 는 의미에서.

"─하지만 나는 그것만으로는 잘 모르겠어. 여자가 자신의 힘으로 돈을 벌어서 스스로 살고 싶은 대로 산다……. 그걸로 끝난다면 뭔가 부족한 것이 있어. 무엇 때문에 그렇게 살고 싶은 대로 사는 것인지, 그것이 확실히 하지 않으면….'

이것은 당연히 모토코와 노부코 자신의 생활 방식과 관계되어 있는 감상이다. 모토코는 불을 붙이지 않은 빨간 파이프를 물고 있다가,

"처음 듣는 이야기네."

노부코만이 알 수 있는 약간 변한 목소리와 표정으로 말했다.

"그런 거 조금도 말한 적 없잖아."

모두 잠시 침묵했다. 그리고 또 노부코가 말했다.

"예를 들면 잡지 하나를 내더라도, 무엇을 위해 그것을 내는 것인지 확실히 모르면서 단지 여자가 그것을 낸다고 하는 것만으로 진정한 가치가 있다고 말할 수는 없겠지……."

잡지로 예를 들어 말했지만, 그런 말을 꺼낸 노부코의 마음속에는 자신이 쓰는 소설의 일이기도 하고, 앞으로 소설을 써 간다는 것이기도 했다.

"어려운 문제네."

잠시 뒤 다케무라가 긴장된 분위기를 바꾸려는 듯이 방석 위

에서 가슴을 펴고 기지개를 키며 말했다.

"생각해도 끝이 없을 것 같고, 우리집 마누라처럼 집안일만 하는 생각이 없는 여자들이 신경 쓸 수 있는 문제도 아니고 ……."

다케무라는 일어서서 노부코를 보며 말했다.

"실은 오늘은 밖으로 데리고 나가려고 온 거야. ─같이 나가지 않겠어?"

"어디로?"

"온실을 보여 주려고."

작년, 부인과 헤어진 다케무라는 노부코들이 살고 있는 고마자와의 분양지보다 훨씬 후미진 곳에서 혼자 살며 원예를 시작했다.

"지금 카네이션이 한창이야. 그렇지, ─가자."

"지금부터……."

모토코가 결단을 내리지 못하는 표정으로 다케무라가 살고 있는 곳과의 왕복 거리를 재듯이 마당을 보았다.

"돌아올 때 바래다줄게. 초저녁에는 시간이 있어. 요즘 날씨는 밤중에 보일러를 켜는 것만으로 괜찮으니까."

"─부코짱 어떻게 할까?"

"나는 가도 괜찮지만……."

"그럼, 가자. 맛있는 건어물 반찬이 있으니까 그걸 가지고 가서 밥해먹자."

"와보면 깜짝 놀랄 테니까⋯⋯. 예뻐서―."

7

대문을 나와 왼편의 완만한 비탈길을 올라가니 벚꽃나무 가로수 길이 나왔다. 전차에서 내린 다마가와玉川 정류장에는 한 줄의 벚꽃나무 가로수 길이 있고, 노부코들의 집으로 오려면 그쪽을 지나게 된다.

그 길은 맨 앞에서부터 작은 생선가게, 잡화가게, 채소가게, 격자무늬 대문의 목수집 등이 그야말로 분양지가 넓혀짐에 따라 연속적으로 생긴 듯이 늘어서 있다.

분양지를 지나다보면 울타리 사이로 서양식 건물이 보인다. 같은 벚꽃나무 가로수 길이라고 해도 그 길은 분양지에서도 샐러리맨 계급의 분위기로, 가끔씩 일용품을 사려고 주택지의 사람이 하루에 몇 번이고 지나다니는 길이다.

언덕 위쪽까지 좌우 양쪽으로 심어진 오래된 벚꽃나무 가로수의 가지 끝은 무겁게 뒤엉켜져 있으면서도 크게 뻗어 있었다. 가로수 길 깊이 문 안쪽의 정원에서 거리를 두고 세워진 주택은 서양식이든 일본식이든 모두 갇힌 듯한 느낌의 건물뿐이었다. 외벽에 재미있는 철당초[29] 창문을 붙인 스페인식의 건물

등이 있고, 벚꽃 가로수 길에는 인기척이 없었다. 비 오는 날 그곳을 지나가면 벚꽃나무 가지 끝에서 방울져 떨어지는 작고 부드러운 빗소리가 가로수 길 끝까지 가득 차 있고, 아무도 다니지 않는 푸른 잎의 터널인 듯한 길의 어딘가에서 피아노 소리가 들리곤 했다.

다케무라, 모토코, 노부코 순으로 서서 그곳을 빠져나가자 분양지 밖으로 넓게 펼쳐진 시골 길이 나왔다. 풀이 무성한 길과 신록 짙은 관목의 그늘에 띄엄띄엄 농가가 있는 정도고, 밭은 완만하게 경사져 3명이 지나가는 길에서 멀리까지 보였다. 열 마리 남짓한 거위가 희고 작은 꽃을 피운 관목의 그늘과 썩은 나무그루터기 사이에 떼 지어 모여 있다가 세 사람의 발소리를 듣고는 고개를 들어 소란스럽게 울어댔다.

"이거 좋은데, 집 지키는 개 대신에 길러볼까."

모토코가 웃었다.

이윽고 세 사람이 가던 길의 경치가 바뀌어, 고마자와 거리답게 이어진 대나무 숲과 오래된 농가의 초가집 기둥 사이로 들어섰다. 무성한 대나무 숲 가운데로 뚫고 들어서니 습하고 어둑어둑하며 발자국 소리가 사라지는 좁은 길모퉁이에 빨간 천을 묶어 맨 지저분한 얼굴의 작은 돌장승이 서 있었다.

"기분이 나빠……"

29_철당초 : 쇠로 덩굴풀이 비꾀어 벋어나가는 모양을 그린 모양.

어둑한 대나무 숲에 서 있는 그것을 보고, 노부코는 작은 소리로 말하며 모토코의 손을 잡았다.

제법 빠른 걸음으로 그곳을 빠져나오니, 풍경은 다시금 밝게 전개되고 조금 높게 이어진 경작지의 외길 옆에는 강 하류의 강한 물살이 빠르게 흐르고 있었다. 버드나무가 심어진 냇가에는 거위가 노란 부리를 흔들면서 먹이를 찾아다니고 있었다. 언덕이 된 경작지 쪽으로, 정말 풍차라도 있을 듯한 서양식 목조의 높고 작은 집이 보였다.

"저것은 뭘까….."

"뭐가?"

다케무라는 노부코의 말을 듣고서야 비로소 그곳을 봤다.

"당신 집, 저 근처?"

"조금 방향이 틀려. 좀 더 이쪽이야."

짐수레 한 대가 경작지 사이 풀 길에 놓여있는 쪽을 가리켰다.

"이제 슬슬 도착해도 좋을 텐데."

"밤나무 보이지? 저 모퉁이를 돌면 바로야."

주위가 모두 밭인 한가운데에 갑자기 밭이 아닌 사각의 땅이 나타나고, 울타리도 문도 아무것도 없는 곳에 상당히 큰 온실 한 채, 그리고 조금 떨어진 곳에 집이 세워져 있었다. 다케무라는 걸어온 걸음걸이 그대로 집 창문으로 걸어가 닫힌 흰 커튼

사이로 잠깐 엿보더니, 자신보다 걸음이 늦은 모토코와 노부코를 온실 입구에서 기다렸다.

"먼저 온실부터 보자, 응?"

다케무라는 바지주머니에서 열쇠를 꺼내 온실 문을 열었다. 모토코가 들어가고 나서 노부코도 안으로 들어갔다.

"와!"

노부코는 자신도 모르게 탄성을 질렀다. 햇빛의 마지막 따스함까지 받을 수 있도록 세워진 온실 안으로 그 시각 정확하게 서쪽해가 비치고 있었다. 유리의 눈부신 반사 때문에 밖에서는 보이지 않았던 카네이션 꽃의 빨강, 하양, 분홍, 연한 크림색들이, 들어가서 보니 온실 가득히 만개해 있었다. 습기를 머금은 온실 공기는 분말 같은 카네이션 향으로 가득 차 있었다. 가까이 다가가서 보니, 훌륭한 꽃부리를 받치는 줄기의 가늘고 튼튼한 마디의, 녹색의 아름다움, 부드러운 탄력에 둘러싸여 있는 가느다란 잎의 해맑은 푸르름. 거친 바깥 공기에 손상되지 않고 무성하게 피어 있는 카네이션의 꽃잎이 아름다워 노부코는 그곳을 헤집고 들어간 사람들이 입은 옷감의 거침이 꽃들과 어울리지 않는 것을 느꼈다.

"한 가지 꽃으로만 가득한 온실은 처음이야. 정신을 잃을 것 같아."

온실은 그다지 크지 않았지만 같은 꽃으로만 가득 채워져 있어, 한 번 둘러보고 나니 그곳이 끝없이 깊숙하고 넓은 곳으로 느껴졌다. 노부코는 향기에 취해서 초점이 풀린 눈이 되었다.

반대편에서 다케무라와 함께 서서 주위를 돌아보던 모토코가 말했다.

"다른 꽃은 키우지 않아?"

"어쨌든 첫 해니까…. 성공을 서둘러서는 안 되겠지."

"이렇게 솜씨가 좋을 거라고는 생각지 못했는데."

다케무라는 노부코가 서 있는 곳으로 다가가서, 그것을 기르고 꽃을 피우게 한 사람의 주의 깊은 시선으로 꽃밭을 둘러보았다.

"의외네, 다시 봐야겠어."

모토코는 모토코다운 질문을 했다.

"이 중에 곧 수확할 것은 몇 송이나 될 것 같아?"

"글쎄—."

눈으로 세듯이, 다케무라는 한 번 둘러보았다.

"이것저것, 4~50송이쯤 되려나?"

카네이션은 이른 아침 동안에 모두 싹둑 잘려서 시부야渋谷 시장으로 운반되는 것이었다.

노부코는 온실을 나가면서 타케무라에게 물었다.

"이 꽃이 없어지기 전에 내 동생을 데리고 와도 괜찮을까?"

꽃을 좋아하는 다모쓰에게 보여주면 얼마나 기뻐할까, 노부코는 그렇게 생각했다. 다모쓰는 온실에서 할 수 있는 일은 한정되어 있어 이제 재미없다며, 요전에 갔을 때는 수경재배로 보라색의 아름다운 히아신스를 꽃피우고 있었다.

"좋아. 환영이야."

"그럼, 될 수 있는 한 빨리 오도록 말할게"

"그러는 편이 좋겠어. 꺾을 시기가 정해져 있으니까."

다케무라는 다른 열쇠를 꺼내서 집의 현관을 열었다. 토방[30]에는 탁자와 의자, 원예용 물건이 어수선하게 놓여 있고, 그 오른쪽은 다다미 6조, 4조 반의 방으로 되어 있었다. 책장, 책상, 식탁 등이 6조 방에 놓여있고, 옆방은 침실로 사용되는 것 같았다. 철재로 된 오래된 옷장이 보였다. 토방에 이어서 식당과 욕실이 있고, 숯과 장작이 시골답게 쌓여 있었다. 작은 소나무의 크고 작은 뿌리가 벗겨진 채로 부뚜막 옆에 내팽개쳐져 있었다. 그 밝고 간소한 생활의 구조를 보고 노부코는 놀랐다.

모토코와 살기 시작한 지 얼마 안 되었을 때, 처음으로 다케무라의 집을 찾아간 적이 있었다. 다른 곳부터 둘러보고 저녁이 다 되어 다케무라의 집으로 갔다. 다케무라 부부는 어딘가 별실 같은 곳에서 지내고 있었다. 사립문과 같은 집 출입구에서 징검돌을 따라가니 느닷없이 객실 앞이 나왔다. 처마 근처까지 정원수가 무성하고, 차양을 길게 달아내어 더욱 음침해

30_토방(土間) : 현관 안쪽에 있는 흙바닥.

보이는 객실 안에, 깐깐해 보이는 얼굴에 눈썹이 짙은 다케무라가 책상다리를 하고 앉아 있었다. 책이 펼쳐진 채로 놓여있는 탁자는 이월당31의 정취였다. 붉은 옻칠로 직사각형의 가는 선이 둘러쳐져 있는 탁자만 멋있을 뿐, 쓸모없는 객실의 분위기는 답답하게만 느껴졌다.

"어이, 차 좀 내와."

모토코와 인사를 나누고 이야기에 열중하고 있는 부인에게 다케무라가 말했다. 그 목소리는 딱딱하고, 짙은 눈썹 아래로 눈빛이 무섭게 번쩍였다. 체면 차리기에만 급급한 흐트러진 부부의 분위기로, 노부코는 왜 모토코가 자신을 여기로 데리고 왔는지 모른 채 같이 있기 불편함을 느끼고 있었다. 그때, 다케무라는 기모노를 입고 있었다. 노부코의 눈에 비친 그는, 이월당의 탁자와 취미상 하나로 연결되는 듯이 보이는 색다른 직물의 기모노를 입고, 도자기로 만든 담배파이프를 책 옆에 두고 미간을 찌푸리고 있었다.

화실 같은 분위기를 가진 활짝 트이고 미완성인 건물 토방에서 건너편을 향해 쭈그리고 앉아 화덕에 불을 피우는 다케무라는 팔꿈치가 드러나는 회색 겉옷에 테니스화를 신고 있었다. 미간에 새겨진 두 줄의 주름은 그 당시 그대로이지만, 그 어두운 객실에서 꼼짝 않고 앉아 있던 다케무라를 생각해보면 지금

31_이월당(二月堂) : 일본 나라(奈良)의 동대사(東大寺) 경내에 있는 당(堂).

의 생활 변화는 놀랍기만 했다. 부인과 이혼하지 않았다면 다케무라의 생활에 이런 변화는 일어나지 않았겠지. 정원수 안쪽에 따로 떨어져 살던 생활도 부인이 그렇게 했다기보다는 처음에는 확실히 다케무라 자신의 취미로, 스스로 그 객실을 선택해 화려하지 않고 수수한 분위기를 만들어 온 것이라는 생각이 들었다.

온실을 경영하여 꽃장사를 하고, 러시아 문학 번역을 하는 남자가 혼자 살아가는 것도 역시 다케무라가 즐기고 좋아하는 일 중 하나가 아닐까.

건물 밖에는 펌프가 있고, 그곳에서는 밭의 기복과 멀리 산림이 바라다보였다. 온실 유리를 불길처럼 타오르게 하는 서쪽 해는 녹은 듯한 하늘 앞쪽의 먼 산림을 검게 돋보이게 하고 있다.

"왜 멍하게 있는 거야?"

모토코가 다가왔다.

"조금 많이 걸었나……. 금방 차를 내어 올 테니 이쪽에서 쉬어."

노부코는 6조 방의 문턱에 걸터앉아 토방에서 일하는 다케무라를 보고 있었다.

"어쨌든, 혼자서 너무 멋지네."

모토코가 웃으면서 다케무라에게 말했다.

"꽤, 좋은 점도 있어. 이런 생활도……."

"ㅡ무엇보다, 당신의 그 손으론 아무래도 부인을 얻기 힘들겠지."

취미로 원예를 하고 모든 거친 일을 혼자 다 하는 다케무라는 부젓가락을 들고 있는 자신의 손을 흘끗 내려다보고 나서 "흠."하고 소리를 냈다.

"손이 이러니저러니 하는 여자와 누가 결혼 따위를 할까?"

그리고 그의 뒤에서 발을 흔들고 있는 노부코를 돌아보았다.

"응?"

노부코는 묵묵히 있다가 흔들던 발을 순간 멈췄다. 그것은 그렇지만…, '응'이라며 자신을 돌아본 다케무라를 있는 그대로 받아들일 수 없는 감정이 노부코의 어딘가를 움직였다.

다케무라가 부뚜막에 불을 지피고, 모토코가 흙바닥에서 화덕에 절인 전갱이를 굽고, 노부코가 소쿠리에서 밥공기를 꺼내놓고, 노출된 전등 아래서 식사가 시작되었다.

다 먹은 후에 다케무라가 레코드를 듣자고 했다. 노부코는 왠지 모르게 기분이 내키지 않아 가만히 있을 때, 갑자기 토방 구석에서 뭔가 살아 있는 것이 움직이는 듯한 소리가 났다.

"뭐야? 쥐야?"

"비둘기야."

토방을 보면서 다케무라가 말했다.

"한 쌍이 있었는데 암놈이 도망가 버려서 한 마리만 남았어. 저녁에 가끔 꺼내서 날게 해주면 재밌어. 거기 거울에 비치는 모습을 보고 같은 동료라고 생각하거든. 언제나 몇 번씩 거울에 부리를 부딪치곤 하지."

오래된 큰 장식 거울이 마루 사이 기둥에 걸려 있었다. 지금은 전등 빛이 그 거울 면을 어슴푸레 비추고 있었다. 남자 혼자 있는 방 안에서 흰 비둘기가 날개를 펄럭거리며 거울 속에 비치는 자신의 모습을 암놈으로 생각하고 다가가려 하는 광경을 상상하자, 노부코는 마음이 움직였다.

노부코는 카네이션의 아름다움보다도, 밤의 거울에 비춰진 자신의 흰 모습에 부리를 부딪치는 수놈 비둘기 이야기에 더 큰 감동을 받았다. 그렇지만 노부코는 그 마음을 모토코에게도 다케무라에게도 말하지 않았다. 둘은 회중전등을 가지고 있는 다케무라의 안내를 받아 어두운 대나무 숲을 빠져나와, 초저녁 즈음에 집에 도착했다.

8

다음 날 노부코는 다모쓰에게 전화를 걸었다. 그리고 다케무라의 온실에 대해 이야기했다. 그 다음 날은 일요일이었다.

다모쓰는 열한시경 노부코가 있는 곳에 일단 들렀다가, 그러고 나서 온실을 보러 가기로 했다.

"여기에 들렀다 간다고? – 누가 안내할 거야?"

전화를 걸고 돌아온 노부코의 얼굴을 의자 위에서 올려다보며 모토코가 신경질적으로 말했다.

"나는 그런 동행은 싫어."

노부코는 당황하여 모토코의 의자 옆에 선 채 제자리걸음을 했다.

"…같이 가자고 하는 게 아니야."

"부코짱이 또 일부러 가보고 싶어 하는 거 아냐?"

그렇게 가슴 설레는 일도 아니었다. 노부코는 다모쓰에게 아주 예쁜 카네이션이 피어 있는 곳을 보여주고 싶다는 생각뿐이었다. 다모쓰를 데리고 가는 일 정도는 스스로 해결할 수 있다고 생각했을 뿐 특별한 생각은 하지 않았다.

"뭐야! 그 정도의 온실로."

모토코는 그렇게 말하며 엉뚱한 곳을 바라보았다. 모토코는 노부코가 요란스럽게 떠들고 있다는 식으로 불쾌함을 나타내었다. 그것은 모토코의 감정적인 응답으로 생각되었다.

"내가 어떻다는 것이 아니야. 다모쓰의 방 윗미닫이틀에 붙은 벽보의 일, 이야기했지?"

노부코는 진지하게 말했다.

"나는 다모쓰가 걱정이야. 그 아이에게 뭔가를 해 주어야만 해. 그래서 꽃이라도 보여주고 싶어."

"어쨌든 나는 싫어……."

일요일 약속 시간, 거의 정확하게 도쿄 고등학교의 검은 제복을 입은 다모쓰가 방문해 왔다. 다모쓰는 다케요가 보낸 선물로 도라야32의 양갱을 꺼냈다.

"다모쓰, 여기 처음이지?"

"응."

다모쓰는 신기한 듯이 정원과 대밭을 둘러보았다.

"오늘은 늦게까지 천천히 놀다 가는 거지?"

"나는 저녁식사 때까지 돌아가야 해. ─어머니께 그렇게 말하고 왔으니까…… 시간에 맞출 수 있겠지?"

"그럼, 시간에 맞출 수는 있지만……. 어쨌든 가자."

노부코가 오비를 고쳐 매러 현관 옆의 6조 방으로 들어가자 모토코가 뒤따라왔다.

"결국, 가는 거야."

모토코가 팔짱을 낀 채 오하쇼리33를 고치고 있는 노부코에게 말했다.

32_도라야(虎屋) : 에도 니혼바시 와이쓰초메에 있던 과자점.

33_오하쇼리 : (일본 여자 옷에서) 기장에서 남은 부분을 걷어 올려 허리 부분에 끈으로 매어 두는 일.

"같이 가. 다모쓰가 안쓰럽잖아—곤란한 일이라도 생기면."

그러한 노부코의 마음에는 매우 힘든 기억이 있었다. 쓰쿠다와 아카사카에 살고 있을 때 마침 저녁 식사 시간에 가즈이치로가 두 사람을 찾아온 적이 있었다. 대지진 바로 뒤였기 때문에 쓰쿠다는 무너진 작은 벽에 종이를 바르고 있었다. 그러한 상황에 가즈이치로가 누나 있어? 라고 하며 여유롭게 들어왔다. 쓰쿠다는 집수리에 열중하지 않는 노부코에 대한 불쾌한 감정을 가즈이치로에게 향하여 도움도 안 되면서 밥만 먹으러 온다는 의미로 들릴 수 있는 말을 했다. 잠시 후 가즈이치로는 "누나 나 돌아가야겠어."라며, 노부코가 현관까지 배웅하려는 것도 기다리지 않고 가버렸다. 그 후 가즈이치로가 쓰쿠다가 있는 집에 오는 일은 없었다.

다모쓰에게 온실을 보여주고 싶은 노부코의 마음은 온실을 하고 있는 다케무라에 대한 관심과는 전혀 다른 것이었다. 말할 것도 없이 모토코가 언짢아하고 있는 것과는 거리가 먼 것이었다. 노부코는 그런 것을 변명할 필요조차 없다고 생각했다. 다모쓰를 괴롭힐 것 같이 행동하는데도—노부코는 모토코에게 신경 쓰지 않고 준비를 끝내고 다시 한 번,

"같이 가."

그렇게 말하고, 다모쓰가 있는 방으로 되돌아왔다. 모토코는 결심이 서지 않는 표정으로 노부코가 나갈 현관까지 왔지

만, 결국 가지 않았다.

노부코는 다모쓰에게 거위도 보여주고 싶은 마음에 이틀 전 지나온 코스를 그대로 따라서 흰 작은 꽃이 피어 있는 관목이 무성한 곳으로 갔다.

"있어! 있어!"

노부코는 기뻐하며 오늘도 소리 내어 울고 있는 거위 무리를 보여주었다.

"칠면조는 사쿠라야마桜山에서도 키우고 있지만, 거위는 신기하네."

여름 방학에 가는 시골집이 있는 마을의 이름을 말하고 다모쓰는 노부코와 길가에 나란히 서서 거위를 보았다. 다모쓰가 울타리의 바깥 길에서 '퐁퐁'하고 손바닥을 치면서 걷자, 거위는 그쪽을 향해 평행으로 걸어왔다.

"집에 있어서 다행이다."

온실 바깥에서 일하고 있는 다케무라의 모습이 눈에 들어왔을 때, 노부코는 일부러 온 다모쓰를 위해 집에 있어주었다는 사실이 기뻤다. 다모쓰는 연구 목적으로 흙의 혼합 방법의 비율과 온도에 대해 다케무라에게 물으면서 카네이션 사이를 천천히 걸었다. 다케무라의 나이에 비해 늙어 보이는 피부, 미간에 커다랗게 주름이 진 얼굴은 온실의 꽃을 키우는 사람으로서 자연스럽게 보였다. 그러나 눈꺼풀이 무거워 보일 정도로 두툼

하고 윤기마저 없으며, 게다가 어딘지 모르게 예리한 다모쓰의 용모는 카네이션의 인위적인 충만한 아름다움 속에서 인간의 육체와 마음의 두터운 존재감을 노부코에게 느끼게 했다. 그저께는 향기 나는 구름이 충만한 듯 느껴졌던 온실의 내부가 오늘은 꽃을 만들고 있는 장소라는 현실적인 가벼운 느낌에 지배되었다.

"시크라멘은 키우지 않습니까?"

다모쓰가 물었다.

"올해는 키우지 않았지만, 분재는 있어요."

"아, 그렇군요."

그러한 문답의 내용을 노부코는 알 수 없었다. 알 수 없는 말 뿐인 다케무라와 다모쓰의 이야기를 들으면서 노부코는 오히려 만족해하며 오랫동안 온실에 있었다. 다모쓰가 거절했기 때문에 다무라의 집에는 들르지 않고 돌아왔다. 평온한 다모쓰의 표정에서, 노부코는 그가 온실을 본 것이 기뻤는지 그렇지 않은지 잘 파악할 수가 없었다.

"다모쓰."

강가를 걸으면서 노부코가 물었다.

"어땠어? 저런 거, 평범해?"

"잘 되어 있다고 생각해. ─하지만 저 정도 만드는 것은 그다지 어렵지 않아."

다모쓰는 일전에 아버지를 따라 오이소大磯에 있는 부잣집의 온실을 보고 온 이야기를 했다. 거기에서는 주로 멜론과 난초 등을 키우고 있었다.

"누나, 멜론은 재미있어. 어렵지만. 나라면 멜론을 키우고 싶어."

천장이 둥글고 큰 온실 안에서 익은 순으로 번호가 붙어 망에 매달린 크고 작은 멜론들이 파랗게 잘 익어가고 있는 광경을 다모쓰는 생생하게 들려주었다.

"모두 너무 잘 되어 있었어. 밧줄의 그물코들은 매우 촘촘하고."

다모쓰는 어린애처럼 말했다.

"멜론을 키우고 싶어."

그렇게 말하고 솜털이 짙은 입 언저리에 웃음을 떴다. 어쨌든 다모쓰는 유쾌한 듯 보였다. 노부코는 그것으로 만족했다. 하지만 다른 생각도 있었다. 노부코로서는 자신이 할 수 있는 범위 내에서 적어도 다모쓰가 기뻐할 것이라 생각해 다케무라의 온실 구경을 권유했다. 다모쓰는 권유를 받아들여 보러 왔지만 그보다 먼저, 노부코가 알지 못하는 사이에 아버지와 드라이브 삼아 오이소에 가서 일본에 몇 개 없는 풍부한 온실을 보고 왔다.

그것은 노부코에게 추석이나 생일날 어머니에게 선물을 보낼 때의 마음과 닮은 기분을 가지게 했다. 부피가 크고 과장된 것들만 받는 생활 속에서 노부코가 보내는 조그마한 물건은 다케요에게 물건으로서의 자극을 주지 못하는 모양이었다. 양친의 은혼식 때, 노부코로서는 신경을 써서 작은 은 화병을 가지고 갔다. 그때는 기뻐하며 상자 위에 꺼내어 보았지만, 십 일 정도 지나 가보니 벌써 그 주변에서 보이지 않았다.

"꽃병은 어디 있어요?"

"그 주변에 없어?"

노부코가 묻자 다케요는 과자 상자와 캔이 쌓여있는 구석을 앉은 채로 힐끗 훑어보았다.

"없네. 어떻게 된 거야. 네가 준 것인데."

그 말은 모처럼 딸이 준 것인데 라는 마음보다도 그런 것이라도 어쨌든 네가 준 것인데 라는 뉘앙스를 풍겼다. 장갑을 가지고 왔을 때도, 지갑을 가지고 왔을 때도, 다케요의 고맙다는 말에서 노부코가 느낀 것은 그때와 같은 것이었다. 그리고 서운했다.

다모쓰는 노부코가 자랄 때의 검소했던 삿사의 가정과는 너무 다른 경제 사정과 사교 분위기 속에서 커서, 다케요가 수년간 몸에 익힌 이상한 무감각을 자각하지 못하며 소년에서 청년으로 자라나 매일의 생활을 하고 있었다. 노부코는 어떤 계기에 농담처럼 말한 적이 있었다.

"내 힘으로는 어머니가 즐거워할 만한 것을 사드릴 수 없으니까 효도를 할 수가 없어. 방법이 없으니까. 해봐야, 어머니가 돈으로 살 수 없는 의논이라는 것을 할 수밖에 없어."

다모쓰의 생활은 순수하지만 나름대로, 떨어져 살고 있는 누나의 단순한 자립 생활하고는 멀리 떨어진 환경에 놓여 있었다. 그런 구체적인 점을 하나하나 확인하며 다모쓰 방 입구의 윗미닫이틀에 붙여져 있는 '명상'이라는 글자를 생각하자 노부코는 괴로웠다.

자동차로 드라이브하며 그런 큰 온실을 볼 수 있는 조건은 된다. 그렇지만 '명상'이라고 단단하게 붙이고 있는 다모쓰의 젊고 어린 마음에 어떤 갈등이 숨어 있는지, 그것을 생활 속에서 지켜줄 수 있을 만한 성숙한 정신, 진실 된 마음의 교류라는 것이 다모쓰의 생활 주변에는 없다.

요전에 도자카에서 머문 아침, 노부코는 다케요와 둘이서 늦은 아침밥을 먹을 때 다모쓰의 벽보에 관한 이야기를 했다. 다케요는 다모쓰가 너무 순진하고 진실하니까 괜찮다고만 강조하고 노부코의 불안은 신경 쓰지 않았다. 나는 다모쓰의 마음가짐은 정말 잘 알고 있으니까 라고 말했다.

"그럴까?"

노부코는 우울했다. 다모쓰는 전날 밤에 이런 말을 했다.

"엄마가 왜 그럴까? 오치 씨가 오면 꼭 화장실에 가서 흰 분을 발라."

어린아이처럼 누나에게 그렇게 말하면서도 어머니에게는 '왜'라고 그 일에 대해 직접적으로 묻지 않는 스무 살 다모쓰의 청춘에는 엄마가 알 수 없는 복잡함이 있다. 다케요는 어째서 그렇게 간단히 다모쓰에 대해서는 모두 잘 알고 있다고 생각하는 것일까.

그러나 다모쓰에게는 노부코가 가지고 태어난 것과 다른 것이 있어, 누나와 동생이라는 관계 이상으로 노부코에게 거리를 두는 점도 있다.

"무슨 일 있었어?"

생각보다 빨리 돌아온 노부코와 다모쓰를 보고 모토코가 의외라는 식으로 물었다.

"집에 없었어?"

"아니. 온실은 봤어. 봤지? 다모쓰. 그렇지만 집에는 들르지 않고 왔어."

외출을 거절한 기분을 바꾸어, 모토코는 두 사람을 위해 식사 준비를 했다.

식사 후, 모토코가 그 당시 유행하고 있던 다이아몬드 게임을 꺼내 셋이서 하자고 제안했다.

"나, 해본 적이 없어서……."

라며 다모쓰는 거절했다.

"해본 적이 없다고?"

눈이 휘둥그레진 듯한 표정으로 모토코는,

"이런 거!"

빨강, 노랑, 파랑색의 말과 데굴데굴한 주사위를 주었다.

"어린이가 하는 놀이야. 할 수 없다는 것은 말도 안 돼."

"―그렇지만 해본 적이 없어서……."

결국 다모쓰는 그 놀이를 하지 않고 돌아갔다.

"저 아이, 어떻게 된 거야? 놀랄 정도로 변했네."

마중하고 오는 복도에서 모토코가 질렸다는 듯이 말했다.

"저런 고등학생이 있을까.―저래서는 홀로서기 할 수 없을 걸."

모토코의 관찰에 노부코도 동감했다. 그러나 모토코가 스스로는 느끼지 못하는 또 하나의 원인도 다모쓰의 기분을 지배했을 것이란 생각이 들었다. 파이프를 입에 문 채 얼굴을 옆으로 돌려 밥을 담아 줘 라며 소맷자락 안으로 팔을 낀 모토코의 말투는, 여자를 소녀다운 특징으로 의식하기 시작한 다모쓰의 감각에 분명히 기분 나빴을 것이다.

9

삼 일 정도 지난 오후, 불시에 다케무라가 방문해 왔다. 부슬

부슬 비가 내리는 날이었다. 책상에 앉아 번역을 하고 있던 모토코가 귀찮은 듯이 툇마루로 눈을 돌렸다.

"갑자기—어떻게 된 거야. 볼일 있어?"

다케무라는 현관으로 돌아오지 않고, 석류나무 뒤에서 마당으로 들어와 있었다.

"시부야까지 나갔다 왔는데……. 서둘러 돌아와도 이런 날씨엔 할 일도 없고 해서 말이야."

이쪽 방의 책상이 있는 곳에는 노부코가 있었다. 역시 책상을 향한 채로,

"저번에는 정말 고마웠어."

다모쓰에게 온실을 보여줬던 일에 대해 말했다.

"천만에……."

모토코가 올라오라고 말을 안 해서 노부코도 입을 다물고 있었다.

"—담배 한 대 필게."

혼자 알아서 현관으로 올라온 다케무라는 모토코가 있는 객실 문턱 옆으로 직접 방석을 들고 나왔다. 모토코는 그대로 일을 하고 있다. 노부코는 도요에게 차를 부탁했다. 다케무라는 그 주변에 있던 잡지를 읽고 있다.

그대로 잠시 동안 세 사람이 아무 말도 하지 않는 것이 노부코는 거북스러웠다. 그렇게 내버려둬도 괜찮을 만큼 다케무라

와 평소 서로 가깝게 교제하고 있던 것도 아니었다. 모토코의 목소리나 기색으로 봐서, 다케무라의 예기치 않은 방문을 기뻐하지 않는 게 분명했다. 다케무라 쪽에서는 또 그 느낌을 무시해 버리려고 했다. 어차피 가만히 있을 수 없게 된 노부코는 책상을 벗어나 옆 객실로 나갔다.

"웬일이야? 벌써 그 카네이션은 모두 잘라 버린 거야?"

"아니 아직 3분의 1정도 남겨놨어. —이름이 뭐였지? 네 동생."

"다모쓰."

"아아, 다모쓰 군인가. 의외로 섬세하던데. 전문가야. 흙의 배합을 바로 맞췄어."

"초등학교 무렵부터 좋아한 일이니까."

모토코가 책상에 앉은 채 말했다.

"시끄러워서 뭘 할 수가 없네."

"그래. 그러니까 같이 이야기하는 게 좋아."

거실과 노부코 방 뒤편의 긴 의자가 있는 방도 비어 있었지만 노부코는 다케무라를 그쪽으로는 안내하지 않았다. 번거롭지만 한 방에 있는 편이 모토코의 기분을 풀기에 좋았다.

"어쩔 수 없네."

이윽고 모토코도 탁자가 있는 곳으로 와서 앉았다. 두 사람의 선배인 러시아어 교수가 최근 러시아 문학에 대한 책을 냈다. 다케무라와 모토코는 그 책의 이야기를 했다. 화제는 몇 번이나 바뀌었지만 모두 마음이 내키지 않아, 노부코는 도중에 여러 차례 자리를 떴다.

도요에게 바느질감의 천을 꺼내주고 다다미방으로 돌아와 보니, 다케무라가 책상다리를 한 무릎 앞에 반으로 접은 판을 두고서 뭔가를 발음하고 있었다.

"뭐라고─피요옹? 피요옹?"

요를 피와 같은 크기로 발음하고 있는 다케무라 앞에, 무거워 보이는 머리카락을 가볍게 묶은 모토코가 팔짱을 끼고 복잡한 표정으로 앉아 있었다.

노부코는 그 광경이 왠지 익살스러워서 웃었다.

"발음 연습하는 거야?"

"피용, 피용은─무슨 말이지."

"요를 짧게 발음하는 거야."

"퐁?"

"그렇지."

판을 열어본 다케무라는,

"뭐야, 이거 다이아몬드 게임이잖아."

라며 모토코의 얼굴을 보았다.

"그래."

"별거 아니네. 뭐 됐어. 어떻게 한다고?"

모토코가 룰을 설명하고 노부코가 빨강, 모토코가 노랑, 다케무라가 파란 말을 가지고 한 칸씩 뛰며 놀기 시작했다. 다케무라의 말은 한 줄로만 현격히 차이 나게 전진하며 모토코의 노란 진지를 쫓았다.

"어때, 우세하지? 다음에는 실례지만 입성이야."

"입성은 무슨. 네 진지에 그렇게 많이 남아 있으면서. 자신의 진영에서 모두 완전히 나오지 못하면 적진으로 들어갈 수 없다고."

"뭐야! 그런 게 있다고 처음부터 말했어야지, 정말이야?"

"당연하지."

"그래?"

다케무라는 노부코에게 물었다.

"그렇게 하고 있어, 언제나."

"그럼 뭐, 이거라도 진군시킬까."

첫 게임에서 다케무라는 파란 말을 판의 격자 위에 몇 개 남기고 졌다. 두 번째 게임이 시작되었을 때 다케무라가 첫 줄의 말은 상대 진영의 경계선 위까지 가도 좋을 것이라 주장했다.

"그렇지 않아. 한 판에 자기 앞 선까지니까."

"─이건 다이아몬드 게임이잖아?"

"아아."

"다이아몬드 게임이라면 그것이 룰이야."

"다이아몬드와 이것은 달라. 한 판에 자기 앞까지밖에 갈 수 없어."

다케무라와 모토코는 이상하게 집중하며 서로의 주변을 주시하고 경계했다.

"어머, 노부코, 한 개 더 갈 수 있잖아."

"뭐야, 비겁하게. 그럼, 이렇게. 봐, '깡충, 깡충, 깡충'이라고!"

점점 일방적인 게임 방식을 바꾸어 두 말씩 뛰어도 된다는 룰을 만들거나, 역행해도 된다는 규정을 정하거나 했다. 그러자 더욱더 혼란스러워졌다.

"두 말씩 뛰어도 된다면 이렇게 되지 않겠어?"

"틀려. 그러면 사선이잖아. 같은 선 위가 아니면 안 돼."

"하지만 이런 거라고. 너는 고집쟁이구만."

다케무라도 그렇게 말할 수밖에 없었다.

"새삼스러울 거 없잖아. 자기도 상당히 편협하고 비뚤어진 주제에."

"뭐야?"

그리고 다케무라는 작은 말을 판에 밀어 넣듯이 힘주며 전진시켰다.

"너는 오황五黃이지?"

"그게 어쨌다고."

"그러면 그렇지.―우리 집 녀석도 오황이야. 오황은 나빠. 완고하고 무식해."

"―낸 건지. 나와 버린 건지. 이해도 못하면서……."

순서가 되자 입을 다물고 말을 앞으로 나아가게 하는 노부코의, 어딘지 다모쓰를 닮은 둥근 얼굴에는 권태와 우울함이 드러나 있었다. 대체로 노부코는 놀이에 집중할 수 없는 성격이었다. 처음 잠시 동안은 할 수 있어도 모토코처럼 계속하지는 못했다. 단순히 놀지 않고 서로의 짜증을 터뜨리며 다투고 있는 듯한 다케무라와 모토코의 놀이 방식은 노부코를 지치게 했다.

"이제 그만, 그만해."

"그게 좋겠어."

이기지 못한 다케무라가 그렇게 말하며 판을 접을 때, 노부코는 공허하여 견딜 수 없다는 듯한 안색으로 말했다.

"그림이라도 보는 게 좋겠어."

"뭐야, 잘난 체하기는!"

모토코는 강하게 성냥을 그어 담배에 불을 붙였다.

"허풍쟁이!"

다케무라가 돌아간 후에 노부코는 탁자 위를 정리했다.

"너는 허풍쟁이야!"

그러한 노부코에게 시선을 고정시키고 있던 모토코가 조롱하며 덤벼들듯이 말했다.

"다케무라가 어떻게 생각하든 상관없잖아."

"그래, 상관없어."

"그럼 왜 그렇게 화해시키려고 애 쓰는 거야? 내가 유쾌해하지 않아도 좀 그대로 내버려두면 되잖아."

"우리가 불쾌해 할 만한 행동을 다케무라 씨가 했어? 뭔가."

"너는 느끼지 못한다 해도 내가 불쾌해하면 그렇게 인정해주면 되잖아. ─자기만 좋은 사람처럼 보이려고 노력하지 않아도 돼. 남같이 서먹서먹해."

도요가 부엌에서 무를 잘게 썰고 바쁘게 요리하는 소리를 들으면서, 노부코는 탁자 위에 턱을 괴고 가는 빗줄기 속에서 해질녘의 넓은 마당을 보고 있었다. 비에 젖은 잡초 속의 싸리 가지와 멀리 있는 산울타리가 노부코의 눈에 고인 얇은 눈물을 통하여 더욱 촉촉하게 보였다.

지금까지도 모토코는 두세 번 정도 뭐야, 허풍쟁이! 라고 큰 소리로 노부코를 비난한 적이 있었다. 노부코는 자신의 성질에 모토코보다도 불필요해 보이는 저속함이 있는 듯한 것을 이해할 수 있었다. 다른 사람이 어떻게 생각하든 상관없다, 모토코는 정말로 그런 생활 태도였다. 노부코도 다른 사람을 배려하며 살 수 없는 체질이었다. 하지만 노부코는 다른 사람이 어떻게 생각할까 이렇게 생각할까 하는 것 외에, 스스로 그것은 싫다고 하는 점이 있었다. 그리고 그것은 다른 사람이 어떻게 생각하든 상관없이 자신이 싫은 것이었다.

두 사람이 함께 막 생활하기 시작했을 때의 일이었다. 모토코의 오랜 친구로 기자記者출신인 남자가 놀러 왔다. 그리고 그 무렵부터 두드러진 어느 부인 작가의 여성 동료와의 생활이야기 등이 화제로 나왔다.

"우리들 남성에게는 상당히 흥미로운 일이거든요. 대체 어떤 식으로 생활하고 있는지 궁금해서…….."

"어떤 식으로라뇨?―"

노부코는 수염을 기른 참외 같이 생긴 남자의 얼굴을 보았다.

"요즘, 이런 식으로 짝을 지어 여자가 생활하기 시작한 건 역시 지금까지의 여자의 생활이 여러 가지 의문스럽기 때문이겠지요. 경제적으로 일을 할 수 있게 되었다는 점도 있잖아요."

"그건 알지만."

"그럼 뭘 모르는데요."

"곤란하군요."

그 남자는 아키타의 말투가 섞인 도쿄 말투로,

"그렇게 대놓고 물으면 말하기 곤란하지만……. 잘 모르겠어요."

뒷말을 흐리며 얼버무렸다.

노부코는 젊지도 않은 그 남자의 반쯤 진지하면서도 또 한편으로는 진지하지 않은 듯한 입가의 표정과 두루 살피는 모습에서 불투명한 느낌을 받았다. 사이가 좋은 두 여자가 한집에서 어떻게 지내고 있는 것인지. 호기심이 성적인 의미로 집중되었다는 것을 노부코는 느꼈다.

그 말을 꺼낸 남자의 유위전변有為転変한 생활의 일부분을 노부코는 알고 있었다. 말하고 있는 사람이 가지고 있는 분위기와의 유대로 무언가 정체를 알 수 없는 괴상한 것이 그 질문 속에 감추어져 있는 것처럼 느껴져, 노부코는 그러한 흥미를 가지고 있는 것을 증오했다.

풍습에 구속받지 않는 자유로운 여자의 삶을 추구하는 노부코는 그 가능성을 찾아 모토코와 생활하기 시작했다. 노부코가 가지고 태어난 붙임성과 고독하게는 있을 수 없는 애정의 폭 속에서, 모토코를 의지하고 응석부리며 생활의 세세한 일들을 맡기고 그녀의 별난 감정에도 어느 정도 순응하고 있다. 그것이 남의 눈에 부자연스럽게 보일 수 있다는 것을 노부코는 믿을 수 없었다.

두 사람이 여자라는 조건과 여자로서의 자존심으로 인해 자연히 한계가 생기는 자신들의 감정 표현을, 노부코는 나무가 바람 때문에 흔들리는 것 같은 거라고 생각했다. 새와 새가 서로 부리를 스치는 듯한 것이었다. 이러한 남자들이 과장하여 상상하는 지독한 생활은 자신에게도 모토코에게도 없었다.

"남자들이란 묘하군요. 그리고 싫어요."

노부코는 화가 나 상기된 얼굴로 말했다.

"왜, 추접스러운 편이 맘에 들어요? 묘한 쪽이 기쁜가요?"

"아니 결코 저는 그런 의미로 말한 것이 아닙니다만—."

"여자 친구들 중, 저희들에게 이런 말을 한 사람은 없어요."

노부코는 과격하게 말했다. 그러자 모토코가 천성적으로 타고난 쉰 목소리로 비꼬며 그리고 차분히 입을 열었다.

"뭐 걱정해주지 않아도 괜찮아요. 저는 좌우지간 남자가 여자를 연모하듯이 여자를 연모할 거니까……."

"아, 아무래도…… 왠지 무례한 말을 한 것 같군요……."

그 이야기는 그걸로 끝났다.

모토코가 노부코를 처음으로 '허풍쟁이'라고 부른 것은 그때였다.

"뭐야, 노부코. 어째서 부부처럼 살고 있으니 쓸데없이 신경 쓰지 말라고 말하지 않은 거야, 허풍쟁이!"

"그렇지만……."

그 남자가 암시한 것은 어떤 것이었을까. 노부코는 아직 의심이 풀리지 않는 눈으로, 오히려 호소하듯이 모토코를 올려다보면서 말했다.

"—틀려……."

"그러니까 말이야. 그런 녀석에게는 시원하게 냉수를 퍼부어야 하는 거야. 두 사람이 함께 지내고 있는 이상 말하고 싶은 것은 말해 둘 정도의 성의가 있어야지."

3년 전, 노부코는 우연히 문학 쪽의 선배인 나라사키 사호코楢崎左保子의 집에서 요시미 모토코를 소개받았다. 연갈색의 섬세한 대추 모양의 얼굴과 쌍꺼풀이 활모양으로 뻗은 눈, 줄무늬로 된 기모노와 하오리를 입고 오비와 오비도메³⁴에 감칠맛나는 취미를 보이는 모토코는 평소 친구가 적은 노부코에게 매력적으로 느껴졌다. 쓰쿠다와의 생활이 파경 직전까지 와 있던 노부코에게는 사호코로부터 들은 모토코의 독신 생활, 여자가 주인이 되어 살아가는 삶이 인상 깊어 부럽게 생각되었다. 집에서 가만히 있을 수 없게 된 노부코의 마음이 단순히 모토코에게로 끌렸다. 산책이라든지 짧은 여행 등의 습관을 가지고 있지 않던 노부코는 모토코의 권유로 히비야 공원에서 학 모양의 분수를 보면서 사네토모³⁵의 와카 이야기를 하거나 했다. 그노래의 이야기가 동기가 되어 둘이 함께 가마쿠라로 놀러 갔다. 그때의 모토코는 여자 중에서도 이런 사람이 있었구나 하

34_오비도메 : (일본 여자 옷에서) 양 끝에 귀금속으로 만든 걸림쇠가 달린 오비지메(帶締め)의 끈. 또는 그 걸림쇠. (오비지메 : 띠가 풀리지 않도록 띠 위로 두르는 끈.)

35_사네토모(實朝) : 가마쿠라(鎌倉) 막부(幕府)를 연 미나모토노 요리토모(源賴朝)의 아들. 다이쇼군(大將軍)이 된다. 가인(歌人)으로서도 알려져, 92수가 칙찬와카집(勅撰和歌集)에 수록, 가집(家集)으로는 금괴와카집(金槐和歌集)이 있다.

고 놀랄 만큼 능동적이고, 동행인에 대한 마음씀씀이가 있어서 노부코는 즐거웠다. 사네토모의 우타歌에 대해 이야기하고 있을 때 노부코는 어찌된 영문인지 이름을 다메토모[36]라고 잘못 말했는데, 그 사실을 두세 번 그렇게 말하고 나서야 알아차렸다.

"어머, 나 지금 다메토모라고 말하지 않았어요?"

노부코는 얼굴을 붉혔다.

"어떤 이름이든 상관없지 않아요? 알고 있으니까요……. 잠시 헷갈렸던 것뿐이에요."

그렇게 말하며 모토코는 노부코의 겸연쩍어 하는 것을 모른 체해주었다.

노부코가 두 번 다시 쓰쿠다의 집으로는 돌아가지 않기로 결심하고 할머니가 계시던 도후쿠東北에 있는 시골집에 가 있을 때였다. 그때 뒤이어 나라사키 사호코로부터 엽서가 왔다. 요시미 씨는 거기 있습니까? 혹시 없다면 두고 보세요. 가까운 시일에 분명 갈 겁니다. 그런 의미의 문구가 쓰여 있었다. 모토코에게 끌려가는 자신의 감정을 알아보려 하지 않았던 노부코는 그 문구의 의도를 잘 알 수가 없었다. 왜 요시미는 이런 시골로 오는 걸까, 일부러 사호코가 예언하는 건지, 그리고 그 예언에 어떠한 의미가 포함되어 있는 건지. 노부코는 사호코가

36_다메토모(為朝) : 헤이안(平安) 말기의 장군.

보내준 엽서를 이상하다고 생각하며 보았을 뿐이었다. 나라사키 사호코는 모토코가 전문학교 학생이었을 무렵부터 알고 지낸 사람이었다.

요시미 모토코는 사호코의 말대로 이윽고 그 시골집으로 왔다. 사오 일 정도 노부코와 함께 지냈다. 5월이라 밤새도록 개개비가 울었다. 오동나무 꽃이 피어 있는 시골집의 나날들은, 쓰쿠다와의 괴로운 갈등 중에 닫히어 막혔던 삶을 기쁘게 즐기고 싶다는 26세 노부코의 욕망을 다시금 일깨워 주었다. 단조로운 시골의 하루인데도 모토코는 간식을 먹을 때마저 여러 가지 변화를 주어, 그럴 경우에는 오히려 자신이 손님 입장이 된 듯했다. 그리고 그런 생활 방식도 있나 하며 희한해했다.

모토코가 도쿄로 돌아가고 이윽고 노부코도 도자카로 돌아가, 두 사람 사이에서 함께 생활하자는 이야기가 오고 갔다.

"부코짱은 요컨대 나를 수단으로 쓰고 있는 거야."

그 무렵 우시고메牛込에 살고 있던 모토코는 시타마치下町풍의 집 2층에서 그렇게 말했다.

"그런가……. 나는 그렇게 생각하지 않는데ㅡ."

"생각하지 않아도 그렇게 되는 거지. 쓰쿠다 씨와 멀어져도 지금은 내가 있으니까. 잘 알고 있어. 그러니까 일시적인 방편으로 쓰이는 것은 사양하겠어."

"ㅡ내가 또 누군가와 결혼하고 싶다는 생각 따위 하지 않아도?"

"―부코짱은 내 마음을 모를 거야. 알 턱이 없을 거야."

모토코가 모른다, 모른다고 하는 것은 오히려 노부코에게 그것을 알지 않으면 안 된다는 감정을 가지게 했다.

모토코와 지내기로 결정하고 나서, 노부코는 2, 3일 지나 쓰쿠다가 있는 곳으로 돌아갔다. 도망치듯이 그대로 이별하는 것이 노부코는 괴로웠다. 쓰쿠다를 만나 헤어지고, 그리고 모토코와 새로운 생활을 시작하겠다고 생각했다. 하지만 쓰쿠다가 있는 곳으로 가자 노부코는 정에 끌렸다. 눈물을 흘리며 새 출발을 하자고 말하는 쓰쿠다를 거절하기 어려웠다. 쓰쿠다는 마음을 새롭게 하기 위해서라며 지금까지 살던 집 앞의 좁은 길 맞은편의 새 2층 집으로 이사를 하고 있었다. 노부코는 그곳에서 앞으로 살 것이라고는 생각지 않았지만, 쓰쿠다에 대한 마지막 배려로 이사를 도왔다.

"아아, 야단이었어! 이사했거든."

이사가 끝난 날 저녁 모토코의 집으로 돌아온 노부코는 이렇게 말하며 자리에 앉았다.

"이사? 누가."

"우리 집."

모토코는 앉은 자세를 고치며 노부코의 얼굴을 화살이 과녁에 꽂히듯 두 눈으로 험상궂게 바라보았다.

"그러니까 일전에 말했잖아. 너는 내 기분을 알 리가 없다고. 멍청해!"

눈에 눈물을 머금은 모토코는 모멸과 고통을 담은 목소리로 말했다.

"그러니까 여자 따위는 싫어!"

모토코의 고통은 노부코를 두려워 움츠러들게 했다. 하지만 노부코의 감정은 희미하지만 넓게 열려 모토코의 절박한 격정의 초점에 일치하듯이 움직여 그 두려움은 사라지지 않았다. 그것을 깨달은 노부코는 한층 더 모토코에게 주눅이 들었다.

"너는 어쨌든 매우 순수한 사람이야. 자연스럽게 잔인한 꼴을 당하는 것은 으레 나야."

모토코는 노부코 쪽을 보지 않은 채 말했다.

"언젠가 말했지? 나는 남자가 여자를 사랑하는 것처럼 여자를 사랑하는 체질이란 걸. ─그 때 노부코는 이해한 듯이 맞장구를 쳤지만, 지금도 모르고 있는 거야. 모르는 것이 삿사 노부코야."

눈물방울이 모토코의 연한 갈색 뺨에 연이어 떨어졌다.

"내가 부코짱의 순수함을 알게 된 것이 행운이야."

노부코도 울었다. 모토코의 고통이 애절하고, 자신이 모토코를 그러한 처지로 끌어들인 것 같아 괴로워서. ─모토코의 손을 자신의 뺨에 대고 울면서, 노부코는 그래도 역시 자기 마음이 모토코와 같은 상황이 되지 않을 것을 느꼈다. 또한 모토코에게 성실하려는 마음에 거짓이 없음을 노부코는 느꼈다. 그것은 모토코에게도 통했다. 그리고 알았다.

하지만 모토코는 여자라서 싫다며 그렇게 괴로워했다. 그 싫다는 것을 노부코는 자신의 감정으로서는 실감할 수 없었다. 숱이 많은 검은 머리칼을 목 위로 묶은 연한 갈색 얼굴이 괴로움으로 푸르스름해져 노부코를 향해 화를 낸다. 그런 모토코에게 미안한 생각만 강하게 들 뿐이었다.

모토코와 노부코와의 감정생활은, 하나의 독특한 모습이었다. 모토코에게 성실하게 대하려는 노부코의 일방적인 마음가짐과 모토코에게 강하게 의식되어 있는 노부코에 대한 경주傾注. 그것을 이해하고, 자신들의 사랑으로 인해 모토코가 마음에 상처를 받지 않게 하려는 노부코의 순종 등이 그것이었다. 노부코는 두 여자의 생활에 있는 모순과 혼동이 객관적으로 어떻게 보일지 몰랐다. 모른 채로 자신들의 생활에서 무언가를 엿보려고 하는 듯한 외부의 비열한 흥미에 저항했다.

노부코는 다케무라에 대해 특별한 감정은 없었다. 설사 다케무라가 노부코도 눈치 챌 만큼 감정 표현을 했다 하더라도 노부코는 그것으로 마음이 움직였을까? 일전에 온실을 보러 갔을 때 저녁식사 준비를 하면서 다케무라와 모토코가 손에 대해 이야기할 때의 미묘한 감정의 흐름, 그 순간에도 노부코는 현재 있는 장소에서 움직일 수 없는 자신의 마음을 느꼈다. 저녁식사 후 다케무라가 노부코에게 뜨개질을 할 줄 아느냐고 물었다.

"왜?"

모토코가 물었다.

"아니, 우리 집사람은 정말 그런 것을 못해서… 여자라면 누구든지 뜨개질 정도는 하지 않아?"

다케무라는 주변에서 볼 수 있는 여유로운 모습의 하나라는 듯이 말했다.

"나도 뜨개질 못해."

노부코는 퉁명스럽게 대답했다. 노부코는 그때 아―다케무라도 뜨개질에 대해 쓰쿠다와 같은 말을 하는구나 하고 그의 눈동자를 응시하면서 생각했다. 쓰쿠다와의 생활의 부조화가 심해져 아무 일도 손에 잡히지 않을 듯한 기분이 됐을 때 쓰쿠다의 아버지가 상경했다. 노부코는 두 사람 사이의 분쟁이 흰 구레나룻을 늘어뜨린 70세 가까운 노인에게 알려지는 것을 딱하게 생각했다. 등불 아래에 시아버지와 쓰쿠다와 셋이서 할 말도 없이 매일 밤을 보내는 답답함 속에서 노부코는 뜨개질이 생각났다.

노부코는 소녀 시절 분홍빛의 털실로 둥그런 주머니를 만들어본 적이 있을 뿐 뜨개질을 해본 적이 없어서 두 개의 대바늘로는 안뜨기 밖에 못했다. 그래도 개의치 않고 여러 가지 색의 털실을 사와, 노부코는 시아버지가 계시는 동안 매일 밤 뜨개질을 했다. 그물코가 늘어져서 보기 흉해졌음에 틀림없는 안뜨기만으로, 시집 쪽의 작은 여자 조카와 아홉 살 정도의 남자 조카를 위해서 빨강색과 갈색의 목도리를 짰다. 대나무로 된 매끈매끈한 바늘의 끝과 끝이 불빛에 반짝이며 탄력 있게 부딪치면서 실을 떠가는 가벼운 소리. 꼼꼼하고 빠른 단조로운 손끝의 운동. 노부코는 그 한 코 한 코 속에 달랠 수 없는 마음의 근심과 걱정을 떠 넣는 것이었다. 그렇지만 쓰쿠다는 말로 표현하지는 않았지만, 손도 닿지 않는 책장 아래에서 빨간색 털실을 굴리면서 목도리를 짜고 있는 노부코의 모습을 보고 좋아했다. 가정생활다운, 그리고 가정일을 할 때의 노부코가 아름답다고 칭찬했다. 칭찬의 말은 뜨개질 위에 노부코의 눈물이 떨어지게 만들었다.

노부코는 모토코에게 그 이야기를 했다.

"그러니까 말이지. 내 경우엔 한 사람 한 사람의 제반준비의 차이만이 문제가 아니야……. 아무리 달라 보여도 남자들의 생각 속에는 어딘가 공통점이 있어. 그 점이 나에게는 문제인 거야."

"그건 알고 있어. 부코짱으로서는 정말로 그렇겠지. 그런데도 관계가 없는 나는 유쾌하지 않아. 내가 여자이니까, 이렇게 살아가고 있는 마음의 진실을 무시할 권리가 남자에게는 있는 것처럼 자만하는 것이 싫은 거야."

"대등하게 생각할 필요 따위는 없을 텐데."

"나는 부코쨩에게 사정이 허락하는 범위에서 일을 도와주고, 사정이 허락하는 범위에서 이용되고, 게다가 허영심까지 만족시키는 그런 편리한 애정 따위 갖고 있지 않아."

다케무라는 그런 일이 있고 나서부터 노부코들의 집에 놀러 오지 않았다. 노부코는 다케무라가 오는 것에 특별한 마음을 가지고 있던 것은 아니었지만, 모토코의 감정이 원인이 되어 그가 오지 않게 됨으로서 다케무라에 대한 자신의 의식을 잠시 깨닫게 되었다.

노부코가 모토코와 살면서 소설을 쓰기 시작한 것처럼, 모토코 역시 스스로 좋은 생활을 시작한 기념을 하기 위해서라도 번역에 착수하고 있었다. 상처 입는 것에 대해 매우 예민한 모토코의 감정이 그러한 계기로 인해 자유로워지기를 노부코는 기원했다. 두 사람의 생활 속에서 두 여자가 각각 발전을 보이며 풍요롭고 충실하게 살아간다면, 모토코가 자신의 감정 경향이 특수하다는 자의식에서 일부러 그 면을 더 고집하거나 과장하며 항상 저항하는 것 같은 모습은 필요 없지 않을까. 노부코의 기분을 솔직히 말하자면, 그것들은 인색함이었다. 노부코는 인색함을 자신의 생활에 포함시키는 것을 매우 싫어했다. 그것이 허영심일까. 노부코를 허풍쟁이라고밖에 말할 수 없는 것일까. ―

　노부코를 때때로 진지하게 생각에 잠기게 하는 문제가 있었다. 그것은 자신들의 지금의 생활이 과연 정말로 새로운 의미를 가지고 사는 모습일까 하는 의문이었다. 소설을 쓴다는 것에 대해서도. 확실히 노부코는 약간의 소설을 쓰는 데에 익숙해져 있었다. 그 때문에 발표할 곳은 부족하지 않았고, 경제적으로도 조금 안정을 가질 수 있었다. 다 쓴 장편 소설은 노부코의 인생을 일 보 전진시켰다. 그렇지만 그 장편쓰기를 다 마쳤을 즈음에 노부코는 다시 걸어 나가기 위해 필요한 활력은 두 사람의 일상에서 움직임이 없다는 것을 어렴풋이 느끼기 시작했다. 그리고 그 불안은 점점 속이기 어렵게 되었다. 모토코의 제안으로 나날이 뭔가의 변화가 있어도, 그것은 같은 평면 위에서의 사소한 변화에 지나지 않았다. 모토코가 뭔가 색다른 것을 계획할 때, 같은 평면에서 움직이고 있는 것에 지나지 않는다는 느낌은 오히려 노부코의 목구멍에서 고통스럽게 치밀었다.

　말하자면 여름이 되면 가마쿠라에 허술한 집이라도 빌려서 그쪽으로 일을 하러 가든가, 나지모뷔의 「춘희椿姫」를 놓치지 않고, 니혼바시에서 맛있는 삼치의 하얀 된장절임을 사고, 하시라와 와사비를 담은 작은 접시를 나란히 놓고 식탁을 풍성하

게 하고. 모토코는 그러한 것에 자주 생각이 미쳤다. 그것을 요
란스럽게 말하고 또 즐거워하며 생활에서 가치 있는 기분을 찾
아내는 것 같았다. 모토코가 그렇게 세세하게 매일을 만족시켜
나갈 때, 노부코는 수동적으로 거기에 응하며 모토코는 이런
일을 생활에 충실하다고 생각하는 것은 아닐까, 라고 불안해하
는 것이었다.

하루하루 변화가 있는 것 같아도 실은 그 변화 자체가 단조
로운 되풀이라고 느껴질 때가 있었다. 그 단조로운 느낌은 노
부코가 자신의 소설이 지상 위에서 벌어지는 하나의 사소한 일
에 지나지 않는다는 것을 자각하고 불안해하기 시작한 시기와
일치했다. 평평한 연못 바닥에 일어난 소용돌이 같은 그 감각
은, 모토코가 만든 관서풍의 식단으로 꾸며진 식사를 하며 웃
고 있는 노부코의 마음속 깊은 곳에서부터 소리 없이 넓고 강
하게 퍼져나갔다.

지금 두 사람이 영위하고 있는 이 삶은 쓰쿠다가 부인인 노
부코와의 생활에서 요구한 평범한 나날과 얼마나 다른 것일까.
노부코에게 있어서 그것은 자신을 향한 신랄한 질문이었다. 쓰
쿠다가 남자고 남편이라는 점에서 그와의 생활에서는 언제나
발랄하게 살아가는 기쁨이 넘치는 감동을 요구하고, 이 생활은
자신이 원한 것이니까 같은 평범함이라도 의미 있는 듯이 느끼
려 하고 있는 것은 아닐까. 얼마 전에 후키코가 와서 친구의 취

업 상담을 하고 난 후, 노부코가 말을 꺼낸 부인의 경제적 독립. 그보다 먼저 생각해야 할 목적에 대한 의문도 노부코의 경험으로 미루어보아 어제 오늘의 일이 아닌 오랜 근저를 이루고 있는 것이었다.

게다가 모토코는 여자에 대한 자신의 감정의 치우침을 주축으로 자신의 인생이 움직이고 있는 것처럼 생각하고 있었다. 그러나 그것에 대해서도 의문이 있었다. 모토코는 노부코보다 일상생활에 대한 상식이 훨씬 뛰어났다. 세상 수준에 맞추어 매일을 꾸리는 것을 잊어버리지 않았고, 두 사람의 수입을 관리하고 저축하는 것도 모토코였다. 의리가 있고 활발하며 사람과의 교제를 매우 중요하게 여겼다. 그것들 어느 하나에도 최선을 다했다. 여자에 대해 가지는 감정 속에 들어 있는 특수함을 모토코는 남자에 대한 강한 반발이라는 것으로 크게 과장하고 스스로 그곳에 들어가 있는 것은 아닐까.

노부코보다 두세 살 많은 모토코의 20세 전후의 시대는 '세이토'의 마지막 시기였다. 여자 대학 학생으로 문학을 애호하는 젊은 여자들 사이에는 망토를 입고 세루 하카마를 입는 풍습이 유행했다. 이 일과 함께 담배를 피거나 술을 마시거나 하는 일에서도 여성 해방을 보이려는 기질이 있었다. 그 무렵 아직 소녀였던 노부코는 놀라움에 눈을 크게 뜨고, 남자처럼 요시晶라는 글자로 펜네임을 만들어 유명했던 '세이토'의 동료 한 사람을 응시했다. 큰 키에 세루 하카마를 입고 망토를 걸친 그 여자는 고이시카와小石川의 어느 전차 종점에 서 있었다.

서로의 성의를 보이는 문제로서 말을 꺼내게 되는 일도 여자 인 노부코의 감정에 있어서는 흔해 빠진 소심한 남자가 말하는 것과 같아 보일 때, 노부코는 슬프게, 그리고 가차없이 자신들 의 흉내를 내는 것 같은 생활의 모순을 느꼈다. 모토코가 남성 에게 반발하여 피상적으로 여성스러움을 없애고 평범한 남자 가 여자에게 기울이는 낡은 감상을 일방적으로 추종하는 것이 라면, 여자와 한 조가 되어 지낸다는 생활의 새로운 의미는 어 디에 있는 것일까.

노부코는 이러한 마음속에 있는 여러 가지 일들을 모토코에 게 솔직하게 말할 수 없었다. 노부코는 마음속에 있는 여러 가 지 내용을 자신도 아직 충분히 분별하지 못하고 있었다. 게다 가 노부코의 평소 생활 습관으로 볼 때, 노부코는 모토코가 격 노하는 것을 무서워했다. 그러니까 모토코가 '여자는 싫어'라 며 노부코가 이해하기 어려울 정도로 흥분하여 격분하는 것을 두려워하는 것이었다.

10

일찍이 부인란이 따로 있는 것을 특색으로 한 신문사가 중국에서 온 여학생 일본 견학단을 소개하는 다과회를 개최했다. 그곳에 초대된 몇 명의 일본 측 부인으로 노부코도 포함되었다.

그다지 모임에 나가는 일이 없는 노부코였지만 중국에서 온 여학생 단체라는 것에 마음이 끌렸다. 미국의 대학 부속 기숙사에서 생활하는 동안, 노부코는 중국 여학생의 집단적인 행동과 중국의 실정을 외국에 알리려는 노력에 강한 감동을 받았다. 같은 기숙사에서 지내던 몇 명의 중국 여학생이 여흥으로 '중국의 밤'을 개최하거나 할 때, 그녀들의 활동 모습은 노부코에게 중국 여성의 강함과 정치적인 역량 같은 것을 느끼게 했다. 그러한 중국의 젊은 여성들이 도쿄에 와서 어떠한 것을 보고 느끼며 발견하고 있는 것일까.

노부코가 여학교를 졸업하고 나서 1학기만 다녔던 여자 대학 영문과의 예과 반에도 최崔씨라는 이름의 중국 여학생이 있었다. 최씨는 부어오른 듯한 안색에 고풍스런 히사시가미 머리 모양, 그리고 메이센37으로 된 적갈색 하카마를 입고 있었다. 그녀는 전족38을 한 작은 발로 부자연스럽게 걸었다. 노부코는 교실의 맨 뒷자리에 앉는 최씨를 볼 때마다 그녀를 왠지 위로

37_메이센(銘仙) : 굵고 마디가 많은 쌍꼬치 실이나 방적견사 등으로 촘촘하게 짠 평직(平織) 의 견직물. 질기고 값이 싸며, 옷감·이불감 등으로 쓰임.
38_전족(纏足) : 지난날 중국에서 여자의 발을 작게 만들기 위해 어릴 때부터 천으로 발을 옥죄어 자라지 못하게 하던 풍속, 또는 그렇게 만든 발.

하고 싶은 기분이 되었다. 최씨의 가라앉은 안색과 말씨, 발의 부자연스런 모습에는 노부코가 그러한 기분이 들 만한 막연하게 충족되지 않는 느낌이 감돌고 있었다. 일본 생활이 중국 유학생에게 있어 유쾌한 것이 아니라는 사실은 그 무렵의 노부코도 알고 있었다. 그들이 편안하게 살 수 없는 일본에 와서 중국 여학생들은 어떤 생각을 했을까. 노부코는 그것이 알고 싶었다.

오후 1시 정각에 노부코는 그 신문사로 갔다. 다과회는 회의실에서 열리게 되어 있었다. 삼베 커버를 한 긴 의자와 소파 등이 벽 옆에 놓여 있었다. 방 중앙에 긴 회의용 테이블이 있어, 노부코가 들어갔을 때는 이미 16, 7명의 여학생과 신사복을 입은 세 명의 남자 인솔자들이 그 주변에 앉아 있었다. 노부코가 잘 모르는 교육자다운 풍채의 중년 일본 부인이 두 사람 와 있었다. 노부코는 그 옆자리로 안내받았다.

다과회라면 보통 주최자가 동석한 사람을 소개하고 통역을 하면서 느긋한 기분으로 즐겁게 이야기할 수 있을 거라고 노부코는 생각했다. 하지만 노부코의 그런 기대와는 다르게 다과회는 어떠한 형태로 진행될 예정인지 어쨌든 좌석 배정도 너무 엄격하고 방의 분위기도 의외였다. 손님으로서 의자에 나란히 앉아 있는 여학생들은 모두 검은 단발머리를 어깨까지 내리고, 중국옷을 입고, 지극히 예의 바르게 앉아 있었다. 모두의 화장기 없는 거무스름한 얼굴에는 자못 모범생다운 간소함이 있었다. 움직이지 않는 여학생들의 자세와 표정 속에서 강인한 검은 눈동자만이 한결같이 호기심을 드러내며 노부코를 비롯한 소수의 일본 부인에게 집중되어 있었다. 그 자리에는 일본 특유의 답답함과 함께 중국의 장유유서라고 하는 식의 오래된 예의의 구차함도 더해져 있는 듯했다. 긴 테이블의 중앙에 있는 화분에서는 만발한 분홍색의 히아신스가 향기를 풍기고 있었다.

이렇다 할 것 없이 무료한 시간이 지나고 이윽고 일본 측 주빈인 어느 평론가가 들어왔다. 줄무늬 바지에 검은 상의를 걸친 키 큰 체격에, 노부코가 사진으로 늘 보아오던 턱이 튀어나온 얼굴과 딱 가운데에서 나누어진 숱이 많은 회색 머리카락을 가진 남자였다.

"이야, 늦었습니다……. 다른 곳에 들렀다 오느라……."

"아닙니다. 이쪽으로 오세요."

그 평론가는 긴 테이블 상석의 비워둔 자리에 앉았다. 사회자인 신문 부인란의 기자가 일어서서 인사를 했다. 새로운 중국 교육을 위해서 활동하려는 여성들의 희망 있는 전도를 축복하는 의미의 작은 모임이라고 말했다. 그 말을 검은 신사복을 입은 몸집이 작은 인솔자 한 명이 중국말로 옮겨 여학생들에게 전했다. 여학생들은 수긍하듯이 짙은 검은색의 단발머리를 움직이며 의자 위에서 몸을 조금 앞으로 내밀었다.

"그러면 이제부터 하야카와 선생님께 말씀을 부탁드리겠습니다."

기자는 상석을 향해 잠시 인사를 했다. 하야카와 간지로早川
関次郞가 일어섰다. 그리고 옷 주머니에 오른손을 살짝 넣고, 강연에 익숙한 태도로 미소를 머금으며 말하기 시작했다. 노부코도 머리를 얌전히 미미카쿠시[39]라 불리는 스타일로 묶고 고개를 그쪽으로 향했다. 고양이를 좋아하기로 유명한 독신주의자로, 종합 잡지에 빈정거림과 진보성을 섞은 논문, 잡문을 쓰는 이 평론가는 어떠한 사상의 선물을 이 중국 여학생들에게 주려고 하는 것일까. 그 무렵 중국 사회는 일본보다도 급격히 변화하고 있어서 여성의 정치적인 각성도 주목받고 있었다. 그러한 분위기 속에서 여기에 와 있는 중국의 젊은 여성들에 대한 선물은, 같은 시대를 살아가는 여성이라는 점에서 노부코를 포함한 일본 부인들에게도 선물이 되는 것이었다.

"여러분들의 나라에는 공자라는 철학자가 있었습니다. 그는 유교라는 대단히 우수한 도덕을 고취하여, 일본도 몇 백 년 동안 그 은혜를 입었습니다."

검은 신사복을 입은 왜소한 몸집의 남자는 통역을 하기 위해

39_미미카쿠시 : 귀가 가려지도록 다듬은 여성의 머리 모양. 다이쇼 10년(1921년)경에 유행함.

부지런히 필기하고 있었다. 노부코는 하야카와 간지로다운 역설적인 서두라고 생각했다.

"이 우수한 공자의 도덕은 여자의 생활 방향이라는 것을 명확하게 제시하고 있습니다. 매우 구체적으로 친절히 가르치고 있지요. 남녀칠세부동석이라든지, 여자와 아이는 양육이 어렵다든지, 그 외에도 여러 가지 유익한 것을 가르치고 있습니다."

필기하고 있던 몸집이 작은 사람은 조금 의아한 듯한 표정으로 흘끗 고개를 들어 하야카와 간지로 쪽을 보았다. 팔짱을 끼고 힘없이 고개를 숙이고 있던 사회자도 얼굴을 들어 연설자를 주목하기 시작했다.

"그런데 최근 중국의 젊은 사람들, 특히 젊은 부인들은 이 훌륭한 공자의 도덕에 반항하고 있는 것 같습니다. 열렬히 남녀동권을 주장하고 있습니다. 하지만 아무리 그래도 저는 반대하는 쪽이 틀렸다고, 결국은 여자가 불행해질 것이라고 생각합니다. 여자와 아이—즉 여자와 같은, 이를테면 일반적으로 세상을 잘 모르는 인간은 모두 건강한 남자에게 의지하여 안전하게 살아가야 하는 것이 당연하고, 그걸로 만족하는 것이 여자에게 있어서 실로 행복한 일이 아니겠습니까. 일본에 와서 보셔서 아시겠지만 일본은 지금 실업이 많고 남자는 모두 침체되어 있습니다. 하지만 남자를 의지해서 사는 여자는 어쨌든 남자가 보살펴 주니까 그렇게 고생할 필요가 없습니다. 남존여비라는 것은 여자의 낙원, 파라다이스라고 생각합니다. 여러분도 애써 교육을 받아 교육자로서 활동하려고 하고 있으니까, 이 점을 잘 생각하셔서 쓸데없이 새로운 것을 좇는 일은 그만두는 것이 현명하다고 생각합니다."

하야카와 간지로의 이야기는 어이없이 끝났다. 일본어를 아는 자의 얼굴은 그의 이야기의 진의를 어찌 해석하면 좋을지 몰라, 바보 취급을 당한 듯하여 기대에 어긋난 감정으로 가득 차 있었다.

노부코는 불만스런 생각을 가지고 듣고 있는 동안 점점 불쾌해졌다. '고양이가 개처럼 주인에게 알랑거리지 않고 친근감이나 공감 없이 냉담하게 길러지는 그 에고이즘이 우습다.'라고 말한 이 평론가는 이상한 역설로써 '남자를 먹는 여자가 되어 남존여비를 현실에서 뒤집어라.'라고 말하려는 것 같다는 생각이 들었다. 그렇지만 그의 한 번 비틀린 그러한 이야기 방식은 일반적으로 듣는 사람에게는 통용되지 않는 것이고, 더구나 그의 논법은 한결같이 향상심과 관찰욕에 불타 여기 참석해 있는 중국 여학생들의 마음에는 와 닿지 않는 것이었다. 노부코는 이 평론가가 있는 그대로를 그저 뒤집어 말할 능력밖에 없다는 사실에 놀라 기분이 나빠졌다. 여자가 자신이 원하는 인생길을 가고 싶어 하는 마음, 중국의 여학생이 나라의 독립을 위해 도움이 되려고 결심하는 마음에, 이런 식의 냉담한 유명인이 지닌 재주가 어떤 것을 더해 줄 수 있는가. 노부코는 친절하지 않은 연장자의 태도에 대한 놀라움과 자신의 기지에 만족하는 유명함에 대한 경멸을 담아, 본래는 소박하고 호의적이어야 할 다과회의 주빈인 평론가를 주시했다.

검은 옷을 입은 몸집이 작은 사람이 일어나서 노트를 보며 하야카와 간지로의 이야기를 정중히 통역했다. 통역자의 정중한 통역 모습, 그 속에 감춰져 있는 어떤 감정을 노부코는 납득할 수 있었다. 통역하는 중간 부분부터 여학생들 무리에 확실한 동요가 나타났다.

"선생님."

진한 갈색 옷을 입은 한 여학생이 자신의 자리에서 손을 들었다. 통역자는 노트를 보면서 억양이 강한 중국어로 계속 말하며, 왼손으로 그 여학생의 발언을 부드럽게 자제시키면서 끝까지 통역했다.

"선생님!"

"선생님!"

"선생님!"

그 목소리에는 노부코의 두근거리는 심장의 울림이 있었다. 중국 여학생들의 조급한 감정이 실감났다. 말해요! 계속 말해요! 노부코는 눈을 반짝거리며 손을 들고 있는 중국 여학생들을 보았다.

"네."

하야카와가 진한 갈색 옷을 입은 호리호리한 몸집의 여학생을 가리켰다. 통역이 끝나는 것을 끝까지 기다리지 못하고 "선생님"이라고 날카롭게 외친 여학생이었다.

"하야카와 선생님!"

자리에서 일어선 그 여학생은 단발머리를 강하게 흔들며 하야카와라는 성만 일본어로 불렀다. 그리고 자신의 몸을 바싹 강사 쪽으로 향했다. 그리고 격분한 어조의 중국어로 연거푸 계속 이어서 말했다. 재차 "하야카와 선생님"이라고 말하면서.

검은 옷의 몸집이 작은 사람이 그 내용을 일본어로 전했다. 하지만 그 통역은 직접 귀로 들은 억양에서 격정이 느껴지던 그 젊은 목소리의 어조치고는 간단히 전해지는 것 같았다. 우리 중국의 젊은 교육자들은 진실로 고국을 문명국으로 만들어 인민을 행복하게 해주고 싶다고 희망하고 있습니다. 하야카와 선생님의 공자에 대한 견해는 우리 중국 젊은이들이 공자를 보고 있는 관점과 정반대입니다. 공자와 유교는 중국 여자를 불행하게 하고, 젊은이를 노인의 압박 아래에 두고 있습니다. 필시 일본에서도 그렇겠죠. 선생님의 의견에는 반대합니다. 그러한 의미가 전해졌다. 그 말은 노부코를 동감케 하는 것이었다.

"선생님!"

젊은 여자들의 목소리가 용솟음치듯 일어났을 때부터, 하야카와 간지로는 턱뼈가 튀어나온 갸름한 얼굴에 우월적인 미소를 지으며 모두를 지그시 응시했다. 여학생이 반박을 가하자 그 표정은 한층 더 짙어져 매우 재미있어 하는 듯 보였다. 하야카와 간지로는 다시 천천히 일어서서 말하기 시작했다.

"여러분들이 국민의 행복을 위해 노력하고 계시는 것은 무엇보다 훌륭한 일입니다. 저는 충분히 여러분의 성의에 경의를 표합니다. 그러나 문명이라는, 인간의 지혜 계발이란 것은 세상사를 복잡하게 이해하는 능력입니다. 저는 여러분들이 성의에 덧붙여 풍자를 이해하는 힘을 가지게 되길 희망합니다."

그것은 또 몸집이 작은 검은 옷을 입은 자에 의해서 통역되었다. 논쟁의 중심점을 딴 곳으로 돌린 대답을 듣고, 여학생들은 잠시 침묵했다. 이윽고 회색 능직 옷을 입은 조금 연상인 듯한 여학생이 일어서 애써 감정을 누르며 말했다.

"우리들이 중국을 독립한 문명국으로 만들고 싶다는 바람, 민족을 향상시키고 싶다는 바람은 풍자의 문제가 아니라고 생각합니다."

그러나 그녀는 앞의 이야기를 더 이상 전개할 수 없어 자리에 앉았다.

그 자리에는 답답함과 요점 없는 불복·불만이 넘쳐흘렀다.

중국 여학생들은 처음에는 소곤거리며 자기 옆의 동료와 이야기하다가, 이윽고 차츰 그 목소리가 고조되어 결국은 조금 떨어져 있는 동료의 말에까지 '지금 뭐라 그랬어?'라는 식으로 물으며 서로 단발머리를 내밀고 토론하기 시작했다.

사회자 측은 이런 결과가 되리라고는 예상하지 못한 듯, 서둘러 작은 목소리로 상의하여 검은 옷의 왜소한 사람에게 바로 이어서 일본 측 부인의 인사를 하게 했다.

노부코와 첫 대면인 어느 여학교장이 일본과 중국의 우의와 문화 협력에 대해서 판에 박힌 듯한 말을 했다. 다른 한 사람, 부인 운동을 하고 있다는 사람은 각각의 나라의 귀중한 전통을 새로운 생활 속에 새로운 형태로 살려 나가야 한다는 의미의 말을 했다.

노부코는 하야카와 간지로의 말하는 방식에 대한 격한 반박이 마음속에서 소용돌이쳐, 만약 지명된다면 이 기분을 어떻게 말해야 좋을지 불안했다.

삼 년 정도 전에, 대전 후 유럽에서 유명했던 '앙리 바르뷔스'[40]의 소설 「클라르테」[41]가 번역되었을 때, 그 출판 기념회에 노부코도 초대되었다. 그날 밤, 프랑스 문학자인 마쓰에 교키치松江喬吉가 탁상연설을 했다. 번역이란 것은 여성에게 적합한 일이니 '일본에서도 이제부터 우수한 부인 번역가가 나오길 바란다.'는 취지였다. 거기에 노부코의 이름도 거론되었다. 사회

40_앙리 바르뷔스 : 프랑스 작가.
41_클라르테(Clarte) : 앙리 바르뷔스의 장편 소설. 1919년 발표. 제1차 세계대전 종군 체험을 그린 〈지옥〉 〈포화(砲火)〉와 함께 3부작을 이룸.

자가 노부코에게 그에 답하는 탁상연설을 청했다.

별다른 생각 없이 오비도메에서 하얀 냅킨을 펼친 채 마쓰에 교키치의 말을 듣고 있던 노부코는 당황했다. 이야기를 들으면서 노부코는 자신은 번역을 할 수 없고 하고 싶지도 않다, 그렇게 확실히 생각하고 있었던 것이다. 태어나서 처음으로 탁상연설을 하게 된 노부코는 흥분하여 사람들의 얼굴을 분간할 수도 없었고, 회의장의 전면이 밝게 반짝거려서 꽃 색깔이 빨간색과 분홍색으로만 눈에 비칠 뿐이었다. 노부코는 작은 목소리로 겨우 말했다.

"번역은 확실히 여성이 할 수 있는 일이라고도 말할 수 있습니다만, 여자에게 있어, 타인의 글을 다른 나라의 말로 옮기는 것만이 가장 적합한 능력이라고 단정하는 것은 슬프다고 생각합니다. 번역을 훌륭히 하는 사람도 나와야 하겠지만, 자신의 일을 하는 부인도 더욱더 배출되지 않으면 안 된다고 생각합니다."

연설이 끝나고 큰 소리로 "부탁합니다."라는 말을 들으면서 겨우 그 정도 말을 해놓고 상기된 안타까움을 생각하면, 지금도 노부코는 겨드랑이 아래가 축축해지는 것이었다.

다행히도 사회자는 노부코를 지명하지 않았다. 일본 측 부인이 이야기하고부터, 중국 여학생들은 예의상 조용히 그 이야기를 들었다. 하지만 그 자리에서 마지막까지도 친목 분위기는 조성되지 않았다. 노부코가 불복하는 마음을 가슴에 간직하고 있는 것처럼, 중국 여학생들의 얼굴에는 무엇을 위한 다과회였는지 의아해하며 불만에 차 있는 표정이 역력히 드러났다. 인사가 끝나자 중국 여학생들은 다시 자기들끼리 이야기하기 시작했다. 그 내용이 비판적이라는 것은 말의 뉘앙스나 표정으로 노부코도 알 수 있었다.

1927년이라는 그 해의 2월 말에는 상해의 큰 노동자 동맹 파업이 있었다. 그 결과 임시 혁명 위원회라는 것이 발족되어 상해시의 정치가 중국 노동자에 의해서 행해지기 시작했다. 그 신문 기사를 노부코는 관심 있게 읽었다. 북벌군이 남경에서 일본의 육전대와 충돌하고, 간코漢口에서도 같은 사건이 일어났다. 이윽고 장개석의 탄압이 시작되어 상해, 광동, 그리고 그 외에서도 혁명적인 지도자나 대중이 많이 학살되었다. 학살된 대중들 속에는 혁명적인 여학생도 있었다는 사실을 노부코는 역시 신문을 통해 알고 있었다. 국비로 공부하고 있는 사범학교 학생들인 오늘날의 중국 여학생들이 그러한 격한 중국의 동향에 어떠한 관심을 갖고 있는지는 몰랐다. 하지만 격동하는 중국의 분위기가 이러한 젊은 여학생의 정신을 민감하게 하고 있다는 사실만은 확실했다. 그녀들이 공자의 이야기에 화가 난 감정은 노부코도 실감할 수 있었다.

모임이 끝난 뒤, 중국 여학생들은 모두가 하야카와 간지로

쪽은 뒤돌아보지도 않은 채 의자에서 일어나 서로 이야기하며
그 방의 창가에서 도로를 내려다보며 그대로 서 있었다.

11

노부코는 가볍지 않은 심정으로 그 신문사의 정면 돌계단을
혼자서 내려왔다. 플라타너스 가로수 도로를 조금 걷다 우에노
上野 행의 전차를 탔다. 시내를 빠져나와 도자카로 가서 머물려
고 생각했다.

노부코가 앉은 좌석은 공교롭게도 석양을 향한 쪽이었다.
번쩍거리는 광선이 전차가 달려가는 큰길의 높은 빌딩 앞에 다
다랐을 때는 차단되었다가 즐비하게 늘어선 상점 틈새, 낮은
기와지붕들 위에서는 다시 순식간에 노부코의 얼굴에 정면으
로 강하게 내리쬐었다. 진정되지 않는 마음으로 얼굴을 돌리면
서 타고 가는 동안, 노부코는 오래 전 아직 16, 7세였던 자신이
역시 이런 따가운 석양빛을 얼굴로 받으면서 우시고메[42]의 어
느 마을을 하녀와 함께 걸었던 일을 생각했다.

아직 밝은 여름의 해질녘이었다. 술집과 가게 앞 등에 물이
뿌려져 있는 우시고메의 좁은 길을, 흰 바탕에 가을 풀들이 물
들여진 모오카[43]의 단의單衣에 이타지메[44] 비단의 빨간 오비를

42_우시고메(牛込) : 도쿄도 신주쿠구 동부의 지구.
43_모오카(真岡) : 도치기(栃木)현 모카 지방에서 산출되는 폭이 좁고 질긴 무명.

묶고 하얀 버선을 신은 노부코가 걷고 있었다. 노부코의 아버지보다 나이가 적은 친구로, 이나다 신이치稲田信—라고 하는 건축가가 있었다. 그 사람은 자신이 에돗코[45]라는 사실을 자랑스럽게 여기고 있었다. 딱딱하여 어렵게 느껴지는 눈매가 강한 얼굴에 약간의 뻐드렁니, 좁은 이마 위에 세련된 상고머리 모양을 하고 있는 사람이었다. 그는 우시고메에 살고 있었다. 그곳으로 심부름을 가게 되었다.

어머니가 크게 묶어 준 빨간 오비에 딱딱해진 모오카 목면으로 만든 단의, 뒤로 조금 뻗친 하얀 버선을 신은 자신의 옷차림에 노부코는 본능적으로 신경이 쓰였다. 그 촌스러움 때문에 신경이 날카로워졌으나, 그래도 예의 바른 소녀의 어색한 모습을 유지하며 이나다 신이치의 객실로 안내되었다. 머리가 짧은 노모의 실수 없는 응대에 노부코는 "아뇨."라든가 "그렇습니다." 등 짧게 대답했다.

다이조에게 답장을 쓰는 일이 끝나자, 이나다 신이치는 노부코에게 신기한 사진집을 보여주었다. 세계 명화 중에서 부인 화가의 작품만을 모은 것이었다. 노부코는 기뻐하며 외쳤다.

"어머, 로자 본느[46]!"

44_이타지메(板締め) : 무늬를 새긴 두 판자 사이에 견직물의 천을 끼우고 단단히 죄어 무늬를 희게 나오게 하는 염색법. 또는 그 염색물.
45_에돗코(江戸っ子) : 도쿄 태생.
46_로자 본느(ロザ・ボンヌール) : 19세기 후반의 프랑스 화가. 주로 전원 풍경을 그렸다.

「말 시장馬市」을 보자 얼굴에 생기가 돌았다. 노부코는 아버지가 가지고 있는 인쇄 명화집에서 봤던「말 시장」을 기억하고 있는 것이었다. 그 책에는 본느 외에 마리 바시킬체프[47]라든지 영국의 여자 초상화가라든지 노부코가 모르는 많은 여성 화가의 걸작들이 있었다.

"재미있습니까?"

"재밌어요. 이렇게 많은 여류 화가가 있었군요."

이나다는 담배를 피우며, 한 장 한 장 페이지를 넘기고 있는 노부코의 곁에 바짝 다가앉아 그 모습을 응시했다. 이윽고 이나다가 말했다.

"노부코 씨, 그 책 드릴까요?"

"정말로요?"

"드릴게요. 저에게는 어차피 필요 없는 것이니까……. 겨우 여자 화가라니, 어차피 대단한 것은 아니니까요. 하하하하."

노부코는 눈물이 글썽해질 만큼 상처받았다. 열심히 보고 있던 기쁨이 조롱받은 듯이 느껴져, 자신이 기뻐하던 일이 멋쩍고 부끄럽게 느껴졌다. 그렇게 생각하고 있는 책 따위 조금도 받고 싶지 않았다. 그렇지만 사실 대로 말하고 거절할 수도 없어서, 그 두꺼운 책을 하녀에게 들려서 가지고 돌아왔다. 그

47_마라 바시킬체프(マリ・バシキルツエフ) : 1884년, 24살의 젊은 나이로 죽은 천재적인 여성 화가. 대표작『만남』으로 유명한 것과 동시에 그의「일기」가 알려져 있다. 미야모토 유리코(宮元百合子)는『마리 바시킬체프 일기』라고 하는 평론을 썼다.

리고 두 번 다시 이나다의 집 따윈 가지 않겠다고 다짐했다. 이 건축가는 후에 유명한 아카사카의 게이샤였던 사람을 아내로 맞이했다.

지금 와서, 노부코가 성인이 되어 생각하니 그것은 이나다의 독설과 지인 사이가 되어 영향을 주고 있던 당당한 사회인 듯했고, 이나다의 도시인다운 잘난 체나 무기력한 현상이라고도 할 수 있었다. 그러나 명성 있는 한 성인 남자가 16, 7세의 소녀에게 어째서 그런 태도를 취하지 않으면 안 되었던 걸까. 자유주의 평론가로서 가장 대접을 받고 있는 하야카와 간지로가 오늘 다과회에서 중국 여학생들에게 말하던 모습과 관련지어 생각되었다.

이나다 신이치나 하야카와 간지로의 여자에 관한 독설과 신랄함은 결국 잘못된 페미니즘의 일종이라는 것을 근래 노부코도 이해하게 되었다. 하지만 남자의 그러한 태도는 역시 노부코에게 젊은 여자로서의 반발을 일으키게 했다. 그 사람들의 페미니즘이 잘못된 데에는 사회적으로나 개인적으로 여러 가지 뒤얽힌 사정이 있을 터였다. 쓰야코가 남자같이 된 데에는 부모들의 결혼 생활의 숨겨진 비극이 뒷받침되고 있는 것처럼. 그런 점에 깊이 개입하다보면 기지나 독설로 끝나지 않는 것. 그것이야말로 인간다운 여러 면모인데, 그것을 다시 문제 삼을 용기는 없고 상대적으로―여자를 향해서 우월하게 보일 수 있는 역설을 즐기는 종류의 남자를 노부코는 싫어했다. 그들의 독설이나 역설에 분해하는 젊은 여자의 목소리나 태도를 그들은 즐기는 것이었다. 그것을 알고 있어도 역시 분한 것은 분하고 화가 나는 것은 화가 난다ㅡ.

우에노의 5중 탑 꼭대기가 멀리 숲 위에 바라보이는 넓은 언덕을 천천히 올라, 노부코는 같은 보조로 조용한 길을 느긋이 걸으며 도자카의 집으로 들어갔다. 노부코는 왠지 모르게 고개를 숙이고 문에서 현관까지의 좁고 깊은 안쪽 돌길을 걷다가, '어머'하며 의외인 것을 발견한 듯이 발을 멈췄다. 문으로 들어가 몇 걸음 가니 그 발밑에 커다란 꽃 모양의 돌이 깔려 있는 것이 처음으로 눈에 들어왔다. 다섯 개의 꽃잎 끝이 둥근, 코스모스 꽃과 닮은 모양으로 돌이 박혀 있었다. 노부코가 그 발견을 매우 놀라워하는 것은, 이 돌길이 생긴 것은 이미 수년 전의 일이고 노부코는 그때부터 몇 백 번이나 이곳을 지났는지 알수 없기 때문이었다. ㅡ번질나게 이 집을 드나들었던 자신의 생활이 생생히 비춰져 노부코는 슬픈 생각이 들었다. 노부코는 잠시 동안 멈추어 서서 발밑의 꽃을 지그시 바라보았다. 돌을 박아 만든 꽃은 돌에서 느껴지는 소박함과 동시에 돌을 그러한 꽃 모양으로 박았다는 점에서 마음속에 흥미를 불러일으켰다. 노부코는 잠시 보고 있다가 지금까지 보지도 않은 채 생활해온 미안한 마음으로, 특별히 살짝 그 꽃 모양의 돌길 위를 조리를 신은 채 안으로 걸어갔다.

차고의 문이 열리고 차가 들어갔다. 현관에는 이미 등이 켜져 있었다. 노부코는 종종걸음으로 무거운 유리 문짝을 열었다. 이것들은 모두 좋은 징조였다. 아버지인 다이조가 벌써 돌아왔다는 표시였다. 현관의 디딤돌 위에 신발 한 켤레가 가지런히 놓여 있었다. 손님일까, 그리 생각하며 안으로 들어가 식당 입구로 갔다. 문이 열려 있어서 돌출창의 하얀 레이스가 시원하게 보였다. 아니나 다를까 다이조가 세루로 된 평상복의 허리에 느슨하게 헤코오비[48]를 두른 모습으로 난로를 등진 테이블에 앉아 두루마리를 한쪽 손에 들고 편지를 쓰고 있었다.

"아버지!"

노부코는 몸 전체로 기쁨을 나타내면서 복도에서 일부러 쿵하고 하얀 버선의 발소리를 냈다. 다이조는 희끗한 하얀 수염의 둥근 얼굴을 놀란 듯이 돌렸다.

"이런, 잘 왔다. 자 이쪽으로 오렴."

노부코는 아버지가 앉아 있는 방석 끝에 무릎을 꿇듯이 하고 앉았다.

"어떻게 된 거예요? 아버지. 지난번 생신 때 일부러 꽃을 들고 왔는데ㅡ. 아무 말도 없이 출장을 가시다니."

48_헤코오비(へこ帶) : (어린이용 또는 남자용의) 한 폭 넓이의 천을 적당한 길이로 잘라, 그 대로 훑어서 두르는 허리띠.

요전번이라 해도, 그때로부터 오늘까지는 이미 20일이나 지났다.

"음, 그때는 말이야, 급했단다."

"돌아오셨을 때까지 장미가 있었어요?"

다이조는 물소 뿔로 만든 도마뱀 모양의 종이칼로 두루마리를 자르면서 말했다.

"있었던 것 같구나."

그렇게 말은 했으나, 확실히는 생각나지 않아 매우 바쁜 사람처럼 깜빡했다는 어조로 대답했다. 꽃 이야기에서 노부코는 지금 밟으며 지나온 돌길의 꽃 모양을 떠올렸다.

"문의 돌길 모양 말이에요. 그거, 직접 디자인하신 거예요?"

"그렇단다."

"꽃 모양을 거기에 넣은 것도?"

"－괜찮지? 마음에 들었니?"

감 모양의 화로가 있는 곳에 조그마한 작은 서랍이 달려 있었다. 손을 뻗어 서랍에서 봉투를 꺼내며 다이조가 말했다.

"문으로 들어오면 꽃이 있어－나쁘지 않지?"

문으로 들어오는 몇몇 사람들은 그곳에 꽃을 뿌린 마음을 담게 되겠지. 노부코는 자신마저도 지금에 와서야 그것을 깨닫게 되었다고는 말하기 어려웠다.

"오늘은 어떻게 된 거예요? 모처럼 빨리 돌아오셨네요."

135

"아아, 배탈이 나서 말이야. 식사는 거절하고 돌아와 버렸어."

"다행이네요."

노부코는 진심으로 그렇게 말했다. 다이조가 저녁 식사 시간에 집에 있는 것은 한 달에 손가락으로 꼽을 정도였고, 그럴 때에 노부코가 우연히 와서 만나는 일은 더욱더 드문 일이었다.

"어머니는? – 나가셨어요?"

"손님."

무뚝뚝하게 말하며 다이조는 편지를 부치게 하기 위해 벨을 눌렀다.

6월의 황혼의 희미한 빛이 돌출창의 레이스를 넘어 정원의 푸른 잎에 닿았다. 가라앉은 짙은 홍색 바탕에 당초무늬가 그려진 벽지가 발린 실내에서, 불 켜진 등이 찬장의 작품을 눈에 띄게 했다. 동시에 그 불빛은 어째서 식당에 있는지 그 의미를 알 수 없는 독특한 특징을 가진 잡다한 캔이나 포개어 쌓여진 상자를 모퉁이 끝에서 눈에 띄게 하고 있었다.

갑자기 복도 너머의 객실 문이 열리며 다케요가 나왔다.

"안녕하세요."

"어, 왔어."

인사하는 노부코에게 눈을 향한 채 다케요가 말했다.

"당신."

다케요는 앉아 있는 다이조의 맞은편 쪽으로 돌아갔다.

"잠시 만나주세요. 아까부터 말씀드렸는데."

다이조는 대답하지 않고 새로 온 편지 봉투를 가위로 잘랐다. 가위질을 하고 있는 다이조의 콧구멍이 부풀어 보였다. 노부코는 아버지가 짜증이 났다는 것을 알았다.

"아무것도 아닌 일이잖아요, 잠시 얼굴을 비추는 것 정도. ─ 다모쓰도 신세를 지고 있는데……."

노부코는 눈을 딴 데로 돌렸다. 하얀 레이스가 달린 밤의 유리 창문이 거기에 있었다. 괴로운 마음이 쥐어 짜여졌다. 또 오치가 와 있는 것이었다─.

만차抹茶 같이 진하지 않은 녹색의 로치리멘[49]의 단의 하오리를 입은 다케요가 선 채로 초조한 듯이 말했다.

"당신은 언제나 자신의 교제는 그렇게 소중히 여기면서─신사는 그러는 게 아니잖아요."

다이조의 얼굴에서 쏴 하고 핏기가 가셨다.

"나는 신사가 아니어도 괜찮아."

가위를 난폭하게 테이블 위에 놓으면서 좀처럼 없는 격한 어조로 말했다.

"나는 안 만나. 만날까보냐. 저런 가정 침입자를 내가 만날

49_로치리멘 : 사(紗)처럼 바탕이 성긴 오글오글한 견직물. 크레이프.

필요 따위는 절대 없어."

다케요의 얼굴 위로 당혹감이 어렸다.

"그런 거친 말을 하면 제가 곤란하지 않겠어요? 모처럼 만나서 인사하고 싶다는데."

"무슨 인사야! 지난번 그 꼴은 뭔데. 사람을 우롱하고. 그런 교제법은 없다고. 만나지 않고 신경 쓰지 않으면 돼. 냉큼, 지금, 당장, 돌아가라고 해."

위압된 듯 다케요는 입을 다물었다. 이윽고 천천히 걸어서 객실로 가 손잡이를 잡고 연한 녹색의 하오리를 절반 정도 벗었을 때, 다이조가 큰 소리를 내며 이쪽 식당에서 소리쳤다.

"앞으로도 절대 안 만나. 당장 돌아가라고 해!"

다이조는 곁에서 움직이지 않고 있는 노부코 쪽을 보지도 않은 채, 수염이 하얀 흥분한 얼굴을 완고하게 서류 쪽으로 향하고 있었다. 그 옆모습이 노부코의 눈앞에 있었다. 그러한 아버지의 귓속에 작고 뾰족한 검은 털이 덥수룩이 나 있었다. 노부코는 눈물이 어렸다. 평상시에는 볼 수 없는 아버지의 불쾌함과 이렇게 화를 내며 폭발하는 모습에 동정심이 생겼다. 꼴사납다고 생각하지 않았다. 이치에 맞게 말을 못하시는 아버지, 그리고 얼굴을 마주하는 대인 관계에서 기가 약한 아버지는 궁지에 몰리면 이렇게 폭발할 수밖에 없는 기질이 있었다. 노부코는 그것을 잘 알고 있었다.

노부코는 살짝 일어나서 화장실로 갔다. 손수건으로 눈물을 닦고 난 얼굴을 옆 벽에 붙어 있는 거울에 비쳐보았다. 사람의 마음이 온화해지도록, 이 집의 문 앞에 깔린 돌에는 꽃 모양이 여기저기 박혀 있는데―.

개수대 앞에 나무 의자가 놓여 있었다. 뒤집으면 발판이 되는 의자였다. 노부코가 어렸을 때부터 그 의자는 그곳에 있었다. 노부코는 니스 칠이 벗겨진 그 위에 걸터앉았다. 이런 식으로 어머니가 앉아, 그 옆에 딸인 노부코가 서 있던 일이 자주 있었다. 밤중에 어머니가 웬일인지 아버지와 충돌하여 눈물을 흘리며 내려와서 이곳에 걸터앉아 있었을 때. 또, 노부코가 좀 더 어렸던 시절 금휘관[50]으로 태서대명화라는 영화를 보러 가자고, 옷을 갈아입고 막무가내로 떼를 쓰며 어머니가 승낙하실 때까지 의자 옆에 서서 참고 기다렸을 때. 노부코는 지금 문득 한 가지 일을 생각해냈다.

몇 년인가 전, 지인의 아내로 히노 사요코日野さょ子라는 미국에서 귀국한 여자가 삿사 집으로 오게 된 일이 있었다. 어떤 이유였는지 남편은 일본에 남아 있고 아내만이 미국으로 가 요리 공부를 하고 돌아왔다. 몸집이 작은, 다소 언동이 경박하고 천하며 애교가 많은 그 사람이 도자카 집으로 와서 요리를 가르쳐 주게 되었다. 이미 그때 노부코는 쓰쿠다와 결혼해서 아카

50_금휘관(錦輝館) : 도쿄 간다에 있는 영화관.

사카 쪽에 살고 있었다. 그때 노부코가 오면 어머니는 계속 아버지를 놀려댔다.

"정말로 어떻게 된 줄 알았어. 아버지가 목욕탕에서 막 나오고선 또 느닷없이 들어가는 거야."

다케요는 노부코에게 그리 말했다.

"그런 일 없다고 했잖아."

"아니, 숨겨봤자 다 안다고요."

히노 사요코가 왔다고 말하자, 다이조가 "그래?"라고 말하더니 바로 조금 전 마치고 나온 욕실로 또 다시 들어갔다는 것이었다. 노부코는 반신반의하며 이상한 이야기라고 생각했다. 어머니가 그렇게 들떠서 되풀이하여 말할 만큼의 수상함도 없었다.

노부코는 그때의 일이, 어머니의 부자연스러울 만큼 명랑한 웃음소리까지 같이 생각이 났다. 그리고 아버지는 지금 오치에 대해서 큰 소리로 꾸짖었다.—부부 생활이라는 것, 남자와 여자의 생활이란 것을, 아버지와 어머니라는 관계를 떠나 노부코는 돌이켜볼 수 있었다. 단단히 붙잡아서 그것을 해결하기에는 머리도 꼬리도 없는 이상한 몽롱함. 생활 속에서 흘러나오는 감정의 명암은 노부코가 쓰쿠다와 생활했던 수년간에도 충만하여, 드디어 노부코는 그 생활을 청산하고 말았다. 그것이 이미 삼십 년이나 함께 생활해온 부모님들 부부 사이에도 있었다. 부부 사이에 있는 것뿐만이 아니라, 노부코와 쓰야코의 생활 감정에도 형태를 바꾸어 몰래 들어오고 있었다.

16세의 노부코는 이렇게 진지하게 싸우면서도 계속 아기를 낳고, 그 아기는 자신들이 지켜야만 한다는 아버지와 어머니의 사정이라는 것을 아무래도 납득할 수가 없었다. 어른들의 생활에 경멸을 느꼈다. 그러나 16세의 마음은 없어져 가고 있었다.

하지만 노부코는 오후 출석한 다과회에서의 하야카와 간지로의 이야기나 흔들리는 생활 속에서 인간적인 시원한 결합과 자연스러운 접촉이 없는 것에 숨이 막힐 듯한 기분이 들었다. 재차 노부코는 좁은 길에 박혀 있는 꽃 모양의 돌을 기억해 냈다. 그리고 나서 동서쪽 어디에도 자기 집만큼 좋은 곳은 없다고 생각될 만큼 아름다운 진주색의 스테인 글라스의 창을 생각했다. 그 유리는 식당에서 고함을 치던 아버지의 뒤쪽 난로 옆의 높고 작은 창에 끼워 넣어져 있었다.

복도를 걸어오는 슬리퍼 신은 발소리가 났다. 옷 스치는 소리가 났다. 노부코는 의자에서 일어나 수도꼭지를 틀고 손을 씻기 시작했다. 그곳에 다케요가 들어왔다.

"어머, 있었니."

다케요는 노부코의 어깨 끝을 비추고 있는 거울을 통해 잠시 자신을 응시하다가 이윽고 셀룰로이드 쟁반에서 빗을 집어 들어 그다지 흐트러지지 않은 언제나 크고 풍성한 히사시가미를 매만졌다.

"아버지는 언제나 그런 식이라 곤란해. 금방 표시가 나
······."

오치는 돌아갔다는 것을, 다케요의 말하는 모습에서 미루어
알 수 있었다.

"이러한 상황을 보니, 무슨 일인지 궁금해지지 않니?"

"······."

노부코는 가만히 있었다. 다케요도 노부코가 조금 전 눈물
을 닦기 위해 이곳에 온 것처럼 기분을 가라앉히기 위해 들어
온 것이 틀림없었다.

거울을 향해 눈을 치뜨고 앞 머리카락을 가지런하게 하며 다
케요는 다소 변명처럼 말했다.

"아버지는 우롱당했다든지, 아니면—말하는 것이 어째서 언
제나 저토록 극단적인건지.—지난번 오치 씨와 함께 저녁 식사
를 한 후에 여러 가지 이야기가 나왔는데 아무튼 아버지는 책
을 읽지 않는 분이시고 말이야. 오치 씨는 그런 면에서는 박식
하니까 이야기가 완전히 뒤죽박죽이 되어버렸지. 아버지는 형
편없었어. 그 일 뿐이었는데······."

"또 슈타인 부인에 대한 일이라도 말한 거 아니에요?"

"······."

미움을 살 만한 말을 했다고 스스로 자각한 것인지 다케요는

대답이 없었다. 노부코는 깜짝 놀라 어머니의 얼굴을 보았다. 다케요는 하얗게 볼록해진 예쁜 턱을 끌어당기며, 옷깃 언저리에 걸린 흰 가루를 가볍게 손가락 끝으로 털어내고 있었다. 노부코는 오치에 대해 따지듯이 격한 말이 나오려는 것을 겨우 자제했다. 노부코는 그곳에서 분명히 아버지와 어머니 그리고 자신에게도 더해진 굴욕을 느낀 것이었다. 아버지를 닮아 둥근 노부코의 얼굴에 슬픔이 드러났다. 입을 다물고 서 있는 노부코에게 다케요가 물었다.

"식당으로 갈 거지?"

"네."

다케요는 어쩌면 노부코와 함께 있는 편이 좋을지 모른다는 식으로, 함께 식당으로 갔다. 모처럼 다모쓰가 친구와 회람잡지를 내는 데 대한 상의로 저녁식사 때 돌아오지 않았다. 아버지가 좋아하는 두부요리가 나와 있었다. 그것은 노부코가 좋아하는 것이기도 했다.

"다모쓰가 돌아오면 아주 따뜻하게 데워서 줘요."

다케요는 늦게 돌아올 다모쓰를 위해 하녀에게 다짐의 말을 했다.

어린 쓰야코가 식당을 나가자 다이조, 다케요, 노부코 사이에서 조금 전까지 계속되었던 분위기로 다시 흐르기 시작했다. 노부코는 큰 테이블 위에 조금 떨어진 곳에서 석간을 펼치고 있었다. 다이조는 난로 옆의 긴 붙박이 의자에 쿠션을 베개 삼아 누워 있었다. 다케요는 언제나처럼 입구에서 정면인 자리에 연한 밝은 보라색 천에 한에리가 잘 어울리는 모습으로 얼굴은 앞을 향하고 가슴은 조금 펴듯이 하여 앉아 있었다. 앉아서 발끝을 하얀 생물처럼 불안하게 움직이고 있는 것은, 다케요의 빈번한 눈 깜박임의 상태로 알 수 있었다.

잠시 그러한 상태가 계속되었다.

"여보."

이윽고 다케요가 그 침묵을 참을 수 없다는 듯이 '보'라고 하는 말에 힘을 주어 다이조를 불렀다.

"뭐야."

"데라지마寺島의 토지 일, 해결하셨어요?"

"아직이야."

"一곤란하잖아요."

노부코는 자신을 향한 어머니의 시선을 느꼈다. 하지만 석간에서 눈을 돌리지 않았다. 양친의 심정의 갈등이 이런 곳으로 화제를 돌려, 게다가 어머니 쪽에서 싸움을 걸듯이 말을 꺼낸 것은 노부코의 예상 밖이었다.

"내일이에요, 기한이."

데라지마에는 외가가 있었다. 할머니가 돌아가신 후 완전히 몰락한 외가는 은행에 택지를 차압당해 있었다. 다케요는 메이

144

지 초기의 저명한 학자였던 아버지를 기념하기 위해 그 토지는 남의 손에 넘기지 않고 삿사 가에서 매입하기를 원했던 것이다.

"당신은 건축가이면서도 능숙하게 일처리도 못하고—사무소의 일은 용케 잘도 하는군요."

"그렇게 급하면 당신이 하면 되잖아."

"당신은 데라지마의 일에는 너무 냉담해요."

다케요는 눈물을 글썽였다. 하얀 분이 묻어 있는 볼록한 턱이 절인 매실같이 울퉁불퉁하게 되어버렸다.

"제가 할 수 있는 일이라면 처음부터 부탁했을 리 없잖아요."

긴 의자 위에서 천장을 바라보며 누워있던 다이조가 다리를 위로 높게 들어 꼬았다.

"데라지마의 일은 당신의 마음에 들도록 뭐든지 말한 대로 해오고 있잖아."

노부코가 있는 곳에서 아버지의 얼굴은 보이지 않았다. 하지만 다이조가 난로 앞의 천장에 붙어 있는 등을 주시하면서 복잡한 심정으로 차분히 그것을 말하고 있다는 것은 똑똑히 알 수 있었다.

"다른 집 남편들은 어떤지, 비교 좀 해봐."

"은혜를 베풀었다고 생색내다니—비겁해요."

"내가 비겁한지 어떤지 노부코에게 물어봐."

"봐요. 결국 당신 또, '노부코에게 물어봐', 가 나왔어!"

다케요는 눈물을 글썽거리면서 승리했다는 듯이 웃음을 띠었다.

"옆에 누구라도 있으면 언제나 그렇게 떠넘기죠. 당신이란 사람은ㅡ. 허세를 부리고ㅡ."

"적당히 해!"

누워 있던 다이조가 긴 의자 위에서 일어났다.

"자신의 딸을 타인 취급하는 사람이 어디 있어.ㅡ대체 뭐가 불만스러워 그런 욕설을 퍼붓는 거야. 뭐하나 부족한 것 없이 살고 있으면서.ㅡ하고 싶은 대로 마음대로 하고 있잖아."

다케요의 뺨에 눈물이 반짝이며 굴러 떨어졌다.

"제가 부족함 없이 살고 있는 것이 그렇게 신경 쓰인다면 뭐라도 할게요. …당연히 당신 혼자서 지금까지 꾸려온 집이니까."

다케요는 소매에서 회지를 꺼내 눈물을 닦았다. 조금 떨리는 그 손의 중지에서 훌륭한 다이아몬드 반지가 반짝였다. 난로 선반 위에 놓인 괘종시계가 유리 케이스 속에서 한 줄의 금줄에 매달린 금색의 시계추를 소리 없이 회전시키며 방에 퍼진 정적의 깊음과 시간의 흐름을 재고 있었다. 노부코는 그 자리에 있는 것이 견디기 힘들었다. 격정적인 다케요는 언제나 상대편이 가장 심한 말을 하지 않고서는 견딜 수 없을 때까지 감정을 자극하고 부추겼다. 노부코도 시종 그것에 말려들어왔다. 그러나 오늘 밤, 노부코는 그 소용돌이에 휩쓸리지 않은 채 이상하게 슬픈 이 가정의 모든 정경을 선명하게 마음속에 그대로 담고 있었다.

12

다음날 아침, 몸치장을 끝내고 노부코가 복도로 나오니 맹장지가 열려 있고 다이조가 양복장 앞에서 혼자 옷매무새를 가다듬고 있었다.

"안녕하세요, 벌써 준비하시는 거예요?"

"응. 잘 잤어?"

다이조는 깨끗하게 면도한 얼굴로 양복장 문 안쪽에 붙어 있는 거울을 보면서 넥타이를 매고 있었다. 깨끗한 셔츠의 등 부분이 회색의 펠트 바지멜빵과 교차된 부분에서 깔끔하게 부풀어 치켜 올려져 있었다. 목의 피부는 칼라의 이음매로부터 턱에 걸쳐서 중년답게 쳐져 있다.

노부코가 함께 살지 않게 되고 나서 벌써 몇 년 동안이나, 다이조는 매일 아침 혼자 장롱 앞에서 복장을 가지런히 정돈하고 사무소로 가는 것이 버릇이 되었다. 다케요는 남편과 학교에 가는 아들의 아침식사 시간에 맞추어 나오지 않을 때가 많았고, 출근 때의 복장도, 귀가하여 갈아입는 옷도 노부코의 기억으로는 좀처럼 돕지 않는 사람이었다.

다이조는 여러 해 전부터 아침에는 이렇게 혼자 준비해서 외출했고, 겨울에는 돌아와서 스토브 앞에 두었던 옷으로, 요즘 같은 날에는 옷걸이에 걸려 있는 옷을 혼자서 서둘러 갈아입었다.

다케요는 시집왔을 때 할머니의 질투가 너무 심해서 자기 부부의 습관이 이렇게 되었다고 말하며 웃었다.

그렇지만 나이를 먹은 부부인 아버지와 어머니가 서로 다툰 다음날 아침에도 역시 아버지 혼자 장롱 앞에서 몸치장을 하고 있는 것이 노부코에게 평소보다 더 가엾게 느껴졌다.

노부코는 장롱 안에 붙어 있는 작은 서랍에서 손수건을 꺼내어 아버지의 상의 주머니에 넣어 주었다.

"아버지, 안녕히 주무셨어요?"

"잘 자고말고. 여느 때처럼 순식간에 잠들어 버렸어."

아버지의 안색에서 정말 어젯밤도 평상시처럼 베개에 머리를 대자마자 바로 코를 골며 잠들어 버렸다는 것을 알 수 있었다. 안색뿐만 아니라 수첩과 지갑을 안쪽 호주머니에 넣는 손짓, 장롱을 닫고 또 식당으로 돌아가는 발걸음 등, 어디에도 어젯밤에 뒤척인 흔적은 없었다. 이미 오늘 하루의 활동이 시작된 흐름 속에 있는 다이조의 말투에는 노부코가 가엾게 생각할 겨를조차 없었다.

머리 뒤쪽에만 머리카락이 많이 남아 있는 둥근 머리에서부터 하얀 칼라, 그리고 관절에 털이 자라고 있는 굵은 손가락에까지 사무적인 밝고 싸늘함이 넘쳐흐르고 있었다.

아버지 그 자체가 어렴풋하게 니스 냄새가 나는 청결한 사무실 같기도 했다.

"오늘 밤에는 몇 시에 돌아오세요?

"오늘 밤에는 일본 클럽에 가."

그렇게 말하면서 헌팅캡을 쓴 에다가 문을 열어놓고 기다리고 있는 자동차에 탔다.

"다녀오세요."

노부코의 인사에 아버지는 오른손 집게손가락을 약간 올려 외국풍의 인사를 했다.

작고 검은 벤은 아침의 빛을 되비치면서 조용히 좁은 길을 달렸다.

노부코는 아버지가 나가시면서 '언제까지 있을 거니'라고 한마디도 묻지 않은 것이 어딘지 모르게 서운했다. 이제 와서 새삼스럽게 그런 것을 묻지 않는 것은 나가나 들어오나 부모와 자식이고, 자신의 아픔까지 말해도 좋은 편한 자식의 관계를 나타내고 있는 것이었다. 그러나 거기에는 항상 노부코가 이 집의 자유스러움과 함께 느끼는, 무언가 한 가지가 빠진 듯한 기분이 들었다.

배웅하러 나온 하녀들은 벌써 들어가 버렸다. 노부코는 다실풍의 현관 사이에서 천천히 걸어 의자가 있는 쪽의 응접실로 들어갔다. 청소를 한 채 모든 창문이 활짝 열려 있는 응접실 벽쪽에 고풍스런 은촛대와 피아노가 놓여 있었다.

노부코는 오래간만에 그 피아노 뚜껑을 열어서 빛바랜 몇 개의 건반을 두들겨 소리를 내어 보았다. 이 중고품 독일제 피아노는 소녀였던 노부코를 위해 부모님이 사주신 것이었다. 노부코에게 교본을 가르쳐준 부인 피아니스트는 빈에서 자살했다.

쓰쿠다와 결혼해서 이 집을 나가고 나서부터 노부코는 자신의 악기라고 하는 것을 하나도 가지지 못하고 살아왔다. 작은 우쿨렐레를 가지고 있긴 했지만, 그것은 쓰쿠다가 뉴욕에서 노부코를 위해서 사 주었다는 이유로, 노부코가 이혼했을 때 약지에서 뺀 장롱의 서랍에 넣고 나온 결혼반지와 함께 쓰쿠다의 소유품이 되었다.

아무 사심 없이 음계부터 조금씩 생각해내어 전주곡의 한 부분을 연주하고 있자니 식당 쪽의 문이 철커덩 열렸다.

"역시 그렇군.

다케요의 기분이 좋지 않은 조금 목이 멘 목소리였다. 노부코는 의자 위에서 빙 돌아 어머니를 보았다.

"시끄러웠어요?"

"어차피 일어나 있었으니까 상관없지만."

노부코는 피아노 뚜껑을 닫고 짧은 단젠[51]을 입은 어머니의 어깨를 누르듯이 하며 세면대 쪽의 복도를 걸었다.

"표정을 보니, 아직?"

"그래—네 아버진 대체 왜 그러시는지."

"그렇다니요?"

"다른 사람의 기분 따위는 조금도 아랑곳하지 않고.—어쩜 그렇게 잘 잘 수 있을까?"

다케요는 다이조를 비롯해 가족 모두가 함께 사용하는 도자기로 만든 하얀 세면대를 사용하지 않고, 자신만 그 옆의 개수대의 하얀 에나멜 세면대를 별도로 사용했다. 다케요는 발판으로 된 나무에 걸터앉아 세면기에 가스로 데워진 온수가 받히는 것을 기다리며 말했다.

"노부코는 물질주의적이니까 당연한 것이겠지만. 나는 뭐랄까, 아버지의 무시하는 말투는 정말 참을 수 없어."

만족하게 잠들지 못한 하룻밤이 지나고, 어머니의 마음은 아버지와 달리 어제의 사건과 아직 연결되어 있었다. 어느새부터인가 자신이 물질주의로 치부되는 것에 노부코는 놀랐다. 복잡한 여러 가지 감정이나 사상을 세밀히 표현하는 습관이 없는

51_단젠(丹前) : 솜을 두껍게 둔 소매가 넓은 일본 옷. 실내용 방한복의 일종.

다이조는 말다툼을 하다가 난처한 상황이 되면 무시해 버렸다.

그러한 아버지와 어머니를 노부코는 어젯밤 어떤 마음가짐으로 바라보았을까. 난로 선반 위에는 그리스의 항아리가 장식되어 있고, 어머니의 손가락에는 다이아몬드가 반짝이고 있다. 그러한 광경 속에서 아버지가 어머니를 무시하는 말은 노부코를 자극했다. 취미라던가 품위라는 것의 불확실함, 여자의 생활이라고 하는 것에 드러나는 근본적인 무력함을 두렵게 느끼게 했던 것이다.

다모쓰도 쓰야코도 학교에 가고, 가즈이치로는 여전히 부재중이라 조용한 늦은 아침식사를 마쳤다. 노부코는 왠지 모르게 어머니의 기분을 풀어줄 생각은 하지 않고 슬슬 돌아갈 준비를 하고 있었다.

"아, 지금 돌아갈 거니?"

의외라는 표정으로 다케요가 물었다.

그때 노부코는 일어서서 난로 앞 테이블에 둔 주변 물건들을 정리하려고 했다.

"그렇게 서둘러야 하는 거니?

밑에서 올려다보는 다케요의 시선에 노부코는 소맷자락이 잡힌 듯한 느낌이 들었다.

"무슨 용건이라도?

"용건이랄 것까진 없지만."

다케요는 지금 당장 결정할 것이라도 있는 듯이 조금 허둥댔다.

"어쨌든 좀 더 있어."

이윽고 다케요가 말했다.

"스시라도 먹고 돌아가."

노부코는 보이지 않는 손이 어깨를 짓누르는 것 같아 다시 원래의 방석에 앉았다. 부자연스럽게 화제를 돌려 다케요는 친척 부인이 사와다 쇼지로[52]에게 열중하는 것을 비판적으로 말하기 시작했다.

"그런 마음 따윈 난 몰라요……."

어머니가 말하고 싶은 것은 그게 아니다. 그렇게 노부코는 직감했다. 다케요는 속눈썹을 깜박거리고 왼쪽 손으로 거의 무의식적으로 반지를 만지작거리며 단도직입적으로 말했다.

"저 노부쨩, 나 오치 씨와 결혼할까 하는데 넌 어떻게 생각하니?"

노부코는 아주 컴컴한 곳에서 무엇인가에 아플 정도로 몸이 부딪쳤지만, 무엇에 부딪힌 것인지는 바로 판단할 수 없는 그런 기분이었다.

"결혼? 결혼이라뇨?"

말의 울림과 그 의미가 눈앞의 짧은 단젠을 입은 어머니와

52_사와다 쇼지로(沢田正二郎) : 배우. 신국극(新国劇)의 창시자.

아무래도 연결되지 않아 노부코는 괴로운 얼굴이 되었다. 결혼이라고 하는 말 그 자체는 노부코도 알고 있고 무슨 뜻인지도 알고 있지만 그러나ー어머니와 오치와의 결혼ー.

"모르겠어요."

노부코는 애달픈 듯이 다케요를 바라보며 머리를 흔들었다. 어머니는 52세였다. 오치 게이치로는 확실히는 모르지만 32, 3세의 남자다. 평범한 생각으로는 그 두 사람의 결혼이라고 하는 것을 노부코는 상상할 수 없었다.

노부코는 가위눌린 듯한 안색이 되었다.

"결혼이라니ー이 집을 나가서?"

"그럼, 아무래도 그래야겠지."

상기되어 눈을 깜빡거리며 다케요는 차분하게 대답했다.

"부코짱은 어떻게 생각하니?"

"너무 갑작스런 일이라……. 그건, 우리들은 다 자랐고 어머니께서 어떻든 간에 그렇게 결정했다면 어쩔 수 없겠지만…….
하지만 이상해!"

노부코는 갑자기 정신을 차리고 바로 앉았다.

"진심이에요?"

"ー결국 그렇게 할 수밖에 없다고 생각해."

노부코는 점점 평정을 되찾았다. 그리고 어머니의 솔직함에, 이 중요한 이야기가 억제하기 어려운 정열적인 화염의 불타오름에 의해 나오는 것이라기보다는 오히려 무엇인가 조금 특별한 동기로부터 나오고 있다는 것을 느끼기 시작했다. 희미하게나마 직감할 수 있는 그 특별한 동기까지 알아내려는 듯이 노부코는 가만히 다케요를 바라보았다.

"그렇게 되었을 때, 어머니는 경제력이 있으신 거예요?

"대단한 것은 없지만, 그래도 나 한사람정도는 어떻게든 될 거야."

"하지만ㅡ."

대학 조교를 하고 있는 32, 3세의 젊은 남자에게 어머니가 지니고 있는 이 복잡한 생활의 모든 것을 어떻게 지탱할 수 있을까. 다케요는 꽃잎에 가느다란 꽃맥의 그물이 떠 있는 것 같은 최후의 아름다움과 향기로움을 발산하고 있는 꽃과 같은 젊음을 지니고 있었다. 하지만 그 최후의 요염함이나 향기는 다케요에게 어떤 불만이 있든 간에 삿사의 집에서의 안이한 날들을 조건으로 유지되고 있는 것이었다. 만일 오치가 진심으로 어머니에게 어떤 매력을 느꼈다 해도 그것은 완전히 이 집의 부인으로서 다케요의 몸에 배어 있는 것이었다.

대학 조교인 오치에게 딱 맞는 격자문의 자그마한 집. 게다가 금전에 관해서 대범하다고 생각할 수 없는 오치의 풍모. 그런 조건들과 결부시켜 어머니의 모습을 그려보면 여자로서의 생활의 발전이라는 것은 조금도 상상할 수 없었다. 노부코의 눈앞에는 갑자기 심한 피로와 함께 늙어가는 불쌍한 어머니의 모습밖에 떠오르지 않았다.

결혼─노부코는 점점 놀라움을 감추지 못하며 테이블 위에 가지런히 놓인 다케요의 희고 가는 매끈한 손을 보았다.

"……그 이야기는 누가 먼저 꺼낸 거예요? 그쪽에서?"

"확실히 그렇다고 말할 수는 없지만."

"그럼 어머니가? 벌써 말씀하셨어요?

"그러니까 노부쨩은 어떻게 생각하는지 묻고 있잖니?"

"……이쪽에서 먼저, 무엇 때문에……."

노부코는 불안해했다.

"이상해, 이상해."

그리고 그렇게 말하면서 하얗고 부드러운 다케요의 손을 잡았다.

"너무 이상하잖아요? 어째서? 문제도 되지 않는 일을 가지고……."

"요전에 연구실로 갔을 때, 그 사람도 젊으니까─."

무심코 그렇게 말하고 다케요는 당황했다. 대학에 있는 오치의 연구실에 간 것은 다모쓰에게도 지금까지 숨기고 있던 사실이었다. 노부코에게는 물론─그러한 경위에 구애받지 않고 노부코는 손을 쥔 채로 다케요를 재촉했다.

"그렇다면?"

어떻게 표현해야 할지 모르겠지만 이 이야기 전체의 핵심이 되는 사정이 그때 일어난 것 같았다.

"……. 어쨌든 나로서는, 이제 결혼할 수밖에 없다고 생각하게 된 것이지."

다케요의 눈에 눈물이 맺혔다. 눈물 맺힌 어머니의 눈에 깜빡거림도 없는 자신의 시선을 고정시킨 채 상상할 수 있는 모든 경우를 곰곰이 생각했다. 복잡하게 얽혀 있던 노부코의 머릿속에 어느 정도 현실성 있는 일 한 가지가 떠올랐다. 다케요는 언뜻, "그 사람도 젊으니까"라고 말했다. 그것은 매우 암시가 깔린 한마디였다. 오치는 어머니에게 남자가 여자에게 추구하는 육체적인 요구를 어떠한 형태로든 나타낸 것이 아닐까? 언젠가 오치가 만약 현재의 아내가 없었다면 자신에게 구혼했을 거라고 말했다는 것을 다케요는 노부코에게 말한 적이 있었다. 조금씩 노부코도 알 것 같았다.

"저 어머니, 오치 씨가 어머니에게 무언가 특별한 것을 요구했나요?"

"……."

다케요는 긍정도 부정도 하지 않았다. 단지 눈에 가득해진 눈물이 볼에 흘러내렸을 뿐이었다. 어머니는 젊지 않았다. 그러나 반지를 낀 손을 잡힌 채 부드러운 유피와 같은 묘한 윤기를 가진 매끈한 볼에 눈물방울을 반짝이며 딸의 눈을 지그시 응시하고 있는 다케요의 얼굴에는 어찌할 바를 모르는 고뇌가 있었다. 그 고뇌는 노부코의 젊은 얼굴에도 되비쳤다. 오치가 무언가를 다케요에게 요구했던 것은 사실이고, 그에 대해 다케요가 바로 응할 수 없었던 마음이 있었다는 것을 노부코는 여자로서 이해한 것이었다.

노부코의 마음에 눈물이 어렸다. 오치에게 끌려가고 있는 어머니를, 노부코는 강한 반감을 가지고 봐 왔다. 그러한 노부코의 반감을 오치는 핵심을 찌르듯이 딸이 어머니에게서 느끼는 질투라는 식으로 해석해서 이야기했을 것이다. 딸의 감정에 질투라기보다는 조금 다른 움직임이 있는데도 불구하고—다케요가 여유 있는 자신의 삶 속에서 일으키는 다툼의 내용이 너무나 평범해서 노부코는 주로 거기에 반감을 느껴 왔다. 지금 다케요의 궁지에 몰린 얼굴을 보니 노부코는 그 반감을 잊어버렸다. 적어도 다케요에게 거짓말을 하는 습관은 없었다. 이 발견은 다케요의 마음을 깊게 동정하게 했다.

"어머니……."

노부코는 상냥하게 어머니의 향기 좋은 손등에 자신의 볼을 가까이 댔다.

"말해 주어서 고마워요."

볼을 가까이 대고 있는 노부코의 마음에 생각나는 것이 있었다. 옛날 노부코가 소녀였을 때 다케요가 가르쳐준 것이었다.

남자와 입맞춤을 하면 그것은 벌써 결혼할 것이라고 약속한 것과 다름없다고. 막연하게 결혼은 일생의 중대한 일이라고 알고 있던 소녀 노부코의 감정에 결혼을 약속하는 것이 된다는 다케요의 성실하고 엄숙한 한마디가 결정적이고 위협적으로 각인되었다.

혹시, 다케요는 지금 자신의 경우에 대해서 그렇게 느끼고 있는 것은 아닐까? 아내인 다케요의 경우, 소녀였던 노부코에게 경고한 것보다도 책임은 훨씬 더 현실적이라, 그러한 사정이 있다고 하면 거짓말을 하지 않는 다케요가 그것에 대해서 고민하는 것은 당연하다고 생각되었다. 몸집이 크고 아이도 많이 낳고, 의류나 소지품 등에 다소 속된 호화로운 취미를 갖고 있는 다케요의 마음속에 진부하고 모순 되게도 유지되어온 순결함.

노부코는 어떤 편지를 생각해내었다. 세월이 지나 낡고 빛바랜 네모난 대형 서양봉투의 겉에는 아당류[53]로 영어를 쓴 견본과 같은 부드럽게 굽은 글자로 런던에서 미스터 다이조 삿사라 적혀 있고, 런던 다이조의 기숙사가 수신인으로 되어 있다. 봉투의 끝에는 빨간 양초로 봉하는 대신에 빨갛고 작은 타원형의 종이를 세밀한 레이스 그물코로 구멍 뚫은 봉함지가 붙

53_아당류(鴉堂流) : 메이지 말기의 오노(小野)의 아당(鴉堂)을 선조로 하는 서도의 유파(流派).

여져 있었다. 봉투는 가위로 조심스레 잘려 있었고 속에는 일본의 안피지54에 초필抄筆로 빽빽하게 가득 쓴 두꺼운 편지가 들어 있었다. 촘촘하게 가득 쓰여 있는 글자는 노부코가 읽어 내릴 수 없을 정도의 초서체로 몇 장이나 이어져 있었다. 끝의 수신인에는 영국 런던, 그리운 오빠께 올림이라고, 색종이에 쓴 것처럼 우아하게 세 줄로 쓰여 있었다. 다케요라는 이름을 쓰기 전에 본문 끝에 한 줄 빽빽이 위부터 아래까지 '×'로 계속 채워져 있었다.

자신이 받기로 한 낡은 장롱을 정리할 때, 노부코는 우연히 메이지 40년이라는 날짜가 쓰여 있는 어머니의 편지를 본 것이었다. 개량복을 입고 장미꽃을 든 30세를 막 넘은 다케요의 그 시기의 사진이 그대로 글자로 표현된 것 같은 편지였다. 노부코는 너무 정겨워 조심스럽게 바라보았다.

그때 편지 마지막을 어째서 무수한 '×'자로 끝맺었는지 의심스러웠다. 후에 노부코는 짐작 가는 것이 있었다. KISS를 의미하는 '×'인 것 같았다. 그렇게 잔뜩 메워진 끝맺음에는 먹물이 모자라 붓 자국이 생길 정도로 체면 없이 '×'라고 쓰여 있었다.

노부코는 햇수로 5년간이나 떨어져 있던 어머니가 오빠라고

54_안피지(雁皮紙) : 산 닥나무 종류인 안피나무 껍질로 만든 종이. 얇고 질기며 종이 질이 좋음.

수신인을 썼던 심정을 생각하고 동시에, 그 한가득한 '×'에 애절한 사랑을 느꼈다. 그 시기의 사진에 찍혀 있는 통통한 어머니의 손놀림의 사랑스러움, 천진스러움이 느껴졌다.

그러한 편지를 런던에서 받았을 때 다이조는 그것을 소중히 주머니에 넣고, 잠시 동안 안정이 되지 않은 나머지 분명 무엇인가 구실을 만들어 친구들이 있는 방에서 나와 편지를 읽었을 것이다. 이러한 일을 노부코도 다이조의 오래된 친구로부터 농담 식으로 들은 적이 있었다.

아버지와 어머니에게는 그 후 점차 변화하고 팽창된 경제 조건에 따라 여러 가지 생활의 변화가 왔다. 그렇지만 노부코가 딸로서 부모를 위해 지키고 싶어 하는 부부의 순박함을 모두 잃어버렸다는 생각은 들지 않았던 것이다.

"그건 말이지요. 어머니, 어머니가 생각하고 있는 것보다 더 중요한 위기일지도 몰라요."

노부코는 신뢰가 깃든 말투로 말했다.

"저는 찬성해야 할 이유를 모르겠어요. 알고 계시죠? 저는 오치라는 사람을 신용하지 않아요. 그러니까 어머니도 잘 생각해보세요. 네? 제발 부탁이에요."

잡고 있는 다케요의 손을 노부코는 격려하듯 쓰다듬었다.

"네? 어머니가 그렇게 생각하게 된 이유는 어느 정도 알겠어요. 하지만⋯⋯. 어머니는 만일의 경우 가난을 태연하게 받아들이고, 세속적인 명예 따위를 버릴 수 있다고 생각하실 거예요. 그것이 보다 가치 있는 생활이라는 자신만 있으면-그렇지요?"

"그렇게 생각하지 않았다면 이런 일을 할 생각도 하지 않았을 거야."

"하지만 그것은 굉장히 복잡하다고 생각해요. 그러니까 어머니는 한 번도 가난한 사람의 딸인 적이 없었고, 아내로서 사회적인 자존심에 상처를 입은 적도 없었잖아요. 부자가 아니라는 것과 가난한 사람으로 취급받는 것은 달라요."

노부코는 이야기를 계속하는 동안에 다케요가 얼마나 자존심이 강한 성격인지에 대해 실제의 예를 연이어 생각해내었다.

"어머니의 자존심은 삿사 다이조라는 배경으로 하여 유지할 수 있는 거예요. 그 배경이 없어지고, 정말로 여자로서 내세울 자존심이 상처 입게 되면 어떻게 될까요?"

노부코는 두려워졌다. 어린 시절부터 눈에 익어왔던 어머니의 크고 순수한 육체와, 오치의 냉정한 얼굴에 어울리지 않는 안경을 쓰고 있는 모습을 결부시켜 생각하면, 노부코는 결혼이라는 말에서 의미도 모를 정도로 부자연스럽고 굴욕적인 느낌을 받을 뿐이었다.

"서둘러 결정하면 안 돼요. 알겠죠?"

"나도 그렇게 생각하고는 있어."

"어머니의 기분대로 행동하지는 마세요. 저는 쓰쿠다와 결혼할 때 정말로 쓰쿠다도 저처럼 인생에 대해서 여러 가지 희망을 가지고 있지만 단지 그 말을 저에게 할 수 없을 뿐이라고 생각했어요. 그것이 안타까웠어요. 하지만 그 생각이 틀렸던 것이었어요……."

다케요는 깊은 한숨을 내쉬었다. 그리고 깊이 생각하는 표정으로 차분하게 말했다.

"정말로 나도 잘 생각해볼게……. 고마워."

다케요는 노부코가 잡고 있는 자신의 손을 살며시 빼내었다.

13

뭐라고 말할 수 없는 묘한 감정이었다.

아침부터 모토코는 우시고메牛込의 책방으로 외출했다. 고요한 고마자와의 집 정원에는 반짝이는 초여름의 햇볕이 흘러 넘쳤다. 석류의 작은 잎의 무성함은 새로 산 유화도구의 짙은 녹색처럼 진하고, 산울타리 너머 포플러의 어린나무 가지 끝은 잿빛을 띤 녹색의 삼각형 잎을 살랑거리고 있었다.

눈이 가는 곳곳에 노부코가 좋아하는 선명함과 신록의 농담이 빛나고 있었다. 그것은 꽃의 계절보다 풍부하게 자연의 아름다움을 느끼게 했다. 노부코는 책상 앞에서 그런 뜰의 경치를 바라보고 있었다. 거기에는 온종일 녹음의 조화를 변화시키고 있는 눈부신 초여름의 뜰이 있었다. 노부코의 눈은 그 눈부신 녹음을 가만히 바라보며 그 눈부심 때문에 동공을 작게 찌푸릴 정도였다.

그런데도 노부코가 바깥 풍경에서 받는 느낌은 이상하게 어두웠다. 나무들의 녹색과 검정색이 섞여서 흐리게 느껴지는 것이 아니었다. 눈부시게 순수한 녹음의 아름다움은 그대로 선명하게 눈에 비치고 있었지만, 그것이 노부코의 마음에 오는 도중에 닫긴 셔터처럼 완강한 어두움이 있기 때문이었다.

상喪 중이라는 말을 노부코는 생각했다. 죽음의 어두움이라는 것은 이러한 것인가 하고 생각했다. 그러나 노부코는 슬퍼하지 않았다. 전혀 비통하지 않았다. 단지 묘하게 부자연스러운 믿을 수 없는 혼란만이 가득했다. 오늘, 노부코는 누구와도 말하지 않고 생각의 내면에 호기심을 가지지 않고 혼자 있을 수 있는 것이 기뻤다.

어제 도자카의 집에서 다케요가 오치와 결혼하려고 한다고 말했을 때 노부코는 전력을 다해서 자신이 그것을 이해할 수 없는 이유를 알아내려고 노력했다. 자신은 그 이유를 필사적으로 알아내려고 노력하면서 다케요에게는 최대한 신중하기를 부탁했다. 본능적으로 그렇게 하지 않고는 견딜 수 없을 정도로 오치와 어머니와의 결혼이라는 것은 노부코에게 있어 받아들이기 힘든 것이었다.

생각해보면 불가사의했다. 오랫동안 굉장히 집중해서 그 일을 어머니와 이야기하고 있었는데, 그동안에 남편인 아버지의 입장이라는 것은 한 번도 노부코의 감정에 전해지지 않았다. 왜 그랬을까. 결혼이라는 생각이 너무 기발하고 있을 수 없는 일이라고 여겨졌기 때문에 현재 생활에서 그러한 파국으로 치닫고 있는 부부로서의 아버지의 입장을 호소해 오지 않았던 것일까?

십 년 전 아버지와 어머니가 모처럼 함께 관서에서 규슈로 여행한 적이 있었다. 다이조의 출장을 겸해서였지만 머리 하나 손질하는데도 시간이 걸리는 다케요가 동행하는 것은 드문 일이었다. 20일 만에 여행을 마치고 아버지와 어머니는 규슈의 맛있는 뿡깡과 양지귤 바구니를 들고 귀경했다. 일본에서 유일하게 남양의 식물이 우거져 있는 양지의 아오시마靑島에 대해 아버지와 어머니 모두 흥미롭게 이야기했지만, 며칠 지나 노부코만 있을 때 다케요가 말했다.

"여행은 좋았지만, 난 나고야名古屋에서 정말 혼자 돌아와 버리려고 했어."

"왜요?"

"엄청 화가 났거든."

"그러니까 왜냐고요?"

"아버지가 내가 보고 있는지도 모르고 여관의 종업원과 시시덕거렸거든……."

18세 때의 노부코는 이해하기 어려운 얼굴을 했다.

"시시덕거리다니?"

나고야에서 어느 사람의 초대를 받았을 때 어머니의 준비가 늦어져서 아버지가 먼저 숙소의 현관을 나갔다. 그래서 아버지가 구두를 신고 있는 곳으로 어머니가 뒤늦게 뒤쪽의 계단으로 내려왔다. 그런데 그때 다케요가 내려오고 있는 것을 눈치 채지 못한 다이조가 구두를 신으면서 종업원의 어깨에 손을 얹고 있는 것을 계단의 도중에서 보았다. 다케요는 그대로 방으로 돌아와 버렸다. 갑자기 기분이 나빠졌다며 움직이지 않는 다케요를 주인 보기 민망했던 다이조가 겨우 달래서 그 자리에 참석했다. 그리고 앞으로 결코 그러한 짓은 하지 않겠다고 서약했다는 것이다.

"정말 난 그런 모욕을 당하곤 잠자코 있을 수 없어. 남자는 왜 그런 걸까. 일본 여자가 너무 식견이 없으니까 남자가 아무 두려움 없이 우쭐대는 거야."

다케요는 여성의 위엄으로서 통렬히 그렇게 말했다. 그때 노부코는 여관의 종업원과 시시덕거렸다는 아버지에 대해 어머니가 태연히 말하는 것을 이상하게 생각했다.

술주정꾼이 너무 싫은 노부코는 어머니가 사용한 시시덕거린다는 단어를 술주정꾼에게 쓰는 것으로 느끼고, 그것은 아버지와 잘 어울리지 않는다고 생각했다.

반면 여관의 종업원을 그렇게 자신과 대립하는 여자로 느끼는 어머니의 식견이라는 것에도 의문을 느꼈다. 그러한 기분으로 숙소에 묵은 어머니의 여정은 따분했을 것이고 동행하는 아버지도 고압적이었을 것이다.

여러 가지를 종합적으로 생각하고 있는 동안에 노부코는 왠지 우스꽝스러워져 입 주위에 웃음을 띠었다. 삿사의 가정에서는 기생이라던가 첩이라고 하는 말은 금기시되어 있어 아이가 있는 곳에서는 결코 사용하지 않았다. 불가피하게 말해야 할 경우에는 기생은 가수라고 말하고, 첩은 콘큐(concubine)라고 했다. 그렇게 해도 언젠가 알게 될 것이었다. 남자에게 요구하는 순결함에 대해 다케요는 타협이 없었다. 다이조를 비롯해 가즈이치로도 다모쓰도 어머니가 순결함이라고 생각하는 표준으로 지켜져 그 분위기 속에서 살아왔다. 노부코는 해가 갈수록 그러한 어머니의 취미나 식견이 남자 아이들에게는 오히려 가엾고 위험하다고 느끼기 시작했다.

소년에서 청년으로 변해 가는 남동생들의 육체와 정신의 여러 가지 동요와 세밀한 뉘앙스에 대해서 어머니가 무엇을 알고 있는 것인가? 노부코에게 비쳐진 어머니는 그러한 방면에 대해서 전혀 순진한 건지, 그렇지 않으면 노부코가 알지 못할 정도로 거친 무언가를 알고 있어 극단적으로 거기에 반발하고 있는 듯했다. 삿사의 가정 분위기에서 순결함은 절대적인 가치로 각인되어 왔기 때문에, 그것을 추궁하면 순결함의 실체는 오히려 더 지극히 애매해졌다. 상쾌한 신록의 빛이 짙게 물든 뜰을 바라보면서도 노부코가 열리지 않은 셔터와 같은 어두움을 마음으로 느끼는 것도 그런 면이었다.

아내가 남편이 없을 때 자신의 또 다른 결혼에 대해서 딸과 이야기한다. 그러한 이야기를 하지 않으면 안 될 것 같은 감정 생활을 결혼 생활 속에 맞추어 간다. 그것이 그동안 다케요가 말해왔던 순결함일까. 남성에 대하여, 남편이나 아들에게는 지나칠 정도로 순결함을 요구하는 어머니가 자신은 오히려 다른 여자의 남편에게 흥미를 가지고, 더 나아가 결혼을 해야만 할 것 같다고 생각할 정도로 절박한 관계를 가진다는 것은 다케요의 순결감純潔感에 저촉되는 것이 아닐까?

어제 평정을 잃은 어머니의 얼굴을 눈앞에서 보고, 노부코는 이러한 사실을 자신만이 아닌 어머니를 보호하고 어머니의 소녀 같은 순결함을 강조하면서 스스로 알게 되었다. 하지만 지금 자신의 집 책상 앞에서 아무리 침착하게 생각해도 그 이야기 속에는 많은 모순이 존재했다. 자만이나 우쭐함이 있었다. 다케요가 여자로서 자신을 과신하고 자신의 경우만은 항상 예외로, 남자의 마음과는 달리 바람기가 아닌 진지하고 심각한 것으로 생각한다면 그것은 자만이 아니고 무엇인가?

다른 여자의 남편인 남자와 다른 남자의 아내인 자신 사이에 감정의 일탈이 있어도 그것이 자신의 일일 경우 고귀한 고민이라고 생각한다면 우쭐함이 아니고 무엇이겠는가?

이론을 앞세워 규탄으로 기울어진 노부코의 마음은 드디어 하나의 모순의 균열을 들여다보았다. 그것은 남녀 사이의 순결이라는 것을 다케요는 육체의 교섭의 유무에만 중점을 두고 있다는 것이었다. 그러니까 그렇게 순결을 중시하는 다케요에게 놀랄 정도의 모순으로서 오치와의 감정 교섭이 일어날 수 있었던 것이다. 그 감정에 육체적인 표현이 추구되어 처음으로 다케요는 순결함에 눈을 뜨고 여자의 경계가 각성되고 있다. 뜰을 바라보며 눈부신 듯이 가늘게 뜨고 있는 노부코의 눈꺼풀 위로 슬픔과 놀라움의 색이 비쳤다. 어제 다케요가 결혼이라고 말했을 때 그 말로부터 비치는 한 줄기의 빛도 없었던 이유를 이제야 알 것 같았다. 다케요의 인생에 있어서 육체적인 의미로의 남녀의 성적 교섭은 반드시 결혼이라는 수속을 거치지 않고서는 인정을 받지 못하는 견실함이었다. 이는 반대로 다케요가 젊었을 때 연애를 거치지 않고 경험한 결혼의 출발이, 젊은 딸에게 있어서 아무리 넘치는 정감으로 녹아들어가도 자신은 알 수 없는 감정이라는 것을 말하고 있는 것은 아닌가? 그 의미로 다케요가 성가시게 주장하는 순결의 이면에는 어둠 속에서 숨을 들이키며 눈을 크게 뜨고 있는 것 같은 여자의 경험이 있는 것은 아닐까?

언제였던가, 부모님의 결혼 기념사진을 본 적이 있었다. 30세가 갓 넘은 온순해 보이는 하얀 얼굴의 다이조가 수염을 기르고 프록코트frock coat를 입고 서 있고 그 옆에 시마다島田[55]로 머리를 땋은 다케요가 술이 달린 둥근 벨벳 의자에 걸터앉아 있었다. 새하얗고 훌륭한 의상에 두 겹으로 겹쳐진 검은 지리멘의 하오리를 입고 무릎에 올린 한쪽 소매 속에 한쪽 손을 넣은 모습으로 찍혀 있었다.

짙은 눈 화장 때문에 잘 보이지 않는 눈으로 렌즈를 향하고 있는 신부의 눈길, 붉은색을 바른 입가의 야무짐, 어디에도 부끄러움과 기쁨은 없었다. 음침해서 험악하게도 보였다. 노부코는 천천히 바라보면서 말했다.

"이 사진 속의 어머니는 나중의 사진만큼 미인이 아니에요. 왜 그렇죠?"

그로부터 약 1년이 지난 후에 찍은 유카타 차림에 위로 올린 머리를 한 다케요의 전신사진에는 향기로움과 풍요로움이 비치고 있었다.

"이것 말이지."

55_시마다(島田) : 일본 여성의 전통적인 머리 모양.

다케요도 차분히 옛 모습을 바라보았다.

"나, 기념사진을 찍을 기분이 아니었어. 가엾게도."

회상에 잠겨 있던 다케요가 말했다.

"아무것도 모르고 시집와 보니 친 호적에는 쓰여 있지도 않은 4세의 남자 아이가 돌아다니고 있었어. 그 아이는 슌이치俊一로 할머니가 귀여워하는 아이였어. 난 정말로 곤란한 곳에 왔다고 생각했지. 누구의 아이인지 모르는 상태에서는 결코 부인이 되지 않을 거라고 결심했어. 시중드는 할멈을 바로 우리 옆방에 재우고……. 하지만 그건 좀 그렇지?"

"그 아이가 저 슌이치였어?"

다이조의 백부의 아들로 요즘은 벌써 미쓰비시三菱에 근무하고 있는 청년이었다.

"그랬던 것이지. 그러니까 겨우 나도 안심이 되었어."

그러면서 다케요가 계속해서 이어 말했다.

"아버지도 가여웠지."

다케요가 웃었다.

"내가 달을 바라보며 울고만 있으니 달리 좋아하는 사람이라도 있었느냐고 물으셨어……. 그렇지는 않았지만─하지만 나는 아버지에게 감사하고 있어."

꾸밈없는 목소리로 다케요는 말했다.

"내가 말하는 것을 잘 들어주고, 한두 달은 말한 그대로 두었다고 생각해.—다케요도 가엾게 갑자기 이런 복잡한 집에 오게 된 것이니 그런 마음이 든 것도 무리는 아니라고 했어."

노부코는 소녀로서의 감정이 자라고 나서 언제나 자신의 어머니라는 사람은, 다른 어머니들과 어딘가 많이 다른 감정으로 딸인 자신을 대하는 것 같이 느낄 때가 많았다. 노부코는 어머니라기보다는 윗사람으로 명령권을 가진 여자를 향해서, 한 사람의 젊은 여자가 정면에서 마주보고 있는 감정을 경험했다.

지금 어머니의 결혼 생활이 시작되었을 때의 이야기를 생각해냄에 따라 노부코는 지금까지 확실히 파악되지 않았던 어머니의 여자로서의 정열의 모순을 절실히 알았다.

다케요의 선천적으로 크고 아름다운 몸에는 여러 가지 정열의 가능성이 그대로 숨어 있었다. 그러나 아이가 연달아 태어나 어머니가 되어가는 현실과, 반대로 마음 한구석 어딘가에 항상 다른 생활에 대한 공상과 동경을 품은 상반된 상태로 생활을 영위해 왔다.

16세 정도의 딸이었던 노부코가 어떻게 여자의 그런 마음을 알 수 있었겠는가?

다케요의 감정으로는 연애의 마음으로부터 결혼을 통하여 어머니가 되는 놀라움과 기쁨에 눈 뜨는 모성의 느긋한 전개는 일어나지 않았다.

그것을 다케요가 깨달은 적이 있었을까? 그것은 다케요가 그녀 나름대로 아이를 사랑하는 것과는 또 다른 것이었다.

아들에게 강하게 요구하고 있는 순결도 생각해보면 이상화된 남성에 대한 다케요의 동경이 반사된 것이라고 생각할 수 있었다.

다모쓰의 방 입구 윗미닫이틀에 붙어 있는 '명상'이라는 벽보는 생각할 때마다 노부코의 마음을 어둡게 했고, 동시에 다모쓰와 대조적인 존재로써 누나인 자신을 생각하지 않을 수 없었다. 다케요의 여자로서의 마음의 그늘을 이렇게 더듬어 보면 그러한 어머니와는 매우 대비되는 것으로 존재하는 딸인 자신을 생각하지 않을 수 없었다.

강한 생명력으로 지탱하면서 시대 배경에 의해 부인, 어머니라는 입장으로밖에 움직일 수 없었던 40대의 다케요 곁에서 한 사람의 여자가 된 젊은 노부코는 어떤 식으로 살아 왔을까.

적어도, 노부코는 여자도 한 사람의 인간이라는 것을 명백하게 주장하고 쓰쿠다와도 연애하고 결혼하고 이혼했다.

노부코는 앉아 있던 의자 위에서 아무 생각 없이 힘을 주어 몸을 약간 움직였다.

한꺼번에 많은 것이 이해되었다. 다케요의 내부에서는 결코 어머니란 이름으로는 지워지지 않는 젊음을 자각하고 있음에 틀림없었다. 하지만 그 젊음은 연령과 환경에서 벗어나 현실적으로 새로운 내용이 되기에는 불가능한 젊음의 저녁노을이었다. 노부코를 에고이스트라 비난하는 다케요의 본심이 갑자기 이해되었다. 다케요가 상기되어 화난 눈으로 노부코를 향하여 에고이스트라고 비난할 때 그것은 노부코에게만 해당되는 말이 아니었다. 자유롭게 자신의 희망과 의지와 책임으로 행동하려고 하고, 또한 사실 그렇게 살아가는 모든 젊은 세대의 동성에 대해 다케요는 말로 표현할 수 없는 자신의 불만을 젊은 여자의 에고이즘이라는 한 단어로 노부코에게 말한 것이었다.

노부코는 4년 전에 아카사카의 오래된 쓰쿠다의 집 툇마루에서 울고 있던 자신을 생각했다. 노부코는 매일 매일이 단지 너무나 하찮은 반복적인 생활의 무의미함에 괴로워하며 쓰쿠다와 말다툼을 했다. 쓰쿠다에게는 노부코의 심신을 들볶고 있는 생활의 공허감이 전혀 통하지 않았다. 몹시 울어 눈이 부은 노부코의 어깨를 껴안고 쓰쿠다는 부드럽게 되풀이했다

"그렇게 울 일이 아니야. 이제 10년 정도만 지나면 그런 괴로움은 없어질 거야. 나는 잘 알고 있어."

위로하며 속삭이는 쓰쿠다의 그 말이 노부코는 매우 두려웠다. 이제 10년이 지나면—10년! 일 년이라도 이대로 지나는 것이 무섭고 이렇게 힘든데……. 절망은 한층 깊어지고 노부코는 다시 소리 지르며 울었다. 낡아서 나뭇결이 거칠어진 툇마루에서 울고 있던 자신의 그 목소리 속에서 지금 많은 여자의 우는 소리가 들려오는 것 같았다.

14

"여보세요, 삿사 댁인가요?"

전화를 받은 여자의 목소리가 멀고 잘 들리지 않아 노부코가 다시 힘주어 묻자 대답이 들려왔다.

"네."

"저는 노부코입니다만, 어머니 계세요?"

"네."

되묻자 또다시 같은 대답이 돌아왔다.

"저, 어머니 계세요? 계시면 잠시 전화 좀……."

"네."

이렇게 말하고 나서 노부코는 잘 들으려고 바싹 주의를 기울이고 기다렸다. 삿사의 집에서는 다케요만 탁상전화를 사용하고 있어서, 그쪽에서 접속하면 탁 하고 스위치를 넣는 소리가 났다. 노부코는 귀를 쫑긋 세우고 그 소리가 나기를 기다렸다. 하지만 수화기 너머에서는 변함없이 전류가 울리는, 어딘가의 통화 소리만 나고 있을 뿐이었다.

"여보세요."

확인하기 위해서 다시 말해보니 같은 목소리가 답을 했다.

"네."

노부코는 놀랐다.

"여보세요. 당신, 누구?"

"……."

"알아듣기 힘들면 누군가 다른 사람을 바꿔주세요."

전화를 바꾸었는지 얼마 뒤 이번에는 다른 목소리가 들렸다.

"아, 여보세요."

뜻밖에도 가즈이치로가 받았다.

"아, 잠깐……."

"어머니는?"

"마에자키前崎에 가셨어."

삿사는 오다와라小田原 쪽에 자그마한 별장을 가지고 있었다. 거대한 저택이 전혀 없는 해안 어촌 일대로, 건강에 아주 좋은 곳이라 장수하는 사람이 많았다. 다이조는 할머니에게 '서양西洋에 있는 것과 같은 집에서 살게 해드릴게요.'라며 서양풍의 그 집을 짓기 시작했다. 82세가 된 할머니는 그 집이 완성되기 전에 돌아가셨다.

"언제 나가셨어?"

노부코가 도자카에 갔을 때 어머니로부터 "오치와 결혼할까."라는 이야기를 들은 것은 그저께였다.

"오늘 아침……."

"오늘 아침? 오늘 무슨 요일이야? ……목요일이지?"

다케요가 급히 마에자키의 집으로 가버린 것이 노부코를 왠지 불안하게 했다.

"누구와 함께 갔어?"

"아아, 모두 갔어−나와 다모쓰만 집에 남고."

"−쓰야코도?"

"응, 아버지가 신경통으로 사무실을 쉬게 되어서, 갑자기 큰 소동을 피우며 서둘러 가버렸어."

"그래?"

그런 거라면 잘된 일이었다. 다케요는 혼자서는 기차 왕복이 불가능한 사람이니−.

"언제나 무언가 불만을 토로하는 어머니가 의외로 간단히 따라나서니 아버지도 놀란 것 같아."

큰맘 먹고 남편과 작은 딸을 따라 도쿄를 떠난 다케요의 심정을 노부코는 헤아릴 수 있었다.

"뭘타고 가셨어?"

"내가 도쿄 역까지 바래다줬고, 그 뒤는 기차."

"−틀림없이 짐도 엄청났겠지."

노부코는 웃었다. 크고 작은 트렁크나 보자기에 싼 물건 외에, 다케요가 가는 길에는 언제나 손 주머니를 빠뜨리지 않았다. 그럴 때, 어머니의 커다란 손 주머니를 드는 것은 쓰야코였다. 머리 위에 큰 리본을 달아 멋을 부렸는데 난데없이 이상한 모양의 큰 주머니를 들게 했을 때, 쓰야코는 겸연쩍은 듯 싫은 기색을 하며 눈을 내리 깔고 입술을 깨물었다. 그 일행이 줄줄이 도쿄 역으로 들어가는 모습이 눈에 선했다.

"언제까지 그쪽에 계실 예정이지?"

"글쎄, 확실하지 않아. 당분간 아버지만은 그쪽에서 사무실로 출퇴근하실 것 같지만……."

"쓰야코 학교는?"

"함께 월요일에 나오겠지?"

몸이 약한 쓰야코는 집에서 가깝기 때문에 가톨릭 계통 여학교의 부속 소학교에 다니게 되었다. 같은 가톨릭의 수녀 학교라도 귀족 출신의 수녀 학원, 중류층의 수녀 여학교, 그리고 쓰야코가 다니는 그보다 약간 질이 낮은 학교가 있었다. 이 학교의 수녀들은 여학생에게 인간 본성의 좋고 싫음을 노골적으로 나타내 보이는 것 같았다. 쓰야코는 얌전하고 귀여운 소녀라기보다는 신경질적이고 그 천성이 저돌적이기 때문에, 같은 성적이라도 마멜(어머니)이라 불리는 아마尼 교장으로부터 포상을 받거나 하는 일이 적은 여자 아이에 속했다. 쓰야코는 그 학교에 다니는 것을 점점 싫어했다. 노부코는 일요일에나 가보기로 하고 전화를 끊었다.

벚나무 가로수 길을 돌아오니 건너편에서 모토코가 어슬렁 어슬렁 노부코 쪽으로 걸어왔다.

"─나가는 거야?"

"꽤 시간이 걸리는 것 같아 나와 본 거야……. 어떻대?"

다케요의 상태를 알아볼 심산으로 노부코는 술 파는 가게까지 가서 전화를 걸고 온 것이었다.

"오늘 아침, 마에자키로 모두 가버렸다고……."

"다행이잖아, 그 정도라면."

그러고 나서 모토코가 다시 짓궂게 말했다.

"가끔은 우리도 초대해주면 좋을 텐데."

"……."

"부코짱은 가본 적 있겠지?"

"두세 번 갔을까……."

노부코가 마에자키에 간 것은 그때 막 집을 지어 문도 울타리도 없을 때였다. 옛날 도카이도東海道를 따라 소나무 가로수의 흔적이 있는 벼랑을 헤치고 좁은 길을 기어오르자 풀이 무성하게 우거진 평지가 나왔다. 거기에 덩그러니 선 집 한 채, 말쑥한 슬레이트 지붕의 샷사의 집이 세워져 있었다. 부모님과 노부코와 하녀들은 일렬로 서서 무성한 풀 사이를 헤치며 나아가, 경계 표시로 대나무 울타리 문도 둘러쳐져 있지 않은 사이로 들어왔다. 다이조가 주머니의 열쇠 꾸러미 속에서 부모님 방 열쇠를 꺼내어 견고한 입구 문을 열었다. 그때는 물을 퍼 올리는 펌프의 전력 모터의 마력이 부족해서, 이삼 일 머무는 동안 노부코와 도와주는 여자들과 함께 풀밭을 헤치고 내려가서 도로의 어부 집에서 우물물을 길어왔다.

하코네箱根의 연이어진 산들이 멀리 넓게 보이는 그 집 베란다의 의자에서 다케요는 그런 쓸모없는 모터를 설치한 것에 대해 계속 화를 냈다. 다이조는 짜증을 내면서 스스로 모터실로 내려가 조사하기도 했다. 모터실 위는 천장 콘크리트를 이용하여 지붕이 없는 쾌적한 정자로 되어 있었다. 입구 문 밖에서 구두에 묻은 흙을 터는 것은 철제 주물로, 재미있는 스코치 · 테리어 모양을 하고 있었다. 반지하 외벽에는 분수 장치가 되어 있었다. 여기저기에 다이조의 그러한 취미가 묻어 있었다. 그것은 노부코를 흥미롭게 했다. 하지만 모터 일로 있는 동안 내내 어머니가 계속 화를 내는 것은 바보스럽게 느껴졌다.

맑게 갠 풍경이나 별장의 자못 쾌적한 외견을 다케요의 불편한 심기와 비교해보면 체호프56나 고골리57의 소설에 풍자적으로 그려진 아내 같아서 겸연쩍었다. 물을 길러 양동이를 들고 큰 도로가의 어부 집 뒷문으로 들어가자 거의 옷을 걸치지 않은 남녀 아이들이 맨발로 뒤따라 왔다. 아이들의 머리카락은 대부분 바닷바람에 타서 빨갛고 부스스했다. 잠자코 둘러싸서 물을 긷는 '도쿄 저택'의 여자를 눈여겨보다, 큰 도로를 가로질

56_체호프:(Anton Pavlovich Chekhov : 1860~1904) 러시아 소설가.
57_고골리:(Gogol, Niklai Vasilievich:1809~1852) 러시아 작가, 극작가.

러 낭떠러지 아래의 좁은 길 입구까지 따라왔다. 그곳에서 안쪽까지는 들어오지 않았다. 말을 걸어보아도 가만히 있고 웃으며 걸어도 대답 없는 어부의 아이들과 그 벼랑 위의 서양에 있는 듯한 집을 드나드는 자신과의 대조는 노부코에게는 왠지 마땅치 않은 느낌이었다. 그러나 다이조도 다케요도 그 벼랑 아래에 역에서 타고 온 하이야를 세우고 머리카락이 빨간 아이들에게 둘러싸여 대소동을 일으키며 출입하는 것에 대해 조금도 겸연쩍은 느낌이 없는 것 같았다. 노부코는 그런 경우를 부끄러워했다. 다케요는 노부코의 그러한 생각을 부질없다고 생각했다.

"뭔가 걱정이라도 있는 거니? 자기 힘으로 짓고 싶은 집을 짓는 게 뭐가 나쁘다는 건지, 어처구니가 없구나."

그리고 이렇게 덧붙였다.

"굉장히 묘한 이야기인데. 요즘은 아무래도 가난한 게 유행이라지만 고용해 줄 사람이 없다면 어떻게 가난한 사람이 일을 할 수 있겠니. 고용해 주는 사람이 있기 때문에 먹고 살 수 있는 거야. 그것을 고맙게 생각하지 않고……."

이러한 말이 나오자 다이조는 결코 그 이야기에 끼어들지 않았다. 그는 베란다에서 졸고 있는 척을 했다.

쓰쿠다와 헤어지고 홀로 생활을 시작하려고 결심했을 때, 노부코는 마에자키 집에서 살 수 없을까 하고 다케요에게 물은 적이 있었다.

"음, 그러면 저 집에서도 성가시지 않을 것 같고, 그것도 방법이겠지!"

그렇게 말하고 나서 다케요는 잠시 동안 생각에 잠겼다.

"거절하겠어."

그리고 이렇게 확실히 말했다.

"거기는 우리 부부를 위해서 지었으니. 여분의 침대도 없고."

그러고 보니 마에자키 집에는 세면기도 가족이 같이 사용하도록 만들어져 있었다. 다케요로서는 그러한 것도 싫은 것이겠지.

"괜찮아요, 괜찮아. 결코 무리하게 부탁하는 게 아니니까……."

노부코는 서둘러 이렇게 말하며 본인의 희망을 포기했다.

그것은 노부코가 아직 모토코를 만나기 전의 일이었다. 모토코와 지내게 된 후 몇 년 동안, 다케요는 한 번도 마에자키의 집에 그들을 초대하지 않았다. 다이조가 언젠가 "노부코도 가끔은 모토코 씨와 함께 오면 좋을 텐데."라고 말한 적이 있었다. 그러자 다케요가 말했다.

"미안해요. 모토코 씨에게 무슨 일을 당할지 모르니까 왠지 내키지 않아요."

그 즉시 진지한 눈초리로 그렇게 말했다. 세월은 그렇게 흘러가고 있었다.

"초대받지 않는 편이 오히려 나아."

노부코는 모토코와 함께 벚나무 가로수를 지나 집으로 향하는 작은 길을 돌면서 말했다.

"내가 애지중지하는 딸이었다면, 당신과 하루라도 같이 살 수 없었겠지……."

"그건 그래."

마에자키 집이 만약 이번에 다케요에게 있어 격정의 난파를 막기 위한 하나의 항구가 된다면 그 집에도 약간의 의미가 있었다. 노부코는 다케요가 반대의 수단으로서 마에자키에 갔다고는 생각되지 않았다.

노부코는 부모님과 집과 땅의 관계를 생각하는 동안 일종의 우스운 기분이 되었다. 다이조는 자신의 취향대로 소규모의 마에자키 집을 짓거나 실제적으로 세금이 붙지 않는 동안 가솔린이 필요 없는 유럽제의 작은 벤을 사거나 했다. 하지만 삿사 집에는 셋집 한 채도, 수입이 되는 한 곳의 토지도 없었다. 가지고만 있어도 저절로 불어나는 집이나 토지를 모아두지 않았다. 그러한 점에서 다이조의 생활 태도에는 일에 자신이 있는 기술자다운 담백함이 있었다. 오히려 다케요가 그러한 점에서는 용의주도함과 적극성을 가지고 있었다. 설령 그렇더라도 십 몇 년 전 다케요가 몹시 의욕을 보이며 눈 오는 날 보러 가서 산기타다마北多摩의 땅은 사계절 내내 그곳에서 후지산이 멋있게 잘 보일 뿐 토지 가격조차 제대로 올라가지 않은 채 아직껏 보리밭 그대로였다.

그날은 모토코 어머니의 기일이라서, 그녀는 단것을 좋아했던 어머니를 위해 경단을 준비하기 시작했다. 밥이 너무 질게 지어져서 뭉치기 어려웠다. 여자 세 명이 부엌의 마루방에서 떠들고 있을 때 현관에 누군가가 온 기척이 났다. 손을 씻고 나간 도요가 눈이 멍한 묘한 표정으로 돌아왔다.

"─이런 분이 오셨습니다만……."

물기를 닦지 않은 약간 붉은 손으로 소형 노트의 가장자리를 찢은 종잇조각을 꺼냈다. 굵은 연필로 거칠게 '흑색연맹 야마다'라고 쓰여 있었다.

"……."

모토코도 노부코도 모르는 이름이었다.

"누구?"

도요가 기분 나쁜 듯이 속삭이는 목소리로 말했다.

"세 사람이에요. ─텁수룩하게 머리를 기르고……. 왠지 인상이 좋지 않은 사람들인데……."

모토코가 조금 두려워하며 화난 얼굴로 말했다.

"뭐야!"

노부코는 다소 짐작 가는 곳이 있었다. 그 무렵 '아나·보르'라는 말이 유행하고 있어, 흑黑이라 하면 '보르'의 적赤에 대한 아나키스트의 상징이라는 사실은 알고 있었다. 그러한 무리의 사람들이 마루노우치 주변 회사의 유명한 사람들에게 기부금을 요구해 돈을 뜯어가는 것이 유행한다는 사실도 알고 있었다. 최근 몇 년 새로운 소설을 쓰기 시작한 젊은 여성 작가가 아나키스트 동료의 생활을 그린 작품에서 그러한 내용을 본 적이 있었다.

"내가 나가 볼게."

노부코가 현관으로 나가 보니 다타키 위에 도요가 말한 대로 세 명의 젊은 남자들이 우두커니 서 있었다. 세 사람 모두 머리카락이 텁수룩하게 뻗쳐 있고 꾀죄죄한 것을 과시하는 고교생처럼 더러웠다. 모두 둥글게 칼라를 세운 갈색과 검정색 루바슈카58를 입었고, 더럽고 낡은 바지에 신발은 게다와 구두로 가지각색이었다. 한 사람이 굵은 지팡이를 짚고 선두에 서 있었다.

"저는 삿사 노부코입니다만. ─용건은?"

노부코는 그렇게 물었다.

며칠이나 목욕을 하지 않아서 더러워진 얼굴, 필시 아침나절 동안 얼굴도 씻지 않고 나온 것 같은 세 청년의 얼굴이, 여섯

58_루바슈카 : 러시아의 남자용의 낙낙한 블라우스풍의 상의. 허리에 끈을 매게 되어 있음.

개의 눈을 보라색 모슬린 앞치마를 두르고 나타난 노부코에게 고정시켰다. 어느 누구도 인사를 하려고 고개를 숙이지 않은 채 사납게 위엄을 보이며 난폭한 시선을 보냈지만, 그 눈 속이나 입가에는 억제할 수 없는 젊음과 호기심이 드러나 있었다. 노부코가 이러한 젊음의 파렴치함과 난폭함을 모르는 것은 아니었다. 23세의 미술 학교 학생인 남동생 가즈이치로의 어느 때의 표정과 닮은 수줍음이 오히려 역으로 오만해 보였다. 노부코는 자기 쪽에서도 호기심을 가지며 물었다.

"무슨 용무이신지."

"─종이를 건네 드렸습니다만……."

"종이는 봤지만─당신들을 만나는 건 처음이죠?"

"……."

"당신들, 아나키스트?"

"그렇소."

지팡이를 짚고 검은 루바슈카를 입은 청년이 짧게 힘을 주어 대답했다.

"그러한 사람들이 저희 집에 온 것은 처음입니다……."

노부코는 어딘가에서 읽었던 말투를 생각해 내고 물었다.

"빼앗으러 온 건가요?"

돈을 기부하게 하는 것이 아나키스트 무리에서는 '약탈'이라는 의미나 '노략질'이라는 것을 상기시킨 것이었다.

혼탁해져 있는 것을 자신들의 청춘의 시위로 포장하고 있는 듯한 세 청년들은 웬일인지 노부코의 그 말에 동요했다.

"저희들의 볼일은 알고 있지 않습니까?"

지팡이를 짚고 있던 한 청년이 도전적으로 턱을 치켜들었다.

"그것은 읽으신 대로⋯⋯."

"하지만 저는 뭔지 잘 모르겠어요."

노부코는 보라색 모슬린 앞치마를 두른 무릎을 가지런히 하고 시키다이59에서 다다미 바닥으로 올라와 문턱에 걸터앉았다.

"어째서 당신들, 갑자기 딴 곳에 와서 그런 요구를 하는 건가요?"

"그런 걸 확실히 하려는 거요. 지금의 사회는 우리들이 살 수 있게끔 만들어지지 않았어."

그건 그렇지만, 그렇다면 노부코 자신은 어떤 세상을 살아오고 있는 것일까. 노부코는 작가로서 살아가고 있다. 한 여자를 살리는 의무나 책임을 조금도 느끼지 않는 세상을 관철하고, 노부코는 그 움직임으로 자신의 능력을 발휘하여 오고 있는 것은 아닐까.

"지금 일본 사회가 그러니까 청년은 이렇게 밖에 살 길이 없

59_시키다이(式台) : 일본식 주택 현관 입구의 한 단 낮은 마루. 주인이 손을 맞고 보내는 곳.

다고 주장하는 거예요?”

“그렇소.”

“―저는 역시 알 것 같으면서도 모르겠네요.”

노부코는 진지하게 골똘히 생각하면서 때투성이의 젊은 얼굴들을 가만히 주의 깊게 보았다.

“우리의 인생은 길어요. 사회의 불평등은 어차피 계속될 거라 생각하고요. 그렇다고 그날그날 이렇게 남에게서 돈을 빼앗아 생활한다니……. 결국, 어느 쪽의 문제도 해결되지 않을 거예요―.”

지팡이를 짚고 있던 청년은 가만히 노부코를 노려보았다. 그러자 바지와는 어울리지 않는 겉옷을 셔츠 위에 입은 사람이 말했다.

“귀찮아 죽겠네.”

그는 머리카락이 뻗은 머리를 거칠게 긁적이며 흔들었다.

“알고 있다면 이러쿵저러쿵 떠들지 말고 내놓으면 되잖아.”

노부코는 갑자기 얼굴색에 핏기가 돌았다.

“당신들, 우리를 협박하고 있는 거예요? 거지라고 생각하면 잠자코 돈을 주겠지요. 하지만 당신들은 거지와는 다르죠? 조금이라도 사상이라는 게 있는 이상, 그것에 대해 정식으로 이야기하는 것은 예의예요. 공갈협박을 할 거면 돌아가 주세요. 공갈이나 협박에 낼 수 있는 돈은 저에게는 한 푼도 없으니까⋯⋯."

"뭐 그리 화내지 마세요."

지팡이를 짚은 청년이 조금 웃는 듯한 입매를 했다. 잠시 동안 양쪽 다 입을 다문 채 서로를 눈여겨보았다. 차근차근 눈여겨볼 동안, 노부코는 그 텁수룩한 머리를 하고 루바슈카를 입는 듯한 취미를 가진 젊은 사람들이 정말로 무언가 일관된 사상을 가지고 이렇게 살고 있을 거라고는 점점 생각할 수 없게 되었다. 적어도 지금 노부코 앞에 나란히 서 있는 세 젊은이들의 얼굴에 고뇌의 흔적은 그다지 어디에도 새겨져 있지 않은 듯이 보였다. 그 얼굴들에는 그러한 식으로 매일을 살아가는 생활 습관이 나타나 있었고 그 습관이 몸에 익은 자세였지만, 다른 사람들은 종이 쓰레기가 길거리를 굴러다니고 있는 것을 보듯 이 사람들의 생활을 보고 시끄러울 땐 조금의 돈을 주고 쫓아 버리려고 생각할 것이었다. 그리고 그러한 관계도 이 사람들에게 있어서는 습관이 되어 있는 듯했다. 노부코는 거기에서 사회의 큰 잔혹함을 느꼈다.

"아무래도 당신들은 엉뚱한 곳에 오신 것 같네요."

흥분이 가라앉자 노부코는 약간 유머러스하게 말했다.

"저는 글을 써서 생활해 나가고 있어서 돈이 없어요. 게다가 저는 '귀찮으니 줘 버리자'라는 식으로 당신들을 볼 기분이 아닙니다."

이렇게 말하자 조금 전 협박하려는 듯이 말했던 청년이 조롱했다.

　"흥, 궤변을 지껄이는군."

　노부코는 다시 조용해졌다. 자신이 궤변을 늘어놓고 있다고는 생각하지 않았다. 노부코는 내심 놀람과 의문이 커지기 시작했다. 어째서 그들은 이러한 굴욕을 견디면서도 생활을 위해 무언가 하나의 직업을 찾을 수 없다고 하는 걸까. 노부코는 물끄러미 세 얼굴을 보았다. 피터 크로포트킨[60]의 『혁명가의 회상革命家の思い出』을 읽었을 때의 감명이 떠올랐다. 크로포트킨은 아나키스트가 아니었을까. 크로포트킨의 『러시아 문학의 이상과 현실』을 노부코는 두 번 세 번 되풀이해서 읽었다. 그 책들에는 한층 더 좋은 인생에 대한 솟구치는 듯한 의욕이 그려져 있었다. 인생과 문학에 대해, 인간의 그러한 정신의 꽃으로서 말하는 진실과 아름다움 등이 가득 차 있었다. 크로포트킨은 아나키스트였다. 그리고 지금, 눈앞에 나란히 서 있는 세 명의 얼굴. 그 세 젊은이의 얼굴이 각각 태어난 고향은 다르지만 시골 사람의 모습을 하고 있음과 동시에 공통적으로 가지고 있는 습관적인 허세로 이쪽을 노려보고 있었다. 하지만 그것은 노부코에게 이들이 단지 자신들을 아나키스트라고 이름 붙인

60_피터 크로포트킨(Pyotr Alekseevich Kropotkin) : 러시아의 지리학자·저술가·무정부주의자.

것에 지나지 않는 듯한 기분이 들게 하는 것이었다.

노부코는 세 사람을 향해 정중하게 말했다.

"부디, 동료 분들에게 잘 말해주세요. 삿사 노부코에게 갔는데도 돈은 주지 않더라고—."

잠시 물러선 노부코는 약간의 잔돈을 가지고 다시 나왔다.

"죄송하지만 전차 삯만 드릴게요. 딱 전차 삯이에요."

교외 전차 왕복 3명분. 시전市電 왕복 3명분. 그만큼의 돈만 건넸다. 지팡이를 짚은 청년은 가만히 그 돈을 받았다.

"어이, 돌아가자."

그리고 동료를 재촉하며 두 사람을 앞장세워 현관에서 나가며 마지막으로 본인이 나간 뒤 입구의 격자문을 등 뒤로 닫았다.

그 청년이 동료들을 앞세워 나간 일이나 거칠지 않게 평범하게 격자문을 닫고 간 일 등이 노부코의 마음에 강한 인상을 남겼다. 자신과 그다지 나이 차이도 나지 않는 세 명의 사람들, 그들의 분위기는 무쇠와 같이 좋고 나쁨이 뒤섞여 있었다. 확실하게 알 수 없는 것들이 그들의 일뿐인 것일까. 모른다고 치면 노부코도 잘 몰랐다. 세 청년의 이른바 아나키스트 태도는 어쩐지 납득할 수 없다. 그러면 그들은 어떻게 하면 좋은 것일까. 노부코는 진지하게 일하세요, 라고 말하는 것만이 오늘날의 사회로부터 생긴 그들의 심리에 대응하는 인간다운 해답의 전부라고는 느낄 수 없었던 것이다.

　노부코는 오늘 아침 삿사에게 걸었던 전화나 마에자키 집을 사이에 두고 다케요와 자신과의 사이에 있는 감정의 차이 등에 대해서 이것과 관련지어 생각해 보았다. 사회의 빈부 차에 대해서도 노부코는 다케요처럼 그것을 당연한 것이라 생각할 수 없었다. 그렇다고 해서 방금 돌아간 아나키스트라 불리는 사람들처럼 하나라도 약탈하여 가진 이들의 재산을 빈곤자에게 준다고 해도 크게 벌어진 빈부의 차이가 곧바로 사라져 지금의 사회 구조가 개선될 것이라고는 생각하지 않았다. 노부코는 어느 쪽에도 가담할 수 없는 자신을 느꼈다. 어느 쪽에도 기울 수 없는 마음에 이런 두 가지의 입장보다도 왠지 조금 더 정확하게 현 사회를 통찰할 방법이 있는 것은 아닐까란 생각이 들었다. 이러한 심정을 가진 자신과 같은 사람이 있는 곳까지 약탈하러 왔다는 것은, 노부코에게 이치에 맞지 않는 막연한 괴로움과 바보스러움을 느끼게 하는 것이었다.

　노부코는 지금까지 항상 자신에게 붙어 다니는 험담 하나를 생각해 내었다. 그것은 노부코가 먹고 살아가는 데 불편함이 없어 가난함을 모른다는 것이었다. 그 세 청년들도 그런 이야기를 하고 한번 가보자는 식으로 온 것일지도 몰랐다.

　평소 노부코는 자신에게 붙어 다니는 그러한 험담에 그다지 구애받지 않았다. '먹고 사는 데 불편함 없이 자랐다'는 우연의 사실을 가지고 모든 사람들이 말하는 것처럼 인생을 알지 못한다고 잘라 말할 수는 없다. 그 사실을 노부코는 확신하고 있었다. 굶어 본 적이 없다는 것이 단지 인간을 낮추게만 하는 의미뿐이라고도 믿지 않았다. 그렇지 않으면 아득히 먼 옛날, 인간의 선의가 어째서 그렇게 열심히 빈곤에 의한 불행이나 어둠과 계속해서 싸워왔던 것일까. 유토피아를 꿈꾸는 사람은 누구나 제일 먼저 빈곤이 없는 사회를 상상했다.

무산계급, 프롤레타리아라는 말은 문학의 분야에도 생겨나고 있어 노부코는 그 말들이 떠들썩하게 실린 신문이나 잡지를 보곤 했다. 몇 년 전, 요시노 사쿠조[61]가 제대帝大 주최 강연회에서 세인트 시몬[62]과 푸리에[63]의 이야기를 한 적이 있었다. 그때 아직 하카마를 입고 있었던 노부코는 대단한 흥미를 가지고 강연을 듣고 메모를 했다. 그때부터 얼마간의 시간이 지나 무산계급, 프롤레타리아라는 말이 들리기 시작했다. 노부코는 현사회의 가난한 사람들, 노동자를 무산계급, 프롤레타리아라고 하는 것은 알았지만, 예를 들어 지금 돌아간 사람들처럼 부자도 아닌 자신과 같은 자가 직접 일하며 생활하고 있는 자신을 무산계급과 대립하는 존재처럼 간주한다는 것은 납득할 수 없었다. 노동자의 딸이 아니고 생활고를 겪지 않았다고 해서, 노

61_요시노 사쿠조(吉野作造) : (1878~1933) 정치학자.
62_세인트 시몬(Saint-Simon) : (1675~1755) 프랑스의 정치가이자 작가.
63_푸리에(Fourier) : (1768~1830) 프랑스의 수학자이자 물리학자.

부코는 자신이 인간으로서 잘 살아가려는 의지를 그 사람들 앞에서 주저하거나 부끄러워해야 한다고는 생각하지 않았다.

보라색 모슬린 앞치마를 걸치고 마루 끝에 걸터앉아 생각에 잠겨 있던 노부코는 뒤쪽의 맹장지가 살짝 열려 있는 것을 눈치 채지 못했다.

"부코짱!"

갑자기 그곳이 넓게 열리며 불안한 듯한 모토코의 목소리가 들려와 노부코는 오히려 흠칫했다.

"어떻게 됐어?"

노부코는 고개만 들고 말했다.

"아무것도."

"돌아간 거야?"

"돌아갔어."

"부코짱, 너무 냉정하게 몰아붙인 건 아니겠지?"

그 말은 노부코에게 꽤 의외의 느낌을 주었다.

"—무슨 소리 들었어?"

"그런 건 아니지만—건방지잖아, 남의 집에 와서 위협하는 목소리로 내놓으라니—."

"그 사람들도 처음부터 취미삼아 온 게 아니니까……."

두 사람은 마루에 나와 있는 등나무 의자가 있는 곳으로 돌아왔다.

"이젠 괜찮아. 너무 잘했어. 버릇이 되어 어쩔 수 없어."

모토코와 노부코와의 생활에서 노부코는 아이들처럼 사소한 것들을 두려워했다. 밤길이라든지 이상한 버섯, 나비, 부상이나 죽은 자의 이야기, 괴담, 그러한 것을 두려워했다. 하지만 밤중에 묘한 소리가 나거나 오늘처럼 사람이 오거나 하면 모토코는 흥분해서 상기된 얼굴로 그 자리에서 움직이지 않았고, 오히려 다른 때에는 겁이 많은 노부코가 나갔다.

모토코는 그 세 사람을 쫓아냈다는 식으로 말하지만, 노부코는 바로 눈앞에 나란히 서 있던 세 명의 더러운 젊은 얼굴들을 보고 루바슈카 밑에 있는 세 개의 밥통처럼 느꼈다. 세 명의 젊은 남자들의 체취마저 맡은 노부코는 그 사람들을 쫓아낼 수밖에 없었다. 그러나 그들은 노부코에게 남겨두고 간 것이 있었다. 그것은 종래 노부코들의 생활에는 없었던 하나의 자극이었다.

"—생각지도 않은 사람들이 들이 닥쳐서. 경단 다 됐어. 어디서 먹을까?"

모토코는 노부코에게 친절히 대하며 말했다.

"여기서 먹을까?"

옮겨진 그릇 위의 경단을 천천히 젓가락으로 찢었다.

"웬일인지 묘한 기분이 들어."

노부코는 말했다.

"모두 이런 기분이 드는 걸까."

"—뭐가? —그런 일당들이 오면?"

"응."

"세금 같은 거라고 생각하겠지?"

"그런가……."

관동에 대지진으로 재해가 있었던 해의 초여름, 가루이자와 軽井沢에서 애인과 함께 목을 매고 죽은 다케시마 유키쓰武島裕吉란 유명한 문학자가 있었다. 인도주의 작가로, 무산자 운동이 일어났을 때부터 홋카이도에 가지고 있던 농장을 소작인에게 공짜로 분양하거나 했다.

노부코는 그 사람의 작품은 거의 전부 읽었다. 풍부했지만, 감상적이라고 느끼기에는 어쩐지 마음이 맞지 않았다. 특히 죽은 후에 발표된 여자 친구에게 보낸 편지에 적힌 그 애정 표현은 노부코를 놀라게 했다. 마침 쓰쿠다와의 생활이 파탄나기 시작했을 때 일어난 그 작가의 죽음은, 노부코에게 강한 충격을 주었다. 그 무렵 노부코는 오직 다케시마 유키쓰의 성격이나 연애, 귀족적인 그 환경과의 모순이라는 점에서만 죽음의 원인을 이해했다. 노부코는 지금 그 다케시마 유키쓰가 썼던 글의 어딘가에서, 그럼에도 불구하고 몇 번이나 돈을 요구하러 오는 자의 입장에서 감상을 받게 된 것을 떠올렸다. 그 글을 생각해 낼 수는 없었다. 그러나 확실히 그것은 존재했다.

모토코가 이상히 여기고 주목할 정도로, 노부코는 세심한 주의를 기울여 그릇에 들은 경단을 몇 개나 찢으면서도 그것을 먹는 것을 잊고 있었다. 다케시마 유키쓰의 생활 방식, 결국은 그 죽은 방식도 찬성하지 않는 노부코는 지금 자신의 마음에 그 다케시마 유키쓰가 연상되는 것이 싫었다.

15

"노부코, 도자카에 가기로 약속했지?"

"약속이라고 할 것도 없는데······."

일요일 아침에 모토코가 갑자기 물었다.

"갔다 와."

"하지만 가 봤자······."

"가서 피아노라도 치고 오는 게 좋지 않을까?"

모토코가 이렇게 말하는 데는 이유가 있었다. 토요일 러시아어 스터디에 아사하라 후키코浅原蕗子가 왔을 때, 모토코는 어제 왔던 세 명의 청년들에 대해 이야기했다. 그때 후키코가 침착한 표정으로 둘을 바라보며 말했다.

"어느 분이 만나셨어요?"

"그거야, 물론 노부코지. 나는 원래 선비잖아."

"돈 드렸어요?"

"줄 이유가 없잖아! 역시 노부코도 당당하게 거절했지."

후키코는 입가에 웃음을 띠며 노부코를 봤다. 노부코는 그런 후키코의 얼굴을 주시하며 말했다.

"돈을 줬느냐, 안 줬느냐로 결론지을 문제는 아니라고 생각하는데."

"그거야 그렇죠."

"또, 노부코의 용맹전도 아니고."

"……."

노부코는 말로 표현할 수 없는 묘한 불쾌감을 느꼈다.

그런 노부코의 상태를 모토코는 정신적인 스트레스라고 생각해서, 기분전환으로 도자카라도 갔다 오는 게 좋지 않겠냐고 권했던 것이다.

월요일에 노부코는 야에스八重洲에 있는 다이조의 사무실에 전화를 하고 점심 전에 만나러 갔다. 영국풍의 음식을 좋아하는 사람들이 모여서 개업한 작은 음식점이 있는데 거기서 점심을 먹자고 했다.

가보니 다이조는 아직 사무실을 비울 수 없어 노부코를 사무실로 불렀다. 여러 가지 대리석의 견본과 모형이 쌓여 있고, 옆에는 높은 파일꽂이가 있었다. 다이조는 언제나 테이블 위에 청사진을 펼친 채 살피고 있었다. 그날은 예복을 입고 안경의 한쪽 끝을 왼손으로 쥐듯 잡고 청사진을 보고 있었다. 옆에서는 하얀 와이셔츠를 입은 젊은 사람이 양쪽 무릎을 테이블에 붙이고 무언가를 설명하고 있었다. 노부코가 들어가자 와이셔츠를 입은 사람이 자세를 고치면서 예의 바르게 인사했다. 하지만 노부코는 그 사람의 이름조차 몰랐다. 입구의 넓은 곳에서 점심을 먹으러 나가는 몇 명의 사람들과 마주쳤을 때, 그 사람들 거의 대부분이 노부코에게 인사를 하면서 지나갔다. 그 중 노부코가 아는 사람은 두세 명 정도였다. 사무실이 나카도리中通에서 여기로 이사 오면서 너무 커지는 바람에 노부코는 그다지 사무실 출입을 하지 않게 되었다. 이름도 얼굴도 모르는 사람들에게 다이조의 딸이라는 이유로 인사 받는 것이 불편했다.

"자, 나갈까!"

청사진을 다 보고 나서 다이조는 턱에 큰 점이 있는 사람에게서 손님과의 약속을 확인하고는 빠르게 사무실을 나가 엘리베이터로 갔다. 그런 다이조의 동작은 뚱뚱한 몸매와는 어울리지 않게 민첩하여 노부코는 서둘러 쫓아가면서 물었다.

"어머니는 어떠세요?"

어머니의 상태를 묻기 위해 노부코는 오늘 아버지를 만나러 온 것이었다.

"요즘은 밤에 잠을 잘 수 있게 되어서 정말 다행이다."

"아버지, 아직 계속 거기에 계세요?"

"살아보니까 괜찮더라. 기차에서 내리면 공기가 완전히 다르단다. 우선 아침 공기가 마음을 편안하게 만들지. 요즘은 베란다에서 일광욕을 한단다."

"손님은 안 와요?"

"절대로 부르지 않는단다. 그렇지 않으면 거기에 있을 이유가 없잖니. 거기서 다니면 기차 시간이 있으니까, 그 시간에 맞춰 퇴근하면 되거든. 그러면 7시 정도면 도착하지."

식사를 하면서 노부코는 반 농담으로 물었다.

"그런데 아버지, 마에자키에서 타는 자동차는 어때요? 이제 괜찮아요? 고장 나거나 시끄럽지는 않아요?"

"응. 괜찮아졌단다."

다이조는 굉장히 질렸다는 표정으로 이어서 대답했다.

"펌프집의 계산이 틀렸어. 결국 2마력의 포토로 해서 겨우 좋아졌단다. 처음부터 나는 그렇게 해야 한다고 했는데……."

사무실로 돌아가기 전에 다이조는 마루이 백화점에 들러 애프터쉐이브 로션을 샀다.

"마에자키에서 필요한 게 없을까요? 저 지금부터 도자카에 갈 건데 혹시 필요한 게 있으면 전해주게 말해보세요."

"아무것도 필요 없어."

다이조는 언제나처럼 발소리를 크게 내며 요코하마의 정원수 파는 가게를 한 바퀴 돌았다. 목적 없이 들른 게 아닌가 싶었다.

"찾으시는 게 없어요?"

"들어오지 않았네, 오늘은. 마에자키 현관에 장미꽃을 심으려고 했는데……."

장미라는 말에 노부코는 아버지 생신날 가지고 간 예쁜 노란색과 하얀색의 장미가 생각났다.

"어머니는 언제쯤 돌아오실 예정이에요?"

"신기하게도 안정된 생활을 하고 있어. 푹 쉬는 게 좋지 않을까."

"두 분이 같이 있으니까 좋은 거예요. 어머니는 두 분이 같이 있으니까 안정된 생활을 할 수 있는 것 같은데, 아버지는 도쿄東京만 있으면 너무 여유가 없어지는 건 아닌지 걱정이에요."

사무실이 있는 빌딩 입구에서 다이조와 헤어진 노부코는 도자카 집에 들렀다.

문을 들어서자 피아노 소리가 들렸다. 현관을 돌아 하녀방의 창가 쪽으로 걸었다.

"어머! 노부코 아가씨가 오셨어요."

노부코를 발견했는지 이런 소리가 났다. 급하게 서둘러 무언가를 싸는 종이 소리가 나고 한 명이 방문을 쾅하고 소리 내어 닫았다. 노부코는 그대로 피아노 소리가 나는 객실 문을 열었다. 가즈이치로가 혼자서 치고 있을 거라 생각해서 열었는데, 창가에 놓인 긴 의자에 사촌인 고에다가 앉아 있었고 피아노 옆에는 가즈이치로의 친구 마쓰우라松浦가 제복을 입고 서서 악보를 넘기고 있었다. 탁자 위에는 홍차 찻잔과 비어 있는 과자 접시가 흐트러져 있는 상태였다.

"어! 노부코!"

내년에 여자고등학교를 졸업하는 고에다가 살며시 일어섰다.

"오랜만이야!"

"왔어!"

가즈이치로도 제복을 입고 있었다. 마쓰우라가 그만의 성실한 자세로 인사했다.

이것은 월요일 오후에 노부코가 상상할 수도 없는 객실의 광경이었다. 창가에 장식된 대리석 조각 옆으로 가지를 뻗으며 자라난 담쟁이를 배경으로 서 있는 고에다의 하얀 피부와 생기 넘치는 얼굴이 너무나 아름다웠다. 고에다가 생기 넘치는 소녀인 만큼, 젊은이들에게서 풍기는 자연스러운 분위기가 넘쳐흐르는 방에 아무 생각 없이 들어온 노부코는 들어와서는 안 될 방에 들어온 듯한 느낌을 받았다.

"후유코冬子는 어떻게 지내고 있을까……."

다이조의 동생인 고모가 돌아가시고 고에다의 언니 후유코는 어머니 대신 가족의 주부 역할을 했다. 노부코는 같은 사촌이라 할지라도 나이가 비슷한 후유코에게 더 친근감을 느꼈고 쓰쿠다와 갈등이 있어 힘들었을 때 후유코가 기숙사 생활을 하고 있는 가마쿠라의 집 옆에 조그마한 집을 빌려서 생활한 적이 있었다.

"여전해요."

고에다는 밝은 목소리로 답하고, 생각지도 못한 노부코와의 만남을 조금 꺼리는 듯한 눈빛으로 가즈이치로에게로 시선을 돌렸다. 가즈이치로와 마쓰우라가 언제 학교를 가는지 예상할 수 없는 것은 미술학교를 다니기 때문이었다.

가즈이치로가 너무나 자연스럽게 슈베르트의 곡을 치기 시작했다. 마쓰우라는 처음에는 흥얼거리다가 어느새 열심히 부르기 시작했다. 음량은 좋지 않았으나 음은 정확하게 바리톤으로 불렀다. 가즈이치로는 중학교를 마치고 바로 히토츠바시一橋에 있는 우에노上野 분교 음악학교에서 피아노를 배우기 시작했다. 가즈이치로는 절대음감을 지니고 있었다. 하지만 음악학교 선생님은 가즈이치로가 가지고 있는 재능에 비해 열심히 연습하지 않는다고 했다. 절대음감을 가지고 있으나 좀 더 열심히 규칙적으로 연습하지 않으면 안 된다고 했다. 하지만 학교에 다녀온 다케요는 오히려 선생님을 비난했다. 규칙적인 것만을 강요하면 재능이 크지 못한다고 하며 분교 학교의 피아노 선생밖에 되지 않기 때문에 지도 능력이 떨어진다고 했다. 이런 식의 이야기였다. 가즈이치로의 피아노 교습은 이러는 와중에 흐지부지 중단되었고, 결국 가즈이치로는 자기 식의 아마추어 예술가가 되어 버렸다.

쓰쿠다와의 생활에 시달리고 있던 노부코는 다케요에게 가끔씩 그 이야기를 들었다. 노부코는 다케요와는 다른 생각이었다. 다케요는 예술적 재능과 천재적 소질에 대해서 잘못된 생각을 가지고 있었다. 현실에서는 겨우 모란 그림을 그릴 수 있을 정도인데, 다케요는 자신과 자신의 자식은 모두 무언가 특별한 재능을 가지고 태어났다고 생각하는 듯싶었다. 또한 그것을 키우는 방법은 무엇보다도 자신이 잘 알고 있다고 생각하는 것 같았다. 하지만 노부코는 이런 어머니의 판단에 힘껏 저항하였고, 그래서 겨우 현실에 맞는 자신다운 삶을 찾을 수 있었다.

마쓰우라는 몇 곡을 더 불렀다. 그것을 잠시 듣고 있던 노부코는 목이 말라 차를 가지러 부엌으로 갔다. 아무도 없는 거실의 창은 모두 열려 있었다. 그것 뿐 아니라 커튼은 청소해둔 그대로 한쪽으로 걷혀 있었다. 누가 봐도 남자들이 집을 보고 있는 것을 느낄 수 있는 상태였다. 테이블 위에는 식사를 하고 난 그대로 그릇과 컵이 놓여 있었다. 테이블 한쪽 끝에는 끈으로 묶인 가늘고 긴 선물이 두 개, 툭 던져놓은 듯한 모양으로 얹혀 있었다. 노부코는 가만히 서서 이 방의 광경을 눈으로 훑어보았다. 이상한 느낌이 들었다. 그저 주인이 없는 텅 빈 집 같은 분위기가 아니라 이상한 느낌이 들었다. 텅 빈 듯한 공간의 공허함이 아니었다. 노부코는 공허함과는 다른 눈에 보이지 않는 힘으로 움직이고 있는 낭비의 모습이 여기저기서 느껴지는 이상한 낌새를 느꼈다.

이런 생활은 누구의 것으로 누가 움직이고 있는 걸까. '아마 마루노우치에서 한 시간 정도 같이 보낸 아버지가 주인이니까, 이것은 아버지의 생활이다.'라고 하기에는 너무도 거리가 있는 생활이었다. 아버지는 나름대로 확실한 자신의 삶의 규칙이 있었다. 노부코는 반복해서 이상한 느낌이 들었다. 이런 생활의 분위기는 사람과 사람이 서로 도와가면서 살아간다고 하기보다 사람들이 무언가에 의해 끌려가면서, 그것을 인식하지 못하는 것 같은 인격적이지 못한 느낌이었다. 그런 인격적이지 못한 느낌은 한번 따라가면 끝이 보이지 않는 저 깊숙한 곳의 허무함과 같았다.

허무함은 회오리치지 않으면 안 될 것 같은 멍한 비애감과 함께 가슴에서부터 올라왔다.

고등학생인 다모쓰가 자신의 방에 붙여놓은 '명상'이라는 문구와 그 마음의 동기는 이 집의 생활과 너무나 멀어 이상하게 존재하고 있었다. 노부코는 벨을 눌렀다. 요전에 전화를 걸었을 때 "네, 네."라고만 말한 새로운 하녀가 문밖으로 고개를 내밀었다.

"여기를 깨끗이 치워주고 그리고 끓인 물 있어요? 차를 마시고 싶은데."

"네."

"다모쓰에게 스시를 주문해 주었어요?"

"글쎄요."

"여기에 있었나요?"

"네."

"어째든 치워 주시고, 토키 씨는 있죠?"

"네."

토키는 부엌 담당으로 삿사의 집에서 일한 지 2년 정도 되었다.

"그럼, 이렇게 전해줘요. 오늘 저녁 여기서 먹고 갈 거라고."

"네."

4시가 지나서 다모쓰가 돌아왔다.

"어? 누나도 있었네!"

다모쓰는 솜털이 난 진한 윗입술의 입 꼬리를 반가워하듯 올리며, 가지런한 치아를 보이며 웃었다. 그리고 몸을 앞으로 내밀면서 문을 열고 객실로 들어왔다.

"요전에 왔을 때 다모쓰가 꽤 늦게 왔잖아. 잡지 일은 어떻게 됐어?"

"지금 상담하고 있어. 서둘지 않으려고."

"그게 좋아, 완성되면 보여줘."

"응, 나도 누나가 읽어줬으면 해."

다모쓰를 위해서 간식을 가지고 객실로 돌아온 노부코는 조금 전과는 다른 공기가 흐르고 있는 듯한 느낌을 받았다. 교복에 칼라를 달지 않고 입은 마쓰우라와 하얀 칼라를 달아 입은 다모쓰가 손가락 인형에 대해서 이야기하고 있었다. 다모쓰는 내년 학교 행사 때 손가락 인형극을 할 생각인 것 같았다. 프랑스어를 제2외국어로 선택한 후 첫 기념제 때, 다모쓰는 스님으로 변장하고 프랑스어의 동사 활용을 불경처럼 외워서 대단한 인기를 끌었다. 형과 마쓰우라보다 키도 몸도 커서 조금 거북스러워 보이는 바지를 똑바로 펴고 앉아서 다모쓰는 이렇게 말했다.

"주스이 자레, 투에 자레 이런 식으로 했단 말이야?"

쓰야코가 숙제로 외운 동사 활용을 귀여운 여자 아이 특유의 높은 톤으로 외웠다. 노부코는 그 모습이 너무나 우습게 보였다.

"고에다는 이렇게 안 해도 되겠어?"

"전 안 해도 돼요."

다모쓰가 학교에서 돌아오자 젊은 세 사람의 대화도 달라졌다.

다모쓰는 가끔 피아노를 쳤고 노래는 전혀 부르지 않았다.

"밖에 나가서 캐치볼이라도 하면 어떨까? 이젠 해도 져서 하기 좋을 듯싶은데."

그런 놀이라면 다모쓰도 같이 할 수 있기 때문이었다.

"마음에 드는 나무가 있으면 올라가도 돼요."

노부코는 고에다를 보면서 이렇게 말하곤 웃었다. 고에다는 나무 타는 것을 좋아하고, 또 굉장히 잘 탄다는 말을 들은 적이 있었다. 고에다는 시계와 가즈이치로를 번갈아 가면서 보다가 자리에서 일어섰다.

"저, 이제 가봐야겠어요."

작은 소리로 가즈이치로에게 무언가를 속삭이자 가즈이치로도 같이 나갈 준비를 했다.

"나도 거기까지 갈 거니까."

"가즈이치로, 늦지 않게 돌아와야 해."

마쓰우라가 뒤따라가듯 서둘러 구두를 신고 있는 등 뒤에서 노부코는 말했다.

"나 저녁때까지만 있을 거니까."

"응."

"집에 어른이 없으니까 빨리 와야 해."

"누나, 괜찮아, 걱정하지 않아도 돼."

꼭 돌아온다는 말인지, 집은 괜찮다는 말인지, 어느 쪽을 걱정 안 해도 된다는 건지 알 수 없는 애매한 말만 남기고 셋은 나가버렸다. 날씬하게 쭉 뻗은 고에다는 검은색 양말과 짧은 스커트를 입고 있었고, 이런 고에다의 양편에 교복을 입은 가즈이치로와 마쓰우라가 서서 걸어갔다. 이들의 뒷모습에서 노부코의 고마자와 집으로 온 세 명의 청년들이 떠올랐다. 가즈이치로도 마쓰우라도 학생답게 머리가 짧았고 낡고 더러운 교복이었다. 그리고 주머니에는 동전만 있을 법했다. 하지만 그 청년과 저 세 명은 너무나 다른 생활을 하고 있었다. 저 세 명의 생활이 노부코는 공허하게 느껴졌다. 그렇다면 '저 세 명의 생활에 힘이 넘치는 생활을 느낄 수 있게 했는가?'라고 묻는다면 그것 또한 그렇지 못했다.

다모쓰는 옷을 갈아입고 손과 얼굴을 씻은 뒤 다시 노부코가 있는 객실로 왔다.

"다모쓰 오늘 바쁘니?"

"그렇지도 않아."

"그럼 저녁까지 나와 이야기하지 않을래? 나 오늘 빨리 가야 하거든."

"좋아, 저녁에만 좀 할 일이 있으니까."

노부코는 다모쓰와 그의 친구들이 만들고 있는 잡지에 관심이 많았다.

"가즈이치로도 중학교 4학년 때 잡지를 만든 적이 있어. 금방 관뒀지만. 너는 어떤 친구들과 같이하는 거야?"

"서너 명 정도랑 하고 있어. 정말 마음이 맞는 친구들하고만 하려고 해."

"어떤 친구들이니?"

"누나에게 말해도 전혀 모르는 친구들뿐인데."

다모쓰는 조금 생각하더니 말했다.

"누나, 도다이지東大寺 알지? 외교관의 아들⋯⋯. 그도 함께 잡지를 만들어."

도다이지東大寺 아쓰요시篤吉라고 하면 인도주의 작가로 독특한 사람이었다. 그리고 최근 규슈에 '이상 마을'을 만들기 위해 준비하고, 강에 있는 큰 바위를 로댕 바위라고 이름 붙였다. 그 로댕 바위에 몸을 기댄 스님 같은 얼굴을 한 사진이 잡지에 실리기도 했다.

"그 아이 역시 도다이지 아쓰요시 작가와 같은 생각이니?"

노부코는 도다이지의 너무나도 이상적인 '이상 마을'과 자신의 주위로 사람을 모으는 그런 생각에 의문을 가졌던 것이다.

"특별히 그런 거 같지는 않은데. 이번에 잡지를 만드는 취지는 어떤 주의 같은 것을 위한 게 아니거든."

그건 다모쓰의 평상시의 생각에서도 추측할 수 있었다.

"그거야 그렇겠지. 하지만 뭐랄까, 이런 식으로 만들고 싶다고 하는 방침은 있을 거 아냐."

"우리는 사람들에게 보이기 위해, 자랑하기 위해 글을 쓰는 게 아니야. 정말 자신의 본심을 추구하고 양심을 위해 쓴 것만을 실으려고 해"

"제목은 정했어?"

"아니."

다모쓰는 고개를 저었다.

"아직……."

"같이하는 서너 명만 쓰는 거니?"

"그렇게 하려고 해."

"다른 사람에게 맡기거나 쓰게 하면 안 돼?"

"물론 그래도 되지만."

버릇처럼 무릎을 비비면서 다모쓰는 선하게 생긴 두 눈을 크게 떴다.

"금방 토론이 격해지게 돼. 남에게 미루려고 하게 되거든."

"……."

"요전에도 나, 삿사는 바보라는 소리를 들었어."

다모쓰의 그런 목소리 속에는 친구들을 향한 반항보다도 말로 표현할 수 없는 슬픔이 담겨 있었다. 노부코는 자신도 모르게 그의 얼굴을 자세히 들여다보면서 그의 생각을 알고 싶어졌다.

"어째서지?"

열심히 물었다.

"나더러 중재파라는 거야. '삿사는 태어날 때부터 중재파'라는 거야."

"그게 어떻게 '삿사는 바보'라는 거지?"

"그들에게는 그런가 봐."

조금의 비아냥거림도 없이 다모쓰는 인정했다.

"중재파……."

사회운동의 역사를 잘 모르는 노부코는 어떤 의미로 고등학생들이 이런 말을 사용하는지 알 수가 없었다. 글자만으로 생각한다면 중재의 의미는 알겠지만…….

"다모쓰, 자주 중재하곤 하니?"

옅게 웃으면서 물었다.

"그렇게 하려고 하지 않아도 그렇게 되어버려."

곤란한 얼굴을 하며 그렇게 대답했다. 다모쓰는 '공평'에 관한 한 집요했다.

"역시 토론이라고 하는 것은 중간의 입장에서 어떤 한 문제를 확실하게 하기 위해서 하는 거 아니겠어? 그렇다면 전혀 다른 의견들이 서로 다른 논리를 가지고 있는 거잖아. 그리고 토론에 바른 의견과 바른 해석이 당연히 존재한다는 전제하에 각각의 의견은 문제의 중심으로 향해야겠지."

"그렇지."

"그러니까, 옳은 결론이 날 때까지 토론에는 잘못된 의견이 있을 수 있잖아. 그리고 그런 의견들을 버려 나가는 거지. 하지만 모두 나름의 이유가 있으니 이런 건 역시 이상하다고 생각해."

"모두 토론하고 있을 때 다모쓰가 이쪽도 저쪽도 맞는다고 말한다면 그건 중재파가 되는 거지. 그건 좀 이상한데, 틀린 생각이 아닐까."

다모쓰는 습관처럼 더 심하게 무릎을 손으로 비볐다. 그리고 화가 난 듯한 시선으로 노부코를 보았다.

"내가 바보라는 말을 들은 건 폭력에 관한 토론 때였어."

"……."

이야기가 이런 쪽으로 전개된 건 노부코가 생각하지 못한 상황이었다. 노부코의 마음에서 혁명, 사회주의라는 글자가 하나하나 떠오르기 시작했다.

"인류를 위해서 더 좋은 사회를 만들기 위해서 왜 폭력을 쓰지 않으면 안 되는 거지. 나는 어떠한 이유든 폭력은 나쁘다고 생각해."

다모쓰는 호소하듯 말했다.

"좋은 일을 위해서 나쁜 일을 한다는 것은 역시 모순이라는 생각이 들어. 옳지 않은 일은 역시 좋지 않다고 생각해."

역시 그랬다. 노부코는 그렇게 생각했다. 다모쓰야말로 노부코가 알고 있는 것보다 더 많이 친구들과 대화하고 있다는 생각이 들었다. 학생들뿐 아니라 모두 이런 대화를 하고 있었다. 노부코는 이런 청년들에게서 희망을 느꼈다. 지금까지도 계속되는 문제이기도 했다.

"나는 모르겠어."

다모쓰는 계속해서 말했다.

"옳은 일을 위해서는 절대적으로 옳은 방법을 취해야 한다고 생각해."

옳은 방법, 좋은 방법……. 쓰쿠다와의 생활이 깨질 무렵부터 이혼하기까지 몇 년간 노부코는 그 '좋은 방법'을 찾으려고 무척 힘썼다. 노부코는 선량함과 착한 성격으로 쓰쿠다와의 생활의 파탄을 어떻게든 평화롭게 해결하고 싶었다. 실패라 할지라도 가능하면 어느 쪽도 상처받는 일 없이, 애정으로 출발한 생활의 끝답게, 슬픔이라고 하더라도 아름다움이 있는 그런 조화로움 속에서 끝을 맺고 싶었다. 하지만 현실적으로 그것은 가능한 일이 아니었다. 결국 쓰쿠다는 노부코를 미워하게 되었고, 노부코는 쓰쿠다를 혐오하게 되었다.

거기까지 가지 않았다면 해결되지 않았을 것이다. 거기까지 서로를 괴롭히지 않고 생활의 파탄에서 구제받을 수 있었다면 처음부터 쓰쿠다와 노부코의 생활이 그렇게 상처가 되어 끝나지도 않았을 것이다. 노부코는 무서움에 두 눈을 감고 쓰쿠다와의 생활에서 자기 자신을 떨어트렸다. 모든 게 끝나고 몇 년이 지난 지금 노부코는 그러한 일들을 절실하게 이해할 수 있게 되었다. 본질적으로 문제를 가지고 있는 경우 그게 부부 사이의 충돌이라 할지라도 결코 옳은 방법만으로는 해결될 수 없는 것이었다. 서로 좋은 방법만으로 해결할 수 있었다면 처음부터 그렇게 부딪히지 않았을 것이며 문제가 생겨도 잘 이해하고 넘겨서 헤어지는 일은 없었을 것이다. 노부코는 이혼도 하나의 폭력이라고 생각했다. 그런 의미에서 자신이 폭력적이었던 것에 대해 나쁘게 생각하는가? 노부코는 피하고 싶은 일이었지만 그 방법을 통해 생활의 전개가 가능해졌기에 자신이 한 일에 대해 부정하지 않았다. 꺼림칙한 느낌은 없었다.

노부코는 자신의 이런 경험을 다모쓰의 문제에 대입시켜 생각했다.

"나는 잘 모르겠지만 좋은 방법이라는 게, 다모쓰가 생각하는 좋은 방법이 뭐지?"

"절대적으로 옳은 방법."

노부코는 다시 새로운 불안을 느꼈다. 다모쓰는 어째서 언제나 무엇에 관해서든 절대적이라고 말하는 것일까.

"절대적으로 옳은, 좋은 방법이라 하면?"

곤란한 듯, 확신할 수 없다는 듯 노부코는 눈을 깜박였다.

"언제나, 무엇이든, 절대적으로 좋은 것이라는 게, 그런 게 있을까?"

노부코는 익살스러운 생각이 들었다.

"무슨 약 선전도 아니고⋯⋯."

노부코가 다시 말했다.

"다모쓰, 좀 전에 어떤 토론도 그 나름의 논리를 가지고 있다고 한 것과 지금의 절대적으로 좋은 방법이 아니면 안 된다는 것은 얼핏 보면 다르지만 역시 같은 게 아닐까. 다모쓰의 생각도 역시 알 수가 없어."

어떤 일을 생각할 때 거기에 있는 문제에서 벗어나 무엇이든 추상적으로 생각해버리고 마는 다모쓰의 방법은 그저 집요할 뿐이어서 노부코는 불안했다.

"다모쓰, 이런 대화 오치 씨하고 한 적 있어?"

"조금 있어."

"뭐라고 해?"

"내 생각이 너무 순수하대."

"⋯⋯."

순수! 얼마나 적절한 대답인가! 노부코는 오치에 대해서 언제나 끓어오르는 분노를 새롭게 느꼈다. 오치는 청소년들이 자신의 삶에 대해 얼마나 신중하게 토론하고 고민하는지 그 마음은 전혀 알지 못하는 인물이었다. 요즘 청소년들은 이런 문제를 토론한다는 정도만을 문제로 삼는 능력만 있는 것이다. 노부코는 속상하다는 듯이 말했다.

"오치 씨하고는 적당히 관계를 끊어버리는 것이 좋지 않을까! 다모쓰?"

노부코는 자신의 생활 태도를 '파탄을 위해 파탄을 원하는 사람'이라며, 다케요에게 하나의 편견을 가지게 한 오치를 용서할 수 없었다. 오치가 다케요에게 가지고 있는 태도는 무엇일까? 결국에는 다모쓰의 순수함을 파괴하고 주위의 모든 관계 속에서의 순수함을 어지럽게 하는 게 아닐까. 노부코는 다모쓰의 어깨에 손을 얹었다.

"그런 사람에게 이런 저런 소리를 듣고 그게 뭘까 고민한다면 그거야말로 말도 안 되는 소리니까. 그런⋯⋯."

'위선적'이라는 말을 하고 싶었지만 거기까지 말이 나오지 않아 그저 다모쓰의 눈만을 주시했다. 노부코의 이런 격한 말투에 대해서도 다모쓰는 반발도 호기심도 보이지 않고 그저 조용히 듣기만 했다. 노부코의 성격으로는 그게 답답하고 속상했다. 다모쓰는 언제나 유순하게 말을 듣는다. 하지만 결코 자신을 상대방에게 보이지 않는다. 노부코의 말을 열심히 듣고 있다. 하지만 오히려 자신의 마음이 바뀌지 않도록 경계하며 듣는 듯한 느낌이다. 노부코는 이런 다모쓰를 향해 열심히 말하고 있을 때면, 마치 좁은 구멍에 기름을 한 방울씩 넣는 듯한 답답함을 느꼈다.

"다모쓰."

두꺼운 곤가스리[64]를 입은 다모쓰의 무릎에 손을 얹으며 노부코는 말했다.

"좋은 일이라고 해도 절대 불변의 형태라는 게 있을까? 생활은 끝없이 움직이고 시간이 지나면서 새로운 조건이 생기지. 좋은 일이라는 것도 그것이 나쁜 일이라 알고 부정하거나, 그것을 없애기 위해 싸워나가는 과정에서 생기는 것이 아닐까? 언제나 그렇잖아, 현실은……."

이렇게 말함으로써 노부코 자신에게도 현실이 확실해졌다. 정말! 언제나 그랬다. 좋은 일은 나쁜 일과의 싸움에서 만들어지는 것이었다.

"바르지 못한 힘은 쓰지 않는 게 좋다고 한다면, 왜 옳은 일에는 반격하는 걸까? 오른쪽 뺨을 맞으면 왼쪽 뺨을 내밀어라? 나는 싫어, 다모쓰는?"

"그런 일이라면 나도 싫어."

"그렇지?"

하지만 다모쓰의 본심은 그렇지 않을 수도 있다. 그것을 노부코는 잘 알고 있었다.

64_곤가스리(紺絣) : 갈색 바탕에 하얗게 나타낸 비백무늬, 또는 그런 무늬의 직물.

이렇게 무언가를 말하면 말할수록 다모쓰는 추상적인 것을 생각하게 되고 노부코는 점점 더 불안해졌다. 노부코가 다모쓰의 이런 생각을 부정하는 것은 역시 이런 말들이 추상적이기 때문이었다. 좀 더 마음에 닿을 그런 이야기, 다모쓰가 좀 더 자신의 감정을 밖으로 내보일 수밖에 없는 그런 인생 이야기, 노부코는 그런 이야기를 생각했다. 인간성의 근본을 바로잡아 그 위의 애매모호한 껍질을 벗길 수 있는 그런 이야기가 다모쓰에게는 필요했다.

무언가 그런 종류의 일이 없을까? 노부코는 자신들의 삶 속에서 그런 일이 없는가를 생각했다. 평범하지 않은 오치와 어머니와의 관계…… 그것에 대해서 다모쓰와 이야기할 용기는 없었다. 그렇다면 오늘처럼 아름다운 고에다에게 보인 형의 태도에 대해 물어보면 어떨까 생각해 보았다. 이성 친구가 없는 다모쓰가 이를 어떻게 생각하는지 묻고 싶었다. 노부코에게는 다모쓰의 섬세한 마음이 비춰졌다. 가즈이치로는 다모쓰와는 정반대로 집에 잘 있지 않았다. 하지만 그런 행동은 동생 다모쓰에게 압박감을 느껴서였다. 이렇게 집에 잘 들어오지 않는 가즈이치로의 행동이 다모쓰 자신 때문이라는 사실을 다모쓰가 알게 되면 어떻게 될까?

객실은 어느새 어두워졌다. 창문으로 들어오는 가는 빛은 의자에 앉아 있는 다모쓰의 얼굴을 겨우 비추고 있을 뿐이었

다. 창가에 있는 노부코는 역광을 받아 그림자처럼 검게 비쳐
질 뿐이었으나 불을 켜지는 않았다. 다모쓰의 본심을 끌어낼
힘이 자신에게는 없다는 사실을 실감하면서……

16

다케요는 마에자키 집에서 20일 정도 지냈다. 6월도 이삼 일
을 남겨두고 있을 뿐이었다. 노부코는 다케요에게서 읽기 힘든
글씨체로 쓰인 엽서 한 장을 받았다. "네가 좋아하는 음식이 다
없어지기 전에"라고 쓰인 엽서였다. 마에자키에 가면 언제나
고쿠후쓰国府津에서 어묵을 사 왔다.

"어묵 받아 올까?"

노부코는 거실에서 엽서를 보면서 말했다.

"거기 어묵이 맛있기는 한데, 기다유義太夫에서 말하는 로
쇼[65]라고 할 수 있겠지."

모토코는 그런 종류의 것을 비평하듯 말했다.

"도자카 집안사람들이 좋아할 법한 맛이지."

도자카 집에 가서 현관을 들어서면서 노부코는 역시 어머니
가 돌아온 집안의 생활은 다르다고 느꼈다. 어디가 어떻게
확실히 말할 수는 없으나 어머니가 없었을 때의 공기와는 다른

65_로쇼(呂昇) : 메이지(明治) 말부터 다이쇼(大正)에 걸쳐 유행한 무스메기다유(娘義太夫)에
　　서 인기를 끈 사람. 도요타케 로쇼(豊竹呂昇). 자전 『로쇼』.

공기가 집안 구석구석에 흐르고 있었다. 집안이 안정된 느낌이 들었다. 그것은 마에자키에서 돌아온 다케요의 기분이 안정되어 있음을 반영했다. 노부코는 기쁜 마음으로 식당에 얼굴을 내밀었다. 큰 테이블의 정면인 다케요의 자리는 비어 있고, 자주색 시보리[66] 방석만이 놓여 있었다.

"저 왔어요."

노부코는 큰 목소리로 말하며 복도를 향해 걸어갔다.

"어머니, 어디 계세요?"

"왔어? 여기 있어."

계단 밑에 있는 작은 방에서 다케요의 목소리가 들렸다. 작은 방이 숨겨져 있듯 계단 밑에 있고, 거기에 다케요의 서랍과 거울이 놓여 있었다. 집안에서 유일하게 하나 있는 고타쓰[67]도 꺼져 있었다.

"들어가도 돼요?"

"응."

문을 열자 거울 앞에 앉아 머리 손질을 마친 다케요가 하얀 천을 등에 받친 채 빗을 손질하고 있었다. 앞머리를 부풀리기 위해서 넣는 가체加髢가 신문지 위에 놓여 있었다. 혼자서 여유 있게 머리를 빗는 여인의 기분이 방 전체에 흘렀다.

66_시보리(絞り) : 홀치기 염색한 것으로 빛깔이 얼룩진 것.
67_고타쓰(炬燵) : 일본의 실내 난방 장치의 하나. 나무틀에 화로를 넣고 그 위에 이불, 포대기 등을 씌운 것. 이 속에 손, 발을 넣고 몸을 녹임.

노부코에게는 드문 일이었다.

"앉아도 될까요?"

"그래."

다케요는 펼쳐진 신문을 접어서 화장대 옆으로 치우고 노부코가 앉을 수 있게 자리를 만들었다.

"엽서 고마워요. 아직 어묵 남아 있는 거죠?"

"네 것은 따로 놔두었어."

"그래요? 고마워요."

다케요는 눈에 띄기 시작한 하얀 머리를 검은색으로 염색하였다. 그렇게 머리를 손질한 다케요의 손에는 군데군데 검은색 약이 묻어 있었다. 귀에도 검은색 약이 묻어 있었다. 노부코는 그곳에 있던 휴지로 어머니 귀에 묻은 검은색 약을 닦아 주었다.

"마에자키 좋았어요? 요전에 아버지 만났을 때 굉장히 좋아 보였어요."

"매일 밤 무엇을 잡는지 모르겠지만 고깃배들의 불이 보였어. 그 광경은 정말 아름다웠단다."

"가서 좋았어요?"

노부코는 여러 가지 의미에서 물었다. 다케요는 그것을 너무나 당연하게 받아들이며 말했다.

"처음 삼사 일은 잠을 잘 수가 없었지만…. 지금은 너무 좋

아. 그러고 보니 노부, 제재소가 있었던 것을 알고 있니? 가기 한ヵギ¥ 뒤에 있는."

가기한은 작고 높은 건물인 마에자키의 잡화점으로, 석탄과 된장, 간장을 파는 곳이었다.

"알고 있어요. 귤밭 옆에 있는."

"거기 불이 났었어."

"어머나, 바닷물로 껐어요?"

"마을에 있는 펌프를 이용했어. 정말 놀랐단다."

다케요는 손질하던 빗을 정리하여 서랍에 넣고 머리에 늘 찔러두는 석류 모양의 장식 핀을 빼서 구겨놓은 종이로 정성껏 닦았다. 오후의 밝은 빛이 작은 방으로 들어와 머리핀에 비춰져 석류 모양의 장식은 깊고 품위 있는 빛을 냈다. 노부코는 이렇게 조용히 머리를 손질하거나 머리핀을 정리하는 다케요의 모습에서, 다케요의 감정이 한 개의 고개를 넘어서 정리된 마음으로 돌아왔음을 직감할 수 있었다. 다케요의 말투에서도 온화함을 느낄 수 있었다. 그러고 보니 아지랑이와 함께 야화가 타는 것 같은 감정의 흔들림을 그대로 보였던 다케요의 흥분된 표정은 진정되어 있었고, 매끈했던 피부는 조금 창백해 보였다. 노부코는 머리핀을 보는 어머니의 시선과 밑을 향한 눈썹을 옆에서 바라보고 있었다.

"그 일, 어떻게 하기로 했어요?"

전조도 없이, 한 장의 나뭇잎이 떨어지듯이 노부코는 물었다.

"나, 너무 궁금해요."

다케요는 다 닦은 머리핀을 오른손에 들고 왼손을 높이 든 채 머리를 누르면서 묶은 머리 한가운데에 장식 핀을 꽂았다. 거울을 향해 가슴을 펴고 앉아 천천히 그리고 확실하게 머리핀을 꽂고, 노부코를 외면한 채 다시 한 번 거울로 머리 모양 상태를 살피듯이 보았다.

"남자라는 거……."

앞머리 결을 고치면서 눈을 위로 치켜뜨고 거울을 보며 말했다.

"어째서 그렇게 비열한 걸까!"

노부코는 아무 말도 하지 않고 숨을 죽인 채 그런 어머니의 모습을 바라보았다.

"그런 말을 해놓고서 정말 극한 상황에서는 도망쳐버리다니……."

'그런 말'이라고 하는 것이 오치의 어떤 말인지 노부코는 듣지 못했다. 하지만 추측할 수는 있었다. 당시 오치의 말은 자신이 다케요와 결혼할 수밖에 없는 것처럼 그녀를 착각하게 만들었다.

"마에자키에서 돌아온 적이 있었나요?"

오치와 언제 이런 결별이 있었던 것일까?

"아니, 돌아온 적 없는데."

"……."

그렇다면 다케요는 노부코가 상상한 것보다 훨씬 더 격한 행동을 한 것이었다. 오치를 피해 마에자키 집에 갔고, 거기서 생각을 정리하고 온 것이라고 생각한 노부코의 추측보다 다케요의 정열은 훨씬 더 강렬했던 것이다. 노부코는 오치와의 결별에 대해서 이야기했다. 아마 전날 아니면 그 전날 다케요는 오치를 만난 것이 틀림없었다. 아마 인적이 드문 오후 늦은 시간 텅 빈 연구실에, 먼지로 가득 찬 무미건조한 연구실에서 화려한 장식을 한 다케요가 향기와 정열을 풍기면서 소심하게 뒷걸음질하는 오치에게 다가가는 광경을 생각하니 노부코는 눈물이 고였다. 오치의 겁먹은 모습이 역력히 느껴졌다. 생각지도 못한 다케요의 무거운 사랑이 자신의 체면 위로 떨어져 오는 것을 겁내면서, 오치는 다케요의 소박함과 그 정렬을 모욕적으로 생각했음이 틀림없다. 그 표정이 노부코에게 보이는 듯했다. 오치가 이상형으로 생각하는 슈타인 부인은 18세기 독일의 바이마르에서 마부의 부인으로 살았다. 그녀는 재상이자 문호였던 괴테와 깊은 사랑에 빠졌는데, 그녀는 그 사실을 명예로 생각하는 비굴한 궁정 여관의 부인에 불과했다. 전설은 때에 따라서 너무나 비열한 것이었다.

다케요가 터무니없을 정도로 솔직하게, 오치의 말을 빌리자면 거칠고 촌스럽게 기략도 성숙함도 없는 열정으로 다가와 재촉한 것이 어쩌면 잘된 것이라고 노부코는 생각했다. 거기에서 다케요의 여자로서의 위엄이 느껴졌다. 자신의 생존의 모든 무게를 다 걸고, 오치가 그런 다케요의 마음을 받아들일 수 없는 남자임을 확인할 수 있었던 것은 잘된 일이었다. 하지만 어머니가 정열을 다해 불같이 다가갔기에 오치는 저렇게 다가가면 이렇게 피해갔고 여기를 누르면 저렇게 도망가 버렸다. 결국 어머니는 환멸을 느끼게 되었다. 그런 마음의 과정을 생각하며 노부코는 치를 떨었다. 자신의 손으로 사정없이 후려갈길 오치의 상판대기가 있었으면 했다. 이런 절박한 상황에서도 폭포와 같은 다케요의 정렬을 감당할 수 없어 비명을 지를 오치가 아니었다. 그가 가지고 있는 현학과 논리로 자신의 패배를 인정하지 않고 다케요를 자신으로부터 떨어트려 놓았음이 틀림없었다. 아마 다케요의 자존심이 더 이상 참을 수 없도록 자신의 행동을 바꿔가면서……. '그러니까 말했던 건데?' 가슴 가득 쓸쓸하게 끓어오르는 눈물을 통해, '그러니까 말했던 건데'라는 말이 노부코의 마음에서 가득 울려 퍼졌다.

다케요는 그렇게 말한 뒤 아무 말도 하지 않고 화장대 거울을 레이스로 덮었다. 나풀나풀한 앞머리 밑으로 보이는 다케요의 얼굴은 당당하고 진정되어 있었으나, 그 뒤의 그림자로부터

무한한 경멸을 마음속에 담고 있음을 느낄 수 있었다.

그날 오후, 다케요는 오랜만에 서랍 앞에 앉아 아들들의 속옷을 정리하고 걸레로 쓸 천을 골라냈다. 노부코는 옆에 앉아서 보기만 했다. 이렇게 집안일을 하는 다케요의 표정을 보니 몇 개월 전까지 눈에 들어오지 않던 가사가 지금에서야 확실히 눈에 들어오는 듯했다. 정성껏 그리고 성심껏 평상시보다 말없이 셔츠를 개거나 털 뭉치를 가려냈다. 이런 어머니의 모습에서 노부코의 마음을 울리는 것이 있었다.

오치에 대해서 괴롭게 타오르던 다케요의 동경의 폭포는 여자의 열정이 일깨워준 최후의 정렬적인 움직임이었다. 그 불안하고 격한 생명의 흔들림이 인간적으로 너무나 작은 그릇인 오치의 차가운 감정으로 인해 쇠약해지고 부서지고 만 것이었다. 하지만 경멸감을 느끼면서도 당당하게 안정된 모습을 보이는 어머니를 보고 있으면, 노부코 역시 슬펐다. 다케요가 그렇게 격렬하게 여자로서 본심을 다한 동요도, 결코 모든 생활의 토대가 거기에 있었던 것은 아니었다. 신랄하게 말한다면 물질적인 면에서 충족되고 부인으로서 남편에게 육체적으로도 충분히 사랑받는 중년의 유한부인이 자신의 생활 속에서 없던 것을 동경했고, 그것이 깨진 것이 아닌가라고 생각했다. 만약 그렇지 않다면 어머니가 오치에 대해서 경멸감만을 강하게 표시하는 것을 노부코는 알 수가 없었다. 다케요의 눈에 괴로움과 슬픔이 없어서 노부코는 더 안타까웠다.

나이와 환경에서 모순을 느낄 만큼 여자로서 열정이 있었기에 아무것도 재지 않고 그것을 마지막까지 태웠다. 그런 자신의 정열에 대해서 깊은 비애도 느끼는 것 같지 않아 노부코는 아팠다. 오치를 경멸하고 있는 것은 사실이지만, 제3자의 눈에는 그전부터 그의 비열함이 보였다. 다케요는 자신의 진심이 모욕당하고 나서야 오치의 본심을 알게 된 것이었다. 경멸하지 않을 수 없는 것에 여자의 마음이 그렇게 치우쳐 있었다는 사실을, 다케요는 어떤 식으로 받아들이고 있는 것일까? 마음 깊은 곳의 자신에 대한 실망과 슬픔을 오치를 향한 경멸로 지탱하는 것 같아서 노부코는 무서웠다. 하물며 오치 한 사람에 대한 경멸을 다케요가 부연해서 '남자란'이라고 말했을 때, 노부코는 막연하게 공포를 느꼈다. 노부코는 쓰쿠다와 생활할 수 없었고 결혼이라는 것을 또 다시 하고 싶다고는 생각하지 않지만, 그것은 다케요가 말하는 '남자란'이라고 결론짓는 것과는 다른 것이었다.

설사 노부코에게 남자 자체가 자연스럽게 끌리는 존재라 할지라도, 여자가 부인이 됨으로써 생기는 가정과 그 안에서의 남녀관계가 노부코에게는 자연스럽게 받아들이기 힘든 것이었다. '남자란'이라고 말하면서 부인으로서의 자신의 가정에서 벗어나려고 했던 때와는 또 다른 거북함을 노부코는 느꼈다.

다케요는 황금색 무명 솜으로 된 큰 보자기에 더 이상 사용하지 않는 셔츠 종류를 모아서 묶었다. 이렇게 정리한 낡은 옷과 천 종류는 삿사의 고향인 농가에 계시는 오카메 할머니네 집으로 보낸다. 오카메 할머니는 그것을 손질해서 자식이나 손자에게 입혔고, 필요 없는 것은 작게 잘라서 박음질했다. 그렇게 목욕탕의 발 걸레나 마루를 닦는 두꺼운 걸레용으로 만들어 2년에 한 번 정도 삿사의 집으로 보냈다.

노부코는 지금이라도 무언가 말하고 싶은 마음에 반짝이는 반지를 낀 손으로 먼지를 치우는 어머니를 흘끗흘끗 쳐다봤다.

하지만 결국 말할 기회를 놓쳤다. 다케요는 다케요답게 오치에 대한 마음을 정리했다. 마음을 굳게 다잡고 경멸로부터 자신이 받은 상처를 가볍게 넘겼다. 거기에는 여자의 연령과 부인으로서 살아온 동안 자연스럽게 몸에 익은 천연덕스러움이 있었다. 노부코는 그렇게 생각했다. 하지만 다모쓰는 어떻게 되는 것일까. 노부코는 그게 알고 싶었다. 지금과 같이 다모쓰는 오치를 알고 지내야 하는 것일까. 아직 젊고 누구에게 영향을 받을 나이인 다모쓰이기에, 오치의 영향을 받는 것은 아닌지 정말 걱정이 되었다. 이런 다모쓰의 입장을 타케요는 자신의 괴로운 마음과 어떻게 연결해서 보고 있는 것일까.

다케요의 의연한 옆모습에서는 노부코가 원하던 세심한 뉘앙스는 조금도 찾아볼 수 없었다. 다케요는 오치를 경멸해 버리는 것으로 자신에게 긍지를 느끼고 자존심을 지켰다. 노부코는 언젠가 아버지의 친구가 '다모쓰 아드님은 부인의 사랑과 애정을 듬뿍 받는 아이군요.'라고 말한 것이 기억났다. 다케요는 그런 말을 들었을 때 굉장히 만족해하는 표정이었다. 다모쓰가 살아가는 구체적인 내용보다도 다케요의 입장에서 다모쓰는 언제나 변하지 않는 어머니의 사랑과 애정을 받는 아이라고 하는 생각이 먼저 떠오르는 듯싶다. 다모쓰는 어떻게 되는 걸까? 노부코는 그것이 계속 신경 쓰였다.

당당하게 자신의 문제를 해결한 것으로 자존심을 되찾았다고 생각하는 다케요이지만, 다케요가 생각하지 못한 그 다음의 문제가 남아 있었다. 그것은 다모쓰와 오치와의 관계로 다모쓰에게는 너무나 잔인한 것이란 생각이 들었다.

17

그 무렵 모토코의 번역도 거의 완성되었다. 지난해 초여름에 시작한 거니까 근 1년 만의 완성이었다. 모토코로서는 처음 맡는 큰 일거리였으며 문학사적인 면에서도 러시아 근대 고전 작가의 생활상을 알 수 있는 거울인 동시에, 모스크바 예술계가 서작될 무렵의 문헌으로서의 가치와 흥미, 어느 면도 놓칠 수 없는 서간집이었다.

출판사는 아직 정해지지 않았다. 그러나 일을 끝낸 모토코는 개운한 얼굴로 붉은색이 감도는 투명한 파이프를 입에 물고 두껍게 쌓여 있는 몇몇 원고더미 주위를 돌아다녀 보았다. 그리고 문득 무엇인가가 생각난 듯 앉아서 문구를 고치기도 하고 창가 쪽에서 책상 위의 사전을 거꾸로 뒤지기도 했다. 그것은 너무나도 즐거운 모습이었다.

"속 안 좋은 건 어때?"

노부코는 일부러 자기 책상에서 꼼짝도 하지 않은 채 즐거움에 취해 있는 모토코에게 물었다.

"얼굴색이 너무 안 좋아 보여서."

"너무 짓궂은 것 같아, 부코짱은."

그리고 혓바닥을 살짝 내밀면서 고개를 살짝 숙이며 어리광 섞인 작은 소리로 말하였다.

"정말 싹 나은 거 있지!"

"그러니까 내 말이 맞지? 필요한 건 약이 아니라는……."

"맞아. 할 말 없어."

노부코가 처음 모토코를 만났을 때 모토코는 잠이 안 온다고 약을 먹는가 하면 그 다음에는 위가 안 좋은 것 같다고 위장약을 먹으면서도 낮에는 하품만 하고 있었다. 까무잡잡한 피부도 빛을 잃고 있었다. 노부코는 수면제를 필요로 한 일도 없었으며, 혼자 사는 여자가 그런 약을 상습적으로 복용한다는 것이 마음에 들지 않았다. 노부코는 아무리 모토코가 잠을 못 자서 괴로워해도 수다나 독서를 같이하면서 수면제를 끊도록 했다. 위장약도 약이 떨어진 시점에서 끊었다. 그리고 모토코는 이번에 끝낸 번역물을 시작으로 한낮의 하품과도 인연을 끊었던 것이다.

간사이풍의 길이가 짧은 기모노를 입고 머리를 하나로 높이 틀어 올린 모토코의 옆모습이 책상 저편에서 보였다. 지금의 모토코에게는 이미 지나간 이야기지만, 시도 때도 없이 해대던 하품도 모토코의 인생에서 특별한 인연을 가지고 있었다.

모토코가 대학에서 러시아 문학과에 재학하던 시절이었다. 지도교수가 여름방학 동안 우수한 학생 몇 명을 이즈伊豆 해안가에 있는 온천에 데리고 갔다. 조용한 곳에서 방학 중 공부도 할 겸 그 교수의 번역을 도와준다는 명목이었다. 방학도 끝나갈 무렵 교수의 제안으로 모두 오시마 섬의 미하라 산三原山으로 소풍을 다녀오기로 했다. 모토코도 당연히 그 일행에 끼었다.

바다는 사나웠다. 섬에 도착한 일행은 미하라 산의 등반을 시작하였고 일행 중 유일한 젊은 여성이었던 모토코는 배에서 꽤 시달렸던 탓인지 얼마 못 가서 등반을 포기하고 등산길 옆에 있는 바위에 앉아 쉬기로 했다. 일행은 먼저 가고 청년 한 명이 모토코와 함께 남게 되었다. 그 청년은 같은 대학의 졸업생이기는 했지만 전공이 달랐다. 정치과를 나와서 고시 준비를 하고 있었다. 우연히 같은 숙소에 머무르게 되어 자연스럽게 친해졌고 결국 미하라 산三原山 등반에도 참가하게 되었다. 이 청년은 바위에 걸터앉은 모토코 곁에 남았다. 모토코는 바닷가에서 쓰는 밀짚모자로 뜨거운 늦여름의 햇빛을 얼굴만 가리고 하얀 마직 옷을 입고 있었다. 통통한 손과 보조개를 한 모토코 옆에서 스포츠 셔츠를 입은 청년이 드문드문 뭔가를 이야기했다. 모토코는 가쁜 숨을 가라앉혔다. 그리고 무심결에 하품이 나왔다. 잠시 후 또 한 번 하품이 나왔다. 연속해서 세 번 하품을 한 후에야 모토코는 낭패감을 느꼈다. 왜 이렇게 하품이 나오는 걸까라는 의아한 생각이 들었다. 그리고 이제 절대로 하품을 하지 말아야겠다고 생각했다. 하품이란 원래 지루할 때 나오는 것이다. 그렇다면 눈앞의 청년은 모토코가 자기 말을 지루하게 여긴다고 오해하고 불쾌하게 생각할 것이다. 모토코는 사실 이 청년에 대해 호감을 느끼고 있었다. 그러나 모토코는 하지 말아야지 하고 마음을 먹으면 먹을수록 하품을 걷잡을 수 없었다. 청년이 문득 얼굴을 들고 모토코의 얼굴을 보며 어떤 이야기를 꺼내려는 순간 모토코의 입에서 마음과는 달리 하품이 쏟아져 나왔다. 청년은 놀란 얼굴로 눈물까지 흘리면서 하품을 하고 있는 모토코의 얼굴로부터 눈길을 돌렸다. 모토코는 이때 확실히 느꼈다, 그 무언가가 두 사람 사이에서 멀어지는 것을.

"짜증나! 왜 이렇게 나오는 거야, 하품이."

모토코는 평소대로 연일 하품을 하는 자신을 꼬집으면서 툴툴거렸다. 그 옆에서 청년은 부드럽게 위로해 주었다.

"너무 피곤해서 그래요. 정말 피곤했나 보네요."

하품이 너무 나와서인지 몸이 나른해지면서 힘이 다 빠져버린 모토코는 다시 돌아온 일행의 도움을 받으며 숙소로 돌아왔다.

"딸꾹질은 24시간 계속하면 죽는다는데 하품은 어떨까? 죽진 않겠지?"

아마미奄美 지방 출신으로 수염이 많이 난 교수는 상대가 젊은 여성인지라 걱정스러운 듯 아직도 계속해서 입을 벌리고 괴로운 듯 하품을 해대는 모토코를 돌아보았다.

"젊은 새댁들은 웃음이 그치질 않는단 얘긴 들어봤지만, 아무리 그래도 이런 경우는……."

의사를 부를 수도 없는 상황이었지만 모토코의 하품도 점차 진정되었다. 그 일이 있은 후 몇 년이 지나서 모토코는 우연히 그 청년과 다시 만났다. 센다이仙台에서였다. 청년은 이미 지방 공무원이 되어 그곳에서 근무하고 있었다. 모토코가 먼저 그 사람을 찾아갔던 것이다. 그리고 근무처에서 돌아오는 그 사람을 어느 요정에서 기다렸다. 게이샤[68]를 불렀다. 그곳은 모토

68_게이샤(芸者) : 일본 기생을 일컫는 말. 예능에 뛰어난 사람.

코가 예약한 곳이었다.

모토코가 이렇게 센다이까지 아무렇지도 않게 찾아올 수 있었던 것은 옛날 이즈에서 보낸 여름날의 추억이 있고 미하라 산의 추억이 있기 때문이었다. 그때 하품 때문에 놓쳐버린 기회에 대한 미련도 있었다. 그렇게 일부러 센다이까지 갔는데도 불구하고 모토코는 둘만의 저녁 자리가 어색해서 연회 분위기로 바꿔버렸다. 그날 밤 모토코를 숙소까지 바래다주던 그는 웃으며 미하라 산의 옛이야기를 했다.

"사실은 그때 전 당신에게 청혼을 하려고 큰 결심을 하고 있었거든요. 그런데 그 하품 사건에 어찌나 놀랐던지……."

그는 그렇게 말하면서 호쾌하게 큰 소리로 웃었다.

두 사람의 사이는 이제 웃으며 이야기할 수 있는 옛이야기가 되어버렸다.

모토코는 다시 한 번 기회가 영원히 사라지는 것을 느꼈다. 그는 그때에도 아직 독신이었다. 그러나 요정에서 기다리면서 게이샤를 부른 여자 친구를 자신의 부인으로 생각한다는 것은 무리였다. 그것이 무리라는 사실을 그가 모자를 손에 들고 "그럼 또 언젠가 뵙죠. 홋카이도에 갈 일이 있으면 또 들르세요. 덕분에 즐거웠어요."라고 말하며 가버린 순간 모토코는 확실히 깨달았던 것이다.

노부코는 모토코한테 그 이야기를 들었다.

"홋카이도北海道라니, 어째서지? 그때 갔어?"

"아니, 센다이에 일부러 왔다고는 말할 수 없잖아."

모토코는 진지하게 말했다.

"그래서 어떻게 되었어? 그 사람은 지금 어디에 있을까?"

"규슈九州 쪽에 부임한 것 같아. 엽서가 왔지, 아마."

"규슈에는 안 가볼 거야?"

"이미 결혼한 걸."

붉은 파이프를 물은 채로 이제 관심 밖이라는 듯이 모토코는 말했다.

이즈에서 여름방학 시절 같이 지낸 선배 오가와가 이번에 그와 완전히 끝난 모토코를 축하하는 의미에서 자신의 집에 초대했다.

"부코짱 언제가 좋아?"

"글쎄, 난 그다지 잘 알지도 못하고……."

오가와 도요스케小川豊助, 『오블로모프』[69]를 번역하였고 노부코도 그 작품을 이미 읽었다. 모토코는 오가와가 유시마덴신 경내의 어느 음식점 여자와 문제를 일으켰을 때 그를 도와주기도 한 사이였다.

"혼자 가면 안 될까?"

69_『오블로모프』: 러시아의 비판적 리얼리즘 작가 곤차로프의 대표작(1859). 주인공 오블로모프는 생활에 절망한 무기력한 사람의 전형이다. 비평가인 도브롤류보프는 〈오블로모프 주의란 무엇인가〉라는 평론을 썼다.

노부코는 왠지 귀찮았다. 소설을 쓰고 있었던 탓에 친분을 맺게 되는 것은 대개의 경우 남자들이었으며, 그런 경우 그 부인들의 마음까지 신경 써야 하는 탓에 노부코는 이중의 부담을 느꼈다.

이야기가 잘 통하는 사람일수록 노부코는 그들의 부인에 대해서도 더욱 배려를 해야 하는 자신을 느꼈다. 그리고 부인들과의 화제는 또 다른 종류의 화제였으므로 모토코처럼 '남자 같은 여자'로 여겨지지 않는 노부코는 그 또한 무거운 짐이었다. 사실 모토코가 음식이나 옷에 관해서도 훨씬 자세하게 알고 있는데……

"부코짱도 간다고 했는데. 괜찮은 거지? 10일."

엽서를 쓰면서 모토코는 말했다.

"부코짱의 소극성은 겸손이 아니라 오만이라니까. 그래서 계속 끌어내는 거구."

약속 날 오후 모토코와 노부코는 일단 신주쿠에서 내려 오가와에게 줄 선물을 샀다.

"담배로 하자."

모토코가 신주쿠 역의 플랫폼을 걸으며 결정했다.

"본인이 사기에는 좀 비싸니까."

애연가인 모토코는 역 매점에서 웨스트민스터의 플레인 다섯 갑을 사고 자신이 피울 한 갑을 샀다. 모토코는 뭘 살지를 정한 후에도 이것저것 외국 담배를 집어서 즐거운 듯 살펴보았다. 그 사이 노부코는 가게 앞에 놓여 있는 신간 쪽을 보았다. 조간신문이 몇 부 남아 있었고, 신문 사이에 「무산자신문」[70]이라는 것이 겹쳐 있었다. 이름은 들어보았지만 실제로 보는 건 처음이었다. 다른 일간지들은 모두 1면을 광고로 도배하는데, 그 「무산자신문」은 다나카 요시이치 군벌 내각의 만주 침략 계책에 반대하자는 동방회의 기사를 1면에 싣고 있었다. '장제스도 반군 공격'이라는 장쭤린의 몰락 기사도 있었다. 광고 일색이 아닌 그 신문의 견실한 편집 방향이 노부코의 마음에 와 닿았다. 노부코는 보고 있던 「무산자신문」을 네 번 접어 보자기에 싸고 점원에게 5전짜리 흰 동전을 건넸다.

노부코 일행은 신주쿠 역의 모퉁이를 돌아 들어오는 전차를 탔다.

오가와는 나베야요코초鍋屋横町에서 내려 조금 안으로 들어간 곳에 살았다.

도시 변두리의 주택지답게 담과 담 사이를 통과하면 바로 거리가 나오고 담 구석 옆으로 향한 작은 문이 있었다. 2층이 보이고 그 문을 들어서면 바로 오른쪽에 우물이 있었다. 우물이 있는 문 입구는 또 다른 분위기를 자아냈다. 이런 집에 사는 오

70_무산자신문(無産者新聞) : 1925년 9월, 일본 공산당이 당의 이름을 넣어 창간한 합법기관지. 『무신(無新)』이란 애칭으로 불려지기도 했다.

가와라는 사람이 『오블로모프』를 번역했다는 사실이 노부코를 편안하게 만들었다.

"실례합니다."

격자문 앞에서 모토코가 사람을 불렀다. 대답이 없었다.

"아무도 안 계세요?"

그렇게 말하면서 격자에 손을 대자 문이 스르르 열렸다.

"문도 안 잠그고……. 오가와 씨, 저예요 안 계신가요?"

그때 2층에서 체격이 큰 이십사오 세 가량의 여자가 급히 내려왔다. 그리고 인사를 하며 현관에서 무릎을 꿇었다.

"어서 오세요."

그 뒤에 오가와도 내려와서 계단 입구에 있는 방에 한 손을 댄 채 얼굴을 내밀며 초면인 노부코를 향해서 다시 한 번 머리를 숙였다.

"어, 잘 오셨습니다. 자, 들어오세요."

오가와는 작은 무늬가 있는 상의를 가슴이 보이게 입고 띠를 느슨하게 매고 있었다. 나이보다 머리가 많이 벗겨져 있었다. 여드름 자국이 있는 기름진 얼굴 위에 작은 은테 안경을 끼고 있었는데 사람이 좋아 보이는 인상이었다.

2층의 서재 겸 손님방에 안내된 노부코는 그곳에 있는 물건 하나하나에 흥미를 느꼈다. 그 방의 한쪽 구석에는 커다란 갈색 책상이 놓여 있었다. 그 책상은 노부코가 책 속의 오래된 동판화에서 보아온 푸슈킨의 서재에 있었던 책상과 같은 모양으로, 다닥다닥 붙어 있는 다리와 여러 개의 작은 서랍 등이 있는 것이 아무리 보아도 오래된 러시아산 책상이었다. 벽에 해양 그림으로 유명했던 화가 아이바조프스키[71]의 「태풍의 밤바다」가 걸려 있었다. 빛이 잘 들어오지 않는 반대쪽 벽에는 요즈음 알려지기 시작한 현대 러시아 미술전에서 팔린 〈빨간 사라판을 입은 뚱뚱한 젊은 여인〉의 그림이 걸려 있었다.

작은 그림이 그려진 모형 부활절 계란이 책상 위에 있었다.

"들고 봐도 될까요?"

노부코는 이렇게 말하고 살짝 들어서 살펴보았다. 일본의 옻 공예와는 다른 세공법으로 빨간 모형의 달걀에는 회색 타원형 바탕 위에 썰매를 타고 있는 겨울 호수의 풍경이 미니어처 풍으로 그려져 있었다.

"거 봐! 오길 잘했지? 부코짱!"

모토코가 책장 곁에 서 있는 노부코를 놀리며 오가와에게 말했다.

"엄청난 부끄럼쟁이라서 오늘도 처음엔 안 온다고 했거든요."

"정말 잘 와주셨어요. 잡동사니지만 이렇게 일본에서 보면

71_아이바조프스키 : 평생 바다를 소재로 그림을 그린 19세기 유명한 러시아 화가. 〈폭풍〉〈검은 바다〉 등.

또 그리워지네요. 하얼빈에 있었을 때의 추억이랄 수 있는 것이라서⋯⋯."

아까 그 젊은 여자가 차를 내왔다. 부인의 여동생이라고 했다.

"어머나! 정말 죄송해요. 서두른다는 것이 그만⋯⋯."

그렇게 말하면서 깨끗한 하얀 목면의 흰색 바탕의 단의를 걸친 부인이 쇼핑에서 돌아왔다. 그 부인을 보고 노부코는 여동생이라는 여인과의 강한 대조를 느꼈다. 부인은 자그마한 사람이었다. 야무지며 약간 까무잡잡한 체형으로 오목조목한 얼굴형을 하고 있었으며, 두 개의 눈동자만이 작은 체구와 어울리지 않게 강한 빛을 내고 있었다. 애교스럽게 소리 내어 웃고 있었지만 강한 눈빛의 눈동자만은 웃지 않았다. 노부코는 그 웃지 않는 눈동자를 무시할 수 없었다.

여동생은 언니와 달리 엷은 자주색 옷을 입고 인조 실크지만 화려한 아마릴리스 꽃무늬 띠를 매고 있었다. 그녀는 체격이 크고 통통하며 나긋나긋하여 마치 자신의 동작을 하나하나 즐기는 듯 어딘지 모를 느슨한 태도를 보였다. 조신하면서도 진지한 부인의 분위기와는 대조적이었다. 한 집안에서 오가와를 중심으로 언니와 여동생이 대조적인 여인으로서 살고 있는 것처럼 느껴졌다. 그것은 모토코가 간사이 집을 나와 있는 이유와도 비슷한 것이었다.

모토코를 낳은 어머니는 까무잡잡한 피부의 소박하고 솔직한 시골 주부였다. 그러나 이복동생들을 낳은 사람은 어머니와 달리 피부가 희고 오동통하였으며 음곡音曲[72]에 뛰어난 사람이었다.

모토코는 방금 사온 담뱃갑을 재빠르게 열어서 담배를 입에 물고는 허물없는 태도로 오가와와 이런저런 이야기를 나누고 있었다.

"선배, 꽤 특이한 번역을 했던데요……."

"아아! 레닌 말이군."

오가와는 약간 얼굴을 붉히며 벗겨진 머리를 쓰다듬었다.

"간곡하게 부탁받은지라 분수에 맞지 않지만 해봤지. 해보니까 재미있던데. 시시한 문학보다 훨씬 보람 있었고 재미있었어."

"그래도 제목은 역시 문학적이던걸요."

노부코도 동감이라는 듯 미소 지었다. 이틀 전 신문에 그가 번역한 레닌 책의 광고를 보았는데, 그 제목은 『한 발자국 앞으로, 두 발자국 뒤로』였다.

"어느 쪽으로 가라는지 모르겠는걸."

노부코는 정말 모르겠다는 듯 웃었다.

"완전한 오블로모프인데, 이건."

72_일본식 음악으로 가곡의 총칭─역자

그렇게 말하며 다같이 웃었다. 그때의 일을 말하는 것이었다.

저녁 식탁에는 하얼빈에 있었을 때의 것이라며 워커주 용의 컷글라스가 나왔다. 거기엔 포도주가 담겨 있었다. 하얀 식탁보를 깐 식탁에 작은 잔이 놓였고 부엌과 응접실 사이를 하늘색 앞치마를 두른 부인이 왔다 갔다 하였다. 여동생이 오가와와 모토코 사이에 앉아서 접대를 하였다.

포도주로 약간 발그스름해진 모토코가 농담처럼 말했다.

"저렇게 언니에게만 일을 시켜도 되는 거예요?"

그러자 문 저쪽에서 부인이 대답했다.

"아녜요, 괜찮아요. 이쪽은 혼자서도 충분한걸요. 마음 쓰지 마세요."

"전 아무것도 못하는걸요."

여동생은 그렇게 말하고 소리 없이 웃었다.

그리고 살짝 오가와를 바라보았다. 오가와는 모토코로부터 받은 담배에 불을 붙이고 그것을 오른쪽 손가락 사이에 끼운 채 그 장소의 미묘한 분위기와는 별로 상관없다는 듯이 국화주를 들이켰다.

오가와와 모토코는 2층 마루의 등나무 의자로 나왔다.

"여기를 베란다로 하면 좋을 텐데, 그게⋯⋯. 하얼빈 근처의 여름 별장은 기분 좋았어. 밤 베란다에서 더위를 식히면서 사모바르(러시아 특유의 물 끓이는 기구)를 둘러싸고 있으면 기타 소리가 들려오기도 하고…….”

오가와는 추억을 더듬다 갑자기 생각난 듯 말했다.

“그러고 보니, 드디어 우리 측 국빈도 정해졌다지, 아마.”

“그래?”

모토코는 충격을 받은 표정으로 되물었다.

“그렇구나? 언제? 난 전혀 몰랐네.”

“슬슬 여권도 나온다고 하던데.”

소비에트 러시아가 혁명 10년 기념제에 세계 각국에서 문화 대표를 초대하여 1개월간 국빈으로 초대한다는 계획이 봄부터 소문으로 떠돌고 있었다.

“누군데? 국빈은…….”

모토코는 담배를 들고 있던 손으로 자신의 턱을 뒤로 젖히며 웃었다.

“엄청난 일을 했는걸. 누가 정했지?”

“그거야 이쪽에 와 있는 문화 연락 대표와 상담해서 정했겠지?”

“그 상담을 한 사람이 문제인 거지.”

오가와는 예민한 반응을 보이는 모토코의 기세에 눌려 잠시 침묵하다가 말했다.

“뭐, 여러 가지 사정이 있겠지만…….”

능력이 있어도 이런 경우 대개 무대 밖에 놓이는 사람들의 체념을 보이며 오가와가 대답했다.

"교섭한 사람을 빼고 정할 수는 없는 거니까."

"그래도 그건 공정성을 잃은 거잖아. 적어도 국빈이라고 하면 일본 문화인을 대표하는 사람인데, 정말 요지경이야."

모토코는 굉장히 집요하게 물고 늘어졌다.

"어떻게 도자카 선생을 빼놓을 수 있었을까? 러시아 문학계에서는 연극의 사우치左内 씨만큼 공적이 있는 분인데……, 좀 독창적이진 않지만 이건 불공평해."

모토코에게 이즈의 여름 추억을 만들어준 바로 그 사람이 도자카 교수였다.

"그런 불공평을 어째서 후배들이 잠자코 있는 걸까? 야박한 인심하고는."

노부코는 옆에서 들으면서 어디서나 일어나는 일들이 여기서도 또 되풀이되고 있다고 생각했다. 외국인들을 만나면 가장 먼저 자신을 소개하고 스스로를 추천하고 대표처럼 행동하는 사람들이 자국의 사람들에게는 반드시 그만큼의 가치를 인정받지 못하는 경우가 많았다. 노부코 역시 뉴욕의 대학 기숙사에서 생활했던 당시, 외국인들에게 다도나 꽃꽂이 그리고 기모노 등으로 자신을 부각시키는 그런 부류와는 어울리고 싶지 않았다. 진정한 인간으로서의 일본인만의 정신적 교양과 세계 속

일원으로서의 일본인의 정신은 보다 깊은 곳에 있다고 생각했다. 영사관 같은 데에서 열리는 사교 파티에 노부코도 젊은 일본 여성의 한 사람이라는 명목으로 기모노를 입고 참석하라는 초대가 있었지만, 노부코는 그것이 싫었다. 국제적 감각이란 단지 외국의 모든 관습에 젖어들기만 하는 것은 아니다. 다른 나라 사람의 감각으로 그것을 같이 느낄 수 있을 때 편견이나 선입견 없는 관계로 이어진다. 호기심보다는 인간으로 서로를 이해해가는 것이다. 노부코가 어렴풋하게나마 느끼고 있는 국제적이라는 느낌은 그런 것이었다.

저녁나절 무더위를 식히면서 소비에트 국빈 이야기를 들으며, 노부코는 러시아라는 나라의 복잡하기만 한 옛것과 새것에 관한 것과, 또 주변국들의 호감 속에 존재하는 옛것과 새로운 것에 대한 이해관계 등으로 혼란스러워졌다. 러시아가 소비에트 러시아라고 불리게 되고 페테르부르크가 레닌그라드라고 불리게 되면서, 노부코는 러시아에 관하여 일반 사람들이 알고 있는 것 이상은 아는 게 없다고 할 수 있었다.

단지 톨스토이에 의해서 어느 정도 묘사된 러시아의 생활, 체호프가 말하는 러시아의 감성, 그리고 차이코프스키의 비창 교향곡이나 호두까기인형이 조화를 이뤄 세계인의 마음속에 새겨졌다. 그 가슴 졸이게 만드는 러시아가 새로운 러시아가 되었다고 하는 것에 대해서는 깊고 깊은 놀라움과 매력이 있었다. 그 러시아의 국빈이라는 점에는 그것을 향한 사람들을 주목시키고 질투시키는 자극이 담겨 있었다.

경쟁 속에서 몇 안 되는 국빈의 무리에 들고자 하는 마음에 불순함 없는 동경이나 학구열밖에 없다고 한다면 그것이야말로 넌센스인 것이다. 일본을 대표하여 새로운 나라로 진출해 있는 기존의 사람들—사실 그 동양 학자는 젊지 않았고 역사적으로도 새로운 사람은 아닌 듯싶었다—뒤처진 일본이라는 나라를 대표하여 국빈이 되려고 하는 사람들 사이에 존재하는 진부함. 어떤 경우에도 존재하게 되는 진부함과 천박함을 통해서만 국빈이 될 수 있고 일본을 대표할 수 있게 된다는 것은 세계 역사상 이제까지 없었던 하나의 진풍경인 것이다. 관광이라는 말 자체의 의미가 변화하려고 한다.

모토코와 노부코가 슬슬 돌아갈 채비를 할 즈음 소나기가 내리기 시작했다.

"이 정도면 금방 그치겠지?"

그렇게 말하며 모토코는 가끔 빗소리에 귀를 기울였다. 그러나 점점 바람까지 불어와 닫아놓은 2층 유리창에서 때때로 쏴 하고 부딪치는 빗소리가 들려왔다.

"주무시고 가세요."

부인이 계속 권했다.

"두 분 정도라면……. 여름이잖아요 그리고 모기장도 있어요."

어떻게 해야 할지 주저하고 있을 때 갑자기 하늘 저편에서 가죽이 헐거워진 북을 두드리는 듯 벼락이 쳤다. 노부코는 입을 약간 내밀며 재빨리 전등 아래에서 벽 쪽으로 다가갔다.

"무서워요?"

화장기 있는 얼굴을 돌려서 조금도 무섭지 않다는 듯 웃으며 여동생이 물었다.

"무서워하거든요. 전……."

"이거 죄송하게 되었는데요."

오가와가 당혹한 듯 번개가 주인인 자신의 책임이라도 되는 듯이 이마에 손을 대는 시늉을 하자 무서워하던 노부코까지 웃음을 터트렸다. 그날 밤 노부코와 모토코는 하얼빈 제품인 달걀색의 긴 모포를 덮고 오가와 집에서 머물렀다.

18

모토코는 완성된 번역물을 출간할 출판사를 정하는 일로 며칠 계속해서 외출을 했다. 여름날의 석양을 역에서 산 석간신문으로 가리며 귀가했다.

"바보 취급당했어!"

돌아오자마자 곧 유카타로 갈아입은 모토코가 화를 냈다.

"'현대소설이라면 몇 권이라도 내고 싶지만'이라고 하질 않나…… 이러니까 제대로 된 번역가가 없다는 등 그런 말만 해대고……."

출판전국시대라는 말이 문예비평 속에 나올 정도로 대규모의 출판 경쟁이 벌어지고 있었다.

"현대물도 시시한 것이 많은데 말이야. 『태양의 근대』 같은 건……."

"맞아!"

폴리냐크라는 러시아의 새로운 작가가 작년에 일본에 왔다. 그리고 아키야마 우이치秋山宇―와 그 밖의 무산파라고 불리는 예술가나 러시아 문학 소개자들도 일본 견학을 하고 견문기를 썼다. 그것이 번역되어 『태양의 근대』로 출판되었다. 그 책은 작가가 어떤 관찰자인지를 아는 데는 도움이 되었지만 일본의 현실을 파악한다는 점에서는 일본의 독자에게도 러시아의 독자에게도 전혀 도움이 되지 않을 것 같았다.

조금 다른 의미의 후지야마 사쿠라에 지나지 않았다.

모토코는 가는 곳마다 예의 러시아 이야기를 듣는 듯했으며, 그 모든 일을 남김없이 노부코에게 전하였다. 그 이야기들은 한결같이 오가와의 집 2층에서 느꼈던 비애감을 노부코에게 상기시킬 뿐이었다.

"그만 하자!"

노부코는 자신의 얼굴 한쪽에 손을 갖다 대며 말했다.

"아무리 이런 얘기를 해봤자 다른 사람으로 국빈이 바뀌는 것도 아니고. 그냥 가라고 하면 되잖아! 가면 실력이 다 들통 날 거고 그럼 본인도 느끼겠지."

모토코는 정의라는 입장에서 비평하는 것에 불과했지만, 노부코에게는 적어도 필요 이상의 집착처럼 느껴졌다.

도시 변두리의 두 사람이 살고 있는 집 주위는 대나무가 많아서 7월이 되자 한낮부터 모기가 설쳐댔다. 가느다란 모기향의 연기가 책상 다리 사이에서 여주인의 집답게 우거진 여름 풀숲의 정원으로 흘러가고 있었다. 전등을 켜기에는 아직 이른 노부코의 책상 위에 요전에 신주쿠 역에서 산 『무산자신문』이 펼쳐져 있었다. 모토코가 외출한 그날 오후 노부코는 혼자서 옷장을 샅샅이 뒤져 그 신문을 찾았다. 다이쇼 14년 9월 20일 창간(매 토요일 발행)이라고 인쇄된 부분부터 『무산자신문』이라고 약간 흘림체로 쓴 제목의 장식과 연결 부위, 접힌 부분, 절단 부분까지 자세히 보았다. 기사도 남김없이 읽었다. 노부코는 흥미를 가지고 7월 2일 같은 날의 일간지를 가지고 왔다. 양쪽을 비교해보니 『무산자신문』의 기사 취급법은 이러한 일간지와 달랐다. 뿐만 아니라 마치 관객석에서만 보이는 무대와 무대 뒤편에서 보이는 무대의 다른 점이 기사 속에 있는 듯했다. 다른 메이저 신문에서는 출병에 대해서도, 가와자키 조선에 관해서도 단지 어떻게 되었다고 하는 기사만 쓰여 있을 뿐이었다. 왜 그렇게 되었는지에 대한 것은 『무산자신문』만 이야기하고 있었다. 나날의 사건들이 이 두 신문을 통해서 겉과 속이 모두 드러나 비로소 진실로 다가온다고 하는 것이 정확한 표현일 것이다. 소설은 그렇다. 왜? 그리고 어째서? 이 두 가지 면이 없다면 소설을 써 나갈 수가 없다.

4페이지밖에 없는 그 신문에는 노부코가 자신의 일상에서 조금도 느낀 적이 없었던 권력의 압박이 직접적으로 통렬하게 드러났고, 또 항쟁하고 있는 사람들의 숨결이 나타났다. 언젠가 덥수룩한 머리와 꾀죄죄한 얼굴로 현관에 나타난 세 명의 청년들이 떠올랐다. 바로 어제 불도 켜지 않은 도자카 집 사랑방에서 다모쓰와 나눈 이야기의 내용이나 그 배경이 된 학생들의 마음가짐도 떠올랐다. 이런 일들 모두 노부코의 생활 안에서 일어날 수 있는 이야기였다. 그런데도 노부코의 하루는 너무나 평온하고 이처럼 등나무 의자에 기대어 있으며 정원에는 한여름을 향하여 번성해가는 풀들의 후끈함이 담겨 있었다. 밤에는 발이 쳐진 서재에서 교토풍의 얼린 우동을 끓여 먹겠지. 그저께도 그랬던 것처럼 오늘밤도…….

그러나 그러한 평온은 노부코 자신에게도 왠지 개운치 않았다. 신문에 후쓰쿠다카나 마쓰야마 고교의 연맹 휴학에 관하여 미즈노 문부성 장관이 강경 대처한다고 단언하였기 때문에 해당 학교 교장들도 강경 자세로 대처하고 있을 뿐 아니라 학내 폭력단까지 난무한다는 이야기가 들리고 있다. 이 사실은 모든 신문에서 다루고 있다. 이러한 사건들 속에서 노부코는 지금의 평온이 회의적으로 느껴졌다.

문부대신인 정우회政友会의 정치가 부인인 요로즈 아스코万亀子라는 사람은 다케요와는 메이지 초기 세워진 귀족 여학교의 동급생이었다. 또 둘은 친한 편이었다. 요로즈 아스코 부인은 독실한 천리교 신자이기 때문에 가끔 서로의 의견이 맞지 않는 경우도 있었지만 그때뿐으로, 연극이니 동창회니 하는 일로 긴 전화를 하기도 하였다. 노부코는 어렸을 때 그 문부대신 부부를 아저씨, 아줌마라고 불렀다.

다모쓰는 요전에 '샷사는 바보다. 천성이 현실 타협적이다.'라고 노부코에게 말했다. 그건 다모쓰가 다니는 7년제 상류고교에서조차도 현실파가 아닌 학생들이 있다는 게 아닐까! 만약 다모쓰가 출생이 다르고 타고난 현실파가 아니었다면.

다모쓰가 일찍이 아저씨라고 부른 그 대신에 의해서 역시 다모쓰도 처분되었을 것이다. 그는 여전히 문부대신이며 다모쓰는 학생인 것이다.

올 봄, 마에자키에 있는 샷사의 집에 오이소大磯 별장에서 요로즈 아스코 부인이 놀러 왔을 때, 다케요는 마침 그 자리에 있던 다이조는 물론 가즈이치로까지 가세시켜서 하코네로 드라이브를 하는 등 정성껏 접대하였다.

"나 완전히 지쳤어, 잔뜩 짐을 들어서."

스포츠머리에 검은 제복 차림의 가즈이치로는 그날 온종일 아주머니의 짐꾼 역할을 맡았던 것이다. 일방적인 다케요의 지나친 접대를 생각하며 노부코는 그것을 야비하고 치사하게 생각했다. 질릴 정도로 추켜올려져 있는 대신 부인을 보고 다케요 같은 소꿉친구까지 다른 사람들과 같은 방식으로 호들갑을 떠는 것이 바보스러웠다.

마른 체형으로 나비넥타이를 매고 높은 관료풍의 대신인 그 정치가의 얼굴을 떠올리자, 노부코는 그의 부인인 아주머니의 민첩하고 교활하며 움푹 들어간 눈과 엷은 분가루가 뿌려진 얼굴과 차분한 색의 립스틱을 바른 입술을 내미는 가볍고도 약간 빠르며 천박한 말투가 생각났다. 부인은 어떤 식으로 신문에 나온 학생들의 처분에 대하여 이야기할까라는 생각이 들었다. 노부코는 갑자기 아스코에게 아들은 없었나? 하는 생각이 들었다. 그리고 증오를 느꼈다.

'단연코 처분하겠다!' 아스코에게 아들이 있다고 해도 지금은 아마 어린아이일 것이다. 막내일지도 모른다. 노부코는 신문을 접으면서 생각했다.

모토코가 번역한 서간집은 드디어 어느 문예서를 전문으로 하는 출판사가 출판하기로 하였다.

"정말 잘됐다! 축하해!"

모토코는 흥분으로 상기되어 억지로 우기는 듯이 말했다.

"물론 출판되고말고."

"정말 잘된 일이야. 만약 출판하지 않는다면 저쪽이 바보지!"

"그거야 그렇지만……."

노부코도 얼마 안 있으면 자신이 요 2~3년 동안 쓰고 있는 장편소설이 완성될 것이다.

때맞추어 모토코의 일도 비로소 출판하게 된 것을 기쁘게 생각했다.

"축사를 한 줄 써줘야 하지 않을까? 괜찮지?"

"물론이야."

"외국 작가들은 자주 그렇게 하잖아?"

"글쎄……."

노부코는 고개를 갸웃거렸다.

"그럼 쓰는 건가? 바치는 건가?"

둘은 웃었다. 모토코는 빨간 파이프를 입 안에서 굴리며 눈을 가늘게 뜨고 포플러나무 가지 사이에 하얗게 빛나고 있는 옆집의 세탁물을 보고 있다가 문득 앉은 채로 노부코 쪽으로 얼굴을 돌렸다.

"노부코!"

"실은 요사이 쭉 고민해왔어. 나 큰맘 먹고 러시아에 다녀오려고 하는데 어떻게 생각해?"

"……."

갑자기 노부코는 답변이 떠오르지 않았다. 러시아에 가려고 생각한다니. 모토코가 계속 이야기하던 러시아 국빈에 관한 일인가? 모토코는 러시아어 전공이니까. 아직은 다녀온 사람이 적고 가려고 하는 사람도 극소수이다. 민간인 여성은 한 명도 없었다. 모토코가 가고 싶어 하는 동기는 십분 이해되지만…….

"너무 갑작스러워서."

일의 앞뒤가 잘 납득되지 않아서 약간 멍한 표정으로 노부코는 중얼거렸다.

"글쎄 넌 전공이 러시아어니까 가는 게 좋다는 건 알겠는데……."

작년 초가을에 콘라드라는 동양어 학자가 아름다운 부인과 함께 일본에 온 일이 있었다. 노부코도 그 환영회에 모토코와 함께 나갔다. 겐지모노가타리를 러시아어로 번역하고 있다는 그 교수의 이야기에 따르면 교환교수의 가능성도 있는 듯했지만, 그때 모토모는 별로 흥미를 나타내지 않았다.

그런데 왜 모토코가 이 이야기만은 결론부터 말하는 걸까? 항상 노부코가 귀찮아 할 정도로 자신이 생각한 계획을 맨 처음부터 이야기하는 모토코였는데……. 갑자기 여러 가지 질문이 떠올랐지만, 어쨌든 가장 간단한 질문으로 정리하듯이 노부코는 물었다.

"돈은 있는 거야?"

그렇게 묻는 노부코의 탐탁지 않은 듯 긴장한 얼굴을 보며 모토코는 말했다.

"어떻게 되겠지……."

노부코에게는 '그 점도 충분히 생각해 두었어.'라는 식으로 들렸다.

"돌아온 다음의 일은 확신할 수 없지만 어떻게든 되겠지……. 내 몫을 이번에 다 받을 거거든."

간사이에 있는 아버지로부터 모토코 몫으로 예정되어 있는 재산을 한꺼번에 받아서 그걸로 러시아에 갔다 온다는 것이었다. 노부코는 모토코가 재산 문제에 관해서 그렇게 계획적으로 대처하는 것에 의아심을 가지며 당혹스러운 듯이 말했다.

"난 안 돼. 도저히 도자카 집에서는 돈을 받을 수 없어."

7~8년 전 노부코는 아버지를 따라서 뉴욕에 가 거기서 1년 정도 생활을 했다. 그리고 쓰쿠다와 결혼하고 돌아왔다. 그 사이의 비용은 부모가 대주었다. 그렇게 비용을 받은 일로 노부코는 오랫동안 얼마나 마음고생을 했는지 모른다. 쓰쿠다도 받지 말았어야 했다고 후회를 했다. 스스로 독립하고 싶다면 경제적인 것도 독립하지 않으면 안 된다. 그렇게 말하며 다케요

는 쓰쿠다와 노부코를 도자카 집에서 내보냈다. 그 이후 노부코는 지금의 생활을 하게 된 것이다.

"말하면 줄지도 모르지만 난 싫어."

"그거야 그렇지."

모토코는 긍정했다. 그런데 '그럼 노부코 쪽은 어떻게 할 거야?'라고 말하지 않았다. 노부코는 러시아에 가는 일에 관하여 조금도 생각해본 적이 없었다. 그러니까 지금 갑자기 모토코가 간다고 해도 실감이 나지 않았고, 어차피 간다면 프랑스도 보고 싶은 막연한 계획만 느낄 뿐이었다. 그렇지만 두 사람이 살아온 요 몇 년의 생활에서 모토코가 이 이야기를 혼자서 가겠다는 계획으로 말한 것이라면, 그것은 노부코를 다른 면에서 복잡한 심경으로 만들었다.

"간다면 얼마나 가 있는 거야?"

"글쎄……."

모토코는 잠시 주저하다가 말했다.

"어쨌든 2년 정도겠지? 그 정도 있지 않으면 아무것도 안 될 거구."

그러면서 모토코는 약간 괴로운 듯한 표정으로 얼굴을 붉혔다. 노부코는 알았다. 모토코는 이번에 정말로 혼자서 갈 결심을 하고 있는 거라는 걸. 그리고 모토코가 혼자서 외국에 가는 일이 진짜로 일어난다면 노부코는 지금까지 생활해온 생활 방식을 근본부터 바꾸지 않으면 안 된다. 모토코는 그것도 염두에 두고 있는 것이다. 노부코는 한층 복잡한 심경이 되었다. 노부코가 두 사람의 생활에 대해서 항상 마음에 품고 있는 많은 의문을 모토코는 잘 알고 있었고, 이런 형태로 자신이 먼저 이 생활을 변화시키려고 하는 것이다. 노부코는 이윽고 '난 어떻게 해야 하나?' 하는 말하기 힘든 심경이 되었다. 그것은 모토코가 결정할 일이 아니라, 노부코 자신이 결정해야 하는 일이라고 생각하는지도 몰랐다.

"어쨌든 내 걱정은 말고 준비 잘해."

노부코는 침착하게 조금은 풀이 죽어 말했다.

"난 돈도 없구⋯⋯."

"그럼 이 원고를 넘기고 나서 어쨌든 교토에 다녀올게."

당장이라도 의자에서 일어설 듯이 모토코는 말했다.

"모든 일은 교토에 다녀온 다음에⋯⋯."

그러나 너무나 어이없게 생활이 전개되었다. 그날 밤 금붕어가 그려져 있는 부채로 모기를 쫓으며 마루 기둥에 기대서서 노부코는 당황스러움을 떨칠 수 없었다. 모토코의 성격 안에는 노부코와는 사뭇 다른 실행력이 있었다. 그것이 지금까지 두 사람이 생활한 주력으로 용수철을 누르는 힘이 되어서 옮겨왔던 것이다. 두 사람이 한 집에서 살게 된 계기도 모토코의 그러한 실행력에 자극을 받아서였다. 이번 일만 하더라도 언제나 꼼꼼하고 고민 많은 노부코에게 예상치 못한 결단을 내리게끔 하는 것이었다.

"넌 꽤 대단한 구석이 있는 사람이야."

노부코는 옆에서 하얀 부채를 부치고 있는 모토코에게 말했다.

"뭐가?"

"그렇잖아, 생활의 무대를 크게 넓히는 법을 알고 있는걸."

노부코는 이러한 때에는 오히려 수동적이 되는 자신을 느꼈다. 그리고 물어보고 싶었다. 정말로 모토코가 자아발전을 위하여 외국에 가려는 결심을 한 것인지를. 모토코만 다른 나라로 간다고 하는 것이 노부코에게는 실감 나지 않았다. 혼자 일본에 남는 자신의 생활 변화에 대해서도 아직은 실체가 잡히지 않았다. 노부코는 냉정을 지키려는 한편 크게 동요하고 있는 마음으로 어둠이 깔린 풀들이 실내에서 새어 나오는 불빛에 비춰져서 부자연스러울 정도로 선명하게 보이는 정원을 바라보았다.

19

도쿄의 여름은 항상 7월 20일을 전후로 해서 지독한 더위가 찾아왔다. 그해 여름은 근래에 없었던 폭염으로 신문의 사진들은 경쟁하듯 시원스런 장면을 포착했다. 외국에 가는 이야기를 하고 나서 모토코는 이 폭염 속에서도 부지런히 움직였다. 그리고 2~3일 후면 교토로 출발할 수 있게끔 일을 진행시켰다.

"에구 에구, 이제 내일 니혼바시에 가면 완전히 끝난다!"

낮에는 마르기까지 덥다고 밤에 감은 머리를 어깨에 풀어놓은 채 모토코는 맛있게 담배를 피웠다. 양산을 안 쓰는 모토코의 얼굴은 태양에 그을려서 샤워 후에는 콧잔등이 엷게 빛났다.

다음날 노부코는 평소대로 모토코보다 조금 늦게 일어났다. 그리고 모기장을 정리하고 다실 바깥쪽의 마루를 지나 목욕탕으로 가려고 했다.

"부코짱!"

그때 묘하게 가라앉은 목소리로 모토코가 탁자 앞에서 불렀다.

"지금 빨리."

머리를 묶으러 목욕탕에 가려고 하는 노부코를 향해서 모토코는 숨을 죽인 목소리로 말하며 손에 들고 있는 신문으로 손짓했다.

"잠깐만 와봐!"

"뭔데?"

노부코는 빗으로 머리를 빗으면서 엉거주춤한 자세로 모토코가 펼쳐놓은 아침신문으로 눈을 돌리고 나서, 표정을 바꾸면서 그곳에 앉았다.

"역시 이렇게 되어버렸어."

모토코가 중얼거렸다. 노부코는 아무 말 없이 꿀 먹은 벙어리 같은 표정으로 지면에 커다랗게 나와 있는 작가 아이카와 요시노스케相川良之助[73]의 사진을 응시했다. 마른 몸에 독특한 모양새로 앞머리를 이마 위에 늘어뜨린 일종의 진지함과 요사스런 기운이 뒤섞여 있는 사진이었다. 당대에 있어서 가장 예술적이라고 평가받던 이 작가가 자택에서 어젯밤 극약을 먹고 자살했던 것이다. 그랬다.

어깨에 머리를 풀어놓은 채 노부코는 지면 전체에 눈을 돌렸다. 고인의 친구 중 한 사람인 구루 마사오久留雅夫가 기자단과 회견을 하고 있는 사진을 보면서 유서인 〈옛 친구에게 보내는 편지〉라는 긴 문장을 읽었다.

노부코는 온몸으로 받은 충격을 추스르며 자신을 진정시킬 수 있는 무언가를 찾는 듯 신문을 읽었다. 그러나 그곳에 쓰여 있는 모든 상세한 기사나 구루 마사오의 담화는 그렇다 치더라도 〈옛 친구에게 보내는 편지〉조차도 노부코가 받은 충격을 뒷받침하기에는 충분치 않았다.

노부코는 눈물을 참으며 얼굴을 돌려서 조용히 빗을 움직여

73_아이카와 요시노스케(相川良之助) : 1926년 7월 24일 수면제로 자살한 아쿠다카와 류노스케(芥川竜之介)를 그대로 생각해서 읽으면 된다.

자신의 머리를 빗었다. 정말 무슨 말을 해야 할지 몰랐다. '생각지도 못했다'거나 '믿어지지 않는다'는 말로 표현할 수 있다면 그것은 어느 정도 받은 충격을 정리한 상태에서 할 수 있는 표현일 것이다. 아이카와 요시노스케의 경우는 이 작가의 정신과 육체의 위기가 작품에도 배어나기 시작했다는 것을 그의 예술을 대부분 이해하게 된 최근에야 알기 시작했던 것이다. 날카로운 감각으로 나타나는 그의 지성의 정점과 인간적인 위기는 최근 이 작가의 작품과 그 품격에서 말로 표현하든 하지 않든 원혼처럼 떠돌고 있었다. 그리고 그것이야말로 이 작가를 순수예술가로서 눈에 띄게 하고 찬미 받게 하였다. 그러나 결국 한계점에 이른 이 작가는 살 수 없었다. 살 수 없었던 사람은 그의 죽음을 비통해하여 기자회견을 하고 있는 옛 친구도 아니고, 이렇게 신문을 보고 말을 삼키고 있는 노부코 같은 사람도 아닌, 모든 사람들로부터 찬미받으며 추종자와 모방자를 함께 가지고 있었던 이 한 작가였던 것이다.

노부코는 날이 무딘 커다란 부엌칼 같은 것으로 몸을 베는 듯한 고통을 느꼈다.

"숨이 막혀."

그렇게 말하고 노부코는 좀 더 공기를 마시려는 듯이 희고 부드러운 목을 들어 얼굴을 제쳤다.

"안 돼, 부코짱! 정신 차려야지."

"정신 차리고 있는데……. 근데 숨을 쉴 수가 없어."

"……."

"가엽게도…."

마음에서 우러난 한마디를 말하고 노부코는 눈에 눈물을 가득 머금었다.

'어느 옛 친구에게 보내는 편지'는 놀라울 정도로 소박하고 담백한 문장으로 쓰여 있었다. 노부코가 친근감을 느끼기 어려웠던 이 작가의 지적인 평소 문장이 아닌 "나의 경우는 단지 알 수 없는 불안이다. 뭔지 모를 나의 장래에 대한 알 수 없는 불안이다."라고 자살을 생각하기 시작한 심리적인 동기가 쓰여 있었다.

"나는 요사이 2년간 죽는 것만을 생각하고 또 생각했다.", "아무도 모르게 자살하기 위해서 수개월 동안 준비한 후 자신감이 생겼다.", "나는 어젯밤 어느 매춘부와 함께 그녀의 화대에 대한 이야기를 진지하게 하고 '살기 위해서 살고 있는' 우리들 인간의 가련함을 느꼈다.", "자연은 이런 나에게 그 어느 때보다 아름답다. 나는 누구보다도 많이 보았고, 사랑했고 또 이해했다. 그것만은 고통을 느끼는 와중에서도 내게 만족감을 느끼게 했다."

노부코는 되풀이해서 그 문장들의 단편 단편을 주워 담았다. 자살의 준비에 대해서 '나는 냉정하고 차분하게 이 준비를 끝냈다.'라고 쓰여 있다. 이 무슨 뜻밖의 어린이 같은 천진함이란 말인가. 지금까지 자살한 많은 청년들도 '이처럼 냉정하게'라는 말로 자신의 상태를 유서 안에 써왔던 것은 아닐까.

이지적인 기교와 세련된 문장의 극치를 특색으로 보여 온 아이카와 요시노스케가 담백한 문장으로 진부하지 않게 마음을 담아 자신의 최후 문장 안에 쓰고 있는 과시하지 않는 순수한 마음이었다. 그리고 또 '나는 누구보다도 보고 사랑하고 또 이해했다. 그것만은 고통을 느끼는 와중에서도 내게 만족감을 느끼게 했다.'라고 정말 누구라도 그 느낌을 아는 듯한 말투로 일생을 매듭짓는 마지막 심경을 읊었다. '어느 옛 친구에게 보내는 편지'는 노부코에게 복숭아나 감씨 속에 있는 새하얀 눈을 떠올리게 하였다. 작품에 나타나는 아이카와 요시노스케, 혹은 작가 아이카와 요시노스케의 취향은 낮지 않았지만 어딘지 모르게 거기에서는 인위적인 것이 느껴졌다. 껍질이 벗겨진 후 비로소 하얗고 갸륵하며 소박한 인간성이 떡잎처럼 드러났다.

"자, 부코짱, 밥 먹자."

싸늘해진 노부코의 손끝을 잡으며 모토코가 위로하듯이 잠긴 목소리로 말했다.

"야무지지 못하게 그렇게 동요하지 말고……."

단순하게 동요하는 것만을 이야기한다면 노부코는 6~7년 전에 다케시마 유키치竹島諭吉가 가루이자軽井沢와 별장에서 어느 여자와 함께 죽었다는 사실을 알았을 때 더 심하게 동요했다. 동요와 함께 몇 번의 탄식을 했고, 그의 장례식 때 향을 피우면서 눈물을 흘렸으며, 격식 높은 귀족들 가운데서 자신을 초라하게 느끼기도 했다. 동요라기보다 복잡한 무엇, 자신의 정신에 파고들어 가서 뭔가 해답을 구해야 할 것 같은 강렬한 충격이 이 아이카와 요시노스케의 죽음에 있었다.

노부코가 풀이 죽어 있는 것도 그 때문이었다.

혀에 미각을 잃은 채 식사를 끝냈다. 모토코가 또 신문을 들어올렸다. 그리고 "나라자키 씨 부부도 깜짝 놀라셨을 거야."라고 말했다. 나라자키 사호코의 집에서 노부코는 우연히 모토코를 만난 것이었다. 『세이토』지 때부터 작품을 쓰고 있는 그 여류작가는 남편의 전공인 영국문학 계통에 서서 '무산파 문자'라고 하는 문제가 일어났을 때, 일본 고유의 가면 가극인 「간탄邯鄲」에서 취재한 것을 소설로 쓰기도 하였다. 사람들과 사귀는 것에 별로 익숙하지 않은 노부코도 사호코만은 꼬박꼬박 만나러 갔다.

"아이카와 요시노스케만은 진짜예요."

언젠가 현대작가의 이야기가 나왔을 때 사호코는 끝까지 밝혀내겠다는 단호한 어조로 말했다.

"그 사람은 모조품이 아니라구요. 요전에 우리 집에 오셨을 때 작품이 고전으로 남느냐 그렇지 않느냐는 그 작품의 스타일에 의한다고 말씀하셨어요. 그 말이 옳다고 생각해요."

그리고 웃으면서 농담처럼 말하였다.

"고전으로 남으려면 노부코 씨도 확실한 스타일을 가져야 할 거예요."

"그래요."

노부코는 과연 아이카와 요시노스케다운 말이라고 생각하면서 웃었다.

그러나 곧 그가 본심에서 그런 말을 했을까 하는 의심도 들었다. 문학 작품이 스타일만으로 고전으로 남게 된다고 판단한 것을 노부코로서는 동의하기 어려웠다. 아이카와 요시노스케는 그가 가지고 있는 문학적 후광 그 자체조차 비꼬듯이 말하기 때문에, 매우 신랄한 풍자나 역설을 하면서 가끔 문학상의 잠언과 같은 생각을 하는 경우가 있었다. 환경에 의해서 그러한 습관이 들어버렸을 뿐 아니라 아이카와 요시노스케 자신이 고독한 지적 초조라고 할 수 있는 약한 의지에 휩싸이는 것 같았다.

그의 서재에는 여기저기에서의 방문객이 쇄도하는 듯했다. '어떤 경우 그러한 방문자인 사람들에게 아이카와 요시노스케는 수집해 온 춘화를 보여주었다. 그러면 방문자는 그것을 진기한 예술적 명화라도 감상하듯이 언제까지나 가만히 보고 있었고, 아이카와 요시노스케는 이런 방법으로 방문객을 쉽게 다루었다.'라는 문장을 읽고 노부코는 얼굴을 붉혔던 기억이 있었다. 그의 작품이나 인품에 매우 끌리는 부분이 있으면서 어딘가 모르게 두려움을 쭉 느껴왔던 은밀한 원인이 무엇인지 알 듯한 기분이 들었다. 노부코는 그 짧은 문장을 읽었을 때 말고도 어느 문단의 사교계에 있는 젊은 여성이 쓴 작품 안에서도 살짝 아이카와 요시노스케의 서재에 있는 그러한 그림의 이야기가 있었던 것으로 기억하고 있었다.

아이카와 요시노스케의 작품은 빈틈없는 기교와 기지, 그리고 경구적인 문체로 쓰여 있다.

그러한 문체는 그의 소설의 주제가 모두 인간의 심정을 직접적으로 파고들고 있기 때문이지만, 노부코에게는 그것조차 만들어져 있는 능숙함 같아서 신경에 거슬렸다.

노부코의 기억 속에 어제 일처럼 떠오르는 정경이 하나 있었다. 여름이 끝나갈 즈음의 저녁나절이었다. 그곳은 아이카와 요시노스케의 거주지로부터 그리 멀지 않은 나라사키 사호코佐保子의 집 2층 응접실이었다. 고풍스럽고 여유 있는 분위기의 손님방에 다이가도大雅堂의 그림이 걸려 있었으며 중국의 도자기가 장식되어 있었다. 전등 아래의 자색을 띤 길고 커다란 탁자에 나라사키 부부의 스승이 그림을 등지고 앉아 있었다. 이 스승은 요곡이라는 일본 전통 가면가극을 하시는 분이었다. 스승의 오른쪽에 나라사키 씨가, 그를 마주보며 노부코와 사호코

가 있었고, 그 스승과 마주하는 곳에 아이카와 요시노스케가
앉아 있었다.

오랫동안 부부는 요곡을 배우고 연습해서 사호코는 북도 칠
수 있게 되었다. 한참 요곡에 빠져 스승의 요곡이야말로 정채精
彩를 띠고 있는 절정이라고 사호코가 생각했을 무렵, 가까운 친
구에게 들려줄 마음으로 노부코도 불렀던 것이다.

사호코의 유파의 법식은 킨슌金春[74]이었다. 노부코는 가칸
긴지로의 「도조지道成寺」 등을 보고 움직임을 깊이 파고들어 그
정수만을 응결시킨 듯한 고전 예술에 흥미를 느꼈다. 사호코가
표를 주어서 이러한 전통 예술도 볼 수 있었던 것이다. 어머니
인 다케요가 소녀 시절에 관세의 요곡을 배워 딸인 노부코도
어렸을 때부터 깨 점이 그려져 있는 요곡 책에 친숙함을 느꼈
다. 무엇보다 자신의 성량에 기분 좋게 몸을 맡기며 부르는 노
래는 초보자에게 기분전환이 되며 마음의 평온함까지 가져다
준다는 사실을 알게 되었다. 사호코의 스승은 입고 있던 여름
겉옷을 벗고 단연한 자세로 고쳐 앉아 배에서 나오는 소리로
노래를 불렀다. 곡은 수수하였으나 세련됨과 박진감이 흘러 압
도되는 감명을 주었다. 일본 봉건문화의 발달 속에서 생겨난
풍요함과 입체감이 느껴졌다.

74_킨슌(金春) : 일본의 노. 요곡에는 관세(観世), 보생(宝生), 금춘(金春), 금강(金剛), 희다(喜
多) 이렇게 다섯 유파로 나뉘어 있다

노부코는 잠자코 나라사키 부부와 그 스승, 그리고 아이카와 사이에서 이루어지는 이야기를 듣고 있었다. 그것은 완전한 성인들의 이야기였다. 노부코는 스스로 마치 날개조차 갖추어지지 않은 병아리 같은 느낌으로 앉아 있었다. 잠시 있다가 사호코가 화첩과 벼루를 가지고 왔다. 스승은 크고 무게 있는 서체로 자신의 이름만을 썼다. 새로운 장을 펼친 화첩이 노부코의 앞까지 돌아왔다. 노부코는 당혹스러웠다. 화첩에는 써본 경험이 없었다. 게다가 쓴다는 것이 왠지 자신의 나이와 품격에 어울리지 않는다고 생각했다.

노부코는 곤혹스러운 표정으로 옆에 앉아 있는 사호코에게 말했다.

"난 사양할게요…… 글씨체도 서툴고……."

그러자 사호코는 말했다.

"글씨체가 서툰 건 알고 있고, 누구도 당신이 글을 잘 쓸 거라고 기대하지 않으니까, 부담 갖지 말고 빨리 써요."

"뭐라고 써야 하죠?"

노부코는 이런 데다가 무엇을 어떻게 써야 하는지 전혀 감이 오지 않았다.

"모르겠는걸."

조금 지루하다는 듯이 사호코는 탁자 위에 놓인 요곡 책을 손으로 집었다. 그리고 우연히 펼친 페이지에서 한 구절을 읽었다.

"그럼 이거라도 쓰면 어떨까?"

그것은 '점점 커지는 벌레 소리, 풀이 무성한 들판'이라는 문구였다. 노부코는 그 문구가 자신이 지금 그곳에 앉아 있는 마음가짐의 차분함과는 반대이며, 도리어 노부코의 어색함과 못남에 지루함을 느끼는 감정의 리듬인 것 같은 문장이라고 생각했다. 그러나 붓을 들고 탁자 위에 펼쳐진 화첩 위에 풍취 없고 부정확한 글씨로 '점점 커지는 벌레 소리, 풀이 무성한 들판'이라고 썼다. 화전지는 먹을 빨리 빨아들여 위태위태한 노부코의 붓 자국은 한층 더 초라해 보였다. 노부코는 진땀이 났다.

화첩은 아이카와 요시노스케에게 돌아갔다. 그는 그날 밤 하얀 바탕에 잔무늬의 마로 지은 여름옷을 입고 있었는데, 타고난 정중한 동작으로 화첩을 몇 장 뒤로 넘겼다. 그리고 새로운 장을 펼치고 잠시 바라보고 있다가 잠깐 방석 위에서 몸을 내려 모두의 시선이 집중되고 있는 탁자에서 벼루와 화첩을 자신의 왼쪽 바닥 위로 내렸다. 그리고 직접 누구의 시선도 닿지 않는 쪽을 향해 몸을 구부려서 무언가를 쓰기 시작하였다. 노부코가 앉은 곳에서는 다다미 위에 구부리고 있는 아이카와 요시노스케의 접혀진 윗도리의 등만 보일 뿐이었다.

아이카와 요시노스케를 주시하고 있던 손님들이 서서히 탁자 위로 시선을 돌리고 무언가 다른 이야기를 했을 정도로 그는 쓰는 데 많은 시간을 소모했다. 아이카와 요시노스케는 혼신을 다해 뭔가를 쓰고 있는 것이다. 노부코는 화첩이라는 것은 그때의 흥에 맞추어 즉석에서 바로 가볍게 쓰는 것으로 여기고 있었으므로 그의 작업을 하는 듯한 신중한 태도에 사뭇 놀랐다.

완성된 것은 그 당시 아이카와 요시노스케의 그림으로 유명해진 상상의 동물 '갓파' 그림이었다. 키가 크고 마른, 그러나 튼튼한 다리를 가진 '갓파'가 오른손에 대나무 작대기를 짚고 왼손에는 잡은 물고기를 들고 가는 모습이 그려져 있었다. 아귀라고 서명되어 있었다.

아이카와 요시노스케는 사람들이 그 화첩을 돌려가며 보는 것을 바라보면서 가만히 담배를 물었다. 그 자리의 사람들은 그것이 세련된 태도라고 생각하여 별다른 칭찬도 비평도 하지 않은 채 조용히 돌려가며 볼 뿐이었다. 아이카와 요시노스케가 '부디 Kappa라고 발음해 주십시오.' 하며 전서를 붙여서 발표한 『갓파』라는 작품은 '갓파' 세계를 빙자하여 '경관의 연사 중지'라고 하는 부르짖음까지 그린 풍자소설이었다. 심경 분출에 의한 풍자라기보다도 아이카와 요시노스케다운 지적인 풍자였다. 그것은 노부코가 확실히 이해되지 않는 부분과 유리 파편과 같이 예리하게 번뜩이는 지성을 느낄 수 있는 작품이었다. 그리고 그것은 여느 때처럼 회의적으로 그려져 있었다.

그렇게 해서 사호코의 화첩에 〈갓파도〉가 그려진 것은 두 해 전의 여름이었다. 노부코는 지신이 그냥저냥 들은 대로 '점점 커지는'이라는 문장을 베껴 써야만 했던 그 창피했던 심경을 떠올리기보다, 그때 아이카와 요시노스케가 그렇게 진지하게 사람들로부터 화첩을 숨긴 채 그리고 있던 모습을 가끔 떠올렸다. 사람들의 시선 밑에서 한 획 한 획 정성껏 글을 쓰지 않았던 것은 너무나도 아이카와 요시노스케다웠다고 생각했다. 그리고 자신이 그린 것은 어느 것 하나라도 최상의 것으로 만들려는 욕심도 그다웠다. 노부코는 어떤 문장에서 아이카와 요시노스케가 '나는 모든 면에서 천재가 되려고 하는 사람이다.'라고 말한 것을 떠올렸다. 화첩을 사람들로부터 숨기고 너무나도 진지하게 〈갓파도〉를 그리고 있었던 아이카와 요시노스케의 모습에서 노부코는 도리어 그 사람 속에 있는 오직 한 길을 향하여 곁눈질하지 않는 기분을 느끼게 되었다. 노부코는 그 모습에 호감을 느꼈다.

그렇지만 만약 노부코가 어떤 기회로 그 감상을 그에게 전했다면 아이카와 요시노스케의 이에 대한 대답은 적어도 노부코로서는 진위를 알 수 없는 역설이었을 것이다. 우상과 교사가 되는 우열함을 마음속 깊은 곳에서부터 경멸하고 몇 편의 소설에 그 마음을 담아보면서도 실제 생활에서는 평범한 말로는 이야기할 수 없는 사람이었다. 그 때문에 경멸하는 자신의 추종자로부터 벗어날 수 없었던 사람이었다.

노부코는 자신의 책상으로 그날 조간신문을 가지고 가서 혼자서 보고 있었다. 신문의 사진에 시선을 고정시키고 자신과 거의 같은 시기에 문학자로서 출발하여 명성을 높이고 짧은 생을 마치고 간 그를 생각하면, 노부코는 또다시 예리한 칼날이 파고드는 것 같은 아픔을 느꼈다. 재치와 지적인 정교함을 담은 자신의 생애와 문학을 가지고 온 아이카와 요시노스케가 '어느 옛 친구에게 보내는 편지'에서만은 이렇게 쓸 수밖에 없었던 것이었다. 거기에는 그의 인간으로서의 일생에 대한 공포와 감동이 있었다. 여느 사진과 마찬가지로 이 사진에도 아이카와 요시노스케가 풍기는 지적인 외모, 이마에 늘어뜨린 머리카락과 예리한 입술 모양, 뚫어질듯 쳐다보는 지적인 눈이 있었다. 하지만 그의 약간 위로 치우쳐 있는 눈동자에서 나오는 강한 신랄함은 조금도 없었다. 그것은 온화와는 다른 유연함과 총명이라는 본질로 빛나고 있었다. 얄밉고 비뚤어진 곳은 어디에도 없었다. 사진의 그 눈을 보며, 중학생이라도 최후의 느낌으로 쓸 것 같은 '나는 누구보다도 보고 사랑하고 또 이해했다. 그것만은 고통을 느끼는 와중에서도 내게 만족감을 느끼게 했다.'라는 문장을 반복해서 읽는 동안, 노부코는 아이카와 요시노스케가 생각하는 사람의 마음이라는 것에 애처로움을 느끼게 되었다. 그리고 입을 틀어막고 있던 손수건 사이에서 울음이 새어나왔다.

20

큰 소리를 들은 후, 귓속이 묘하게 울리더니 자신의 소리도 다른 사람의 소리도 잘 들리지 않게 되었다.

아이카와 요시노스케의 자살을 신문에서 본 뒤 노부코는 심리적인 충격으로 이러한 상태에 빠졌다. 아침에 일어나서 잠들 때까지 자신의 동작조차 어색하게 느껴졌고, 주위의 일들이 다른 사람의 일처럼 느껴졌다. 동시에 너무 큰 충격 뒤에 이어지는 공황상태는 아이카와 요시노스케의 죽음이라는 사건을 둘러싼 바깥세상에서도 느껴졌다.

며칠 더위가 계속되어 정원의 풀들조차 힘겨워하는 것 같은 집 안에서 노부코는 둔한 부엌칼로 찔리는 듯한 느낌에 가는 비단실로 온몸을 꽁꽁 묶고 있는 것 같은 아픔으로 아이카와 요시노스케의 살아온 인생을 되돌아보고 있었는데, 신문은 7월 25일 아침 아이카와 요시노스케의 자살을 크게 한 번 다루었을 뿐 다음날은 더 이상 어떤 특별한 기사도 실지 않았다. 단지 하야카와 간지로가 '아이카와 요시노스케 씨의 자살에 대해서'라는 제목으로, '그것은 특별히 사회적 또는 문학적인 의미를 가지는 죽음은 아니었다.'라는 결론의 감상을 발표했을 뿐이었다. 「아사히」의 문예란에는 나라사키 마오코의 〈시와 세상〉이라는 별장 생활자의 하계 수필만이 계속해서 실리고 있었다. 노부코는 이상한 기분이 들었다.

아이카와 요시노스케라는 사람은 작가들 중에서도 광범위한 독자층이 있었을 것이다. '외국 소설도 한시도 읽지만 일본의 현대소설은 좀…….'이라는 사람들도 아이카와 요시노스케의 단편을 읽는 것은 창피하게 생각하지 않았다. 그런 의미에서 아이카와 요시노스케는 소세키 계통의 최후의 문인이었다. 노부코는 그렇게 이해해왔다. 작가들 사이에서는 아이카와 요시노스케를 예술적인 양심이라는 면에서 눈여겨보고 있었다. 그 아이카와 요시노스케가 이런 식으로 그의 일생을 접지 않으면 안 되었다는 것은 그를 긍정해온 모든 사람들에게 있어서, 또 그를 인정하지 못했던 모든 사람들에게 있어서도 자신의 일로 다가와야 하는 것이 아닐까?

전월호의 『문예춘추』에 아이카와 요시노스케의 「난장이의 말侏儒の言葉」이라는 작품이 실려 있었다. 지금 다시금 그 장을 펼쳐서 작품을 읽는다면 노부코는 온몸의 털이 곤추설 것만 같았다. '그는 펜을 잡은 손이 떨리기 시작하였을 뿐만 아니라 침까지 흘리기 시작하였다. 0.8의 베로날[75]이라는 것을 먹으면 제정신으로 있을 수 있는 시간은 불과 반시간이나 한 시간 정

75_베로날 : 수면제에 쓰이는 흰 결정성 가루

275

도였다. 그는 단지 어두침침한 곳에서 그날그날 연명하고 있을 뿐이었다. 말하자면 이 빠진 얇은 칼을 지팡이 삼아…….'

그렇게 떨리는 손으로 펜을 잡고 그 문장 안에서 다시 한 번 아이카와 요시노스케는 침까지 흘리게 되어가는 자신이라는 존재의 본질을 응시하며 그것을 쓰고 있는 것이었는데, 그 잡지의 특색상 4단으로 나눠진 문장을 읽었을 때, 거기에 아이카와 요시노스케의 문학적 처참함을 강하게 느낀 것은 노부코의 이해의 깊이가 얇고 짧았기 때문만은 아닐 것이다.

지금 다시 되돌아보면 그것은 '어느 옛 친구에게 보내는 편지'에서 이야기하듯 3년에 걸친 죽음의 준비 과정의 한 기록이었다. 침을 흘리면서도 정신을 잃지 않고 한 걸음 한 걸음 죽음으로 들어가고 있는 사람의 문장에 왜 좀 더 느끼고 있는 공포 그대로를 적어 호소하지 않았던 것일까? 유서에서처럼 있는 그대로의 상태를 적어도 그래도 아이카와 요시노스케는 결국 문학적 태도로부터 벗어날 수 없는 것이다.

솔직히 말하면 막연한 본질을 그대로 '단지 막연한 불안'이라고 고백하고 있는 아이카와 요시노스케가 자신의 장래에 대해 불안으로 느끼기 시작했다고 한다면, 그것은 그의 총명함이 재능적 총명의 한계라는 것을 직감하기 시작했기 때문은 아니었을까?

그렇게 생각하면 생각할수록 노부코에게도 알 것 같은 기분이 들었다.

그렇지만 역시 이해할 수 없었다. 그와 같은 박식하고 총명한 사람이 왜 자각되기 시작한 한계감 안에 머무르지 않으면 안 되었을까? 그 점을 알 수가 없었다. 아이카와 요시노스케가 생활과 문학에서 타의 추종을 불허한 독자적인 방법으로 그려온 스타일을 지키기 위해서 죽음을 선택했다고 하기보다, 죽음까지 자신을 몰아세워가는 과정에서 혹은 자신이 자신을 벗어나버리는 일이 일어나지는 않을까 하는 기대가 있었던 것은 아니었을까? 그것도 노부코는 그렇게 추측해볼 뿐 그의 작품 속에서 알아낼 수는 없었다.

노부코는 그같이 복잡하게 얽힌 의문이 자신의 생활과도 어딘가 연결되어 있는 것 같았다. 그런 의미에서 자신에게도 막연한 불안은 있을 수 있다고 생각했다. 자신도 물론 보다 잘 살고 싶다고 생각하고 실감나게 사는 것을 느끼면서 살고 싶다고 생각하고 있었지만, 어떻게 어떤 식으로 그것을 실현해갈지를 묻는다면 대답할 길이 없었다. 노부코는 현재의 생활에서 느끼고 있는 불만에 대한 측면에서는 말할 수 있었다. 그러나 그것에서 시작되는 새로운 방법에 대해서는 알지 못했다. 모토코는 러시아에 가기로 결정했다. 노부코 자신은 어떻게 될까? 남을지 말지도 알지 못했다. 금전적인 문제를 별도로 한다 해도 자신의 마음이 원하는 것을 알지 못하는 것이었다.

노부코는 자신의 생활에서 나타나는 그러한 여러 가지의 불확실함, 노부코 식의 막연한 불안이 다른 사람에게는 없을 거라고 생각할 수 없었다. 문단의 침체라는 것이 요 2~3년 화제가 되고 있었다. 「가을 갈치秋刀魚」라는 시로 유명해진 시인은 작가의 경제 사정이 문학을 침체시킨다고 원고료 문제를 신문에 기고했다. 그와 반대로 원고료 문제만이 문단과 문사文士를 침체시키고 있지는 않다. 문사가 너무나 상식적인 평온한 일상생활에 주저앉아버렸기 때문이다. 그 점을 다시 생각하지 않으면 안 된다고 고자카 무라오小坂村夫는 썼다. 그것은 바로 요전의 일이었다. 하지만 고자카 쓰네오 자신은 그 자신의 인생과 문학을 모험시키기 위해 열중하고 있는 것처럼 보이지 않았다. 무산계급 문학 이론에 대해서도 고전의 예술성을 말하고 있으나 아이카와 요시노스케와 같이 조리 있게 구슬은 깨지만 깰 수 없는 껍데기라고, 즉 문학의 모태로서 민중을 믿는다고는 말하지 않았다. 아이카와 요시노스케가 도쿄의 뜨거운 밤을 새며 침을 흘리고 손을 떨면서 투명해진 신경의 힘을 모으고 모아 최후의 몇 줄을 쓰고 있을 때 고자카 쓰네오는 햇살이 쏟아지는 어느 시원한 호수에서 송어 낚시를 하고 있었다. 「송어 낚시」라는 수필은 아이카와 요시노스케의 장례식 전후쯤 신문에 실렸다. '한여름이 되면 송어 낚시를……'이라는 그것은 조그만 안정에 안주한 인간의 가장 상식적 유희의 하나가 아닌가? 어디에 인생의 모험의 기백이 있는가? 노부코는 그 사람이 쓴 허세와 실생활과의 괴리감에 강한 경멸을 느꼈다. 그 모순은 아이카와 요시노스케의 죽음을 보면서도 바로잡을 기미도 없었다. 문학이 침체되고 있다. 그것은 인간성의 침체와 별도로 생각해야 하는 것일까? 그렇게 생각하면 노부코는 이 침체를 뚫고 목숨을 걸고 저항을 계속해온 아이카와 요시노스케라는 한 줄기 빛에 깊고 깊은 의미를 느끼게 된다. 하지만…… 아이카와 요시노스케! 아이카와 요시노스케! 노부코는 무한한 애상과 물리칠 수 없는 부정의 실타래에 묶여서 땀으로 녹아드는 눈물을 흘렸다. 그의 비극은 목숨을 버린다는 것조차도 문학적 가치로 숭배되지 않으면 안 된다는 점에 있었다.

아이카와 요시노스케의 장례식이 7월 27일 다니나카의 서재에서 거행된다는 통지가 노부코에게도 왔다. 정이 담긴 슬픔이 식장 주위에 흐르고 있었으며 평상시는 여러 회장에서 하나로 통일된 모습을 좋게 보지 않았던 문학 관계 부인들도 오늘은 모두가 상복 차림으로 조용히 모여 서 있는 모습이 이 장소와 어울렸다. 노부코는 식장에서는 절대로 울지 않겠다고 굳게 마음을 먹고 집을 나섰다. 관에는 살아 있을 때의 아이카와 요시노스케의 취향을 풍기듯 빈틈없이 순백의 꽃들이 놓여 있었고, 그 주위를 초들이 밝히고 있었다. 가문家紋을 넣은 기모노에 하얀 버선을 신은 『유지마모우데湯島詣』의 작가가 선배 대표로서

겐유사[76]풍의 조문을 낭독하였다. 작은 체구의 구지 이사무가 우인 대표로 조문을 읽기 시작했지만 그는 복받쳐 오르는 눈물을 참지 못하고, '친구여, 편히 잠들라!'라는 구절만이 간신히 참석자들에게 들릴 뿐이었다. 잔물결이 퍼지듯 흐느낌이 번졌다.

"너는 가고, 우리들은 이 슬픔을 어찌해야 할지 모르겠다."

울지 않겠다고 결심한 노부코의 입술이 심하게 떨렸다. 구지 이사무의 애상은 둥글고 짧은 그의 전신에서 솟구쳐서 혼자 가버린 친구 아이카와 요시노스케를 향하였다. 그리고 아이카와 요시노스케에 의해서 표현된 그 동시대인의 예술성도 끝나버렸음을 애통해하는 것 같았다. 그처럼 순수한 슬픔과 아픔을 읊는 구지 이사무久地浩는 최근 몇 년 사이에 대중작가가 되어 출판사를 열고 기업가로서 성공했다. 팔에 완장을 찬 채 평소 불그스레한 얼굴이 창백해 보이는 구루메 마사오久留雅夫는 역시 통속작가가 되어 요즘 문단에서 유행하고 있는 마작의 두목이라는 소문이 있었다.

우인友人들의 살아가는 방법은 다양하지만 아이카와 요시노스케를 슬퍼하는 마음은 하나가 되어서 노부코는 하얀 꽃과 밝혀진 촛불로 가득 찬 식장에서 소리 없는 애도의 합창을 느꼈

76_겐유사(硯友社) : 1855년 2월, 오자키코요(尾崎紅葉)가 야마다비묘(山田美妙) 등과 함께 결성한 문학사의 결사. 잡지 『가라쿠타문고(我楽多文庫)』를 발행—역자

다.

살기 위하여 살아가는 것을 거부하지 못하는 사람들은 그것을 거부하고 사라져간 친구의 최후를 모퉁이에서 손을 들어 보내고 있었다. 노부코는 흑과 백과 금색의 슬프고 아름다운 〈오루가스 백작의 매장〉이라는 엘 그레코의 그림을 떠올렸다.

참고 있던 눈물이 땀으로 바뀌어 온몸에 배어나온 후처럼 무력함을 느끼며 노부코는 다니나카의 식장에서 도자카 집으로 향했다.

"많이 피곤한 거 같구나."

편안한 실내복으로 갈아입고도 전혀 말을 하지 않을 듯한 분위기로 차가운 음료수만 마시고 있는 노부코를 옆에서 쳐다보며 다케요가 말했다. 그리고 숨길 수 없는 호기심으로 조심스럽게 물었다.

"장례식, 어땠어?"

노부코는 바로 대답할 수 없었다. 그런 식으로 묻거나 이야기하기에는 마음이 움직이지 않았다. 한참 있다가 노부코는 혼잣말처럼 말했다.

"아이카와 요시노스케라는 사람이 예술가였다는 사실 하나만은 확실했던 것 같아…… 친구들로부터 그런 송별을 받으면서 갈 수 있었다는 것은……."

노부코의 기억 속에 가루이자와軽井沢에서 죽은 다케시마 유키치의 장례식 광경이 떠올랐다. 식은 고지마치麴町 근처의 그의 커다란 저택에서 행해졌다. 포장막이라는, 장례식에 쓰는 검정과 흰색 천을 번갈아 이어 만든 막을 온통 둘러친 현관에서 고인의 관 앞까지 그리고 출구까지 흰 천이 깔려 있었고 그 옆에 친척들이 서 있었다. 조용히 움직이고 있는 조문객들을 따라 걸으면서 노부코는 작가 다케지마 유키치를 직접 느낄 수 없었다. 중대한 장례가 거행되는 것 같은 격식의 엄격함이 집 안 곳곳에 넘치고 있었다. 그것은 고풍스러우면서도 세속적인 분위기 속에서 장송되는 다케지마 유키치가 더 이상 살 수 없었던 생활환경의 모순 그 자체였다. 상류층다운 사람들에 의해서 장례식은 위엄을 갖춘 분위기가 되었다.

다케요는 또 자신을 제어하기 힘든 듯 작품으로 알고 있는 작가들의 이름을 댔다. 그 사람들도 왔는지 물었다.

"어머니, 있잖아요. 모든 것이 완전히 틀려요. 보통의 훌륭한 장례라든지 뭐 그런 것과는 달랐거든요. 그러니까 이제 묻지 마세요."

그리고 다케요가 말했디.

"정말 아이카와 요시노스케라는 사람은 특이했다니까……너도 기억하지? 그 사람이 우리 집에 왔을 때……."

어쨌든 최소한의 예의는 지키지 않으면 안 되지만 진정한 친구는 되지 못하여 따분하거나 지루한 것 같을 때 아이카와 요시노스케는 파리가 앞다리를 비비는 듯한 모습으로 손을 놀리는 버릇이 있는 듯했다. 구루메 마사오와 그 일행이 동인잡지에 작품을 발표했을 쯤에 책을 빌리기 위해서 아이카와 요시노스케가 도자카 집에 들른 적이 있었다. 그때의 일을 다케요는 말하고 있는 것이었다. 노부코는 그때 얼마나 아이카와 요시노스케가 그 따분한 손동작을 했는지 정확하게 기억하고 있었다. 노부코는 오늘 이곳에 들른 일을 잘못한 일이라고 생각했다. 노부코는 슬픈 듯이 침묵하고 있다가 이윽고 물었다.

"나 조금 자고 와도 될까요? 너무 피곤해서……."

다케요는 조금 놀래면서 말했다.

"물론 어서 들어가서 자렴. 근데 괜찮은 거야? 그냥 자도……."

"괜찮아요, 괜찮아……."

벽오동 나무의 나뭇잎 사이로 햇살이 바닥에 깔린 하얀 이불 시트를 녹색으로 물들이고 있을 때 노부코는 잠시 잠이 들었다.

옆방에서 나는 다케요의 이야기 소리에 노부코는 잠이 깼다.

"가능한 한 가지고 가지 마! 응? 할 시간이 있을 것 같지 않으니까."

쓰야코도 여름방학을 맞이하여 가까운 시일 내로 도호쿠에 있는 시골집으로 가게 되어 그 준비를 하는 것 같았다.

노부코는 한여름의 낮잠에서 깨어나 상쾌한 얼굴로 그곳으로 나갔다.

"언제 가는데요?"

"앞으로 4~5일 사이에는 떠나지 않으면 안 돼."

"올해는 누가 가는 거예요?"

"글쎄, 어쨌든 나는 가는 거니까. 또 땀띠도 무섭구⋯⋯."

다케요는 당뇨병을 앓고 있었다. 땀띠가 악화되어 무척이나 고생한 일이 있었다. 그 후부터 여름에는 도쿄를 떠나서 지내게 되었다.

"아버지는 안 된대요?"

"그야 잠깐은 오시겠지만 항상 바쁘시니까⋯⋯ 다모쓰는 올 거야."

그러고 보니까 노부코가 왔을 때부터 다모쓰가 보이지 않았다.

"다모쓰는 집에 있어?"

만족스러운 듯 다케요는 말했다.

"그 아이는 여전히 열심히 공부하고 있어. 요즘은 매일 아침 6시에 집을 나가서 독일어학원에 다니거든."

프랑스어 선택인 다모쓰가 독일어를 시작했다는 것은 어쨌든 고등학교 상급생다운 일이었다. 그렇지만 노부코는 독일어라는 말을 듣자 오치가 떠올랐고 더 나아가서는 다모쓰의 일상에서 생길 사변적 사고까지 상기되어 단순하게 들리지 않았다. 다모쓰는 요즘도 오치에게 들락거리는 걸까?

노부코는 집에 있다고 하는 다모쓰를 만나기 위해 2층 북쪽의 작은 그의 방으로 갔다. 벽의 위쪽에 붙인 메디테이션(명상)이라는 종이의 끝이 열기에 의해서 약간 떨어져 말라 있었다. 책상 옆의 장지문은 빠져 있었고 안뜰 팔손이나무 옆으로 보이는 탱크에서는 모터가 돌면서 목욕물을 끌어올리고 있었다. 다모쓰는 그곳에 없었다. 다모쓰는 없었지만 노부코는 열려 있는 서재를 둘러보며, 그곳에 있는 모든 책장의 책이 항상 교과서뿐인 것에 새삼 이상한 생각이 들었다. 요전에 여기서 다모쓰와 이야기를 나눴을 때로부터 벌써 몇 달이 지났다. 그런데도 노부코는 교과서 이외에는 새 책이 한 권도 눈에 띄지 않았다. 원예에 관한 책만은 한 묶음이 원래의 자리를 차지하고 있었지만……

이것저것 가리지 않고 읽어온 노부코에게는 다모쓰의 젊은 정신을 이 책장이 말해주는 듯해서 납득이 가지 않았다.

"다모쓰는 없던데요?

노부코는 어머니 집에 놀러온 큰딸다운 약간의 어리광 섞인 목소리로 어머니에게 말했다.

"외출한 건가?"

"참 그렇지! 다모쓰는 지금 광에 있어."

"광이라고요?"

정리를 부탁받았다고 노부코는 생각했다.

"빨리 끝날까?"

"끝나다니? 공부하고 있는데!"

"광에서?"

노부코는 목을 쭉 빼고 이상하다는 눈초리로 말했다.

"왜 하필 광에서 하는데요?"

'이해할 수 없어!'라고 입속으로 중얼거렸다.

광의 어디가 공부 장소로서 적당하다고 할 수 있단 말인가?

"지하방이라 시원해서 기분이 좋다고 하던데. 그리고 조용하기도 하구…… 그야 조용하긴 조용하겠지?"

다케요는 재밌게 받아들인 듯 '정말 그 아이는!'이라는 듯 웃었다.

커다란 소리와 함께 뻑뻑한 문을 열고 노부코는 광으로 들어 갔다. 입구에 오래된 의자나 병풍 상자 등이 쌓여 있었으며 동 서에 붙은 창이 커서 내부는 밝았지만 오랜 기간 쌓인 먼지 냄 새가 났다. 서쪽 구석에 'ㄱ'자 모양의 손잡이가 있는 뚜껑이 있고 반지하로 내려가는 사다리가 놓여 있었다. 노부코는 그 주위에도 잔뜩 쌓여 있는 먼지를 살짝 신으로 누르듯이 걸어서 계단 입구로 가 살짝 들여다보며 불렀다.

"다모쓰, 있니?"

"없는 거야?"

잠시 귀를 기울였지만 아무 소리도 나지 않았으므로 노부코는 발밑을 주의하면서 조금 불안해 보이는 사다리를 두세 계단 내려가 아래를 들여다보았다. 반지하실에는 습기를 막기 위한 염료가 칠해진 커다란 기둥이 몇 개 세워져 있었다. 그 기둥과 기둥 사이의 동쪽 창 아래에 다모쓰의 공부 장소가 있었다.

제도판을 올리는 제도 다리에 대형 제도판을 올리고 그 앞에 나무로 만든 커다란 의자가 놓여 있었다. 책이나 노트가 몇 권 그 위에 놓여 있었다. 반지하의 동쪽과 서쪽에 반씩 지면과 닿은 창이 있어서 거기에서 빛이 들어오고 있었다. 하지만 사방의 벽을 기둥과 같이 습기방지 염료로 검게 칠해 놓았기 때문에 그 빛 정도는 흡수되어버려 책상 쪽에는 어둠에 가려진 약간의 빛만이 비춰질 뿐이었다. 역시 반지하실의 공기는 서늘했다. 하지만 왜? 노부코는 검게 빛나는 기둥 아래에 앉아서 정말로 소리를 내어 그렇게 말했다. 왜? 시원하다고는 하지만 여름이 한창인 계절의 즐거움, 그 자연의 아름다움과 햇빛을 이런 반지하실의 서늘함과 바꾸고 있는지, 노부코는 다모쓰의 마음을 이해할 수 없었다. 강하게 모르겠다고 생각하려고 하는 노부코의 감정에는 억지로라도 그렇게 생각하려고 애쓰는 경향이 있었다.

아이카와 요시노스케의 죽음, 〈옛 친구에게 보내는 편지〉, 그 감명 깊은 장례식에서 돌아온 지 얼마 되지 않은 노부코의 신경에는 다모쓰의 광에서의 생활을 단지 우연이라고 생각할 수 없는 과민함이 있었다. 광이 좋아졌다고 하는 다모쓰의 마음 그 자체에 불길함을 느끼는 것이었다.

노부코는 말로 표현할 수 없는 그 불길함을 스스로 인정하는 것조차도 무서웠다. 그런 식으로 생각하는 것은 나쁜 문학적 취미라고 생각했다.

노부코는 또 끽끽 소리를 내며 문을 열었다가 잠근 후 광에서 나왔다. 나오는 순간 화끈 하고 무더운 바깥 공기가 온몸을 감싸는 것을 느꼈다. 반지하실이 시원하다는 것은 확실한 사실이었다.

"없던데……."

노부코는 식당에 있는 다케요 옆의 비죽 나온 창에 걸터앉았다.

"다모쓰, 언제부터 그렇게 재치 있는 생각을 해낸 거예요?"

"글쎄, 언제부터였을까…… 어쨌든 올해는 정말 푹푹 찌잖니? 무리는 아니야. 나도 2층은 너무 뜨거워 잠자기도 어려운 거 같아 아무 말도 안 했어."

선풍기가 다케요 옆에서 바람을 보내고 있었다.

"어머니! 다모쓰, 꼭 같이 데려가요."

"아, 나도 그렇게 생각했는데 독일어 강습이 끝나면 올해는 도다이지와 잠시 노지리고野尻湖에 있는 여름 기숙사에 간대. 그쪽은 지금부터래."

다케요는 그의 숙부가 쓴 저서로 알려진 도다이지라는 이름에 스스로를 안심시키는 듯한 어조로 말했다. 가즈이치로 쪽은 10일 전부터 쇼난湘南에 있는 이쿠라飯倉 백부의 별장에 가 있는 듯했다. 즐겁게 지내고 있다는 문구는 간단하지만 고에다와 그의 형제, 사촌들, 젊은이들만의 즐거움이 느껴지는 정경……에피소드에는 참외 서리도 쓰여 있었다. 그들의 여름에는 진정한 여름이 있는 것 같았다.

"모토코는 요즘 어떻게 지낸대?"

다케요가 물었다.

"오늘은 함께 안 있었던 거야?"

"응, 교토에 갔어요."

"그렇구나……."

그것은 빈정거림이 담긴 말투였다.

"교토에 누가 있다니?"

노부코가 "부모님이 계셔요."라고 무뚝뚝하게 말했다.

"일이 있어서 간 거겠지?"

다케요는 잠시 침묵했다가 옆에 있는 봉지에서 작은 방울이 달린 가위를 꺼내 손톱을 자르면서 물었다.

"노부코, 아이카와 씨의 여자라는 사람은 대체 누구를 말하는 거니?"

신문에 발표된 〈옛 친구에게 보내는 편지〉 속에 아이카와 요시노스케가 죽음에 뛰어들기 위해서 하나의 도약판으로서 여자가 필요함을 느꼈다고 쓰여 있었다.

어느 부인이 같이 죽으려고 했지만 그것은 불가능한 상담이 되었다. 이윽고 그러한 도약판도 필요 없게 되었다고 쓰여 있었다. 아이카와 요시노스케의 죽음이 공표된 아침 기사에 기자 회견으로 고인의 옛 친구인 한 사람으로 루메이 마사오가 그 루머에 관하여 기자의 질문에 답하고 있었다. 처를 돌보고 싶다고 느꼈다고 아이카와 요시노스케가 쓰고 있으므로, 그것은 아마도 부인을 가리키는 것일 거라고 했다. 노부코는 그렇게 느끼지 않았다. '비록 사별한다고 해도'라는 말을 전제로 부인을 돌보고 싶다고 쓴다는 것은 여인과 부인이 다른 사람이었다는 사실을 말하고 있다. 어느 쪽이든 이러한 심리가 기록되어 있는 전체의 경과 속의 일부분에 지나지 않는다고 생각했다. 그런 생각을 가진 적도 있었다는 정도의 느낌으로 읽었다. 노부코에게는 여인의 일보다 아이카와 요시노스케가 "자신의 유산은 100평의 토지와 본인의 집과 본인의 저작권과 본인의 저금 2000원뿐이다. 나는 내가 자살함으로 해서 나의 집이 팔리지 않을까봐 걱정한다. 별장이 있는 부르주아들이 부럽게 느껴진다."고 쓴 부분에서 부인과 자식을 남기고 예술가의 죽음을 택한 아버지로서, 남편으로서의 무게가 느껴졌다.

자신이 아이카와 요시노스케와 그다지 친분 있는 관계가 아니었다는 사실을 알고 있는 다케요가 왜 그렇게 미묘한 부분까지 묻는지 노부코는 수상쩍게 생각하였다.

"내가 어떻게 알겠어요?"

"그게 그러니까 어쨌든 문학에 관계있는 여자 같으니까."

"몰라요."

노부코는 귀찮다는 듯이 미간을 찡그리고 고개를 돌렸다.

"아이카와 요시노스케 같은 사람이 함께 죽으려고까지 생각했다면 아마도 엄청 매력 있는 여자일 거야."

그제서야 어머니가 관심을 가지는 초점을 알 수 있었다.

"아이카와 씨의 부인이라는 사람은 좀 평범한 사람이지?"

또 시작되었다! 마음속으로 외치면서 노부코는 창가에 걸쳤던 몸을 내렸다. 너무도 싫었다.

"그런 식의 비교는 하는 게 아니에요. 누가 알겠어요? 그런 일을."

막연하게 언급된 여인 쪽이 매력적이고 부인이 평범한 사람이라고 멋대로 정해버리는 그런 속물적인 이야기가 노부코의 가슴을 조여 왔다. 오치의 젊은 처에 관해서도 언젠가 다케요는 뭐라고 했던가? 자신과 어떻게 비교했던가? 아이카와 부인에 관해서 지금 말한 식으로 꼭 그렇게 말했다. 그 후 오치와의 관계가 그런 식으로 결말이 났어도 다케요가 그때 배운 것은 결국 오치를 경멸한다는 한 가지뿐이었다는 것인가?

"진짜로 누굴까?"

싫은 얼굴을 하고 딱딱하게 잠자코 있는 노부코의 옆에서 감색의 고급스러운 가운을 걸친 다케요는 깎은 손톱을 모아 종이에 싸서 쓰레기통에 버렸다.

"아이카와 요시노스케 같은 사람도 역시 뒤로는 이런 여자와의 관계가 있었던 거네. 어째서 남자란 모두 그런 걸까?"

다케요는 "정말 싫어진다니까."라고 혐오하듯이 말했다.

"남자란 사람들은 누구라도 신용할 수가 없어. 뒤로는 무슨 일을 하는지 모른다니까…… 정말. 아이카와 씨 부인한테 물어보렴. 아마도 끝까지 그 여자에 관해서는 몰랐을 테니까."

그에게 강한 정을 느끼는 노부코에게 거의 도전하듯이 힘을 주어 말했다.

"이제 나는 절대로 남자들이 제멋대로인 것을 용서하지 않을 테니까."

노부코는 몸의 어딘가를 반지 낀 여자의 손으로 얻어맞은 듯한 느낌이 들었다.

"일본 여자들은 무슨 일을 당하면 울고만 있으니까. 남자는 한도 끝도 없고…… 정말 모두 환멸스러워."

자신의 몸무게 전체로 회전문을 밀어서, 아니 너무 몸을 실어서 밖으로 나갈 수 없을 만큼의 속도로 문이 돌아버리는, 그래서 결국은 원래의 장소로 돌아오는 상황이었다. 다케요는 마음의 힘에 눌려서 자신의 마음의 세세한 부분까지 돌아볼 여유가 없었기에 남자의 유약함에만 한 바퀴 돈 것이었다. 그리고 여자의 자기 긍정에 정착한 듯 보였다.

노부코는 일종의 공황을 느끼면서 이 새로운 사실을 받아들였다. 다케요 속에서 타버리고 있던 마지막 싱싱함, 유연함은 헛수고 속에서 다 타버렸다. 거기에는 회색으로 딱딱해진 오기만이 남아 있었다. 이제 다시는 불이 붙는 일은 없을 것이다. 그리고 다케요가 인생의 여러 면, 특히 남녀간의 관계에 관해서 가지고 있는 편견은 모순 된 채 굳어져 그녀의 생활에서 일어나는 모든 자기모순은 지금부터 한층 더 위엄을 더해서 삿사의 가정에 군림할 것이다. 노부코는 그 점에 공황을 느끼는 것이었다.

21

이삼 일의 예정으로 교토에 간 모토코는 오륙 일 정도 늦어진다는 전보를 보냈다. 9월호의 문예 잡지는 갑자기 아이카와 요시노스케에 관한 특집을 싣게 되어서 노부코도 감상을 요청

받았다. 신문에 발 빠르게 "개조 8월호 아이카와 요시노스케 씨의 절필『서방의 사람西方の人』"이라는 커다란 광고가 나왔다.「사라수 꽃沙羅の花」,「지나유기支那游記」 등이 같은 회사에서 광고되고 있었다.

아이카와 요시노스케에 관한 감상을 말하라고 한다면 노부코는 자신의 마음에 있는 대로 그에 관한 의문, 긍정의 힘을 누를 정도로 강하게 솟아오르는 비긍정적인 심경에서 쓸 수밖에 없었다. 그렇지만 노부코에게는 자신이 아이카와 요시노스케의 전모를 하나에서 열까지 알지 못한다는 막연한 자각이 있었다. '어느 옛 친구에게 보내는 편지'안에 이런 대목이 있었다. "나는 단지 나에 대한 사회적인 조건과 내게 그림자를 던진 봉건시대의 일만은 고의로 그 안에 쓰지 않았다. 왜 또 고의로 쓰지 않았냐 하면 우리들 인간은 오늘날에도 다소 봉건시대 안에 있기 때문이다. 뿐만 아니라 사회적 조건이라고 하는 것은 그 사회 안에 있는 나 자신이 확실히 알 수 있는 것인지에 대해서도 의심스러웠기 때문이다." 노부코는 이 부분에서 문자 배열 밖에는 어떤 것도 느낄 수 없었다. 노부코는 봉건시대라는 의미를 막연하게 '옛날'이라고만 이해하고 있었다. 따라서 아이카와 요시노스케가 말하는 의미는 잘 받아들여지지 않았고, 충분히 받아들여지지 않는 문장 안에서 노부코에게 다가온 한 가지 사실은 확실히 알지 못하는 것은 쓰지 말아야 한다는 그의 태도였다. 이 암시에 따르면 노부코로서는 아이카와 요시노스케에 관하여 감상 따위를 쓰는 것은 예의가 아니었고 스스로에게도 충실하지 못한 것이었다. 그러나 노부코로서는 자신조차 그런 암시를 던지는 아이카와 요시노스케의 총명 그 자체에 긍정할 수 없음을 느꼈다.

노부코가 책상 앞에서 생각에 잠겨 있을 때 도요가 다가왔다.

"손님 오셨는데요……."

"누구시지?"

"엔도 준코遠藤絢子라는 분이십니다. 오이마쓰초에 계실 때도 자주 오셨다고 말씀하십니다만……."

엔도 씨라, 노부코는 기억을 떠올렸다. 오이마쓰초의 집에 살았을 때 근처의 지쿠젠 비파사의 2층을 빌려서 임대 일을 하면서 문학을 하고 싶다고 했던 준코라는 24~25살 난 아가씨가 있었다.

"꼭 말씀드리고 싶은 일이 있다고 하시는데요."

노부코는 현관으로 나갔다. 2~3년 만나지 못한 사이에 생활고가 심해져 어깨에 뼈만 남았지만 역시 그 사람이었다.

"정말 다행이에요. 저 오늘은 꼭 물어보고 싶은 일이 있었거든요."

송곳니가 눈에 띄는 입 모양으로 노부코 쪽으로 눈을 치켜뜨고 말했다.

"어쨌든 들어와요."

현관에 서 있는 모양도 거기에서 응접실로 들어오는 준코의 모양도 노부코는 모두 경계했다. 노부코는 손님을 북쪽 작은 방으로 안내했다. 엔도 준코는 더위 속을 걸어왔는데도 땀을 닦기보다는 목이 말라 보였다.

차가운 물을 잇달아 마셨다. 거기에 나와 있는 부채는 안중에도 없는 듯 컵으로 두 잔의 물을 마시고 나서 말했다.

"정말 만날 수 있어서 다행이에요."

긴장이 잠깐 풀린 듯, 의자 등받이에 기대었다. 폭염에도 불구하고 잘 다림질한 기모노를 입고 있었다. 노부코는 물었다.

"무슨 급한 일이라도 있었어요?"

"네, 꼭 물어보고 싶은 중대한 문제가 있어서요……."

준코는 노부코가 오이마쓰초을 떠난 후 겪었던 자신의 생활을 이야기했다. 구지 이사무의 집에 드나들면서 작품을 보여드렸고 무척 촉망받았다고 했다. 또 근래 일 년 동안은 아이카와 요시노스케의 집에도 번번이 방문하고 있었다. 그러한 이야기였다.

"그분은 가정에서도 대부분 고독하셨어요. 저는 잘 알고 있었어요."

준코는 그렇게 말하고 알 만한 이유가 있었다고 말하는 듯한 눈으로 노부코를 보았다. 노부코는 난처한 표정을 지었다. 잠자코 있자 준코가 물었다.

"그 신문에 나온 '어느 옛 친구에게 보내는 편지'는 물론 읽어보셨죠?"

"네."

준코는 송곳니가 눈에 띄는 입을 꼭 다물고 고개를 숙이고 있다가 갑자기 머리를 들더니 말했다.

"거기에 여인이 있었지요? 그 사람이 사실은 저예요."

"......"

준코는 화가 난 시선으로 그 말을 믿기 어려워 잠자코 있는 노부코를 응시했다.

"당신도 제 말을 의심하시는군요."

"미안해요."

노부코는 말했다.

"그렇지만 난 당신을 2년 아니 3년 동안이나 못 만났잖아요? 그리고 아이카와 씨와도 직접 교류가 없었고…… 믿을 만한 근거도 믿지 못할 근거도 나로서는 없는 거예요."

마르고 피부가 거친 목을 겨우 지탱하는 듯한 모습으로 준코는 수긍했다.

"그건 그렇군요."

준코는 한 번 더 혼자 수긍했다.

"삿사 씨는 역시 삿사 씨다워요. 오길 잘했어요!"

그러고는 바로 원래의 주제로 돌아갔다.

"하지만 그건 사실입니다!"

노부코는 곤혹스러웠으며 동시에 귀찮았다.

"사실이라고 해도 내가 들어서 어떻게 할 수 있는 문제인가요?"

"네, 그래요. 당신이 제 말을 사실이라고 증명해주신다면 저는 그걸로 만족합니다."

아이카와 요시노스케는 정말 여러 방면에서 다양한 여성에게 흥미를 가졌던 것 같다. 다케요가 나타낸 호기심도 떠올랐다. 노부코로서는 아이카와 요시노스케가 준코에게 지금 말하는 것과 같은 관심을 가졌다는 사실을 순순히 받아들일 수 없었다. 모든 점에서…… 예를 들면 아이카와 요시노스케가 가지고 있던 청결함에 대한 동경과 준코의 땀으로 얼룩이 보이는 피부만 보더라도…….

"저기…… 준코 씨!"

노부코는 진지한 얼굴로 불렀다.

"그렇게 유명하고 그렇게 매력적인 사람이 내용을 알 수 없는 그러한 일을 써놓으면 굉장한 이야기가 생기는 거예요. 외국의 문학사를 보더라도 그렇지요. 애인에 관한 문제가 자주 있어요……. 실례지만 제3자의 입장에서 얘기하자면 당신처럼 스스로를 그 장면에 끼워 넣어 생각하는 사람이 또 몇 사람 정도 더 있을지도 모르잖아요?"

"그야 사정을 모르는 분은 그렇게 생각하실 수도 있죠. 하지만 제 경우는 달라요."

"일본 여성은 외국 남자가 아무 생각 없이 습관적으로 하는 행동도 특별히 관심이 있는 줄 착각하여 일을 그르치는 경우가 종종 있잖아요? 아이카와 요시노스케는 어떤 신랄한 말조차도 여성의 입장에서는 사랑의 고백으로 생각하게 만드는 부분이 있었어요."

"그래요. 그 점도 알고 있어요. 하지만 제 경우는 달라요."

그리고 준코는 말로 노부코의 얼굴을 치기라도 하듯이 말했다.

"아이카와 요시노스케 씨는 제게 입맞춤도 하셨는걸요. 그댁의 2층에서 내려가려고 했을 때 계단에서……."

노부코는 오싹함을 느꼈다. 그리고 침묵했다. 펜을 쥐고 있는 손을 떨며 침이 떨어질 것 같았다고 자신에 대해서 쓴 아이카와 요시노스케를 생각했다. 2층으로 갑자기 뛰어 올라온 부인이 옆방의 다다미에 푹 엎드려서 남편이 죽었으니 모든 게 끝난 게 아닐까 생각하면서 가쁜 숨을 죽이고 있었던 정경이 떠올랐다. 그 집 2층에서 내려올 때…….

"그런 일이 있었는데도 그 여인이 제가 아니라고 하실 수 있나요?"

두 사람이 앉아 있는 작은 방 창가의 나뭇가지에서 매미가 시끄럽게 단조로운 음을 내며 울고 있었으며, 울타리 건너 옆 집 정원에 커다란 해바라기가 노랗게 피어 있었다. 초목에는 여름의 일광이 타고 있었다. 그 타는 듯한 풍경을 눈으로 보면 서 노부코는 춥다고 느꼈다. 만약 만약에 준코가 말하는 것이 사실이라면, 그것은 끔찍한 일이었다. 아이카와 요시노스케는 날이 녹슨 얇은 칼을 지팡이 삼아 그날그날을 휘청휘청 살아가 는 자신의 가련함을, 연애에 굶주리고 금전에 쪼들리고 명성에 목말라하며 땀에 찌든 준코에게서 느꼈을지도 몰랐다. 인생을 방황하는 아귀가 또 한 사람 그곳에서 여자의 모습을 하고 있 다고 병들어가는 정신으로 느꼈는지도 모르겠다. 콧잔등에 했 든 입술 위에 했든 그러한 마음으로 한 입맞춤이 아니라면 어 떻게 설명할 수 있다는 말인가? 그것이 귀신의 입맞춤이 아니 라면 무엇이란 말인가? 함께 파멸해가는 존재로서의 입맞춤이 아니었다면 무엇이란 말인가?

그러나 그것은 준코가 말하는 의미의 입맞춤과는 전혀 달랐 다. 본질이 달랐다. 준코는 그것을 이해할 수 없을 것이다.

침통한 마음으로 침묵하고 있는 노부코를 초조한 눈으로 보 고 있던 준코는 아무래도 못미더워하는 노부코를 굴복시키겠 다는 듯이, 그 일로 자신이 남자의 마음을 유혹하는 여자라고 역설하는 듯이 말했다.

"삿사 씨, 아직도 믿지 못하시는군요. 하지만 남자의 마음이
란 미묘한 것이랍니다."

준코는 그러한 사정이 통하지 않는 노부코를 비웃는 듯한 미
소를 띠었다.

"구지 이사무 씨도 제게 입맞춤하셨는걸요. 그래도 그분
은……."

세상에도 알려진 바와 같다는 듯한 말투였다.

준코가 하는 말이 사실이든 아니든 그런 말투로 이야기하는
준코의 마음은 정상이 아닌 듯했다.

"사람과 사람 사이의 관계에는 반드시 겉으로는 알 수 없는
일도 있는 거지요."

노부코는 스스로를 자제하면서 부드럽게 말했다.

"제가 모르는 사실도 있다고 생각합니다. 하지만 엔도 씨!
당신은 아이카와 요시노스케 씨를 사랑했나요?"

"물론 사랑했어요. 가정 안에서 그분이 얼마나 고독하셨는
지 알고 있었던 것은 저 혼자였어요."

"그렇다면 그런 이야기를 여기저기에 퍼뜨리고 다니면서 상
관도 없는 사람에게 그것을 믿으라고 말할 필요는 없다고 생각
해요."

이번에는 준코가 입을 다물었다.

"난 당신이 그러한 이야기를 하고 다니는 것을 생각하면 괴로워요."

노부코는 잠시 시간을 두고 나서 드디어 말했다.

"그만하는 편이 좋을 것 같아요. 그만두세요. 나는 이제 듣고 싶지 않아요. 알겠어요?"

다시 잠시 틈을 두고 말을 이었다.

"세상은 냉혹하니까요. 당신의 정신이 어떻게 되었다고 수군거릴 거예요."

오히려 노부코는 막다른 곳까지 말했다. 준코는 가만히 노부코가 하는 말을 듣고 있었다.

그리고 슬슬 돌아갈 준비를 하기 시작했다.

"맞는 말씀이에요."

턱을 들어 올리며 다시 고개를 끄덕였다.

"당신이 말씀한 대로예요. 아무리 기자에게 이야기해도 미친 사람 취급을 받아요."

"기자들한테도 이야기한 거예요?"

"네."

준코는 그게 뭐 잘못되었냐는 듯이 오히려 인맥이 없는 노부코가 불쌍하다는 듯 아무렇지도 않게 대답했다.

모든 초목과 지면이 습기를 모두 증발시켜서 뜨겁게 바뀌어 가던 중, 하늘이 상태를 바꾸어 8월의 어느 밤 천둥이 치면서 호우가 내렸다.

　모토코는 아직 교토에서 돌아오지 않았다. 안쪽 방에 넓게 친 모기장 속에서 혼자 자고 있던 노부코는 살짝 눈을 뜨고 빗소리를 듣고 있었다. 무성한 대나무 숲의 댓잎과 손질 안 된 소나무 가지, 제멋대로 자란 싸리 숲을 치며 떨어지는 빗소리는 부드러우나 굵직하게 울려 퍼져서 조용히 자고 있는 노부코의 등에 전해지는 것 같았다. 덧문 위에 붙은 난간의 유리창에서 때때로 벼락의 푸른빛이 하얀 모기장 위로 번쩍였다. 순간의 섬광에 드러난 천지가 곧 다시 원래의 암흑으로 되돌아갈 때 호우는 잠시 동안 한층 더 세게 내리는 듯했다. 많은 빗속에서 참고 기다렸던 가을이 느껴졌다. 노부코는 자신의 몸만 신기하게도 젖지 않고 계절의 다리 위에 가로 놓여 있는 듯한 기분이 들었다. 정원의 여름풀들의 뿌리를 씻어 내리는 물이 마루 밑에서 흘러가고 있었다.

　한밤중의 이 호우를 역시 모기장 속에 누워서 살짝 눈만 뜬 채 듣고 있는 사람이 있었다. 노부코는 얌전히 한쪽으로 나눈 그의 가르마와 묶은 머리 모양을 생각했다. 그 사람은 조심스럽게 화장을 하고 하얀 상복을 입었다. 죽은 아이카와 요시노스케가 재가 되어 묻힌 것은 잘된 일이었다. 그렇지 않았으면 그 부인은 이 빗소리를 자신의 슬픔 위에서 들을 수 없었을 테니까. 사랑하는 사람의 몸에 흐르는 비를 떠올리면 견딜 수 없을지도 모른다.

호우는 초저녁부터 내리기 시작했다. 낮에는 포플러의 가지 위에 흰 구름이 떠 있는 하늘이 반짝거리고 있었다. 그 하늘이 올려다 보이는 쪽마루로 의자를 가지고 나와 노부코가 앉아 있었다. 작은 탁자를 끼고 반대편에 커다란 줄무늬 유카타(욕의)를 걸친 오시마 노리코가 있었다. 둘은 초면이었다. 노리코는 여학생을 위해 개방된 대학에서 철학 공부를 하고 있었다. 그리고 피아노에 소질이 있는 듯했다.

"하숙 생활이라고는 하지만 피아노까지 가지고 간다니 좋겠네. 너무 많은 것 같은데."

노부코는 반쯤 놀리는 기분으로 그것이 설마 사실은 아니리라 생각하면서 물었다.

"피아노는 뭐지? 베슈타인?"

"저쪽 것은 너무 질이 안 좋아서……."

노리코는 자연스러운 어조로 대답했다.

"저희 집 건 그거예요."

옛날에 돌아가신 아버지가 대학 교수였다고 하는 노리코의 가정 사정을 그 피아노 때문에 알게 되었다.

"어머니도 좋아하시고, 잘 못 치기는 하지만 치시거든요. 젊었을 때는 음악학교에 들어가고 싶어 하셨대요."

노리코는 내년 봄 지금 다니는 대학을 졸업하게 되어 있었

다. 오시마 노리코大島のり子라는 사람은 좋은 종이에 커다란 가명으로 쓰인 편지와 같은 느낌이었다. 펜으로 빽빽하게 글자만 쓰고 있는 노부코는 노리코와 마주하여 이야기하는 기분이 드는 행간이 굉장히 편안하게 느껴졌다. 그리고 그 느긋하게 얻은 행간은 단순한 여백이 아니라 쓰인 문자의 여운이 남아 있는 여백이었다. 노부코에게는 이런 젊은 친구가 별로 없었다. 노리코는 철학도 결국은 인간의 취미 중 하나라고 생각하고 있었으므로 그대로 받아들였다.

평온하게 이야기하고 있는 오시마 노리코의 모습에서 어딘지 모르게 나쓰메 소세키의 여성이 진화한 것 같은 분위기를 느끼면서 노부코는 이 사람이 가지고 있는 생각이 어떤 것일까 궁금하게 생각했다. 혹 중요한 그것에는 결국 닿지 못하고 돌아가는 사람일지도 몰랐다.

오시마 노리코는 테이블 위에 놓여 있는 하얀 부채를 무심코 뒤집어서 쳐다보다가 갑자기 손을 멈추고 숱이 많은 앞머리를 비스듬히 하면서 물었다.

"삿사 씨, 도요다 준 씨가 쓰신 것도 읽어본 적이 있으세요?"

소세키 문하의 선배로서 유명한 사람이라는 것을 알고 있을 뿐, 노부코는 그 사람처럼 일본 고전 예술에는 별 흥미가 없었으며 연극을 잘 아는 것도 아니었다.

"그 사람은 나라사키 씨가 읽지 않았을까? 나는 취미가 많지 않아서……."

노리코는 조용히 웃었다.

"그건 그러네요."

다시 부채를 만지작거리다가 입을 열었다.

"그분 거기 계시거든요."

그러고서 대학의 어느 지명을 이야기했다.

"강좌를 개설하신 건가?"

"너도 수강하고 있는 거야?"

"네, 작년에 1년 들었어요."

잎에서 잎으로 전해지는 물방울처럼 조금씩 방울져 떨어지는 이야기라고 하기보다 도리어 그것을 말하는 노리코의 말투에서 노부코는 막연하게 뭔가를 느끼기 시작하였다.

"도요다豊田 씨의 강의는 내용이 풍부하지?"

"풍부해요. 게다가 좋은 감각을 가지고 있고……."

한 음절씩 울리는 피아노같이 노리코는 말했다. 그 하나하나는 모두 각각의 음색을 지닌 채 울리고 있었다. 거기서 노부코는 확실히 알아차렸다. 도요다 준에 대한 노리코의 심취가 어떤 내용으로 전개될지를…….

"저…… 고민 중이에요. 벌써 저쪽에서는 끌어올리려고 하는 것 같아서……."

노리코의 말투는 주택을 옮기는 것만이 아니라 자신의 감정도 저쪽으로부터 끌어당기는 편이 좋을지를 의미하는 것처럼 들렸다.

"나는 잘 모르겠는데…… 공부 쪽은 어때? 이제 논문만 쓰면 되는 건가?"

"네, 공부 쪽은 뭐 그런대로 어떻게든 될 것 같은데……."

여름날 젊은 아가씨의 부드럽고 아름다운 얼굴색에 무거운 그림자가 끼기 시작했다. 노리코의 부드러운 눈꺼풀과 턱 부분이 누에 올리기 전의 누에 색이 되었다. 노부코에게 노리코의 괴로움이 감염되었다. 노부코는 힘껏 노를 저어서 두 사람이 타고 있는 말하기 힘든 작은 배를 물결의 중심으로 끌어냈다.

"정말로…… 논문 같은 건 어떻게든 할 수 있는 거지?"

자기 문제의 중심으로 비약하여 노부코는 물었다.

"구체적으로 복잡한 문제로까지 진행되어 있는 건가?"

그리고 곧바로 다짐해 두었다.

"내가 알고 싶은 건 아니야. 그러니까 답하기 싫으면 안 해도 되고…… 단지 내가 격의 없는 편이 네가 어느 정도 편할 것 같아서……."

"고마워요. 알고 있어요."

노리코는 무릎에 올린 양손의 손가락으로 작은 손수건을 단단히 말았다.

307

"구체적인데다가 요즘은 완전히 발전할 가능성도 없어져버려서…… 그런 거라서."

괴로워서라고 말하고 싶었으나 노리코는 잠자코 의자에 앉아서 몸만 꼬았다. 노부코는 도요다 준의 작품을 생각해냈다. 그 사람이었다. 함축이 많은 주관적인 표현과 노리코의 말수적은 분위기는 비슷한 점이 있었다. 서로의 비슷한 분위기로 인해 노리코로서는 심각한 문제가 일어났고, 첫 대면인 노부코에게조차 상의하게 된 것이다. 노리코가 혼자 괴로워하고 있는 모습이 그녀에게 갖가지 현실을 추측하게 만들었다. 노부코는 탄식하듯이 말했다.

"항상 여자 쪽이 부담이 크지."

"정말 그래요!"

물속에 담그고 있던 얼굴을 들어 올려 한 번에 괴로운 숨을 토해내듯이 노리코가 말했다.

"사랑한다는 것은 마치 괴로움을 견딘다고 하는 것 같아……."

"하지만 그걸 바꾸지 않으면 안 된다구."

노부코답게 한마디로 말했다.

"그렇게 말하는 것은 결코 정상이 아니야. 정상일 수가 없지."

쓰쿠다와 같이 생활하면서 괴로움으로 발버둥치고 있었을

때 노부코는 얼마나 자주 한숨을 쉬었는지……. 내쉬어도 그 한숨의 원인은 없어지지 않았다.

"삿사 씨 일은 알고 있어요. 그렇지만 만약 정상적으로 될 가능성이 어디에도 없다고 한다면? 어떻게 하면 될까요?"

"……."

"정상으로 돌리기 위해서는 전부터 해온 생활을 뿌리부터 뽑아내지 않으면 안 된다고 한다면……."

"하지만 그건 처음부터 알고 있었던 일 아닌가?"

"실질적으로 그것이 불가능하다고 한다면? 남자에게 그럴 의지가 없다고 한다면?"

그렇게 말하는 노리코의 눈꺼풀 색깔이 납빛처럼 가라앉았다. 사람들에게 교양의 수호자라고 생각되는 사람도 이러한 관계가 되면 결단을 내리지 못하고 이유를 달아가며 비겁해 지게 되어 있다. 즉 세상의 많은 남자들의 경우와 큰 차이가 없는 것 같았다. 노부코 자신도 교양 있는 척하는 그런 사람들에게 생생한 혐오감을 느꼈다. 교양을 선양하려는 사람에게 이런 그렇고 그런 남녀관계는 혼란이 있다. 더구나 이 사람들에게는 흔한 사건을 흔한 사건으로 판단하는 것을 도리어 조소하는 방만함이 있다. 상황의 한 토막 한 토막이 설령 교양의 뉘앙스로 복잡하게 되고 정취로 칠해져 있다고 해도, 사회에서 살아가는 남자와 여자로서는 이제까지의 남자들의 제멋대로인 점을 꿰

뚫어 봐 도리어 그 변호에만 도움이 되는 교양에 노부코는 환멸을 느꼈다.

어쩔 수가 없기에 더욱 괴로운 듯한 노리코는 놓여 있는 컵을 들고 얼음이 들어 있는 물을 한 모금 마셨다. 그리고 잠시무얼 말할지 생각하는 듯하더니 갑자기 말을 꺼냈다.

"아버지가 없는 아이가 태어난다는 것은 죄악일까요?"

말을 마친 노리코의 납빛 눈꺼풀이 점점 밝아졌다. 그 변화는 노리코의 젊은 육체와 정신의 모든 혈액이 역류함을 뜻했다. 노리코의 얼굴은 이렇게 그것을 보고 있는 것보다 자신의가슴에 안아주는 편이 더 낫겠다는 생각이 들게 하였다. 노부코는 자신을 응시하고 있는 노리코의 눈동자에 한마디 한마디를 채워 넣듯 말했다.

"우리 사회에서 그런 아이들은 불쌍하지. 그렇다고 죄악이라고는……. 한 여자가 아이의 어머니가 된 동기가 죄악이라고할 수 있을까?"

노부코는 죄악이라고는 생각할 수 없었다.

"하지만 당연히 책임져야 할 여자와 자식을 그런 조건에 두는 남자가 있다면 그건 죄악이라고 생각해. 아이를 낳느냐 마느냐에 상관없이 그래. 세상 사람들이 어떻게 보든 상관없이, 그렇지?"

갑작스레 받은 질문이라 두서없이 대화를 하던 노부코는 초조한 듯이 눈을 깜빡거렸다.

"그런 조건인데도 계속 질질 끌면서 진행시킨 관계가 더 이상하다고 생각해. 하물며 한쪽이 가정이 있다거나 한다면 더욱……."

말하는 사이에 조금씩 확신이 서기 시작했다.

"그런 의미에서는 여자에게도 책임이 있다고 할 수 있지. 모르고 시작한 건 아니니까."

노부코는 말했다.

"사랑이란 진정한 사랑이어야 하는데…… 꼬이거나 원한이 아닌데. 묘하지? 왜 이렇게 어디서든 사랑은 혼란스럽고 괴로운 걸까? 정말 왜? 사랑이 괴로움이라니……."

진실로 노부코의 주변 어디에 사랑의 발로란 이런 거구나 할 정도로 생각할 만한 일이 있었단 말인가? 쓰쿠다와 자신이 뒤엉켜서 살아가는 모습, 어머니와 오치의 공허하고 힘든 갈등, 그리고 어머니와 딸의 감정조차도……. 노부코는 그 속에서 자신을 뜯어내듯이 머리를 흔들었다.

"자! 용기 내는 거야. 괴롭고 싫은 일 속에서 가장 좋은 부분을 잡아내는 거야. 태어나는 자를 당당하게 태어나게 하는 거야. 낳는 것을 당당하게 인정하자. 아버지는 도망갔다. 그래도 여자는 아이를 사랑하고 있다, 그렇지? 사랑은 자신의 거니까. 그리고 아이에게는 아이의 인생이 있는 거니까."

다시 납빛으로 변한 노리코의 눈 밑으로 눈물이 멈추지 않고 흘렀다. 노리코는 눈물을 막고 있던 손수건을 입에 대고 소리를 죽여 오열하기 시작했다. 노부코는 자리를 비켜주었다.

조금 시간이 지난 뒤 노부코가 새로 따른 음료를 가지고 방으로 돌아가려 했을 때 노리코가 옆방 구석에 서 있었다.

"기분이 나빠진 거야?"

노부코가 놀라서 물었다.

"아니요."

노리코는 반쯤 멍해 보이는 모습으로 눈물에 젖은 손수건을 꽉 쥔 채로 여전히 그곳에 멈춰 있었다. 가만히 있을 수가 없어서 스스로도 모르는 사이에 여기까지 온 것처럼 보였다.

"저쪽으로 갈래? 그렇게 서 있으면 몸이 상하니까."

"네."

노리코는 비정상적으로 다다미를 응시하면서 기계적으로 반사했지만 움직이려고 하지 않았다. 노부코가 한 발자국 앞으로 나가려고 했을 때, 노리코가 가슴으로 부딪치며 몸을 던져서 안겨왔다.

"저기…… 그 사람을 나쁘게 생각하지 말아주세요!"

노리코는 낮지만 절규하듯 그렇게 말했다.

"제발 그분을 나쁘게 생각하지 말아주세요."

그리고 노리코는 옆의 침대 위에 엎어져서 울었다.

여름밤 호우를 모기장 안에서 들으면서 노부코는 낮에 있었던 그 광경을 하나하나 돌이켜 보았다. 여자 혼자 사는 집의 기와 속에서 정원에 무성히 자란 풀들의 뿌리를 씻어 내리는 빗소리와 천둥 사이를 뚫고 '그 사람을 나쁘게 생각하지 말아주세요!'라고 말하는 노리코의 절규에 가까운 호소가 또다시 들리는 것 같았다. 그러나 침대 위에 엎어져 우는 노리코의 예쁜 띠 매듭이 왜 그렇게 덧없이 흔들리고 있었는지…….

노부코의 마음은 말할 수 없는 애련함과 삶의 덧없음으로 걷잡을 수가 없었다. 마른 얼굴에 땀과 먼지로 뒤범벅된 기미 긴 얼굴의 엔도 준코는 반짝이는 눈을 하고 입맞춤에 대해서 말했다. "아이카와 요시노스케 씨는 제게 입맞춤해 주셨어요."라고. 그곳에도 실룩거리는 인간성의 단편과 경련이 있다. 그렇지만 왠지 이것저것은 서로 어긋나기도 하고 하찮음이나 통절함 등이 서로 엉겨 있으며 어느 것도 궁극의 의미는 알 수 없는 것이리라. 비 내리는 밤에 천지의 암흑과 인간 삶의 기묘한 어두움이 넓은 방 안에 벌레 통처럼 달려 있는 하얀 모기장이 번쩍하고 비추는 번개가 사라질 때마다 더욱 진해져 노부코의 심신을 죄어오는 듯했다.

22

모토코가 교토에서 돌아왔다.

도쿄를 떠난 지 불과 10여 일도 되지 않았지만 그 사이 너무나도 다른 세계에서 살다 온 사람과 같은 눈으로 모토코는 집안을 돌아보았다.

"어떻게 되었어? 아이카와 요시노스케의 장례식은 다녀왔니?"

"응, 갔다 왔어."

노부코는 자연스럽게 화제를 옮겨 물었다.

"넌 어떻게 되었어? 일은 잘된 거야?"

"혼자 북 치고 장구 친 듯한 기분은 좀 들지만……."

분배받을 재산이 예상한 만큼은 없는 것 같았다.

"전혀 안 되는 거야?"

"아니, 그 정도는 아니고. 그냥 나 혼자 정도는 어떻게 되겠는데……."

나 혼자 정도라는 말에 노부코는 놀랐다.

"나 혼자 정도라니……."

그렇다면 모토코는 노부코의 비용까지도 자신이 부담하려고 생각했다는 것인가?

"그건 안 될 말이야."

노부코는 당황하며 말했다.

"난 그런 호의는 받을 수가 없어. 안 돼, 절대로⋯⋯."

설령 모토코에게 돈이 충분하다 하더라도 노부코는 그 돈으로 자신이 외국을 간다는 것은 상상할 수 없었다.

"부코짱는 그렇게 여길 거라 생각했어. 그렇지만 돈은 그냥 돈일뿐이잖아. 그렇지? 쓸 때는 정승같이 쓰라고 하잖아! 우리 아버지가 피땀 흘려 돈을 벌었다는 생각은 안 하지만, 그래도 만지기만 해도 부정 탈만 한 나쁜 돈은 아니야."

"그런 말이 아니잖아."

노부코는 얼굴을 약간 붉히며 모토코의 배려를 기쁘게 생각하면서도 낮고 단호한 목소리로 말했다.

"그 돈 준비 안 되서 다행이다!"

빨간 파이프를 입 안에서 굴리며 모토코는 눈부신 정원에서 시선을 노부코에게로 옮겼다.

"부코짱의 마음은, 그럼 어떤 거지?"

외국행 이야기가 나오고 나서 처음으로 모토코가 물었다.

"갈 마음이 없는 거야?"

갈 마음이 없다고 한다면 그건 한쪽으로 치우친 대답이었다.

지금의 노부코의 심경은 꼭 가고 싶다고는 할 수 없었다.

"물론 가보고 싶어. 하지만 난 러시아어 전공도 아니고 간다면 프랑스도 가보고 싶고…….”

하지만 이것도 노부코가 품은 마음의 전부라고는 할 수 없었다. 노부코는 만약 이번에 외국에 가게 된다면 자신이 가야 하는 확실한 동기를 가지고 가고 싶었다. 스무 살 때 아버지를 따라서 뉴욕에 갔다. 그것은 노부코에게는 전혀 선택의 여지가 없는 수동적인 기회였다. 그때 노부코는 기회를 살리기 위해서 필사적이었다. 외국에 간다는 것은 그 경험만으로도 노부코를 고심하게 만드는 것이었다.

“너야 전공이니까 가는 이유도 목적도 확실하잖아. 하지만 나는…… 알잖아? 그리고 지금 내 마음에 풀리지 않는 것도 있구.”

노부코는 손가락으로 가슴 주위를 쿡쿡 찔러 보였다.

“그게 정리되면 결정할 수 있을 거 같아. 그러니까 조금만 더 기다려…….”

“그거야 기다릴 것도 못 기다릴 것도 없지만…….”

아이카와 요시노스케의 죽음을 알았던 순간의 놀라움과 의심, 슬픔이 조금 수그러든 후, 노부코 안에 여운이 남기 시작했다. 그 여운은 가늘면서 사라지기 어려운, 마치 아이카와 요시노스케가 『거미줄蜘蛛の糸』이라는 소설에서 말한 한 줄의 가늘게 빛나는 거미줄처럼 금방이라도 끊어질 듯 가느다란데도 절대로 끊어지지 않는 강인함을 가지고 있어서 구슬을 하나하나

316

폐어가는 비단실과 같이 어느 사이에 노부코의 마음속에서 하나하나가 각각 일어나서 노부코를 흔들고 있는 사건과 사건 사이를 다니며 그게 어떤 것이고 어떻게 될지도 모르면서 하나의 실로 폐어가고 있는 기분이었다.

요 두세 달 사이에 일어난 여러 가지 일들, 오치와 어머니의 갈등, 다모쓰의 생활 태도에 대한 걱정 등이 절실하지만 어느 것 하나 본질적으로는 해결하지 못한 채 노부코에게는 어떻게 할 수 없는 현실의 구석에서 사라져가고 있었다. 그 무지 위에는 오시마 노리코의 너무도 아름답게 울며 무너져갔던 모습이 있으며, 또 먼지로 범벅된 모습의 젊은 청년 세 명의 얼굴도 있었다.

언젠가 도자카의 손님방에서 다모쓰를 설득시키지 못하는 무능함을 괴로워하는 자신을 발견한 것처럼 지금까지 노부코의 마음에서 자신의 무지와 뒤죽박죽 엉켜 있었던 것을 한 줄의 거미줄이 가늘게 그러나 결코 끊어지지 않는 그 질김으로 하나하나 이어가고 있는 듯 느껴졌다. 그것은 모든 것을 알게 되었다는 의미가 아니었다. 반대로 아무것도 알지 못하는 무지 속에서 아이카와 요시노스케가 자신의 시대를 향하여 정직하게 나타낸 막연한 불안이라는 거미줄이 짜여서 조금씩 범위를 좁혀가는 듯한 기분이었다. 알게 되었다는 방향에서 솟아나는 힘이 아니라 정말로 모르겠다고 좁혀가면서 응집시킴으로써 그곳에서 하나의 분출이 솟아오르는 듯한 아픔과 환희가 교차된 예감이 노부코의 마음을 쑤셔놓는 것이었다.

노부코는 이런 이해하기 어려운 마음을 이해시키기 위해 모토코에게 자신의 마음을 어렵게 이야기했다.

"그러니까 나는 이런 모든 것을 완전히 매듭짓고 싶어. 이해돼? 중단하고 싶지 않아. 음악처럼 끝까지 들어보고 싶어."

"글쎄, 그것도 좋겠지…… 나도 오늘 내일 떠나는 것도 아니고……."

모토코는 그러한 노부코의 마음에는 별로 개입하고 싶지 않은 듯 자신이 관여하지 않아도 노부코가 빨리 마음을 정리하고 결실을 맺는 상태가 되기를 기대한다는 듯이 여행 준비를 위한 외출로 바빴다. 둥지를 틀고 앉은 암컷처럼 노부코는 집에 틀어박혀 있었다.

그런 어느 날 오후 마루에 앉아서 대나무 잎이 어항에 푸른 그림자를 드리우는 것을 보고 있던 노부코는 등 뒤에서 들리는 남자 목소리에 깜짝 놀라 돌아보았다.

"안녕하십니까?"

보자마자 노부코는 무뚝뚝한 눈초리를 보냈다. 소녀를 위한 문예잡지의 기자인 누마베 고조는 현관이 아니라 석류나무 밑을 기어서 늘 갑자기 나타났다. 처음에 왔을 때부터 그는 그랬다.

노부코가 방에 있었던 적도 있고 없었던 적도 있었다. 언짢아져서 방 안쪽으로 앉아 있는 노부코에게 하얀 옷을 입은 누마베 고조沼部浩三는 거리가 떨어진 마루에서 이야기를 걸었다.

"오늘은 모토코 씨는 안 보이시네요? 외출하셨나요?"

그리고 안을 들여다보는 것이었다. 노부코는 모토코가 외출한 것과 당신이 무슨 관계가 있는지를 물어보고 싶은 마음이 들었다. 아무리 노부코가 거절해도 뭐든 쓰라고 강요하는 그 집요함이 노부코에게는 자연스럽게 받아들여지지 않고 흔한 말로 '남자는 뚝심'이라는 식의 의미로 전달되어 노부코는 누마베 고조를 혐오하였다.

그 남자가 오늘은 유카타(일본 여름 옷)를 입고 왔다. 이런 생각이 들자 노부코는 급히 마루에서 일어나 안으로 들어가려고 하였다. 그러자 정원에 서 있던 하얀 유카타의 남자는 노부코가 놀란 것으로 생각하고 말하였다.

"저, 실례를 범했습니다. 현관으로 돌아가는 편이 좋을까요?"

제대로 보니 그는 누마베 고조와는 전혀 다른 사람이었다. 서른을 막 넘긴 연령과 키 정도가 닮아 있었던 것이었다. 안경을 쓴 얼굴은 약간 창백하고 조용한 인상이었다. 노부코는 당황한 자신이 우스워졌다.

"저야말로 실례했습니다. 잠깐 다른 사람과 착각해서……."

그러면서 마루로 나갔다.

"누구시죠?"

"아니 별로 이름을 밝힐 정도의 용건은 아닙니다."

하얀 유카타를 입은 남자는 무성하게 자란 풀들을 초원에라도 서 있는 듯 뽑아서 손가락 끝으로 돌리며 말했다.

"당신이 쓴 책을 읽고 있거든요."

"……."

노부코는 예리한 눈으로 그 남자를 바라보았다.

"우연히 지나다가 문패를 봤습니다."

유카타의 남자는 말투나 태도가 노부코에게 강한 인상을 주었다. 노부코의 작품을 읽어서 찾아온 사람치고는 그는 너무도 나이가 많아 보였다. 담백한 인상이었지만 아주 조금은 통통했다. 단순히 나이가 많다는 것 이상으로 그 사람은 노부코에게 완성된 자신의 세계를 느끼게 하였다. 노부코는 조용하고 점잖으며 그럼에도 무단침입자의 면모를 가지고 있는 이 인물을 경계하기보다 오히려 강한 호기심을 느꼈다.

뜰에 선 채 그 사람은 마루에 있는 노부코에게 물었다.

"당신은 호조 가즈오라는 사람의 작품을 읽어본 적이 있습니까?"

"그건 문학 작품이 아닌 걸로 아는데요……."

노부코는 어딘가의 광고에서 그 이름을 본 기억이 있었다.

"문학이 아니다."

유카타의 그는 쓸쓸한 듯 웃음을 띠었다.

"경제와 정치입니다만."

"읽은 적은 없습니다."

솔직하게 노부코는 대답했다.

"그런 책들에 대해 들은 적은 없습니까?"

노부코 주위에 정치나 경제 이야기를 하는 사람은 없었다.

"한번 읽어볼 생각은 없습니까?"

"글쎄요……."

자신의 이름도 밝히지 않은 채 갑자기 이런 이야기를 꺼낸 이 사람에게 노부코는 또다시 묘한 기분을 느꼈다. 그 마음을 얼굴에 드러낸 채 서 있는 노부코에게 이 유카타의 남자는 다시 쓴웃음에 가까운 미소를 보였다.

"마르크스주의라는 잡지는 안 읽으시는지요?"

"안 읽어보았는데요."

"문예 이론도 나옵니다. 시노하라 구란도篠原의 훌륭한 논문도 있습니다."

"그렇군요."

시노하라 구란도라는 이름으로 쓰인 문학에 대한 논문을 노부코는 언젠가 잡지에서 본 적이 있었다. 읽었지만 이해할 수 없었다. 인용에서 인용으로 이어지는 문장의 조립으로 노부코에게는 어디에 이 사람만의 문장이 있는지 알 수가 없었다. 그런 면만이 강하게 느껴져 한층 노부코의 이해를 어렵게 만들었다.

노부코는 자신의 느낌을 유카타의 남자에게 말했다.

"그렇군요. 그런 말이군요…… 그러나 이해할 수 있습니다."

힘을 주어 되풀이했다.

"이해하지 못할 리가 없어요."

그리고 약간 화가 난 듯 말했다.

"그건 당신이 일부러 이해하지 않으려고 하는 거예요."

"어째서요?"

노부코는 마루에 앉아서 뜻밖이라는 표정을 지었다.

"어째서 내가 일부러 알려고 하지 않는다고 당신이 단정할 수 있죠?"

"……"

"우린 지금 처음 만났잖아요?"

"그게 아닙니다. 그런 의미로 한 말이 아니에요."

"당신 도대체 누구죠?"

노부코가 중얼거렸다. 그러나 유카타의 남자는 아무 말도 하지 않은 채 손에 쥐고 있던 잡초를 손가락 사이에서 빙글빙글 돌리더니 이윽고 다 피운 담배라도 버리듯이 발밑으로 휙 던졌다.

"초면에 대단히 실례가 많았습니다. 언제든 호조 가즈오의 책을 읽어보시기 바랍니다."

그렇게 말하며 노부코가 인사할 틈도 없이 석류나무 그늘로 몸을 돌려 문 밖으로 나가버렸다. 그 하얀 유카타와 검은 군인 모양의 띠가 노부코의 눈에 남았다.

23

갑자기 석류나무 그늘 아래에 나타나서 노부코가 혼자 금붕어 어항을 보고 있던 곳에 들렀던 그 남자는 도대체 어떤 사람인가? 어떤 의미로 호조 가즈오의 책에 대한 일이나 시노하라 구란도의 글만 이야기하고 가버린 것일까? 그 책들이나 논문에 관하여 노부코가 일부러 알려고 하지 않는다는 것을 어떻게 그 하얀 유카타의 남자는 단언할 수 있었을까?

모토코가 저녁나절 돌아왔을 때 노부코는 그 갑작스러운 손님에 대하여 이야기했다.

"전혀 모르는 남자였어?"

"응 전혀……."

"이 근처에 사는 사람 같지는 않구?"

"그렇게 보이지도 않던걸?"

모토코는 담배 연기가 저녁 바람에 날아가는 것을 쫓는 듯 정원을 보고 있다가 말했다.

"여기가 길거리라는 걸 좀 더 생각해봐야겠는걸."

문에서 현관까지의 통로와 정원 사이에 담이 없다는 것을 말하는 것이었다.

"아무래도 이번 계절에는 정체불명의 사람들이 빈번히 들랑거리네."

오늘 온 이상한 손님뿐만 아니라 그전에도 더러워진 복장의 청년들이 왔고, 그 후로도 세 명의 더러운 복장의 청년들이 엉망진창인 종이에 연필로 성만 써 가지고 온 일이 세 번 있었다. 항상 서너 명 정도가 한 조가 되어서, 그 사람들은 그래도 반드시 현관으로 들어왔다. 당당하게 현관으로 들어온다는 점에서 그 사람들이 자신들의 권위를 인정하고 있음을 나타내는 듯했다.

하얀 유카타의 남자가 '일부러 알려고 하지 않는다.'라고 한 한마디가 노부코에게 작은 가시와 같이 마음에 남았다. 그 말은 불쾌한 날카로움으로 노부코의 마음을 후벼 파고들었다. 노부코의 입장에서 일부러 알려고 하지 않았다는 태도는 거기에 무언가 방어하지 않으면 안 되는 특별한 이해나 권위를 생각하지 않을 수 없었다. 시노하라 구란도의 계급 예술에 관하여 쓴 논문은 인용만이 나열되어 있어 잘 이해할 수 없었다고 한 노부코에게 어떤 타산이 있었다고 말할 수 있단 말인가. 일부러 알려고 하지 않을 필요성이 어디에 있다는 말인가?

오랜만에 옛 동창생이며 소설가이기도 한 고노 우메코河野梅子가 놀러왔을 때 노부코는 그 기묘한 방문자에 대하여 말을 꺼냈다.

"그 사람이 그렇게 말하는 거야, 내가 일부러 알려고 하지 않는다고. 그런 일이 있을 수 있어?"

"그게 무슨 말이지?"

시타마치下町77 출신으로 작은 체격의 예쁜 눈꺼풀과 긴 속눈썹을 가진 우메코는 가느다란 목을 약간 움츠리고 모토코 쪽을 돌아보았다. 모토코는 잠자코 있었다. 세 명 앞에는 우메코가 가지고 온 아이스크림을 담았던 유리그릇이 있었다.

"고노, 너는 그런 거 좀 알아?"

우메코는 조용히 공부하는 형으로 어느 틈에 전공인 영문학 외에도 체호라의 작품 등을 원어로 읽고 있었다. 소설에서는 노부코도 간접적으로 영향을 받고 있는 스다 나오키치에게서 사사받아 여성 작가로서는 드물게 꾸밈없는 작풍을 인정받고 있었다.

"난 좀 부지런한 타입이 못 되어서 별로 그런 작품은 안 읽었는데⋯⋯."

우메코는 어금니의 금니를 보이면서 눈초리를 살짝 올려 웃

77_시타마치(下町) : 도시 저지대의 발달한 상공업 지역.

었다.

　노부코로서는 시노하라 구란도의 논문에 나오는 리얼리즘
이라는 문학상의 경향에서도 계급의 급별이 있으며 부르주아 ·
리얼리즘, 프롤레타리아 · 리얼리즘으로 나누어야 한다는 것을
인정하기 어려웠다. 『안나 카레니나』에서 안나가 모스크바에
와서 처음 무도회에 참석한 첫날밤의 아름다움, 그리고 또한
우론스키와 사랑에 빠진 후 유랑아 카레닌의 서재에서 여자로
서의 해방을 원하고 냉혈한 카레닌에게 다가가는 그 생명력과
필사적인 진실에 불타오른 장면, 그런 식으로 똑똑히 인간과
인간의 생활이 소용돌이치는 소설을 쓸 수 있기를 고대해왔던
노부코는 부르주아 · 리얼리즘, 프롤레타리아 · 리얼리즘이라는
식으로 구분하는 의미를 이해할 수 없었다.

　"어찌되었든 정말로 진정한 소설을 쓰고 싶어. 그렇지? 그
건 동감하지?"

　노부코는 강한 소망을 표정에 드러내며 말했다.

　"프롤레타리아의 생활도 부르주아의 생활도 모두 담은 사실
주의 소설을 쓰고 싶어. 사회는 그렇게 움직이는 것인걸. 리얼
리즘이라는 것도 그런 게 아닐까?"

　"……."

　우메코는 약간 아래를 내려다보며 진지한 표정으로 자신의
의견은 말하지 않고 노부코가 하는 말을 들었다. 잠깐 모두가

침묵하고 있자 모토코가 남자같이 팔짱을 낀 한 손으로 파이프를 입에서 빼더니 말했다.

"우리들로서는 계급이라는 것을 잘 이해하지 못하니까 아무래도 모든 것이 확실히 보이지 않는지도 몰라."

노부코는 눈이 둥그레져서 그런 말을 갑자기 하는 모토코를 바라보았다. 모토코가 그런 말을 하다니…… 전혀 예상치 못한 말이었다.

"넌 이해하고 있다는 거야?"

"그야 확실히 알 수는 없지 않을까? 그렇지만…… 아무래도 그런 것 같은 느낌이야."

"……."

언제 모토코는 그런 분야까지 알았을까? 일전 교토에 돌아갔을 때 모토코는 기온축제의 한심한 곳에서 밤을 새기도 했다. 돌아와서도 일상의 자잘한 일에 관심을 보이는 등 모든 것이 변함없이 보였는데, 그런 모토코로부터 자신들의 생활 속에서는 들을 수 없었던 계급이라는 말을 들었다. 이것은 노부코를 놀라게 하였다. 신중한 우메고조차도 잠자코 모토코를 바라보는 눈동자 속에서 놀람을 나타내고 있었다. 노부코는 몸을 바짝 당겨 물었다.

"뭐 항상 노부코만 만물박사란 법이 있나. 나도……."

"그렇게 놀리지 말고. 정말……."

"호랑이 주먹이 있거든."

노부코와 우메코는 서로의 눈을 마주쳤다.

"어디에?"

모토코는 재미있다는 듯이 싱글싱글 웃으며 대답을 하지 않았다.

노부코가 얼굴 가득 초조한 빛을 띠며 재촉했을 때 모토코가 턱으로 방구석에 있는 자기 책상 쪽을 가리켰다.

"거기!"

"정말?"

"거짓말이라면 시작도 안 했어."

노부코는 바로 일어나서 책상 쪽으로 갔다. 모토코가 번역한 러시아 작가가 쓴 서간집의 교정본이 책상 위에 놓여 있었고, 그 옆에 빨간 잉크병이 뚜껑 닫는 걸 잊어버린 듯 열려 있었다. 돌아보았지만 모토코가 말한 호랑이 주먹 같은 것은 없었다.

"없는데. 아무것도……."

"사전 밑에 있을 텐데…… 커버 씌워 있는 것."

두꺼운 러시아어 사전 밑에 네모난 모양의 두꺼운 책이 하도롱지로 커버되어 있었다.

"이거?"

노부코는 손에 들어 올린 책을 건너편에 앉아 있는 모토코

쪽으로 들어 올려보였다.

"응."

노부코는 선 채 그 책을 펼쳐보았다. 부하린 저,『사적유물론』[78]이라고 인쇄되어 있었다. 이것은 가끔 신문이나 잡지 광고에서 본 제목이었다. 동시에 노부코는 의미를 알지 못하는 제목이기도 했다. 노부코는 페이지의 이곳저곳을 들쳐보면서 느릿느릿 두 사람이 앉아 있는 곳으로 돌아왔다. 그리고 우메코에게 그 책을 건넸다. 우메코는 침착하게 순서대로 목차를 읽고 몇 페이지를 살펴보았다. 우메코는 잠자코 그 하도롱지로 커버된 책을 방 위에 놓았다. 그 책의 목차나 쓰여 있는 문장의 곳곳에는 노부코가 이미 익숙해져 있는, 책에는 없는 신선하면서도 날카롭게 파고드는 뭔가가 느껴졌다. 거기서만 느낄 수 있는 아름다움도 느껴졌다. 노부코는 손을 뻗어 우메코 옆의 책을 집었다.

"재밌어?"

"응, 재밌어."

모토코는 단호하게 머리를 끄덕였다.

"언제 사온 거야?"

78_부하린의『사적유물론』: 1926년 6월 일본에서는『유물사관』이라는 이름으로 처음 번역되었고 쇼와(昭和) 초기의 대표적인 마르크스주의 도입서로서 많이 읽혀졌다. 나중에는 마르크스주의를 균형론과 대립시켜 왜곡된 것이라고 비판하였다. 부하린은 1937년 반당 활동으로 인해 소련연방공산당에서 제명되었다.

"23일 전에……."

23일 전이라면 하얀 유카타의 남자가 갑자기 석류나무 아래에 나타난 바로 다음날이었다. 모토코는 또다시 턱을 쓰다듬으면서 말했다.

"호조 가즈오의 책도 있었는데 아무래도 이 책이 더 좋은 거 같아서…… 이 책으로 샀어."

"너무한다."

노부코는 다시 그렇게 말했다.

"내가 틀어박혀서 이것저것 생각하고 있는 사이에……."

"아무리 나라고 해도 설마 아무것도 모르는 채로 갈 수는 없잖아. 노부코도 사서 보면 되잖아. 엄청 쌓여 있거든, 동경당에."

우메코가 그 말에 주의를 기울이다가 조금 주저하면서 물었다.

"어디 가는 거예요?"

"아아……."

모토코는 스스로 자기 말에 기습이라도 당한 듯이 조금 당황하였다.

"아직 확실히 정해진 일은 아니지만…… 나 어차피 일생을 러시아 문학 번역으로 먹고 살려면 큰맘 먹고 소비에트로 갔다오는 것이 좋다는 생각이 들어서……."

"어머나."

우메코는 눈에서 빛을 냈다.

"잘됐다! 꼭 다녀오세요."

그녀만의 겸허한 태도로 찬성하였다.

"다녀오면 정말 좋을 거예요. 저까지 왠지 즐거워지는걸요."

'즐거워지는걸요'라는 부분을 너무나도 동경인다운 빠르고 똑 부러지는 말투로 말한 우메코가 물었다.

"노부코 씨도 같이 가나요?"

"난 돈이 없어서."

그러자 모토코는 약간 놀리는 듯한 말투로 말했다.

"돈 문제만은 아니지……. 여전히 바빠서…… 동기가 아직 익지 않았다고 할까."

"하지만 그건 우메코도 이해해주리라 생각해. 애매하게 가버린다면 나중에 후회할 거 같아. 자주 갈 수 있는 곳도 아니고."

동기라는 점을 말하자면 이름도 밝히지 않은 하얀 유카타의 남자가 찾아온 사건으로 노부코는 자신의 무지에 대한 응집 작용에만 골똘히 사로잡혀 있는 상태에서 내동댕이쳐져 밖으로 나온 듯한 상태 같았다. 무지의 밖으로, 알아야만 하는 것이 존재하며 도리어 그쪽이 좀 더 의미 있는 것으로 느껴지는 것이었다.

우메코는 그날 밤 노부코와 모토코가 살고 있는 도시 변두리의 집에 머물렀다. 다음날 오전에 돌아가려고 하는 우메코에게 모토코가 다짐을 두었다.

"여행 이야기는 아직 모든 것이 확실하지 않은 상태니까, 그렇게 알아주었으면 좋겠어. 부탁할게. 간다고 소문났다가 못 가게 된다거나 하는 일도……."

"알았어요. 걱정 말아요. 아무에게도 말하지 않을 테니까……."

현관으로 나가면서 우메코는 짙고 긴 속눈썹을 올리며 노부코를 돌아보며 말했다.

"그래도 실현시킨다면 정말 좋을 거 같아요."

옅은 재색에 가까운 종이 표지에 빨간 글자로 부바린 저, 『사적유물론』이라고 쓰인 정가 1엔의 두꺼운 책이 노부코 주위에도 나타나기 시작하였다. 이 한 권의 책에 의해서 사회의 성립이 어느 정도 객관적으로 노부코 앞에 나타나기 시작하였다. 잠깐 동안 멍하게 인간성의 발전으로서 문학적으로 느껴왔던 사회의 진보에 대해서 생산 조건의 발전과 그 추이를 중축으로 하여 실현된다고 하는 사실은 노부코에게 전혀 새로운 진실이었다. 사회에 계급이 있다는 사실을 갑작스럽게 문학과 연관지어 받아들일 수는 없었지만, 이 책에 나온 계급이 없었던 원시사회에서 어떻게 인간사회가 변화해 왔으며 계급이 발생되었는지는 노부코도 이제 이해할 수 있었다. 하나의 발전 안에서 같이 존재하는 모순 그 자체에 또 다른 발전의 가능성이 준비되어 있으며, 진전에는 멈춤이 있을 수밖에 없다는 사실과 절대가 없다는 사실, 그리고 해결할 수 있는 방법이 현실에는 없다는 사실이었다. 노부코는 그것들에 동감했으며 그리고 그것들은 실감으로 다가왔다. 이제까지의 노부코는 다모쓰가 항상 되풀이해온 '절대로 운운'이라는 관념을 얼마나 진저리치게 생각해 왔던가? 항상 그에 저항감을 느껴왔다. 그 저항에는 이유가 있었고, 그것은 자연스러운 것이었다.

노부코는 매일 많은 시간을 그 책에 할애했다. 부분 부분만 접해왔고 그것만이 전부라고 보아왔던 이 인간사회라는 것을 천변만화千變萬化의 복잡함 속에 모순의 뿌리부터 해명하여 역사가 발전해가는 필연의 방향을 이끌어 내는 사회학의 방법은 너무나 새로운 힘으로 노부코의 지식욕을 채워주었다.

노부코는 때때로 그 감동을 누를 길이 없었다.

"나 진정으로 기뻐"

그리고 모토코에게 말했다.

"마치 안개가 걷혀가는 것 같아. 하나하나 산이나 숲, 그리고 강의 모습이 안개 속에서 보이는 것 같아. 그렇지 않아?"

"······"

"근데 넌 그렇게 느껴지지 않니?"

"지금 이거 하고 있으니까 좀 조용히 해줄래? 노부코는 타고 난 성격인 것 같은데, 좀 싫어졌어."

빨간 잉크가 묻은 펜을 가진 채 모토코는 정말 싫어진 듯 옆에 서 있는 노부코를 의자 위에서 올려다보았다.

"언제부터 이렇게 되었지? 알고 있는 거야? 지금 모습……이번 일만 해도 이 책을 발견한 건 나거든. 노부코는 집에 단지 앉아 있었을 뿐이잖아. 나는 일이 있어서 나가지 않으면 안 되고. 그러면 너는 앉아서 그것을 읽고 있지. 그리고 점점 그것들을 흡수해서 성장해 나가는 거야. 항상 그래. 내가 계기를 만들고 그것을 옆에서 잡아서 자기 것으로 만들어버리거든, 노부코는."

모토코는 어두운 눈으로 노부코를 보았다.

"그게 일반적으로 말하는 능력의 차이라고 하는 거겠지만……"

어금니를 악문 듯한 신랄함으로 말했다.

"나는 노부코에게 먹히는 건 사양하고 싶어."

뭔가를 말하려고 노부코는 입술을 조금 열었다. 그렇지만 어떻게 말해야 좋을지를 몰랐다. 어두운 모토코의 시선 속에는 너무나도 복잡하게 그리고 진심으로 노부코를 밀어젖히는 그림자가 있었다. 그래도…… 노부코는 모토코와의 현재의 생활에 결코 완전히 안심하고 있는 것은 아니었다, 쓰쿠다와의 생활에 안착할 수 없었듯이. 쓰쿠다와의 생활에 정착하지 못하는 노부코에 대해서 모토코는 너무나 적극적으로 떠나가는 노부코의 마음을 지지했다. 지금도 노부코는 움직이려고 하고 있다. 자신들의 생활로서, 그리고 자신들의 생활의 새로운 의미를 발견해가고 있는 것이다. 모토코는 왜 이해해 주지 못하는 것일까? 노부코와 모토코 사이의 일로 받아들이는 것이겠지? 모토코의 책상 옆에서 멀어지면서 노부코는 눈물을 머금었다.

24

소비에트연맹의 혁명 10주년 기념제는 10월 초순에서 1개월간 계속될 예정이었다. 그것이 끝나고 나서 그곳에 도착하는 편이 좋다. 모토코는 그렇게 계획을 세웠다. 완전히 개인 자격으로, 아니 어쩌면 초대받지 못하는 손님으로 가는 여자는 그런 행사가 가라앉은 다음에 가는 편이 좋다. 그렇게 생각했던 것이다.

9월 들어서 모토코는 정식으로 여권 신청 수속을 했다. 여권 신청에는 발급받을 여권에 붙일 사진이 필요했다.

"귀찮아…… 집에서 찍은 거로도 되겠지? 어디에 있을 것도 같은데."

모토코는 앨범에 붙이지 않은 스냅사진을 넣어두는 카스텔라 상자를 마루 밑에서 꺼내 안에 든 것을 책상 위에 쏟았다. 노부코는 마루의 의자에서 그 모습을 바라보고 있었다. 모토코는 말했다.

"딱 맞는 게 없네…… 이건 너무 작고."

서류에 붙여서 낼 사진은 규격이 정해져 있었다. 노부코는 묘하게 힘이 들어간 눈으로 모토코가 사진을 이것저것 만지는 모습을 지켜보다가 조금 침이 고인 것 같은 목소리로 말했다.

"새로 찍는 게 낫지 않을까?"

그러면서 의자에서 일어나 책상 옆으로 왔다.

"새로 찍자구…… ."

난처한 듯 그렇게 말하며 노부코는 약간 흥분한 미소를 띠었다.

"나도 찍을 거니까…… ."

모토코는 그 말을 듣자 갑자기 얼굴을 붉혔다.

"뭐라구, 노부코!"

그리고 확인하듯이 뚫어지게 노부코를 둘러보았다.

"정말이야?"

노부코가 고개를 끄덕였다.

"어째서지? 동기는 어떤……?"

회색 표지의 두꺼운 책은 노부코가 지금까지 알지 못했던 모든 것을 알려주었다. 자신의 갖가지 의문이 이 일본 사회 안에서 가지고 있는 환경과 관계된 것이라는 사실이 희미하게나마 윤곽을 드러냈다. 그렇지만 그것은 어디까지나 희미하게 알 뿐이었다. 예를 들면 자신이 계급적으로 성장한다고 하는 것에 관하여 구체적으로 무엇을 어떻게 해야 좋은지 노부코는 알지 못했다. 책에는 명료하게 나타나 있었다. 소시민이나 인텔리전트는 프롤레타리아의 혁명적 진영에 참가함으로서 비로소 자신을 역사 위에 발전시키는 것이 가능한 것이라고.

러시아 역사 안에서 본다면 노부코도 잘 이해하는 듯했다. 이미 많은 사람들이 그런 방법으로 살았다. 그러나 노부코는 일본에서 자신을 비추어보는 것은 짐작조차 할 수 없었다. 누구든 혁명가가 되어야 한다면, 그리고 그것밖에 자신이 살아갈 길이 없다고 한다면……

노부코는 무서웠다. 아나키스트였던 오스기 사카에와 이토 노에가 아마카스 마사히코라는 헌병에게 얼마나 처절하게 처형당했는지를 생각하면 무서웠다. 노부코는 살고 싶었다. 시노하라 구란도가 리얼리즘에 있는 계급의 구별에 대하여 쓴 것도 이제 노부코는 어느 정도 이해할 수 있었다. 프롤레타리아의 입장에서 그 감정으로 현실을 본다는 것은 어느 정도 납득했지만, 그래도 그것은 노부코의 일상생활이나 작품 활동을 어느 정도는 변화시킬 것이었다. 무산파라고 불리는 사람들 사이에서 그 이론을 이야기하는 시노하라 구란도와 같은 사람들은 특별하였으며, 대개 노동자 출신의 작가나 가난한 생활을 하고 있는 작가가 아니면 발언권을 인정하지 않는 것처럼 노부코의 눈에는 비춰졌다. 그리고 실제로 노부코가 쓰고 있는 것들에는 그들의 삶이 완전히 무시되고 있었다.

　그 사람들에게 인정을 받든 인정받지 못하든 노부코는 인간으로서, 여자로서 자신이 그들의 인생에 발언하고 싶은 것을 느꼈다. 자신의 삶의 방식을 사라지게 하고 싶지는 않았다. 어디선가에서 어떤 이론에 걸려서 멈춰버릴 거라면, 그렇다면 왜 그런 괴로움을 겪으면서 매달리는 쓰쿠다의 얼굴을 이 손으로 밀어내고 땀으로 차갑게 식은 쓰쿠다의 얼굴 감각이 그것을 밀어낸 자신의 손바닥에 지금도 괴로움으로 남아있으며, 쓰쿠다하고의 생활을 그렇게 비틀어 내면서까지 끊어버렸단 말인가.

　"나, 그래서 소비에트에 가보려고 생각했어. 거기서 살아보고 싶어. 좋은 일도 나쁜 일도 모두 이 눈으로 보고 이 몸으로 느끼고 싶어."

　한쪽에서는 극락이라고 말하고 다른 한편에서는 악마의 소굴과 같이 평가하는 소비에트동맹의 진정한 일상생활 속으로 자신의 눈과 마음으로 들어가 살아본다면 그곳의 생활의 실제를 알 수 있을 것이고, 그에 따라서 자신이라는 존재나 그 생활 방식도 알 수 있으리라 기대하는 것이었다.

"잘은 설명하지 못하겠지만, 알겠니? 자신을 숫돌에 갈아보고 싶어. 그래서 러시아어 따위는 몰라도 좋아. 그냥 살아보고 싶은 거야……."

"정말 노부코답다."

모토코는 잠시 잠자코 생각에 잠겨 있다가 말했다.

"좋아. 너와 나는 같이 간다고는 해도 목표가 다르니까……."

그 점을 다시 한 번 명료하게 해두는 듯 모토코는 천천히 말했다.

"그런데 그렇게 결정되었다면 빨리 움직여야지."

"맞아. 근데 아직 여비도 마련이 안 되었고……."

노부코는 현실적인 절차를 모토코에게 대답했다.

"아아…… 아."

그리고는 긴 한숨을 쉬며 탁자 위에 턱을 괴며 앉았다.

"어쨌든 너한테는 남의 일이었잖아."

"뭐가? 결정하기까지?"

"여태까지 우린 타성만으로 움직이는 거 정말 싫어했잖아? 너야 일이 척척 진행되고, 내가 아직 동기를 찾지 못했다면 너는 어떻게든 하려고 생각했을 거니까."

"……."

모토코의 갈색 얼굴이 약간 붉어졌다. 그리고 말없이 빛나는 시선으로 노부코를 보았다. 그 반짝거리는 눈은 모토코가 요사이 자신을 보던 것과는 다른 눈빛이었다. 나는 네게 짐이 되는 건 싫어. 그렇게 말하는 노부코를 바라볼 때의 모토코의 눈, 그것은 어둡고 불안한 듯한 눈이었다. 노부코는 지금 모토코의 눈을 채우고 있는 밝음과 그때의 어둠 사이의 계곡에 빠져 있는 듯했다. 노부코는 웃음을 감춘 채 약간 장난기 머금은 어조로 물었다.

"넌 어떻게 될 거라고 생각했던 건대? 어떻게 되면 가장 좋겠다고 생각하니?"

모토코는 잠자코 새로 담배에 불을 붙이고는 한 모금 빨았다.

"결국 이렇게 되는 것이 가장 자연스러운 결정이지…… 잘 되었어."

"……."

노부코는 태평양 항로의 커다란 여객선이 요코하마 부두에서 멀어져가는 광경을 떠올렸다. 뱃고동을 울리고 연결다리를 올리며 음악과 화려한 테이프들 사이로 점점 거대한 여객선은 해안가를 떠난다. 처음에 가느다란 지푸라기나 과일 껍질 같은 지저분한 물결이 해안가와 배 사이에 떠 있다. 그 가늘고 지저분한 물결은 점점 퍼져서 드디어 해안 벽에 서서 이쪽을 보며 배웅하는 사람들의 얼굴을 알아보지 못할 정도로 자꾸 멀어지고, 선객은 정말로 넓은 바다 위로 나간 자신들을 느낀다.

노부코는 지금까지의 자신의 생활과 점점 멀어지는 것을 느꼈다. 해안가의 부두 위에 우뚝, 아직도 뚜렷하게 도자카의 생활이 보이고 있었다. 친구들의 생활도……. 그러나 이미 그 사이에는 큰 폭의 물이 차고 있었다. 도자카의 생활이 이미 노부코 자신과 상관없이 된 지 몇 년이 흘렀다. 노부코가 외국에서 살던 아니면 이 변두리의 집에서 생활을 하던 도자카의 날들은 도자카 집 나름의 전개를 계속하고 있었다. 친구들의 생활도……. 그렇지만 그렇게 생활 속에서 사라져버린 가운데 하나 남아 있는 얼굴이 있었다. 구레나룻 외 코밑에 솜털이 난 다모쓰의 통통하고 앳된 얼굴이었다. 그 얼굴은 마음속에 뭔가를 숨기듯 너무 말이 없고 그 때문에 눈꺼풀이 무거운 표정이었다. 스무 살이 된 몸에는 작아진 고등학교 교복의 낡고 번들번들해진 바지가 두꺼운 허벅지를 감싸고 있었다. 가족 모두로부터 사랑받으며 성실하다고 인정받으면서도 다모쓰는 실제로 너무나도 고독했다. 다모쓰는 샷사는 바보다, 천성이 우유부단하다고 친구들에게 비난받았다.

노부코는 통통한 손바닥으로 턱을 괴고 깊은 생각에 잠겼다.

"왜 그래?"

"……."

"또 다른 문제가 있는 거야?"

"다모쓰가 마음에 걸려서……."

"그렇다면…… 가는 거 그만두는 거야?"

"이젠 그만둘 수 없어."

노부코는 대답했다.

"그래서 더욱 마음에 걸려."

모토코는 현실적인 판단을 할 수 있도록 하려는 듯 빠르게 말했다.

"그 아이는 널 의지하고 있지 않아."

"맞아. 그 아이는 누군가에게 의지한다는 것은 잘못이라고 생각하고 있어. 그렇게 결심한 거야. 그리고 나는 내가 그 아이에게 의지가 되지 못한다는 것도 알고 있구. 그래서 마음에 걸려."

누나가 외국에 가기로 결심한 것을 알면 다모쓰는 자신의 마음을 절대로 나타내지 않고 찬성하며 필요한 일들을 도와줄 것이다. 그렇지만 다모쓰의 마음은 그게 다일까? 근심스럽게 턱을 괴고 있는 노부코의 얼굴을 바라보면서 모토코는 잠시 그대로 담배를 피울 뿐이었지만 이렇게 결정된 이상 밀고 나가야 한다는 식으로 잘라 말했다.

"자, 이제 여비 걱정만 하자구."

"좋은 수가 없을까?"

노부코의 감상은 다모쓰에게서 현실적인 문제로 돌아왔다.

가려고 결심이 서면서 노부코도 당연히 경제적인 문제를 고심했다. 이 여행은 처음부터 끝까지 자신만의 문제로서 경험하고 어떤 결과가 나오더라도 남에게 폐를 끼치고 싶지 않았다. 노부코는 어떤 방법으로든 자신의 힘으로 여비를 만들어야만 했다. 한 가지 방법으로 신문사나 잡지사에 소속되어 해외 특파원으로 나가는 방법이 있었다. 그러나 자신이 특파원다운 글을 쓸 수 있을지 의문이 들었다. 언어도 제대로 못하고 경제나 정치에 관해서도 제대로 아는 것이 없었다.

"기찻삯 정도는 갈 때까지 어떻게 될 거 같은데."

그것은 모토코가 말해온 작은 은행의 수금과 적금을 말하는 것이었다.

여비를 마련하는 문제는 해결이 안 되었지만 노부코는 어쨌든 여권 신청을 했다. 여름철 풀잎들이 시들어가기 시작한 정원의 처마 끝에서 서로 돌아가며 찍어준 아마추어 사진을 여권 서류의 사진으로 냈다. 발급까지는 거의 한 달 이상 걸린다고 한다. 그때까지 여비가 마련될지도 모르는 일이었다.

두 사람이 떠나면 이 변두리의 집은 당연히 정리해야 했다. 책이나 짐을 어디에 맡겨야 하는지……. 모토코는 니혼바시의 사촌동생 가게의 창고와 오이마쓰초의 노부코가 전에 2층을 빌려 썼던 옷 수리점에 맡기기로 하였다. 노부코의 짐은 도자카로 옮기기로 했다. 그런 준비를 하고 있던 어느 날 노부코가 장편소설을 연재하고 있었던 잡지사의 사장인 기노시타 도루가 노부코의 집을 방문했다.

"계십니까?"

쥐색 여름양복을 입은 키가 작은 기노시타 도루는 자동차에서 금방 내려 모자도 쓰지 않은 모습으로 남국의 풍취가 풍기는 소리를 내면서 현관에 서 있었다.

"잠시 용건이 있어서 다마가와에서 왔는데요. 꽤 한적한 곳이군요."

흥미로운 듯 여자들이 사는데도 먼지가 앉아 있는 집 안이나 그냥 내버려둔 듯한 정원을 바라보았다. 노부코는 시내 빌딩 사무실에서 사무적인 인사만을 해온 기노시타를 집 안의 자신의 의자에 앉혀야만 했다. 끝날 것 같지 않은 이야기 끝에 기노시타는 말했다.

"해결해야 할 문제가 꽤 많군요."

머리 뒤에 올리고 있던 팔을 풀며 의자 위에서 등을 펴려고 했다.

"실은 지금도 약간은 고민하는 부분이 있어요."

잡지사를 경영하면서 이 사람은 대의원으로 입후보할 마음도 가지고 있었으며 그런 점에서 노부코가 잘 모르는 정치적인 경력도 가지고 있었다.

"기노시타 씨는 여러 방면에 흥미를 가지고 계시죠? 그러니까 문제도 많고요. 이미 익숙하신 거 같은데요."

"그게 말이죠. 이번 건은 좀 큰일이라서요."

기노시타는 유연함과 완고함이 섞인 것 같은 약간 각진 얼굴을 위로 들며 짙은 우울함마저 깃든 눈동자를 보였다.

어쨌든 진지한 대화는 되지 않을 그 문제라는 것에 대해 노부코는 갑자기 재미있는 일을 생각해냈다. 노부코는 되물었다.

"기노시타 씨! 정말 그게 중대한 문제인가요?"

"제게는 중대하지요. 약간 과장되게 말하자면 일생이 걸린 문제라고 할까요."

"그럼, 좋은 지혜를 알려드릴까요?"

노부코는 일어나서 사진첩 위에서 한 권의 얇은 책을 가지고 왔다. 그 표지에는 노란 바탕에 만화가 그려져 있었다.

"이게 뭡니까?"

기노시타는 그것을 받아들었다.

"운명 판단……. 음, 이런 걸 가지고 계실 줄은 몰랐는걸요."

"그건 특별하고 정말 영험한 거예요. 제 운세는 정말 딱 맞추었는걸요. 당신도 깜짝 놀랄걸요."

책상 서랍에서 한지를 꺼내서 노부코는 그것을 얇게 찢었다. 가늘게 찢은 종잇조각에 침을 묻혀 코끝에 붙인 다음 그 운명을 판단하는 숫자가 인쇄되어 있는 페이지 위에 얼굴을 들이 대고 '호온·코로·코로·홍'이라고 말하면서 그 종이를 불어서 날렸다. 종잇조각이 떨어진 숫자의 페이지를 펼치면 그곳에 해당 운명의 답이 만화로 나와 있는 책이었다.

"참 기묘한 점이군요."

그렇게 말하면서 기노시타는 쥐색 양복의 소매를 움직여 자신의 코끝에 종잇조각을 붙였다.

"홍·코로·코로·후?"

"맞아요. 그렇게 하는 거예요."

그리고 종이가 떨어진 86페이지를 펴보았다.

거기에는 시마다와 맺어진 젊은 여자가 소매를 걷어 올리고 급류 한가운데에 가고 있는 그림이 그려져 있었다. 그리고 〈미인 유수〉와 같은 곳에 적힌 부적의 문구와 같이 시시한 말로 지금의 당신에게는 무엇보다도 결단이 중요합니다. 주저하는 사이에 사태는 나빠질 뿐이라는 문구가 그 만화가 특유의 말투로 쓰여 있었다.

"어때요?"

노부코는 신기하다는 듯 물었다.

"영험하죠? 다른 점쟁이들은 발밑에도 못 따라온다니까요."

"정말 완전히 요점을 찍어내는데요."

기노시타의 심각한 말에 노부코는 깜짝 놀랐다. 점 같은 걸 믿는 사람들의 최대공약수와 같은 이런 상식적인 문구가 정말로 작용하는구나 싶었다. 노부코는 생각할 수도 없다는 듯한 얼굴이 되었다. 그리고 물었다.

"뭐가 맞았나요?"

"뭐라고…… 정확히 말하기는 어렵지만 어쨌든. 아니 고마워요. 정말 도움이 되었어요."

정말 도움이 된 듯했다. 이 쥐색 양복의 사내에게는 약간이나마 결정의 단서가 된 것 같았다. 노부코는 그렇게 이해했다.

"제 운세는 이거였거든요…… 설날에 했으니까 확실해요. 멋지지 않아요?"

그것은 43이라는 번호였다. 훈장을 달고 빈 밥통을 뒤적이고 있는 그림, 그렇게 제목이 있고 그 제목대로 그림이 그려져 있었다. 가발을 쓰고 새털장식의 모자를 쓴 대례복의 사내가 판자 사이에 무릎을 꿇고 주걱을 휘젓고 있었다. 안이 보이는 밥통 안은 텅 비어 있었고 한 톨의 쌀도 없었다.

"하하하하……."

기노시타는 매우 유쾌한 듯 크게 소리 내어 웃었다.

"이것 참 좋은 책인데……."

"맞아요. 나도 맘에 들어요."

노부코는 약간 흥분하여 말했다.

"곤란한 점도 있어요. 이 그림을 보이고, 난 이런 운세니까 잘 부탁한다고 말해도 외국행을 시켜주지는 않으니까요."

"그런 이야기도 나와 있나요?"

두 사람은 소비에트 여행의 계획이 정해진 일, 모토코는 스스로 경비를 마련했지만 노부코는 경비가 없어서 그냥 여권만 신청해둔 것 등을 이야기했다.

"무슨 방법이 없을까?"

"나에게 소설이 아닌 다른 것을 쓸 수 있는 능력이 있다면 물론 기노시타 씨한테 상담하러 갔을 거예요. 떼를 써서라도 부탁을 드렸을 텐데. 난 그럴 능력도 없고 말도 통하지 않는 곳에 가는 거구……."

어디를 가도 소설 이외의 것은 쓰지 못할 거라는 점에서 노부코는 자신의 무력함을 느끼고 있었다.

더구나 여행 중인 몇 년간은 그 소설조차 못 쓸지도 모른다. 그런 예감도 들었던 것이다.

"아버님에게 부탁하면 좋을 텐데…… 그 정도는."

"그 방법밖에 없다면 차라리 안 가고 말 거예요."

양쪽 모두 말이 끊겼다. 이윽고 기노시타가 일 문제로 생각해낸 듯 노부코에게 물었다.

"당신이 요즈음에 연재해온 소설 말인데, 그것도 곧 단행본으로 낼 거지요? 재교정이 끝나면 곧 내겠죠?"

또다시 잠깐의 침묵이 흘렀다.

"그렇다면 이렇게 해보면 어떨까요?"

한참 만에 기노시타가 이렇게 말하며 의자 위에서 다리를 바꾸어 꼬았다.

"지금 우리 회사에서 하고 있는 전집 말인데요. 거기다가 당신과 나라자키 사호코 씨, 다무라 도시코田村寿子 씨 세 명이 합쳐서 한 권을 만들면 어떨까요?"

"정말요?"

노부코는 저도 모르게 기쁨으로 펄쩍 뛰어올랐다.

"그렇게만 된다면 정말 좋겠는데……."

회사에서 대규모로 메이지 이래의 일본문학전집[79] 간행 사업을 시작하고 있었다. 오자키 고요로부터 현대 신진작가의 작품까지 망라하여 한 사람이 한 권 정도로 할당된 작가도 있었으며, 서너 명이 한 권을 차지하는 경우도 있었다. 신문에 광고도 크게 나가고 요즘 유행하는 1엔본 출판의 선두를 차지하는 사업이었다. 노부코는 자신에게는 전혀 상관없는 일로 생각해 왔다. 여성 작가로는 히구치 이치요밖에 들어가지 못했던 것이다.

"그렇게 합시다!"

기노시타는 자신의 발상이 노부코의 경제적 문제를 해결해 줄 뿐만 아니라 출판사 입장에서도 좋은 발상이라고 생각한 듯

79_일본문학전집 : 유리코(百合子)에 입각해서 말한다면, 가이죠사(改造社)『현대문학전집』제56권에 『다무라 도시코, 노가미 야에코, 나카죠 우리코』집이 출판되었다. 1931년 3월의 일이다.

자신에게 확인시키듯 말했다.

"전집으로 봐도 세 사람이 한 권 정도로 들어가는 게 좋을 것 같구요. 그리고 삿사 씨에게도 도움이 되지요? 돈을 빌리는 것이 아니고…… 인세를 받는 거니까."

"좋아요."

노부코는 무심결에 기오로시의 파랗고 동글한 듯하면서 각진 얼굴을 쳐다봤다.

"우선 돈을 빌려서 나에게 갚을 의사는 있어요?"

"그야 그렇죠. 그저 어느 정도 되는 건가 싶어서요. 어차피 책이 나오는 것은 한참 뒷일이니까."

기오로시는 무언가를 계산했다.

"예약이라고 하는 것은 언제나 처음보다는 나중에 더 줄어드는 것인데…… 1만 엔은 낼 수 있지요?"

"그거 세 명이?"

"아니, 혼자서."

"그럼 괜찮아요. 낼 수 있어요."

"1만 엔은 받기로 하겠습니다. 나중에 뭔가 쓴 게 있으면 보내 주세요. 그건 별도의 원고료를 드릴 테니까……."

예상하지 못했던 방법으로 노부코는 여행 비용을 해결할 수 있게 되었다.

거기에 모토코가 외출에서 돌아왔다.

"어라, 이거 특별한 손님인걸."

모토코가 의자에 앉자 바로 노부코는 말했다.

"더 특별한 일이 생겼어."

전집과 기획집을 더해서 노부코의 여행비가 나올 것 같다는 이야기를 했다.

"그거 잘됐다. 기획이라야 그 정도 자료가 수집되어 있다면 그런 것도 한 권은 있어야지."

모토코는 살짝 비꼬는 듯한 웃음을 지으며 기오로시에게 담배를 권했다.

"하지만 기오로시 씨, 당신 혼자 결정해도 괜찮습니까? 편집장께서는 당신 혼자서 결정한 일이라고 말씀하셨다는데 나중에 다른 직원이 다시 오게 되는 건 아닌가요?"

"여전히 신랄하시군요. 그럴 일은 없습니다. 괜찮습니다. 확실히 접수했습니다."

수년 전, 미국에 가 있었던 다무라 도시코와 모토코는 친한 사이였다. 모토코가 다무라 도시코의 작품을 선택해 결정하게 되었고, 노부코는 혼자서 가장 먼저 발표한 소설과 최근 단행본으로 나오게 될 장편을 넣기로 했다.

"이 정도로 구체적이라면 좋아. 그럼 나라자키 씨에게는 직접 회사로부터 전하도록 하겠습니다."

모토키가 돌아간 후 한참을 노부코는 초점을 잃은 시선으로 테이블 위에 있는 재떨이를 주시했다.

"부코짱! 힘내."

"뭐랄까, 생각 못한 일이라…….."

"어떤 일이 정리될 때는 언제나 이런 거야. 정말 잘됐다."

여행비용 때문에 어찌할 바를 몰라 하며 고민했다. 그저 돈
문제일 뿐이라고 생각하면서도 그 돈을 구할 방법을 알 수가
없었다. 우연히 기오로시는 자신의 고민으로 노부코의 집 앞에
목적도 없이 차를 세웠다. 그런 작은 계기가 쌓여서 기오로시
와 인연을 맺게 되고 지금의 노부코의 여행비용 문제도 해결되
었다. 노부코는 자신이 일한 돈으로 계획을 세운 것이다.

하지만 기오로시의 기분 변화와 노부코가 그때 생각 없이 훌
쩍 건넨 말이 잘 맞지 않았다면, 적어도 이렇게 돈이 생길 수는
없었을 것이다. 우연과 기분이 작용한 것이라고 생각되고 노부
코에게 심각한 문제였던 만큼 기분이 무거워졌다.

"뭘 그렇게 고민할 필요가 있는 거지?"

모토코가 말했다.

"하기로 한 이상 미리 계획된 계산 하에 해야 하는 거 아닌
가? 이런 생각을 하면 역으로 내가 스스로 자만하고 있었던 건
아닌가! 누가 기분이나 우연으로 움직이겠어?"

외출에서 돌아온 그대로 모토코는 담배를 피우고 있다가 말
했다.

"노부코, 산책 가자!"

먼저 현관으로 향했다.

노부코는 자주색 모슬린 앞치마를 입은 채로 따라나섰다. 대문에서 오른쪽으로 연결된 긴 비탈길을 올라 교외 분양지의 중심거리에 해당하는 벚나무 가로수를 왼쪽으로 돌았다. 높은 외벽에 담쟁이덩굴로 덮인 서양식 집과 세련된 철도 모양 등을 바라보면서 가을로 물든 오후 3시의 투명한 햇볕은 벚나무들을 내리쬐고 있었다. 가로수를 벗어나자 밭이 나왔고, 기분 좋은 가을날의 느긋한 기복을 가진 경치와 넓은 잡목림이 보였다. 노부코와 모토코는 밭 사이의 풀 길로 잡목림이 있는 쪽을 향해 걸었다. 무밭이 있고, 빨갛게 물들려 하는 고추가 있으며, 대지의 기운은 초목의 향기와 오후의 일광으로 따뜻해진 기름진 땅 냄새로 가득했다. 풀 길로 나오자 노부코는 걸으면서 길가의 굵은 개여뀌꽃과 자주색 들국화를 땄다. 이렇게 꽃을 따는 동안 노부코의 마음은 가라앉았고, 넓은 지평선은 노부코의 시선을 멀리 볼 수 있게 하였다. 노부코는 점점 기분이 안정되었고 기쁜 마음이 들었다. 기뻐하는 자신을 느낄 수 있었다. 꽃을 따느라 모토코보다 뒤처지게 된 노부코는 따라잡듯이 모토코를 앞질렀다. 그리고 말했다.

"왠지 기분이 좋아졌어."

작은 소리로 그렇게 말했더니, 갑자기 그 기쁨이 다시 살아나 노부코는 활기차고 가벼운 발걸음이 되었다. 노래를 부르고 싶어졌다. '정말 갈 수 있어! 간다.' 이 생각이 먼 숲이 보이는 지평선과 높은 하늘에서 하얗게 비추고 있는 구름까지 울리도록 노부코는 모토코를 부르며 그 손을 당겼다.

"모토코, 모토코."

모토코와 노부코는 기쁨이 명쾌해지면서 기운이 났고 큰 걸음으로 성큼성큼 밭 사이 길을 걸었다. 한 개의 언덕 밑을 돌며 내려왔고 작은 강을 연결하는 둥근 나무다리를 건넜다. 그대로 한참을 가면 관목으로 우거진 작은 농가가 나왔다. 거기는 언젠가 다케무라의 온실을 보러 갔을 때 거위가 있는 농가였다.

"어머, 이런 곳이 나오네."

재미있다는 듯이 노부코가 섰다. 오늘은 무슨 일인지 매는 없고 말뚝 위에 걸터앉아 남자 아이들이 놀고 있었다. 풀 길을 발소리도 내지 않고 와서 갑자기 관목 그림자로부터 나타난 두 명의 여자를 보고, 아이들은 가만히 주시하고 있다가 그 말뚝을 조금 지나자 뒤에서 소리쳤다.

"야, 여우비다!"

번쩍이는 날을 싫어하는 노부코가 하얗고 큰 손수건의 끝을 머리 위에 씌우고 꽃다발을 들지 않은 손으로 손수건의 다른 끝을 잡은 채 서쪽 하늘을 피해서 걸어가고 있었다.

25

여권이 나오고 소비에트 대사관에서 사인을 받을 때까지 노부코는 여행에 대해서 도자카에 알리지 않겠다고 결심했다.

"그렇게 하자. 그렇지 않으면 너무나 시끄러워질 테니까."

다케요가 이 일을 알게 되면 곧 소란스러워질 것은 불 보듯 뻔한 일이었다.

이러한 추측은 어느 날 모토코가 걱정스런 얼굴로 돌아와 예상 밖의 일을 말했을 때 나오게 되었다.

"부코짱, 성가시게 될 것 같아."

모토코가 오늘 소비에트와 관계된 기자 친구를 만나고 왔는데, 노부코와 모토코의 비자는 그렇게 간단히 받을 수 없을지도 모른다고 했다는 것이다.

"어째서?"

"어째서인지 확실히 말하지 않으니까 잘은 모르겠지만, 우리의 성분을 저쪽에서는 신용할 수 없다고 하는 뜻이 아닐까."

"성분이라고 하는 것은……."

"어떤 인물인지 생각하는 거지."

"이상하지 않아? 잘 알고 있잖아."

노부코는 있을 수 없는 일이라는 표정으로 말했다.

"너는 번역가고 나는 작가고, 둘 다 신출내기도 아니고

......."

모토코는 투명한 빨간 파이프를 입에 넣고 돌려가면서 생각에 잠긴 눈으로 잠시 침묵하고 있다가 조금 목소리를 낮춰서 말했다.

"정치적인 의미가 있는 거야. 의외로 양해가 필요한 게 아닐까."

소비에트 혁명 기념일에 손님으로 일본에서 국빈이 초대되었을 때, 적합한 사람을 고르는 일과 연락을 위해 알선한 문화 연락원이 있었다. 모토코는 그 외국인의 이름을 알고 있었다.

"그거야 민간의 여성으로 가는 것은 우리가 처음이기 때문에 일단 복잡한 것은 알겠지만 말이야."

듣고 있던 노부코는 점점 화난 얼굴로 변해갔다.

"우리가 만약 그 무산파가 아니라서 비자를 받을 수 없다면 그거야말로 바보 같은 생각이 아닐까. 그런 입장에 있는 게 곧 믿을 만한 성분을 가진 것이라는 거야?"

"하지만 부코쨩."

평상시와 다르게 모토코가 더 침착하게 흥분하고 있는 노부코를 대하고 있었다.

"무리가 아닌 점도 있지 않나 싶어. 저쪽 입장에서 본다면 일본이라는 나라에 대해서 주의하는 것도 사실이잖아."

그러고 보니 노부코도 알고 있는 게 있었다. 일본 정부는

1917년부터 시베리아로 출병했고 우랑켈과 고르착과 함께 구러시아가 소비에트로 바뀌는 길을 계속 방해했다. 국교가 회복된 것은 노부코가 로마츠 동네에서 그 교외의 집으로 이사 온 때쯤이었다. 이런 시각에서 본다면 노부코와 모토코가 소비에트에 가기 위해 제출한 여권이 뭐라 적극적으로 통과시킬 수 없는 손에 걸려 반격적으로 보이고 있을 상황이 추측되었다.

"우리 입장을 있는 그대로 제출하자. 하지만 소개해줄 연줄이 있다면 그게 가장 좋을 텐데."

"그래, 혹시 소개자가 있다면……. 그런 게 아니면 안 될 것 같아."

노부코는 자신의 주위에 그러한 외교적인 영향력이 있는 사람을 알고 있지 않았다.

자연스럽게 아버지의 친구 중에서 물색해 보았지만 공무원이 싫어서 건축가가 된 삿사 다이조에게는 이럴 때 부탁할 수 있을 관료 친구가 없을 것이었다. 생각하던 중 노부코는 갑자기 한 가지 방법이 떠올랐다.

"카라한[80]이 왔을 때 일본 측 대표로 여러 가지 일을 했던 사람이 후지토 준베藤等駿平였지?"

80_카라한 : 소련의 외교관. 1925년 1월 북경에서 일소국교회복을 결사한 일소기본조약 조인에 해당되었다. 나중에 반혁명 음모라는 죄명으로 사형됨. 또 일소국교회복을 위한 직접적인 실마리는 1923년에 개인의 자격으로 로페 일행을 초청한 고토 신페(後藤新平)의 자유주의적 보수정치가로서 넓은 견식과 노력에 의해서 이루어졌다.

"그렇지."

"그렇다면 혹시 잘될지도 몰라."

10여 년 전에 노부코의 소설이 처음으로 잡지에 실리게 되었을 때, 이것으로 옷을 지어 입으라며 소녀였던 노부코에게 한 필의 천을 보내준 노부인이 있었다. 같은 금실이어도 손으로 들어봤을 때 그 무게와 고급스러움이 달랐고 마의 잎으로 수놓은 모양이 화사하게 보였다. 그 천은 노부코의 마음에 쏙 들었고 깔끔한 느낌이 나는 연한 보라로 물들여서 입었다. 나중에 그것을 검게 물들였고 지금도 그 망토는 애용하고 있다. 그 천을 주신 분은 후지토 준베의 어머니로서 70살이 되어도 책 읽는 것을 일과로 삼고 계시는 노부인이었다. 노부코는 그 답례로 무엇을 해야 하는지 고민했고, 그 일로 다케요와 말싸움까지 했던 기억이 있었다. 다케요는 이왕 받은 것이니까 기모노로 만들어서 자주 입고 나가 보여줘야 한다고 했고, 노부코는 그런 건 싫다고 하며 실랑이를 벌였다.

"어머니, 만약 이 천을 다른 어떤 할머니가 주었다고 해도 역시 그렇게 말씀하셨을까요? 후지토 준베가 백작이 아니었어도 그렇게 말씀하셨을까요?"

노부코는 이어서 말했다.

"그렇게 어려운 거라면 입지 않겠어."

그렇게 말하고 정말 그 옷이 완성된 겨울에는 그것을 입지 않았다.

후지토 준베와 삿사 다이조에게 공식적인 사이 이상의 교제가 있다는 것도 노부코는 생각해 냈다.

"나, 좀 물어보고 올게."

노부코는 교외 전철 정류장 옆에 있는 술집에서 삿사의 사무실에 전화했다.

힘차게 돌아온 노부코는 재빨리 창틀에 앉았다.

"잘됐어! '좀 생각해 봅시다'라고 했어. 지금 사무실로 오래."

다케요는 도호쿠의 시골에서 아직 돌아오지 않았고, 아버지 혼자 있을 도자카 집을 생각하면 노부코는 모토코와 함께 가는 것이 좋겠다고 생각했다.

"같이 안 갈래?"

여권에 관해서 아버지에게 부탁하는 것은 노부코의 일만이 아니었다. 모토코도 가서 만나면 부탁받는 아버지의 기분도 좋을 것이다. 노부코는 그렇게 생각한 것이었다.

"글쎄……."

모토코도 같은 생각이었던 듯 가도 나쁘지 않은 듯싶었는데 말은 의외였다.

"역시, 관둘래."

그러면서 살짝 쓴웃음을 보였다.

"어머니가 안 계실 때만 온다는 말을 들으면 기분이 나빠지거든."

노부코와 모토코가 오이마쓰초에 살았을 때 한두 번, 그리고 여기로 이사해서도 두 번 정도 다케요가 들른 적이 있었다. 가즈이치로를 데리고 오거나 쓰야코를 데리고 오거나 했다. 그때는 모토코도 일을 멈추고 일행을 대접했다. 하지만 다케요는 한번도 정식으로 딸과 함께 모토코를 도자카의 집으로 초대하는 일이 없었다.

"나는 어차피 아버지 사무실이라도 들릴 테니, 가서 안부 전해줘."

가을 저녁답게 복잡한 시부야의 거리를 노부코는 서둘러서 두 개의 전철을 갈아타고 집이 있는 높은 경사 길을 올라갔다. 그 옆길에는 니혼바시 방향으로 옛날부터 유명한 서적문방구인 잉크제조공장이 있었다. 바로 그때 거기가 퇴근하는 시간이라 짧게 머리를 묶은 소녀 여공들이 노부코가 가는 좁은 길을 떼 지어 스쳐 지나갔다. 점심때는 그 좁은 길을 향해 열린 공장문 옆에서 노파가 어묵을 팔기 위해 포장마차를 세워둔 모습을 자주 볼 수 있었다. 그러면 공장 안에서 목면으로 만든 토시를 끼고 똑같은 목면 앞치마를 입은 소녀 여공들이 접시나 꼬치를 들고 큰 나뭇가지 밑에 포장마차를 연 어묵 주인을 둘러쌌다. 하지만 소녀들은 거기에 서서 바로 먹거나 하지 않고 예의 바르게 어묵을 산 접시나 꼬치를 들고 다시 건물 안으로 돌아갔다. 노부코가 어렸을 때는 그 공장 입구에 앉아 오랫동안 밖을 구경해도 특별이 혼나거나 하는 일은 없었다. 잉크가 감색이어서 거기서 일하는 어린 여공들도 소매를 걷어 올린 옷에 감색 앞치마를 입도록 했을 것이다.

외국에 가려고 하는 노부코의 마음에는 익숙해진 그 길의 저녁 광경과 스쳐 지나가는 어린 여공들의 모습이 오랫동안 봐온 주위의 생활인 양 인상 깊게 느껴졌다.

그 길을 좀 더 가면 넓은 큰길이 나오는 코너에 경찰서와 빨간 우체통이 있고, 삿사의 집은 바로 그 방향의 끝에 있었다. 노부코가 바로 큰길로 나오려고 할 때, 아직 보이지 않는 삿사의 집 앞에 들어본 적인 있는 자동차 경적이 울렸다. 그것을 듣고 노부코는 기쁜 듯이 시선을 돌렸다. 잘됐다. 아버지도 지금 딱 맞게 돌아온 것이다. 그렇게 생각하며 이미 문 안으로 들어서 집을 향해 걸었다.

막다른 골목 현관에서 서너 명의 사람 모습이 보이고 혼잡스러워 보였다. 노부코는 멀리서 그것을 보고 아버지의 몸 상태가 안 좋아서 빨리 돌아온 것은 아닌가 생각했다. 빠른 걸음으로 차고까지 왔더니 대문에서 현관으로 올라가는 하얀 버선이 보이고 회색의 홑겹 망토 끝자락이 살짝 보였다. 이 차로 돌아온 것은 다케요였다. 노부코는 혼자서 오길 잘했다고 생각했다.

현관에는 차에서 꺼낸 장갑과 트렁크 가방이 있고 아버지 구두도 벗어 던져놓은 듯 있었다. 노부코는 무릎 덮개를 개고 있는 에다에게 물었다.

"같이 돌아오신 거예요?"

"예, 아버님이 우에노 역으로 마중 가셔서 같이 돌아오셨습니다."

다케요는 돌아온 모습 그대로 예의 그 자리에 앉아서 빨리 큰 컵에 레몬을 넣은 물을 가져오라고 시켰다. 다케요의 귀가는 갑작스러운 일이었던 듯 집안이 많이 분주해 보였다.

"돌아오셨어요. 경적 소리가 저 끝에서도 들리던데요."

노부코는 그렇게 말하면서 어머니 옆에 걸터앉았다.

"그럼 몰랐단 말이니?"

"몰랐어요."

"내일 스미다 씨의 결혼식에 참석해야 한단다. 그래서 급하게 돌아온 거지."

다케요는 잠시 만나지 못했던 노부코를 살피기라도 하듯 위아래로 훑어보았다.

"어떻게 지내고 있어?"

"오늘은 좀 부탁할 일이 있어서 왔어요."

"음."

아버지 혼자 있을 거라 생각하고 온 노부코가 와서 무엇을 부탁하려고 한 것일까? 다케요는 그런 표정을 그대로 드러냈다.

"무슨 용건인지 모르겠지만 나는 좀 옷부터 갈아입어야겠다."

교대하듯 발소리를 내면서 다이조가 들어왔다.

"기분이 어떠니?"

노부코를 향해서 다이조는 악수를 하기 위해 손을 내밀었다.

"굉장한 일을 하게 되었잖아."

가만히 손을 내민 아버지의 손을 잡고 노부코는 어리광 부리듯 심통스러운 웃음을 보였다. 전화로 아버지와 그 이야기를 했을 때, 그리고 저 골목에서 경적 소리를 들었을 때까지 노부코는 자연스럽게 흥분하고 기뻐했다.

"너무나 멋있는 일이죠? 아버지, 그러니까 갈 수 있게 도와주세요."

이러한 마음으로 서둘러 왔다. 그러나 우연히 돌아온 다케요와의 만남은 단순했던 노부코의 마음을 복잡하게 했다.

"그래서 어떻게 된 거야?"

"여권은 나왔어요. 비자만 남겨놓고 있을 뿐인데……."

"그러면 서둘러 내일 후지토 군에게 가보자. 너도 같이 가

자. 그러는 게 좋겠다."

거기에 다케요가 옷을 갈아입고 왔다.

"어디에 가려고 하는 거지?"

앉으면서 다시 말을 이었다.

"여보, 내일은 스미다 씨를 만나야 한다는 것을 잊어서는 안 돼요."

"그건 오후 5시부터야. 이쪽은 오전 중으로 끝나. 노부코가 러시아에 가려고 해."

"러—시—아?"

다케요는 이 세 음절을 길게 늘여서 발음했다. 그리고 어딘가 미심쩍은 눈으로 노부코를 돌아봤다. 부드럽고 반짝이는 피부를 가진 아름다운 다케요의 얼굴에 나타난 그 표정을 보니 노부코는 숨이 막힐 듯이 괴로워졌다.

"문명사에서 나오는 전집의 인세로 가는 거니까 걱정하지 않아도 돼요."

노부코는 빠른 말투로 말했다.

"여권의 비자 건으로 부탁하러 온 거예요."

"음."

아직 반신반의한 눈으로 노부코를 보면서 다케요는 다이아몬드 반지를 낀 손으로 자신의 코끝을 쓰다듬듯 만졌다.

"그래서 언제 가려고 하는 거야?"

"그건 비자를 언제 받는지에 달렸어요."

"물론 모토코도 함께 가는 거겠지?"

노부코가 입을 열기 전에 다이조가 옆에서 말했다.

"그거야 그렇게 하지 않으면 노부코도 곤란해져요. 그 애는 러시아어 전공이잖아."

"그래요. 모토코는 사무실로 찾아뵙겠대요. 안부 전해 달래요."

다케요는 아무 말도 하지 않고 생각하고 있다가 말했다.

"그래, 노부코도 이렇게 해서 자신의 힘으로 갈 수 있게 되었다면 어디에 가든 그건 자유고, 여러 나라에 가보는 것도 인생에 도움이 되는 거겠지. 그건 좋은 일이라고 생각하는데
……."

다케요는 갑자기 태도를 바꿔서 사무적인 태도로 노부코가 비자에 관해서 아버지에게 부탁하고 있는 내용을 거론했다.

"역시 그렇군. 무슨 말인지 잘 알겠어. 그런데 비자는 모토코의 것도 있는 거지?"

"둘 다 비자를 받지 못한다면 의미가 없어요."

"너, 모토코의 몫까지 맡으려는 거야? 나중에 곤란한 일이 생기는 건 아냐?"

"곤란한 일이라니요?"

"도쿄에서 모토코를 알고 있는 사람은 한 사람도 없어!"

모토코가 노부코의 여행비용까지 혼자서 고민한 것을 안다면, 다케요는 그것에 대해서는 어떻게 말할 생각일까.

"어머니의 세상만이 세상의 전부는 아닌 듯싶어요."

노부코는 화를 억누르고 퉁명스러운 낮은 목소리로 말했다.

"돈으로 말한다면 모토코네 집이 훨씬 부자인지 몰라요. 모토코는 자신의 돈으로 이번 여행을 갈 수 있으니까요."

"무조건 돈만으로 그렇게 생각하는 건 아냐."

다케요는 아들딸의 친구를 언제나 경계하고 깔보는 습관이 있었다. 그러지 않으면 다모쓰의 친구 도다이지와 같이 어떤 우연한 일로 인해서 그 유명한 집도 다케요에게 망신을 당하고 만다. 그러니까 가즈이치로의 친구도, 다모쓰의 친구도 삿사의 집에서까지 그 관계를 유지할 순 없었다. 그 나이 때의 젊은이들은 다케요의 그러한 태도에 반발했다. 하지만 그러한 다케요의 태도에 반발하지 않는 성격의 젊은이는 여전히 삿사의 집을 드나들었다. 이런 일로 인해 내재되어 있는 가즈이치로와 다모쓰의 인생의 위험을 다케요는 전혀 깨달으려고 하지 않는 것이었다. 쓰쿠다가 어떤 성격의 소유자든 간에 다케요에게 받은 굴욕은 도를 넘었다. 그 일로 노부코는 쓰쿠다를 불쌍히 여기지 않을 수 없게 되었고, 자신이 부인으로서 그가 안고 있는 괴로움을 감싸줘야겠다고 생각했다.

"어머니, 정말 언제쯤이면 당신의 딸을 성인으로 여길까요.

친구를 믿지 않는 것은 딸을 믿지 않는 것과 같다고요."

다케요가 반발을 하려고 하는데 다이조가 말했다.

"잘됐잖아, 다케요. 기뻐해주면 좋잖아. 아주 작은 애기였던 노부코가 이렇게 어른이 되어 외국까지 가게 됐다고."

다케요는 그 말에 감정을 가라앉히며 잠시 아무 말 없이 있었다.

"그건 나도 기뻐하고 있어요. 하지만……."

"모토코 때문이지? 그렇게 집착할 게 아니야. 당신도 노부코를 홀로 보내는 것보다 같이 갈 사람이 있는 게 얼마나 안심할 수 있는 일인지 알잖아."

"……."

다케요가 석연치 않게 생각하는 이유를 노부코는 잘 알고 있었다. 다케요의 마음속에 이 여행도 모토코가 노부코를 이용하는 것이 틀림없다는 생각이 있기 때문이었다.

다케요는 노부코를 위해서 이것보다 좋은 일은 없겠지만 모토코가 그렇게 따라줄 것인지는 모르는 일이기에 너그러이 봐준다는 표정을 역력하게 드러내며 현관까지 마중했다. 다음날 노부코는 아버지와 후지토 준베의 집으로 향했다.

아자부麻布 천문대 근처이며 대문 밖까지 벚꽃이 가지를 뻗치고 있었다. 세 명의 남자 고용인에 의해 응접실로 안내되었다. 근대풍의 서양식 객실로 명쾌한 색의 조화를 이루고 있는 넓은 방이었다. 거실의 다른 쪽 벽은 단을 높이 만들어 일본식 거실과 같은 분위기를 꾸몄는데, 거기에는 일본 전통 그림이 걸려 있었고 보라색 불단에는 향이 놓여 있었다. 노부코는 정치인의 객실을 신기하게 보고 있었다.

바로 그때 "와."라고 말하며 기모노에 슬리퍼를 신은 후지토 준베가 모습을 드러냈다.

"어서 오세요."

그는 처음 만나는 노부코에게 인사했다. 안경을 끼고 수염이 있는 후지토 준베는 하얀 피부에 활달한 성격의 소유자로 보였다.

다이조는 마치 친구를 대하듯 하면서도 어딘가 묘한 뉘앙스로 거리감을 두는 말투로 용건을 설명했다.

"그렇군요, 역시. 그 정도라면 어렵지 않을 듯싶습니다. 잘 알겠습니다."

후지토 준베는 옆에 있는 벨을 눌렀다. 노부코를 안내한 남자가 왔다.

"이마이를 좀……."

비서인 듯 검은 양복을 입은 남자가 들어와서 정중하게 인사하면서 후지토 준베 곁으로 갔다.

"이 숙녀 분께서 친구와 둘이 비자를 받아 소비에트에 가신다고 한다. 거기에 대해서 좀……."

그 뒷내용은 떨어져서 앉아 있는 노부코에게 들리지 않았다. 깊은 의자에 등을 기대고 앉아 안경 낀 얼굴을 위로 올려서 이야기하는 후지토 준베를 향해 등을 굽혀 듣고 있는 비서는 "예."라든지, "그건 가능하겠지요."라고 간단하게 대답하면서 아무렇지도 않게 눈을 돌려 잠깐 잠깐 노부코 쪽을 보곤 했다.

"그럼."

"……."

비서가 인사를 하고 나가자 후지토 준베는 말했다.

"내일모레쯤 해서 대사관에 가보세요. 알 수 있도록 해 놓을 테니까."

그리고 앞에 있는 작은 상자에서 담배를 꺼내 불을 붙이고 깊이 한 모금 빤 뒤 등을 더 깊숙이 의자에 기댔다.

"일본 여성들도 점점 외국이든 어디든 갈 수 있어야 한다구요."

후지토 준베는 말했다.

"미우라 다마키에 대해서도 어떻게 된 건지 일본인은 냉담하단 말이지. 나쁘게 말하는 사람까지 있어. 당신도 넓은 세상을 보고 재미있는 소설을 써주세요."

언젠가 노부코에게 옷감을 주신 노부인은 77세 잔치를 위해 별장에서 지내고 있었다. 이런 이야기를 하면서 다이조와 노부코는 40~50분 정도 있다가 나왔다.

"정말 감사합니다."

자동차가 아자부 길을 어느 정도 달렸을 때 노부코는 아버지에게 다시 한 번 고맙다고 말했다.

"정말 안심했어요. 하지만 왜 이렇게 간단한 거죠?"

"뭐가?"

"여러 가지가. 저런 사람들은 뭐든지 저렇게 간단히 해결할 수 있는 건가요?"

"저렇게 간단히 할 수 있는 일이 있다면, 한편으로는 어려운 일도 있지 않겠어? 너를 숙녀 분이라고 부르잖아."

노부코는 쓴웃음을 지었다. 하지만 다이조는 의외로 진지하게 말했다.

"그건 네가 미스 삿사이기 때문이 아닐까?"

"그건 그렇지만……."

숙녀분이라고 불리는 것은 미스라고 불리는 것과는 다른 의미가 들어 있는 듯한 느낌이 들었다. 재미있는 소설을 써 달라는 말에도 대답하기 곤란한 뭔가가 느껴졌다. 후지토 준베가 기존의 정치가와 달리 자유와 관용의 분위기를 가지고 있다는 것은 노부코도 알 수 있었다. 하지만 그렇게 당당하게 의자에 앉아 이야기할 때는 가까운 듯 먼 듯 전혀 서로를 알 수 없는 듯한 것이 이상하게 느껴졌다.

노부코는 스무 살 때 아버지와 함께 뉴욕에 갔다. 그때의 일을 떠올렸다. 노부코의 옷차림에 대해서 다케요는 동창생에게까지 상담했고, 그 상담을 얼마 전까지 베텔부르크에서 살았던 대사관 부인의 집에까지 가지고 갔다. 거기에는 최근 프랑스인을 시어머니로 둔 젊은 며느리가 와 있었다. 그 젊은 부인은 자신이 상담해주겠다며 노부코를 차로 한 시간 반이나 걸리는 자신의 집으로 데리고 갔다. 그리고 긴 의자 위에 화려한 쿠션이 놓여 있는 거실에서 금으로 장식된 팔찌를 찬 부인에게 대접받고, 젊은 부인에게 끌려 레이스가 달린 더블 침대와 옷으로 가득 찬 장롱이 있는 그녀의 침실에서 옷을 구경했다. 반은 프랑스인이고 반은 일본인인 그녀는 반은 프랑스인인 자신을 우월하게 의식하고 있었다. 그 미모의 젊은 부인이 보는 앞에서 옷을 벗고 서 있었을 때는 화상 입은 어깨처럼 슬펐다.

노부코는 자신의 취향과 전혀 맞지 않는 큰 리본 장식이 세 개나 날개처럼 달려 있는 모자를 쓰고 빅토리아 항구에 도착했다. 그 거리를 걷고 있는 여자들 중에 노부코가 쓰고 있는 것 같은 모자를 쓴 사람은 없었다. 노부코는 그 모자를 벗어 도시를 구경하기 위해 탔던 마차 안 바닥에 쑤셔 넣었다. 노부코는 뉴욕에 있는 동안 부모의 손에서 또 다른 사람의 손으로 넘겨져 버릴 것 같은 환경과 그 관계에서 빨리 자신을 떨어뜨려야겠다고 필사적으로 생각했다. 쓰쿠다와의 결혼은 노부코를 완전히 다른 세계의 사람으로 만들었고 품위 있는 사람들의 환경에서 이탈할 수 있게 했다. 뉴욕에서 돌아온 인사를 하기 위해 1년 전에 노부코에게 의상을 코디해준 대사 부인을 찾아갔지만 몸이 안 좋다는 이유로 만나주지 않았다. 그 부인의 남편인 대사는 베텔부르크에서 일본으로 왔을 때 신문기자의 질문에 당시 케렌스키 내각이 있었던 러시아에는 다른 혁명은 일어나지 않는다고 예상을 말했다. 하지만 10월 혁명은 그 6개월 뒤에 일어났다. 노부코는 그때 대사와 같은 정보통이 이런 큰 사건에 대해서 실제 모르고 있다는 사실에 굉장히 놀랐다. 그런 일이 하나 둘 생각났다. 그것은 노부코가 뉴욕을 가기 1년 전의 일이었다.

이번에는 후지토 준베의 힘을 빌리게 되었다. 후지토 준베가 재미있는 소설을 쓰라고 말한 것에 대해 대답하기 곤란했던 노부코의 마음은 소비에트의 미지의 생활 속에서 얼마나 많은 변화에 의해 움직일 것인가 하는 기대와 불안 때문이었다. 노부코 자신도 그것은 알 수 없는 일이었다.

후지토 준베에게 들은 대로 하루 지나 노부코와 모토코는 같이 소비에트 대사관으로 갔다. 문을 들어서자 씨를 뿌려놓은 정원과 그 왼쪽에는 조금 단이 높은 작은 정원이 있었다. 가을 오전의 햇볕에 하얗게 보일 정도로 갈색 머리색을 한 젊은 여성이 정원 안 벤치에 앉아 아장아장 걷고 있는 아이와 놀고 있었다. 소비에트 대사관에는 사복을 입은 형사가 지키고 있으며 지나가는 일본인을 감시하고 있다는 말이 있어서, 노부코와 모토코는 막연하게 긴장하면서 사람이 없는 정원 옆 사무실로 가서 벨을 눌렀다. 문의 안쪽에서 여리고 젊고 신선한 느낌의 관원이 나왔다. 그는 용건을 듣고는 조금 긴장하며 노부코와 모토코에게 안쪽에 있는 문화연락협회 사무실로 가서 베르빈 박사를 만나라고 했다.

둘은 다시 정원을 돌아 본관과 다른 동으로 되어 있는 서양풍 목조 건물의 현관으로 갔다.

일본인 여성이 나와서 노부코와 모토코를 응접실로 안내했다. 고전풍의 벽지는 조금 오래되어 보였고 넓은 거실 중앙에는 둥글고 큰 테이블이 있었다. 그 위에는 소비에트에서 간행한 여러 가지 잡지, 신문, 서적이 나열되어 있었다. 그 안쪽 액자가 걸려 있는 어두운 방에서 키가 크고 배가 불룩하고 덩치가 큰 베르빈 박사가 나왔다. 그는 허리를 굽혀서 난장이에게 인사하듯 노부코와 모토코에게 악수했다. 갈색과 노란색이 섞인 촉촉하고 큰 두 눈은 애교 있는 눈웃음으로 가득 차 눈 밑에 주름이 졌다. 노부코는 그 눈을 보자 머리가 하얘지면서 무슨 말을 해야 할지 아무것도 생각나지 않았다. 양복을 입고 대화 중간 중간에 양 무릎을 만지는 베르빈 박사에게 주로 모토코가 일본어로 여행에 대한 계획을 말했다. 베르빈 박사는 러시아어와 일본어를 섞어서 말했다.

"당신의 러시아어는 정확합니다."

베르빈 박사가 모토코를 보며 일본어로 말했다.

"그곳에 가면 발음은 곧 좋아질 것입니다."

그리고 노부코를 돌아보았다.

"당신은? 러시아어를 할 수 있습니까?"

그는 잠시 명함을 보더니 말했다.

"삿사 씨?"

"저는 러시아어를 할 수 없습니다."

"하지만 삿사는 영어를 할 수 있으니까 불편은 없겠지요."

모토코가 서둘러 말을 이었다.

"그래요, 소비에트에서도 요즘은 영어가 유행하고 있으니까."

베르빈 박사는 모토코에게 러시아어를 어디서 배웠는지 누가 교수였는지를 물었다. 거기에 서양식 옷을 입은 일본인 부인이 들어왔다. 아주 작은 체구에 말라서 마치 뼈만 앙상한 새와 같은 체형이었다.

"내 부인이에요."

베르빈 박사가 소개했다.

"처음 뵙겠습니다."

부인은 스커트 앞에 양손을 모으고 일본식 인사를 했다. 매일 여러 사람을 대접하고 관찰하는 것을 일로 삼는 부인다운 미소와 몸짓을 보이며 박사 옆에 앉았다. 이 부부가 같이 앉아 있는 광경은 현실과 동떨어진 듯한 느낌이 들었다. 회색과 노란색의 큰 눈을 가진 거인 외국인 남편, 마르고 작고 가볍고 방심할 수 없는 병아리 같은 일본인 부인, 튼튼하고 거대한 방의 구조 때문인지 부부의 대조는 한층 더 눈에 띄었다.

"비자는 곧 나올 거예요."

베르빈 박사는 그렇게 말하고 왠지 옆에 있는 작은 부인 쪽을 봤다. 부인은 우아한 표정으로 노부코와 모토코를 보면서 끄덕였다.

"일주일 정도면 나오겠죠. 그렇게 생각합니다. 그때 와주세요."

박사가 살고 있는 별관을 나와서 노부코와 모토코는 한마디도 하지 않고 천천히 문밖으로 나왔다. 나무다운 나무 한 그루 없는 길을 걸어 문방구가 있는 건물 앞까지 왔을 때 모토코가 말했다.

"어찌됐건 한 대 피워야겠다!"

그건 너무나도 실감나는 말이었다.

"바로 그거야! 너는 이럴 때 이렇다 할 게 있어서 정말 좋아."

그렇게 말하면서 노부코는 상점이 나열된 그 길을 돌아봤다.

"하지만 걸으면서 핀다는 건 좀……."

전철길 쪽으로 경사진 곳에 색이 바란 낡은 커피숍이 있었다.

"저기에 가자. 어떤 곳이라도 좋아. 앉을 수만 있다면."

모토코는 기다릴 수 없다는 듯이 하얀 페인트를 칠한 커피숍의 문을 열고 성냥을 켜서 담배에 불을 붙였다.

여권의 비자가 나오면 대개 1개월 안에 출발해야 하는 규정이 있다. 노부코와 모토코의 여행 준비는 여행 가방을 사는 일부터 여행을 위한 옷 준비까지 현실적인 문제가 되어 굉장히 분주해졌다. 매주 토요일 오후에 했던 러시아어 공부도 둘이 대사관을 갔다온 다음 날부터 하지 않게 되었다. 모토코는 학과 업무를 시작하기 전에 언제나 장부와 책을 나열하고 있는 아사하라 후키코에게 말했다.

"아사하라, 드디어 오늘로서 마지막이에요. 비자가 일주일 정도면 나온다니까."

"정말이에요?"

후키코는 목소리는 여느 때와 같이 침착했고 눈만 크게 뜬 표정이었다. 그리고 다시 한 번 확인하듯 옆에 앉아 있는 노부코를 돌아봤다.

"정말이에요?"

376

"이번에는 정말이야."

노부코는 어제 모토코와 둘이서 베르빈 박사가 있는 대사관으로 가면서 긴장했던 일들을, 그리고 어울리지 않는 듯 보이는 신기한 두 부부와 함께 이야기한 일들을 후키코에게 말해주었다.

"그래요? 그렇다면 정말 확실하군요."

후키코는 의심하는 듯한 표정에서 서서히 편안한 얼굴로 변했다.

"좋겠어요."

완벽한 미모를 그대로 드러내면서 노부코의 어깨에 자신의 어깨를 갖다 댔다.

"하지만 어떻게 되는 건가요?"

노부코는 기쁨과 불안이 섞인 얼굴로 말했다.

"어떻든 이대로는……."

배르릭의 『외국인을 위한 러시아어』라는 녹색 표지를 펼치고 〈정류장에서〉라는 챕터를 펼쳤다. '거기에는 빨간 모자를 부르지 않으면 안 된다.'라는 간단한 사항이 적혀 있었다.

"어찌됐건 잘 다녀오세요."

목을 갸웃거리던 후키코의 팽팽하고 젊은 얼굴 위로 미소와 눈물이 한순간 교차하며 지나갔다.

"이삼 년 정도죠? 그동안 저도 공부 열심히 해서 사회에 필요한 사람이 되도록 노력할게요."

후키코는 모토코가 공부한 대학에 입학이 결정되어 있는 상태였다.

"너는 걱정 안 돼. 이렇게 성실하다면 괜찮을 거야. 와랴 씨도 열심이라고 칭찬하던걸."

"……."

후키코는 노부코와 모토코가 없는 자신의 생활에 대해서 생각하고 있는 것처럼 옆집에 있는 가늘고 파란 감나무 잎이 갈색으로 변한 모습을 보고 있다가 작은 소리로 혼잣말을 하듯 중얼거렸다.

"러시아어뿐만 아니라……."

어딘가에 마음을 빼앗긴 듯이 내뱉는 그녀의 말이 노부코의 마음을 끌었다.

"무엇을 하려고 하는 거지? 러시아어 이외에?"

후키코는 갑자기 잠에서 깬 듯이 잠시 노부코를 바라보았다. 그리고 다시 정다운 목소리로 얼굴을 갸웃거리면서 말했다.

"이것저것 있겠죠?"

하지만 그렇게만 말할 뿐이었다.

"제가 뭘 도와드릴까요?"

마음을 바꾼 듯 후키코는 다시 자세를 고쳐 앉고서는 모토코에게 물었다.

"말씀해주세요. 제가 할 수 있는 일이라면 뭐든지 해드리고 싶어요."

노부코와 모토코는 집 정리가 남아 있었다. 거기에는 먼저 책을 정리해야 하는 일이 남아 있었다.

"이번에는 정말 믿을 수 있는 사람에게 부탁할 거야. 요전에 여기로 이사 올 때처럼 소중한 책을 가져가거나 하는 일이 생긴다면 정말 참을 수 없을 거야."

오이마쓰초에서 여기 교외로 이사 올 때 두세 번 놀러온 학생이 도와주었다. 그 청년이 도와주면서 펼쳐보았던 모스크와 예술 사진첩이 나중에 아무리 찾아봐도 보이지 않았다. 그리고 그 학생은 그 이후로 모토코의 집에 오지 않았다.

"바쁘지 않으면 저녁 먹고 가지 않을래?"

학과 업무가 끝나고 나서 모토코는 후키코에게 권했다.

"네가 사용할 책을 미리 골라두지 않으면 나중에 후회하게 돼. 그런 책들을 빨리 가서 맡아 두는 게 가장 좋아."

저녁이 다 될 때까지 노부코는 가끔 전화를 빌려 쓰고 있는 정류장 옆의 술집에 갔다. 그리고 책을 싸서 창고에 보관해둘 빈 맥주 상자를 10개 주문해두고 왔다. 돌아와 보니 러시아어와 관련된 사전이 한쪽으로 정리되어 쌓여 있었고, 거기에서 모토코와 후키코가 쉬고 있었다.

"큰일이야, 부코짱."

들어오는 노부코를 보고 모토코가 사전 꾸러미를 눈으로 가리켰다.

"이것만으로도 이만큼이야."

"이렇게 많은 양의 책은 오히려 러시아에 가서 필요하지 않을 것 같은데요."

그렇게 말하는 후키코의 주의에 모토코는 몇 권의 백과사전풍의 대사전을 빼버렸다.

"부코짱의 책은 어느 정도야?"

"글쎄."

노부코는 아직 정리하지 않았다. 역사 연표, 일본어 사전, 간단한 일본과 세계 문학사, 그런 책이 필요하다는 것은 금방 알 수 있다. 하지만.

"소설, 뭘 가지고 가지?"

한 권의 소설책도 없이 외국에 가서 몇 년을 생활한다. 그것은 노부코에게 무엇보다 슬픈 생각이 들었다. 요전까지 긴 소설을 쓰고 있었을 때 노부코가 책상 위에 쭉 올려놓고 있었던 것은 『암야행로暗夜行路』였다. 일을 끝내고 쉴 때, 또는 쓰려고 하는 대로 써지지 않을 때, 이 책을 펴서 한 줄 한 줄 읽었다. 단편적으로 손이 가는 대로 펼쳐서 읽었고, 글을 쓰고 있는 동안 『암야행로』는 노부코의 동반자 역할을 했다. 그렇게 해서 노부코는 자신의 소설을 다 쓸 수 있게 되었던 거다. 하지만 앞으로 몇 년 동안을 위해 자신이 꼭 가져가야 할 책이 무엇일까에 대해서 생각했다. 노부코는 주저하지 않고 자신의 손이 가는 소설집이 무엇일까를 생각했다. 『암야행로』를 생각해봐도 이 작품의 세계는 노부코의 지금 생활 감정과 맞지 않는다고 생각했다. 노쿠코는 왠지 좁은 생활 속에서 답답함을 느꼈고, 그것을 돌파하고 싶은 마음이 강하게 들었다. 이 한계가 『암야행로』에서도 느껴졌다. 가져가야 할 책을 고를 수가 없었다. 노부코는 이 일로 절실하게 자신이 외국에 가게 되었음을 실감할 수 있었다.

"그럼 노부의 것은 나중으로 하고. 아사하라, 너는 러시아어와 관련된 것을 맡아줘, 부탁해."

모토코가 후키코에게 부탁했다.

"일본어와 관련된 것은 가노 씨에게 부탁할 거니까, 알았지? 부코, 그렇게 하는 게 좋겠지? 네 소설의 교정도 가노 씨가 보지 않으면 안 되고 하니까……."

2, 3일 뒤에 가노 우메코를 만나 셋이서 상담한 결과 집이 정리되면 모토코만 먼저 교토에 가고 나중에 노부코와 우메코가 따라가 만나기로 정했다. 교토에는 셋 다 아는 몇 명의 친구가 있었다. 거기에 우메코의 문학 지도 선생님인 스다 나오키치가

나라에 살고 있었다.

"딱 좋은 것 같아. 나라에도 들를 수 있고……."

우메코가 말했다.

교토에서 만나면 여자 시인이 운영하는 숙박 집에서 묵기로
했다.

"정말 좋은 곳이에요. 가모카와 바로 옆의 거실 창에서 강을
볼 수 있어요."

거기는 먼저 가는 모토코가 예약해 두기로 했다. 노부코는
우메코에게 첫 번째 교정을 남겨두고 있는 소설을 부탁했다.

"실력은 없지만 열심히 해볼게요."

우메코는 아름다운 눈을 치켜세우듯 보면서 성실하게 대답
했다.

"책이 나오면 바로 보내드릴게요. 내 러시아어 실력은 믿을
수 없지만 주소 정도는 쓸 수 있으니까 도움이 될 수 있을 거예
요."

장난기 섞인 말투로 그렇게 말하곤 우메코는 작은 금니를 보
이며 웃었다.

이삿짐 차가 오는 날이 정해졌을 때 노부코는 무거운 마음으
로 도자카에 갔다. 고마자와 집을 정리하는 첫 번째 날은 도자
카로 짐을 보내고, 두 번째 날은 니혼바시에 있는 모토코의 사
촌 집 창고로 옮기기로 했다. 이러한 순서를 세웠다. 그러나 다

케요라면 '이 상자 안에 모토코의 책도 들어 있니?'라고 물어
볼 것이다.

"이 맥주 상자 몇 개 정도 되니?"

"10개 정도."

그래서 노부코는 다케요가 물었을 때 이렇게 말했다. 다케
요는 창고의 상태를 잠깐 생각하더니 경쾌하게 말했다.

"그 정도라면 괜찮아. 가지고 오렴."

다케요는 담백하게 승낙했다.

"불이라는 건 언제 일어날지 모르는 재난이니까, 창고가 불
타버린다면, 그런 일이 일어난다면 어쩔 수 없이 책은 포기해
야 한다."

확인 받듯이 다케요는 물었다.

"노부, 언제 올 거야? 고마자와가 다 정리되는 대로 이리로
와야 하지 않을까? 전화로만 이러는 건 좀 너무하잖아. 노부코
가 언제 떠나는지 사람들이 물어봐도 항상 '모르겠는데요. 지
금 없는데요.'라고밖에 대답할 수가 없다니. 그리고 아버지가
계실 때 가족사진 한 장 정도는 찍어두고 싶고······."

모토코와 노부코의 여행에 대한 소문이 여기저기 퍼져서 전
화가 있는 도자카 집으로 확인 전화가 걸려오는 것 같았다. 이
러한 움직임은 다케요의 기분에 영향을 주었다. 다케요와 같은
부류의 사람들은 외국 여행을 화려하게 생각하고 있었고, 그

속에서 모토코만이 차별을 받고 있었다. 하지만 모토코는 도자카 집에는 최소한 짧게 머무를 생각으로 일정을 잡았다.

약속을 하고 노부코가 돌아가려고 하는 순간 일본인이라기보다 약간 존불John bull[81]같은 외모를 한 스나바 요시노리가 들어왔다.

"안녕하세요, 부인."

스나바는 바로 요전까지 20년 넘게 영국에서 살았고 영국인 부인을 둔 서양화가였다. 그는 익숙하지 않은 일본식 인사를, 특히 이 부인에게는 정중하게 하려고 무릎을 조금 굽혀서 했다.

"삿사 선생님, 아직 계세요?"

"아직이요. 그런데 사무실에 전화를 걸고 오신 건가요?"

"예, 걸었습니다. 곧 돌아가실 거라 하더군요. 노부코 씨, 오랜만이에요."

긴 두 다리를 벌리고 전등 앞 벤치에 앉아 있는 스나바 요시노리는 노부코를 향해서 커다란 오른손을 들었다.

노부코가 어렸을 때 스나바 요시노리는 시골에서 상경한 일본화를 배우는 학생이었다.

기모노를 입고 두꺼운 무명의 겉옷을 걸친 스나바 요시노리는 손님방 한가운데에서 타니 분초의 작품을 옆에 당지를 깔고

81_John bull : 영국의 애칭.

정중히 베끼고 있었다. 어릴 때 노부코는 가끔 복도를 따라 손님방으로 가서 왠지 얌전히 행동해야 할 것 같은 분위기의 그곳을 들여다보곤 했다.

얼마 후 어떤 사정이었는지 요시노리는 런던으로 갔다. 빵과 밀크, 단지 그 두 마디의 말밖에 몰랐던 요시노리는 언어의 모자라는 면을 그림 실력으로 채우면서 런던의 미술학교를 졸업한 후 드디어 일본 문전에 순수 영국류의 부인상을 보내 특선에 당선되었고, 이어서 영국에서 로열아카데미[82] 회원이 되었다. 그리고 일류 서양화가로서 오랫동안 머물렀던 영국을 정리하고 귀국했던 것이다. 요시노리는 돌아오자 그리웠던 삿사의 집으로 자주 발걸음을 하였다.

"부인, 당신의 목선은 정말 아름답습니다. 일본의 여성에게서는 보기 힘든 목선입니다. 빅토리아 여왕은 말이죠. 그분이 그런 아름다운 목선을 가지고 있었습니다. 꼭 그리게 하여주십시오, 삿사 선생님의 초상도. 꼭 그리겠습니다, 두 분은 제 은인이시니까요."

스나바 요시노리는 오랫동안 화가로서의 길을 걷는 사이에 이렇게 된 것일까? 어디에 앉든 벌린 다리 사이에 배를 늘어트리고 엉덩이를 뒤로 뺀 자세가 되었으며 말을 하면서도 항상 약간은 취한 듯 이상하게 손목을 흐느적거렸다. 그리고 위 눈

82_로열 아카데미 : 1768년 창간된 영국 왕립미술관

꺼풀을 가늘게 뜬 진지한 시선으로, 그것조차도 대화가의 풍모라는 식으로 두세 번 숨을 쉬면서 필요 없이 상대를 뚫어져라 들여다보았다. 노부코의 어릴 적 기억 속에 어렴풋이 떠오르는 젊은 날의 스나바 요시노리는 작은 몸을 가진 단단한 젊은이였다. 오늘 노화가가 되어 나타난 요시노리는 왠지 안정감이 없어 보였다.

"스나바 요시노리라는 남자 좀 이상한 것 같아. 돈 계산을 할 줄 모른다는데."

요시노리가 귀국하고 얼마 안 되어 삿사 다이조가 놀란 듯이 이렇게 말한 일이 있었다.

"설마."

다케요가 부정했다.

"어렵게 고학까지 한 사람인데……."

"젊었을 때야 뭐 고생했겠지. 어쨌든 일본 돈 계산은 잘 모르는 것 같아."

야스히로와 함께 식사를 하러 갔을 때 식사비로 단위가 다른 돈을 내서 주의를 주자, 돈 계산은 잘 못하니까 부탁한다면서 지갑을 다이조에게 맡겼다고 했다. 누구라도 스나바와 함께 있었던 사람은 그런 말을 했다.

일본 돈 계산을 어려워하던 스나바 요시노리는 삿사 부부의 초상을 그리는 일도 실천하지 못했다.

"스나바 요시노리라는 사람 그런 인간으로 보였어?"

그렇게 말하며 다케요는 스나바가 삿사에게서 소개받은 저명한 실업가나 부호 등의 초상을 얼마나 비싼 화료로 그리고 있는지에 대한 이야기만을 노부코에게 말했다.

"기대한 쪽이 바보지! 뭐가 뭔지 모른다니까."

스나바 요시노리는 일본으로 귀국하고 나서 화단에는 일절 접촉하지 않고 곧 상류의 의뢰인들과 연결되었다. 프랑스 화풍의 영향이 강한 영국의 젊은 세대는 아카데믹한 스나바 요시노리가 일본에 돌아갔든 안 갔든 별 관심이 없는 듯했다. 그는 시부야에서 2층에 욕실 설비까지 갖춘 서양식 건물에 살고 있었다.

다케요는 요전에 만난 몸이 약해 보이는 스나바 부인의 안부를 물으며 말했다.

"댁의 죠지 씨는 여전히 현관 손잡이를 닦고 있나요?"

"닦고 있습니다."

스나바 요시노리는 무겁게 머리를 끄덕이면서 오른손을 흔들었다.

"지금은 아이들 방의 손잡이입니다, 하하하."

"아이들이 어머니의 심부름꾼도 되고 좋은 취미를 가지셨네요……"

스나바 요시노리는 다케요의 말에는 대답하지 않고 잠깐 잠자코 있다가 윗눈썹을 끌어올리듯 노부코 쪽을 보면서 갑자기 물었다.

"노부코 씨는 외국에 언제 나가시나요?"

그 일을 스나바가 알고 있으리라고는 생각지도 않았다. 노부코는 의외라는 듯이 물었다.

"어떻게 알고 계시죠?"

"제게는 항상 신문기자들이 옵니다. 여러 분들이 많이 오시니까요."

"떠나는 건 11월입니다."

"오늘이 며칠이죠? 10월 20일이니까 금방이군요."

야스히로가 돌아올 때까지 기다리시라고 말하고 다케요는 스나바 요시노리가 오기를 기다리며 준비해 두었던 리큐르 컵을 화로 앞 테이블에 놓았다.

"편하게 계세요. 그럼 실례하겠습니다."

조금 있다가 노부코도 그 방을 나가려고 하자 스나바 요시노리가 불렀다.

"노부코 씨, 잠깐만."

멈춰서 돌아다본 노부코에게 손짓으로 자신이 있는 화로 앞으로 오라고 하였다.

"당신이 외국으로 가려고 한 결심은 대단히 좋습니다. 정말 좋은 결심을 했어요."

진실이 담긴 낮은 목소리로 진지하게 목을 저으면서 스나바는 그렇게 말했다.

"큰 곳에서 크게 되는 법. 그 점이 중요하니까요…… 이건 축하금입니다."

스나바 요시노리는 어느새 꺼냈는지 100엔 권을 노부코에게 건네려고 했다.

"감사합니다. 축하는 받겠지만…… 돈은 괜찮아요."

"그렇지 않은 거예요, 노부코 씨. 돈이란 필요한 겁니다."

역시 취기 없는 낮은 목소리로 스나바는 손을 뒤로 감추고 있는 노부코를 설득하는 말투로 말했다.

"변변찮지만 도움이 될 거예요. 가지고 가는 겁니다. 가지고 가는 거예요."

그 이상 거절하기는 어렵다고 생각되어 돈을 받아든 채로 서 있는 노부코의 얼굴을 앉아서 올려다보며 스나바 요시노리는 한층 목소리를 낮추어 속삭였다.

"훌륭하게 되려면 바보 흉내를 내지 않으면 안 됩니다. 다른 사람들이 바보라고 생각하게끔 하는 것이 중요해요. 돈 같은 건 관심 없다는 듯이……."

무슨 말을 꺼내려고 하는지 브랜디 색으로 탄 스나바의 얼굴에 주의하고 있던 시선을 떨어뜨리고 노부코는 오싹한 기분을 느끼며 그 방을 나왔다.

훌륭하게 되기 위해서는 바보가 되지 않으면 안 된다.

돈 따위는 관심 없다는 태도로…… 어떤 마음으로 스나바 요시노리는 노부코에게 그의 이런 비밀을 알려줄 수 있었을까? 이 말 속에서 노부코는 스나바 요시노리의 숨겨진 괴로움과 비극을 느꼈다. 일본과는 사회의 발달 정도나 경제 사정이 너무나 다른 런던에서 빵과 밀크라는 말밖에 몰랐던 가난한 동양의 유학생이었던 스나바 요시노리가 영국에서도 최고의 아카데미션으로서 생활하기까지 겪었던 마음고생이 이 기괴한 인생철학 속에 또렷이 나타나고 있었다. 영국의 격식 차린 중류층이나 상류의 그림 애호가 사이에서 두각을 나타내기 위해, 재능을 인정받기 위해 스나바 요시노리는 서양화 기법과 일본화 필법을 활용하여 혁신을 쌓았다. 뿐만 아니라 그쪽 사람들에게는 별난 동양의 화가라는 면을 강조하며 전통 깊은 유럽 상류층의 생활양식을 잘 모르는 약점을 오히려 재미있는 점으로 전환시켜 살아왔음을 알 수 있었다.

돈 따위에는 관심 없는 태도라…… 그 말은 돈 때문에 스나바 요시노리가 얼마나 괴로운 경험을 했는지 역설적으로 느끼게 하였다. 그림도구 값을 청구 받았을 때, 또는 초상화 의뢰자가 그림값에 대해 물어왔을 때 일본의 화가 스나바 요시노리는 영국의 어려운 돈에 대해서는 잘 모른다는 점을 역이용하여 화료를 오히려 올려 왔음에 틀림없었다.

도시 변두리의 집으로 돌아와 모토코에게 스나바 요시노리에게서 받은 이상한 돈 이야기를 하고 있는 사이에 노부코는 콧등이 찡 해오는 것을 느꼈다.

"잘해도 우리들은 러시아에 가서 결코 활약을 못할 거야, 그치? 저쪽에서 유명인이 되는 건 좀 무섭거든."

노부코는 무언가로부터 자신들의 생활을 방어하려는 듯한 눈초리를 했다.

"단지 많이 보고 올 거야. 느끼고 올 거구. 그치, 그걸로 된 거지?"

동시에 모토코는 어떻게 해서든 러시아어를 완벽하게 익히고 돌아와야만 했다. 노부코는 모토코의 침묵 속에서 그런 의지를 들었다.

드디어 짐을 옮기는 날이 되었다.

니혼바시에 있는 모토코 사촌이 젊은 사람들을 네 명 보내주었다. 익숙한 솜씨로 짐을 생각보다 빨리 싸서 집은 금방 비어버렸다. 그리고 마지막으로 트럭이 고마자와 집 문에서 빠져나갔다. 일꾼들도 그 트럭을 타고 모두 출발해 버리자 노부코와 모토코는 완전히 비어버린 집의 마루에 앉아서 차를 마셨다. 도요는 그냥 고마자와에 있는 집으로 보내고, 노부코 일행은 오늘밤 오이마쓰초의 수선소 마쓰다 집에서 머물기로 했다. 모토코가 교토에 돌아갈 때까지 며칠 동안 그곳에서 머물기로 되어 있었다. 지금은 텅 비어 있는 빈 집이지만 덧문을 잘 잠그고 문단속을 하며 목욕탕의 쪽문을 통해 밖으로 나왔다. 그리고 자물쇠를 걸면서 노부코는 드디어 이렇게 일본을 떠나려 하는 자신을 느꼈다. 노부코를 일본에 잡아두는 것은 아무것도 없다. 이 집의 생활도 어느 곳에서의 생활도…… 그러나 그곳을 떠나기 위한 준비만으로 바쁜 지금 어수선한 기분과 단지 사무적인 바쁜 일정 속에서 지금까지의 생활이 그곳에 있었던 권태나 증오까지도 모두 하나의 덩어리가 되어 잊기 힘든 존재로 다가왔다. 지금의 이 마음을 추억이라고 부르기에는 너무 생생하나, 이제 정말 불과 아침까지도 자신이 생활하며 살고 있었던 집에 마지막으로 문단속을 하고 떠나는 노부코의 마음은 깊이 울렁거렸다.

노부코가 문단속을 하는 사이에 모토코가 이웃들에게 떠나는 인사를 했다. 노랗게 물든 가을 포플러나무 아래에서 인사를 다하고 돌아올 모토코를 기다렸다. 이윽고 세 명은 각자 보자기를 들고 도시 변두리 전차 정거장으로 나왔다. 도요가 탈 전차와 노부코와 모토코가 탈 시부야행 전차는 방향이 반대여서 도요가 타는 곳으로 먼저 갔다. 도요는 비어 있는 좌석에 짐 보따리를 두고 선로 너머 노부코 일행이 서 있는 것을 보고 서서 닫힌 창 너머로 몇 번이고 허리를 숙였다. 전차가 움직이기 시작하고 또 한 번 허리를 숙이고 있던 도요의 앳된 앞머리가 차창에 부딪쳤다.

노부코와 모토코는 시부야에서 택시를 잡았다. 며칠 동안의 피곤함으로 노부코는 위가 아픈 것 같았다. 택시 좌석에 머리를 기대고 지나가는 거리의 풍경을 보고 있었다. 모토코도 너무 피곤해서 뒤로 머리를 기댄 채 눈을 감고 담배를 피우고 있었다.

아오야마 거리를 달리고 있던 택시는 앞에 가는 전차와 짐을 실은 마차가 끼어드는 바람에 속도를 낮추어 서행하기 시작하였다. 노부코가 앉아 있는 창 쪽으로는 바로 보도가 보였으며 살짝 장어집 포렴布簾이 눈에 들어왔다. 그 포렴에는 하시모토橋本라고 하얀색으로 쓰여 있었다. 쿠션에 몸을 기댄 머리의 위치는 그대로 둔 채 노부코는 찌르듯이 그 포렴에 시선을 박았다. 그 장어집은 노부코가 아는 집이었다. 잘 알고 있었다. 쓰쿠다의 아내였을 때 노부코는 부엌에서 앞치마 차림으로 나가서 이 장어 집으로 꼬치구이나 덮밥을 주문하러 왔었다. 쓰쿠다가 살고 있는 곳의 뒷길에서 여기로 나오는 길모퉁이에 시계방이 있고…… 옛날과 같은 순서로 노부코가 타고 있는 택시의 창에 두 사람의 천사가 춤추면서 시계대를 돌고 있는, 청동의 장식시계가 놓여 있는 시계방의 쇼윈도가 나타났다. 이 시계방에서 전에 사는 곳까지는 뒤를 돌아서 두 블록 정도밖에 되지 않는다. 이 시계방의 모퉁이를 나가는 길의 한쪽은 돌 가게의 모퉁이이고 거기서 조금 들어간 뒷길 중간쯤의 오른쪽에 쓰쿠다의 집이 있다. 노부코가 생생하게 공포와 증오로 기억하고 있는 여러 개의 돌기둥을 세워둔 가게 옆을 천천히 택시는 지나갔다. 교차점 앞에 오자 노부코가 탄 택시는 갑자기 스피드를 내며 앞으로 추월하여 아카사카미쓰케赤坂見付를 향해서 달리기 시작했다.

노부코는 처음부터 끝까지 쿠션에 기댄 머리의 위치를 바꾸지 않고 택시 창밖의 획획 지나가는 예전 생활의 터전을 눈동자만 움직여 찍어갔다. 하시모토라고 박혀 있는 포럼 아래 장어 가게 옆에서 갑자기 쓰쿠다가 나왔다 하더라도, 그리고 택시의 창문 너머에 쓰쿠다의 창백하고 턱이 큰 얼굴이 노부코와 마주쳤다고 하더라도 노부코는 쿠션에 둔 자신의 머리를 움직이지 않았을 것이다. 그곳 풍경은 그 시절 생활의 괴로움과 함께 노부코의 과거 속에 선명하게 응고되어 있었으며, 지금 노부코의 감정을 흔들 생명력을 가지고 있지 않았다. 쓰쿠다와 헤어지고 나서 햇수로 4년이 흘렀지만 노부코는 한 번도 쓰쿠다와 마주친 일이 없었다.

거리를 뚫고 나가 모퉁이를 여러 번 돌아 자동차가 달려가자 아오야마 일초메의 광경은 점점 멀어져갔지만, 장어집 바로 앞에 파란색으로 칠한 얼음가게가 아직도 있었던 것이 생각나 노부코는 문득 그 일의 진실은 뭐였을까 하는 생각이 들었다. 쓰쿠다와의 생활이 점점 파국을 맞아갔고 노부코는 집에서 뛰쳐나오는 일이 잦았다. 도호쿠의 시골에 계셨던 할머니 집이나 고난에 살던 사촌 후유코 집으로, 그런 도망에서 도자카의 부모님 집으로 돌아갔을 때 다케요는 못마땅한 눈초리로 말했다.

"쓰쿠다 서방도 별로 불편하지 않은 것 같던데……."

그렇게 말하며 그즈음 쓰쿠다의 집에서 가사를 돕던 미쓰가 병들어 가마쿠라로 요양 간 쓰쿠다를 따라가서 시중을 들고 있다는 이야기를 했다. 그때의 노부코에게는 그래도 미쓰가 그렇게 해주어서 다행이라는 감정밖에 없었다. 그 후 노부코의 결심이 흔들려 다시 쓰쿠다와 같이 살게 되었을 때, 미쓰는 아무래도 몸이 불편하다며 파란색으로 칠한 발코니가 있는 그 얼음가게의 2층을 빌려서 그곳으로 옮겼다. 아무리 집에서 요양하라고 해도 미쓰는 거절하며 얼음가게의 2층으로 갔다.

2~3일 지난 어느 날 오후 노부코는 미쓰를 병문안하러 갔다. 미쓰는 친구와 둘이서 살고 있었다. 의외로 넓은 양식 구조인 방 한가운데 자리를 깔고 누워 있었다.

"누구?"

노부코가 문을 열고 3척 정도의 신발장에 섰을 때 미쓰는 의외로 건강한 목소리로 물으면서 베개 위에서 머리를 들었다.

"어머나."

그리고 자신의 이불 아래에 서 있는 노부코를 보자 노부코가 자기 말고 또 다른 사람이 있는지 뒤를 돌아볼 정도로 깜짝 놀라면서 머리를 베개 위로 떨어뜨렸다.

"들어가도 돼?"

대답이 없어서 그대로 살짝 들어가서 이불 옆에 가자 미쓰는 머리부터 이불을 푹 뒤집어쓰고 말았다. 노부코는 자신이 쓰쿠다의 부인이라서 미쓰가 어려워하는 거라고 생각했다. 이불을 뒤집어쓴 미쓰에게 노부코는 가벼운 농담을 하기도 하고 위로했지만 미쓰는 이불 밑에서 얼굴을 드러내지 않았고, 결국 이불 밑에서 울고 있는 것을 알았다. 노부코로서는 미쓰의 행동을 이해할 수 없었다. 노부코는 자신이 없었을 때 미쓰에게만 고생을 시켜서 지금 아무리 위로해주어도 미쓰에게 도움이 되지 않는다고 생각했고, 하는 수 없이 이불 밑으로 병문안 선물을 넣어주고 돌아갔다. 그때의 진실은 무엇이었을까? 미쓰를 문병 갔을 때 미쓰가 보인 과민한 흥분에 대해서 쓰쿠다에게 이야기하자 전에도 늘 말했듯 몸이 안 좋으니까 흥분한 거라고 말할 뿐이었다. 얼마 후 노부코는 또 그 생활을 견디지 못하고 마지막 도망을 했다. 그런 일이 있었던 것은 모두 4년이나 지난 과거의 일이었다. 얼음가게의 파란색 베란다는 가을 햇살에 비춰져 지금도 그곳에 있고, 쓰쿠다는 그 장어집 뒤에서 다른 부인과 살고 그곳에는 아이도 있으며, 자신은 외국으로 가려고 하고 있다.

자동차는 에도카와 거리에서 후쿠카와 거리의 고지대를 향해 비탈길을 올라가고 있었다.

"어디쯤 왔지?"

쿠션에 머리를 기댄 채 어느 새인가 깜박깜박 졸고 있던 모토코가 상체를 일으켜 창밖을 보았다.

"조금만 더 가면 되는구나."

그리고 또 쿠션에 쓰러졌다.

노부코는 목적지가 가까워 오면서 다시 먼 곳으로 떠나기 전의 초조한 기분이 되었다. 그리고 가즈이치로에게 부탁받은 일은 잊지 말고 내일이라도 다케요에게 갔을 때 말해 두어야 한다고 생각했다. 그저께 도자카 집에 갔을 때 가즈이치로는 만나자마자 노부코를 복도로 끌고 가서 인기척 없는 손님방으로 데리고 갔다. 그리고 불도 켜지 않은 채 의자와 의자 사이에 서서 자신은 무슨 일이 있어도 사촌 고에다와 결혼한다. 다케요는 물론 반대할 것이다. 아무리 반대해도 물러서지 않을 테니까 이 일을 노부코가 가기 전에 다케요에게 미리 말해 달라고 했다.

"그 결심 바꾸면 안 될까?"

노부코는 잠시 서 있다가 조용히 되물었다. 노부코는 근친상간에 불안을 느꼈다.

"바꾸지 않아."

노부코의 반대를 막연하게나마 느낀 가즈이치로는 노려보
듯 누나를 바라보면서 낮고 뜨거운 소리로 되풀이했다.

"내가 살아 있는 한 이 마음은 바뀌지 않을 거야."

노부코로서는 그 이야기를 그대로 다케요에게 전할 수밖에
없었다. 문제를 근본부터 들여다보기에는 이미 시간적 여유가
없었다. 노부코는 이제 사오 일 뒤면 도쿄를 떠나야 하고 대형
핸드백 속에는 투어리스트 뷰어tourist viewer[83]에서 산 도쿄-모스
크바행 티켓이 들어 있었던 것이다. 그리고 쭉 노부코의 마음
에 다모쓰가 한 말이 생각났다. 그저께 노부코는 짐을 꾸려 넣
은 크고 작은 가방과 함께 책을 넣은 고리짝 두 개를 택시로 도
자카까지 옮겼다. 그 고리짝에는 혹시 필요한 일이 있을지도
모른다고 생각되어 맥주상자에 넣어두지 않은 문학서가 들어
있었다. 노부코가 그 고리짝을 현관 중간의 판자를 쌓아둔 곳
에 두고 있을 때 다모쓰가 나왔다

"마침 잘됐다."

노부코는 변함없는 단순한 어조로 혼자 단정하며 말했다.

"이 고리짝 다모쓰가 좀 맡아줘. 나중에 혹시 필요할지도 모
르는 책들을 넣어두었거든. 부탁할게."

어쩐 일인지 다모쓰는 바로 대답을 하지 않았다. 노부코는
거듭 말했다.

83_투어리스트 뷰어(tourist viewer) : 현재 일본 교통공사의 전신.

"응? 부탁할게."

그러자 다모쓰는 무심히 그 고리짝의 끈에 손을 넣고 무게라도 달아보듯이 등을 굽히고 밑을 보면서 말했다.

"어쨌든 알았다고 해두지. 내가 없어도 잘 전해줄 테니까 누난 안심해도 좋아."

노부코는 그 말을 떠올린 것이었다. 내가 없어도 잘 전해줄 테니까라고 하는 것은 다모쓰도 여행을 떠난다는 것이며, 그곳으로 고리짝 속의 어떤 책을 보내달라고 부탁하는 노부코의 편지가 갈 수도 있을 것이다. 하지만 왜 일부러 그런 식으로 다짐을 해두는 건지…… 다모쓰의 확실한 성격 때문이겠지만. 바로 그 순간 노부코와 모토코가 탄 택시가 몽치나무 아래를 지나가 버렸다.

"거기, 거기요!"

당황하며 큰 소리로 세웠다. 노부코도 자신들이 내릴 곳을 틀리면 안 된다는 마음으로 후진하기 시작하는 택시 좌석에서 허리를 세웠다.

(1947년 8월 1일)

〈부 록〉

■작가 미야모토 유리코宮本百合子(1899년 2월 13일~1951년 1월 21일) 연보

1899년(출생) : 2월 13일 도쿄 고이시카와구(小石川区, 현 분쿄구:文京区)에서 아버지 주조 세이치로中条精一郞와 어머니 요시에葭江의 장녀로 태어났다. 아버지는 건축가, 어머니는 화족여학교華族女学校 출신의 재원이었음.

1916년(17세) : 3월 오차노미즈 고등학교お茶の水高校를 졸업하고, 4월 일본여자대학日本女子大学 영문과 예과에 입학. 처녀작『가난한 사람들의 무리貧しき人々の群』를 주조 유리코中条本百合子라는 필명으로 아버지의 친구였던 쓰보우치 쇼요坪内逍遙의 추천으로『중앙공론中央公論』9월호에 발표. 이후 학교를 자퇴하고 작가 생활로 들어감.

1918년(19세) : 9월 아버지와 함께 미국으로 건너감. 가을 콜롬비아 대학에서 고대동양어학을 연구하고 있던 아라키 시게루荒木茂를 알게 됨.

1919년(20세) : 10월 아라키 시게루荒木茂와 결혼(호적상으로는 8월). 12월 어머니의 출산으로 혼자 귀국.

1920년(21세) : 봄, 남편 시게루가 귀국하여 유리코의 부모님 집에서 동거를 시작. 8월 독립함.

1922년(23세) : 야마카와 기구에山川菊榮의 러시아 기아구제유지

부인회에 동참.

1924년(25세) : 봄, 유아사 요시코湯浅芳子를 만남. 여름, 아라키 시게루와 이혼. 이후 요시코와 공동생활.

1927년(28세) : 12월『한송이 꽃一本の花』발표. 유아사 요시코와 함께 소비에트로 출발.

1928년(29세) : 8월 남동생 히데오英男의 자살.「모스크바 인상기」를『개조改造』에 발표.

1930년(31세) : 11월 귀국. 12월 일본 프롤레타리아 작가 동맹에 가입.

1931년(32세) : 소비에트 기행을 다수 집필. 작가 동맹 상임 중앙위원, 일본 프롤레타리아 문화 연맹 중앙협의회 의원 등을 역임. 11월 일본 공산당에 입당.

1932년(33세) : 2월 미야모토 겐지宮本顕治와 결혼(혼인신고는 1934년 2월). 4월 문화 단체에 대한 대탄압으로 검거되어 7월 석방. 겐지는 지하활동 시작.

1933년(34세) : 2월 검거되었지만, 바로 석방. 6월『각각刻刻』을 집필하지만, 발표는 사후 1951년 3월『중앙공론中央公論』에 게재. 12월 겐지 검거.

1933년(34세) : 1월 검거. 2월 프롤레타리아 작가 동맹 해산. 6월 모친이 위독하여 석방. 1월『문예文芸』에『소축의 일가小祝の一家』를 발표하고, 12월 동지에『겨울을 이겨낸 꽃봉오리冬を越す蕾』발표.

1935년(36세) : 4월 『중앙공론』에 『유방乳房』 발표. 5월 재검거. 10월 수감.

1936년(37세) : 1월 부친 사망. 3월 건강 악화로 인해 석방. 6월 공판. 『우리 아버지わが父』『맥심 · 고리키의 생애マクシム · ゴーリキイの生涯』『「어떤 여자」에 관한 노트「或る女」についてのノート』 발표.

1937년(38세) : 필명을 미야모토宮本로 바꿈. 1월 『잡답雜沓』을 『중앙공론』에 발표하고, 8월 『문예춘추文芸春秋』에 『해류海流』를 발표. 『오늘날의 문학의 조감도今日の文学の鳥瞰圖』『깨어진 거울こわれた鏡』『길동무道づれ』등 소설 7편, 평론 · 감상 등 약 80편을 왕성하게 발표.

1938년(39세) : 1월부터 이듬해 봄까지 집필 금지를 당하여 경제적, 정신적으로 타격을 받음.

1939년(40세) : 1월 「그해その年」를 『문예춘추』에 발표하려고 했지만, 내무성에 의해 금지당해 41년에 다시 『종이로 만든 작은 깃발紙の小旗』로 발표.

1940년(41세) : 1월 『광장広場』을 『문예』에 기고하고, 4월에는 『3월의 넷째 일요일三月の第四日曜日』을 『일본평론日本評論』에 발표. 8월 『쇼와 14년간昭和の十四年間』을 『일본문학입문日本文学入門』에 발표. 같은 해 소설 4편, 평론 · 감상 약 90편을 발표.

1941년(42세) : 2월 재 집필 금지에도 불구하고 소설 2편, 평론 · 감상 50여 편을 발표. 12월 8일 태평양 전쟁에 돌입하자 다음 날 검거.

1942년(43세) : 7월 열사병으로 넘어져서 인사불성인 채 집행이 정지되어 석방. 의식은 점차 회복되었지만 시력과 언어장애가 일어남.

1945년(46세) : 남편이 교도소로 이감되었다. 일본공산당원으로 활동을 시작하여 신일본문학회, 부인민주클럽의 창립을 위해 열심히 노력함.

1946년(47세) : 1월 평론『가성이여! 일어나라歌声よ、おこれ』를『일본문학日本文学』에 발표.『반슈평야播州平野』(3월~47년1월)를『신일본문학』에 발표. 9월 시코쿠 지방의 당회의에 출석. 같은 달에『암크령風知草』을『문예춘추』에 발표.

1947년(48세) : 1월『두 개의 정원二つの庭』을『중앙공론』에 연재하기 시작하여 8월에 완결.『도표道標』(10월~1950년 12월)를『전망展望』에 연재.

1948년(49세) : 건강악화로 의사로부터 활동 제한을 받지만 반전평화의 의견을 개진. 평론『두 바퀴両輪』를『신일본문학』에 발표.『여성의 역사女性の歴史』를 부인민주신문출판부에서 간행. 그리고『평화로의 하역平和への荷役』등을 발표.

1950년(51세) : 6월 맥아더의 공직추방령에 의한 일본공산당 중앙위원회에 대한 탄압으로 남편이 추방됨.『현대문학의 광장現代文学の広場』『마음에 강한 욕구가 있다心に疼く欲求がある』를 발표.

1951년(52세) : 1월「인간성・정치・문학人間性・政治・文学」을『문학文学』에 발표. 1월 21일 급성 뇌수막염균 패혈증으로 사망.

■『두 개의 정원(二つの庭)』의 선행연구 목록

(1) 「『두 개의 정원』에 대해서-주로 가정소설의 문제『二つの庭』について-主として家庭小說の問題」/가토 슈이치加藤周一/『문학계文学界』/1953.11

(2) 「노부코」의 함께-『노부코』『두 개의 정원』『도표』중심으로「伸子」とともに-「伸子」「二つの庭」「道標」をたどって」/요시카이 나쓰코吉開那津子/『문화평론文化評論』/通号(116)/新日本出版社/1971.4

(3) 「『두 개의 정원』시대『二つの庭』時代」/미야모토 유리코宮本百合子/나카무라 모토코中村智子/筑摩書房/1973.6

(4) 「미야모토 유리코론-『노부코』와『두 개의 정원』宮本百合子論-『伸子』と『二つの庭』」/나가히라 가즈오永平和雄/『기후대학교육학부연구보고岐阜大学教育学部研究報告, 人文科学』/通号 24/1976.2

(5) 「노부코와 모토코-『두 개의 정원』의 관계伸子と素子-『二つの庭』の対関係」/이와부치 히로코岩淵宏子/『쇼와가쿠인단기대학기요昭和学院短期大学記要』/1991.3

(6) 「『두 개의 정원』의 의미二つの庭の意味」/『미야모토 유리코와 곤노다이리키宮本百合子と今野大力』/쓰다 다카시津田孝/新日本出版社/1996.5

(7) 「미야모토유리코『두 개의 정원』시교-『허구』와 그 의의宮

本百合子『二つの庭』試 稿—「虛構」とその意義」/미치사타 아야카道下惠加/
『후쿠야마대학국어교육福山大学国語教育』/1997.11

(8)「여자의 시간 여자의 우정—『두 개의 정원』과 『옥중으로의
편지』에 관해서女の時間 女の友情—『二つの庭』と『獄中への手紙』をめぐって」
/하세가와 게이長谷川啓/『일본문학기요日本文学紀要』/1999.7

(9)「〈여자의 시간〉의 기억—『두 개의 정원』의 또 하나의 이야
기〈女の時間〉の記憶—二つの庭のもう一つの語り」/하세가와 게이長谷川啓/
『미야모토 유리코의 시공宮本百合子の時空』/翰林書房/2001.6

(10)「미야모토 유리코의 새로움『두 개의 정원』과 끝나지 않
는 여행—네 개의 정원과 하나의 섹슈얼리티宮本百合子の新しさ『二
つの庭』と終わりなき旅—四つの庭と一つのセクシュアリティ」/미즈타 노리
코水田宗子/『해석과 감상解釈と鑑賞』/至文堂/2006.4

(11)「미야모토 유리코의 새로움 또 다른 하나의 정원—『두 개의
정원』론宮本百合子の新しさ もう一つの庭—『二つの庭』論」/나카가와 시게
미中川成美/『해석과 감상解釈と鑑賞』/至文堂/2006.4

(12)「미야모토 유리코의 새로움 유리코와 집, 가족宮本百合子の
新しさ 百合子と家、家族」/누마자와 가즈코沼沢頁子/『해석과 감상解釈
と鑑賞』/至文堂/2006.4

　『노부코』에서 주인공 노부코는 쓰쿠다와 이혼하는 것으로
끝을 맺고,『두 개의 정원』에서 노부코는 다시 새로운 삶을 시
작한다. 노부코는 자립적인 여성의 전형으로 등장하는 러시아
문학자 모토코와 생활하면서 작가로서 글을 쓰며 정신적, 경제
적, 사회적으로 자립하는 모습으로 변모한다. 그 중에서도 가
장 실질적인 문제는 경제적인 자립에 있다. 이것은 아주 중요
한 문제로, 경제적 자립이 선행되지 않으면 진정한 여성으로서
의 자립이 불가능하기 때문이다. 따라서 소설을 쓰고 그 수입
으로 생활하게 됨으로써 노부코는 부모나 다른 누구의 도움 없
이 스스로의 힘으로 생활을 해나갈 수 있게 된다.

　노부코佐々伸子의 실가도 아버지의 사업 성공으로 경제적으
로는 부유한 생활을 하게 된다. 그러나 노부코는 일에 쫓겨 집
안일에 관심이 없는 아버지, 동생의 가정교사와 연애를 하는
어머니, 그리고 자기 방에서 공부만 하는 동생 다모쓰保, 사촌
여동생을 사랑하는 동생 가즈이치로和一郎, 여동생 쓰야코つや子
등, 경제적 성장 속에서 가정은 파괴되어 간다.

　노부코는 두 사람의 공동생활에서 각자 발전을 보이며 풍요

롭고 충실하게 살아가길 원했지만 때때로 "자신들의 지금의 생활이 과연, 새로운 의미를 가지고 사는 모습일까"라는 의문을 가진다. 그런 가운데서도 노부코의 생활은 점차 새로운 전개를 보인다.

노부코는 모토코의 영향도 받았겠지만, 「무산자 신분」과 『사적유물론』 등을 통하여 개화기의 일본 사회에 대한 많은 의문을 가지고 사회주의 사상에 접근하게 된다. 두사람은 서로 목표는 다르지만 새로운 세계를 꿈꾸며 소비에트로 떠나게 된다.

『두 개의 정원』은 사회를 반영하는 전환점과 노부코의 사회주의 접근과정을 그리고 있어 작가의 사회주의 여명기의 작품으로도 잘 알려져 있다. 또한 간과할 수 없는 것은 여성의 경제적·정신적 자립을 위한 작가의 고독한 투쟁이었다고 할 수 있다.

미야모토 유리코의 작품모음집 ②

두개의 정원 二つの庭

초판 1쇄 발행일 • 2008년 11월 27일

지은이 • 미야모토 유리코
옮긴이 • 한일 여성문학회(이상복·어연경)
펴낸이 • 박영희
표　지 • 강지영
편　집 • 배혜영
책임편집 • 강지영
펴낸곳 • 도서출판 어문학사
　　　　132-891 서울특별시 도봉구 쌍문동 525-13
　　　　전화 : 02-998-0094 / 팩스 : 02-998-2268
　　　　홈페이지 : www.amhbook.com
　　　　e-mail : am@amhbook.com
　　　　등록 : 2004년 4월 6일 제7-276호

ISBN 978-89-6184-056-9 03830
정　가 • 12,000원